S

S码书房——记录时代、记录心灵

JOSÉ Martí

何塞·马蒂诗文选

[古巴] 何塞·马蒂 著

毛金里 徐世澄 等 编译

作家出版社

图书在版编目（CIP）数据

何塞·马蒂诗文选 /（古）何塞·马蒂著；毛金里、徐世澄编译. -- 北京：作家出版社，2015.7
ISBN 978-7-5063-7961-8

Ⅰ．①何… Ⅱ．①马… ②毛… ③徐… Ⅲ．①文学 – 作品综合集 – 古巴– 近代 Ⅳ．①I751.14

中国版本图书馆CIP数据核字（2015）第082350号

何塞·马蒂诗文选

作　　者：[古巴] 何塞·马蒂
译　　者：毛金里　徐世澄　索　飒　赵振江　吴健恒
　　　　　李显荣　陶玉平　王仲年
出版统筹：文　建
责任编辑：赵　超
插画作者：赵士英
装帧设计：吴元瑛
出版发行：作家出版社
社　　址：北京农展馆南里10号　　邮　　编：100125
电话传真：86-10-65930756（出版发行部）
　　　　　86-10-65004079（总编室）
　　　　　86-10-65015116（邮购部）
E-mail:zuojia@zuojia.net.cn
http://www.haozuojia.com（作家在线）
印　　刷：三河市紫恒印装有限公司
成品尺寸：142×210
字　　数：280千
印　　张：12.875
版　　次：2015年7月第1版
印　　次：2015年7月第1次印刷
ISBN　978-7-5063-7961-8
定　　价：42.00元

何塞·马蒂在创作　　　　　　　　赵士英 作

何塞·马蒂在演说　　　　　　　赵士英 作

何塞·马蒂在狱中   赵士英 作

哈瓦那中央广场何塞·马蒂纪念碑　　赵士英 作

哈瓦那革命广场何塞·马蒂雕像

赵士英 作

目　　录

试论何塞·马蒂思想

——纪念何塞·马蒂逝世 120 周年

2015 年 5 月 19 日是古巴卓越的诗人、杰出的民族英雄、伟大的思想家何塞·马蒂（1853～1895）牺牲 120 周年。马蒂出身于哈瓦那一西班牙下级军官家庭，青少年时代即投身解放运动。1869 年在自己创办的报纸《自由祖国》上发表诗剧《阿布达拉》，宣传革命。同年被捕服苦役，次年流放西班牙。流放期间，攻读法律和哲学，并用诗文号召人民进行斗争。1875 年回到美洲，先后在墨西哥、危地马拉等地居住。1878 年回古巴参加反对西班牙殖民者的斗争，但不久又被逮捕流放西班牙。后于 1880 年流亡美国，致力于革命宣传和组织工作。1892 年创建古巴革命党，被选为党代表（主席）。1895 年发动和领导古巴独立战争，4 月率起义军在古巴东海岸登陆，5 月 19 日在多斯里奥斯战役中阵亡。

马蒂是一位卓越的诗人、散文家、文艺批评家、翻译家和新闻记者。马蒂的诗歌和散文在古巴、拉美乃至世界文学史上占有重要位置。马蒂是拉美现代主义的开路先锋和代表之一。他的诗篇《伊斯马埃利约》《纯朴的诗》和《自由的诗》，他的散文《我们的美洲》《美洲，我们的母亲》《玻利瓦尔》等在古巴和拉美脍炙人口。没有一个古巴人，不熟谙马蒂下面的诗句：

普天下的穷人
我愿与他们共命
……

我是好人，作为好人而死，
我要面向太阳！
……

当我长眠在异地，
没有祖国，但也不是奴隶，
我只愿自己的坟墓上
放着一束花、一面旗。

　　马蒂在诗中表达了他高尚的意境、恢弘的气势，抒发了他炽热的爱国激情和"没有祖国，毋宁死"的决心。在我们阅读、欣赏和研究马蒂的诗作时，必须将他的诗歌创作和革命生涯联系在一起，我们很难把诗人马蒂和政治家马蒂截然分开。只要读一读马蒂的诗集，即使是其中的一部分，我们便可领略到他崇高的思想境界、积极的进取精神和朴实、明快、坦率的艺术风格，便会被他那反抗专制压迫的烈火般的热情和钢铁般的意志所深深感染和鼓舞。马蒂的诗篇丰富了古巴、拉美及世界文学的宝库。

　　马蒂是一位杰出的爱国者，是古巴的民族英雄。他从15岁起就参加反抗西班牙殖民统治的革命活动，到42岁光荣地牺牲在独立战争的战场上，他短促的一生完全献给了争取祖国独立和拉美自由的事业。用马蒂自己的话来说，他不仅是一个"写诗的诗人"，而且是一个"实践的诗人"。

　　马蒂又是一位伟大的思想家。马蒂的才能是多方面的，他的著述题材和内容十分丰富，涉及政治、经济、外交、社会、历史、文学、教育、艺术等各个方面；从体裁看，可分为诗歌、政论、散文、政令、文件、演说、人物传记、书信、日记、小说、戏剧、儿童文学、译著等。马蒂卷帙浩瀚的著作中包含着深邃的思想。马蒂对他所生活年代古巴、拉美、美国和人类的重大问题作了深刻的思考，并用简明的、确切的、美丽的语句表达出富有哲理的思想。这里笔者只是从马蒂的一些重要论著来分析一下马蒂思想的主要方面。

主张民族独立 马蒂的父亲和母亲都是西班牙人，父亲还是西班牙殖民军的一个下级军官。马蒂出生在古巴，是一个土生白人。由于受校长门迪维等人的进步思想的影响，马蒂从青少年起，就主张古巴脱离西班牙而独立并决心为古巴的独立事业而献身。后来马蒂成为古巴民族的英雄和象征。马蒂认为，"古巴应该摆脱西班牙和美国而获得自由"①，这句名言代表了他的全部的民族主义理想。这里，马蒂强调古巴不仅要摆脱西班牙殖民主义的统治，而且要防止和警惕美国吞并和占领古巴。在 1868~1878 年古巴第一次独立战争失败后，当时在古巴盛行两种思潮和主张，一种是"合并派"，主张古巴并入美国的版图；另一种是"自治派"，主张古巴不要独立，而是在西班牙统治下实行"自治"。马蒂批驳"合并派"所谓古巴不能自立、应该同美国合并的卖国主张。马蒂认为这是"另一个也许比一切危险都更大的危险"，申明"我们既不希望、也不需要把古巴并入美国的版图"。马蒂还指责主张"自治"的人，马蒂认为，"古巴已到了再度认识到妥协政策是行不通、必须有一场暴力革命的时候了"，马蒂号召进行一场"必要的战争"，在古巴建立一个"独立的共和国"。

建立一个自由的、有尊严的共和国 马蒂崇尚自由，马蒂清楚地认识到"自由的代价很高，要么忍受没有自由的生活，要么为自

---

① Emilio Roig de Leuchsenring: Marti, antimperialista, Segunda edicion, Ministerio de Relaciones Exteriores, 1961, p. 9

由付出高昂的代价"。① 马蒂一生所追求的、并为之付出了高昂的代价的不仅是古巴的独立，而且要在古巴建立一个能确保古巴人享有自由和尊严的民主共和国。马蒂的政治纲领就是要建立一个摆脱专制、摆脱贫困的自由共和国，这个共和国的基本法应保障人的尊严。马蒂说："我希望我们的共和国的基本法是要尊重人的完全尊严。"马蒂不仅这么说，而且在实践中也这么去做。马蒂强调独立战争应具有民主的内容，应成为人民的事业，而不仅是领导人的事业。马蒂在准备和领导古巴第二次独立战争过程中，常常为捍卫战争的民主原则，而同军事领导人发生争论。马蒂强调"革命并不是我们要在草丛中开始的革命，而是要在共和国进行的革命"，马蒂表示"如果需要，将先为独立而死，再为共和国而死"。

世界平衡的思想　在马蒂的著作中，马蒂多次提到古巴和波多黎各的独立、安的列斯群岛的独立和自由，有助于美洲大陆和世界的平衡。马蒂说："如果安的列斯群岛是自由的，它们就会成为这个大陆平衡的保障"，"我们正在争取平衡的是一个世界，我们将要解放的不仅是两个岛屿"，"古巴是安的列斯群岛的枢纽……这样一个国家的独立战争是人类一件具有重大意义的事件，这次战争是安的列斯群岛的有见解的、有英雄气概的人民对于美洲国家的一个及时的帮助，帮助他们巩固已获得的独立和取得的公正待遇，同时也有助于世界上还不稳定的平衡"②，"自由的安的列斯群岛将拯救我们美洲的独立，拯救英语美洲令人怀疑的、受伤的荣誉，也许将加速和确定世界的平衡"③。马蒂关于通过建立公正、平等的社会，通过各国行使自决权来实现世界平衡的思想是他的思想的重要组成

① Jose Marti：Lectura en Steck Hall, Obras Escogidas, Editorial de Ciencias Sociales, La Habana, Cuba, Tomo I, 1992, p.196~221
② Jose Marti：Manifiesto de Montecristi, Obras Escogidas, Editorial de Ciencias Sociales, La Habana, Cuba, 1992, Tomo III, p.517
③ Jose Marti：Carta a Federico Henriquez y Carvajal, Obras Escogidas, Editorial de Ciencias Sociales, La Habana, Cuba, 1992, Tomo III, p.508

部分，这一思想对于世界政治、经济、社会出现严重失衡的今天具有重要的现实意义。2003 年 1 月 27～29 日，为纪念何塞·马蒂诞辰 150 周年，古巴将在首都哈瓦那举行题为"为了世界的平衡"的国际研讨会。如何在和平、对话和尊重各国人民自决权和主权的基础上实现国际体制的民主化和国际关系与世界的平衡，将是这次研讨会的主题。

　　"同所有的人和为了所有的人"　马蒂思想的一个基本点是主张人人平等。马蒂认为，"人只可分为两个阶级：好人阶级和坏人阶级"，人也可分为"卑贱的人"和"高傲的人"，"弱者"和"强者"。马蒂认为，他的使命是要为"所有阶级而不是某一个阶级公平的利益"而奋斗。马蒂主张，革命应该动员"所有的人"参加，革命也是为了"所有的人"的利益。1891 年 11 月 26 日，马蒂在美国坦帕对古巴侨民发表了题为"同所有的人和为了所有的人"的演说，在这篇演说中，马蒂号召所有的古巴人不要光说不干："够了，不要光说了！""让我们起来为真正的共和国而战。"① 马蒂十分同情穷苦的人民，马蒂在《纯朴的诗》中写道："普天下的穷人/我愿意与他们共命。"马蒂主张公平地分配财富："不公正的财富分配反对自由，毁坏自由，激起贫苦人和失望者的愤怒"，"必须满足劳动者的正当要求"，"人民好比是波浪，是浪涛，谁想踩他，谁就会沉入海底"。马蒂认为，人不分种族，都是平等的。在《我的种族》一文中，马蒂阐明了他的种族观。马蒂认为："人不能因为属于这个或那个种族就享有特殊的权力……黑人并不因为黑就低人一等或高人一头"，"在古巴本没有种族战争之忧患。超越于白人、混血儿和黑人之上的是人，是古巴人"，"真正的人，不论肤色黑白，总是互相以诚相见，以礼相待，以德为重，以能给生之养之的大地

---

① Jose Marti: Con todos, y para el bien de todos, Obras Escogidas, Editorial de Ciencias Sociales, La Habana, Cuba, 1992, Tomo III, p. 17

增添光彩而自豪","无论是白人还是黑人,凡种族主义者便应同样受到谴责"。正是在这种正确的种族观的指导下,在后来马蒂、戈麦斯、马塞奥所领导的起义军队伍中,黑人、白人、混血种人、华侨不分肤色,团结一致,同仇敌忾地为古巴独立而战。

两个美洲的思想 马蒂感到自己是一个古巴人,同时感到自己是一个拉丁美洲人。马蒂曾流亡到西班牙,他欣赏西班牙的文化,但他认识到古巴不可能总是从属于西班牙,古巴应该独立,成为"另一个国家"。马蒂认为古巴和拉美其他国家同属于"我们的美洲",而美国同"我们的美洲"不同,是"另一个美洲",或"欧洲的美洲"。早在1871年,18岁的马蒂就在他写的《古巴的政治犯苦役》一文中就论述拉美国家有着相同的历史经历,都曾是西班牙的殖民地:"墨西哥、秘鲁、智利、委内瑞拉、玻利维亚、新格林纳达①、安的列斯群岛,她们一个个盛装而来,向你们叩拜,用金字铺设你们的船队在大西洋上留下的宽阔的航迹;你们却一个个毁了她们的自由:她们合在一起为你们的君主帝国增加了一块新的领域、一个新的世界。西班牙人使人想起罗马。恺撒又重返世界,狂妄的、渴望光荣的恺撒肢解成碎块,变成了你们的人马。但是时代不同了。"

从1889年24岁时起,马蒂就开始频繁使用"美洲我的母亲"和"我们的美洲"的提法,深刻地论述了他关于两个不同的美洲的思想。1889年马蒂发表了题为"美洲,我们的母亲"的著名演说,1891年他又发表了他的不朽名篇"我们的美洲"。马蒂认为:"在美洲有两个,只有两个民族,由于他们的起源、历史和习惯不同,他们的心灵很不相同,他们所相同的只是人类基本的特征。一边是我们的美洲,我们国家人民的天性是一致的,起源相似或相同,人种均以混血为主;另一边是不同于我们的美洲的另一个美洲,我们

---

① 即今哥伦比亚、巴拿马、厄瓜多尔。

与他为敌是不明智的，也是不可行的；我们以坚定的尊严和机智的独立与他为友并非不可能，而且是有益的。"① 马蒂敏锐地指出："一个不了解我们的强大邻国的蔑视态度是我们美洲的最大的危险"，"对人之善，应该信赖，对人之恶，不可不防"，"各国人民都应树起耻辱柱，去惩罚那些挑唆仇者的人"。

祖国是人类　马蒂谴责经济和军事强国的统治，号召源于同一个历史、同一个文化的拉美各国人民加强团结；马蒂主张拉美应加强同其他各国人民的团结，主张世界各国人民应加强团结。马蒂说："要同全世界联合起来，而不是只同世界的一部分联合起来，不要同世界的一部分联合起来反对另一部分。如果说美洲各共和国的大家庭有什么作用的话，那么，这作用并不是充当其中一个共和国的畜群，去反对其他未来的共和国"，"地球无论在贸易，还是在政治方面，都应盛行平等的、文明的和平"，"应该希望并尽力使人们更加接近，使他们的生活更有道德，日子过得更好。应尽力使各国更加接近"。马蒂认为"祖国是人类"，他憧憬建立一个公正的人类社会。马蒂在《美洲各共和国货币会议》一文中引用了建立共同货币委员会的报告的一段话，并对此表示赞同："所有各国人民应该尽可能经常地在友谊中聚会，以便逐步以普天下不问语言的分野和千山万水的阻隔而彼此接近的制度，来代替那个永远死亡了的把世界分成一个个王朝的制度。"

反帝的思想　马蒂是古巴和拉美人民反帝斗争的先驱。马蒂在美国生活了近 15 年，这 15 年正是美国从自由资本主义走向垄断资本主义和帝国主义的重要阶段。马蒂熟知美国的政治、经济、社会和文化，亲眼目睹了这一阶段在美国所发生的重大事件。在马蒂的著作中有相当多的篇幅是论述和描写美国的。马蒂并不反对美国，

---

① Emilio Roig de Leuchsenring: Marti, antimperialista, Segunda edicion, Ministerio de Relaciones Exteriores, 1961, p.42

更不反对美国人民。马蒂对美国的经济发展和民主印象十分深刻，对美国的劳动人民和贫苦大众寄予深刻同情。马蒂在《美国的真相》一文中，深刻地揭示了美国社会中贫富之间悬殊的差异："在那里（美国），一方面是达科塔州的破窟和生长在那里的粗野而豪放的人们，另一方面是东部的豪华的、享有特权的、高人一等的、淫荡的、不正义的都市，这两者之间有天渊之别。"

1889年10月，美国为达到它称霸美洲的目的，在华盛顿召开了第一次美洲国家会议。同年11月2日马蒂写了两篇通讯寄给阿根廷《民族报》。12月19日和12月20日，《民族报》连续发表了马蒂所写的题为《华盛顿的国际大会》的通讯，通讯深刻地揭露了美国邀请拉美国际参加这次大会的目的："从独立到现在，在美洲还没有任何一件别的事需要更明智的考虑，需要提高警惕和需要更明确与细致的研究了，在美国这个强国里充塞了卖不出去的产品，它决心要在美洲扩张它的统治；而美洲各国力量较小，它们与欧洲各国之间有着自由和有益的贸易关系，现在美国向这些美洲国家发出邀请，其用意是要它们同美国结成一个反对欧洲的联盟，并与世界其他地方断绝来往。西班牙美洲已摆脱西班牙的专制统治，现在，当用审慎的眼光来研究这次邀请的背景、原因和因素时，就必须说明，对西班牙美洲来说，已到了宣布第二次独立的时候了"，"一个强大的和野心勃勃的邻国正在不断地推行它由来已久的、明目张胆的霸权政策……这个邻国从来也不想促进这些国家的发展，它和这些国家交往只不过是为了阻止它们的进展。"

1891年1月，马蒂被乌拉圭政府任命为乌拉圭代表，参加1月7日在华盛顿开幕的美洲各共和国货币会议。同年5月，马蒂发表了题为《美洲各共和国货币会议》的文章，在文中马蒂断然拒绝任何同美国订立政治同盟与贸易互惠协定的主张："美国难道会真诚地邀请西班牙美洲去参加一个对西班牙美洲有好处的联盟吗？同美国在政治上和经济上联合起来，对西班牙美洲说来是合适的吗？"

马蒂在文中强调，拉美各国必须保持与争取自己的经济独立，要使本国对外贸易多元化，如果经济上不独立，对外贸易又集中在一个国家（美国），就很难在政治上获得自由："说是组成经济联盟，实际上是政治联盟。做买主的国家就是发号施令的国家，做卖主的国家只能听候差遣。必须平衡贸易，才能保障自由。如果把商品只出售给一个国家，便是自取灭亡；要想得到拯救，就得把商品出售给一个以上的国家。一个国家如果对另一个国家的贸易有过分的影响，这种影响就会变成政治上的影响"，"一个国家要想自由，必须在贸易上实现自由，要同几个差不多强的国家同时进行贸易"。

马蒂敏锐地、及时地指出美国想插手古巴独立战争以达到占领古巴的罪恶目的。1889 年 12 月 14 日马蒂写信给他的朋友贡萨洛·克萨达说："贡萨洛，有一项是迄今为止我们所了解的对我国最居心巨测的计划，这就是强迫和促使我国去进行战争的罪恶计划，这样，他们就有干涉的借口。他们企图以仲裁人或保证人的身份占领我国。这是自由的各国人民的历史上最卑劣的行径，再没有比这更冷酷的罪恶了。"①

马蒂亲自发动、组织、领导和参与古巴第二次独立战争，目的是想使古巴摆脱西班牙殖民统治取得独立，建立民主共和国，并且想在其他拉美国家的配合下，阻止美国的扩张。马蒂在 1895 年 5 月 18 日即他牺牲前一天写给他的好友曼努埃尔·梅尔卡多的未写完的信中谈到了他的使命和决心："现在我每天都可能为我的国家和责任而贡献出生命，我的责任是通过古巴的独立，及时防止美国在安的列斯群岛的扩张，防止它挟持这一新的力量扑向我们的美洲。我到目前所做的一切，以及今后要做的一切，都是为了这个目

---

① Jose Marti：Obras Escogidas, Editorial de Ciencias Sociales, La Habana, Cuba, 1992, TomoⅡ, p. 419

的。"作为拉美反帝斗争的先驱,马蒂在当时就已经看穿了新生的美国帝国主义侵略和掠夺的本性。他在信中写道:"鄙视我们的、嚣张和残暴的北方企图吞并我们美洲的国家,这条道路必须堵塞,我们正在用鲜血来堵塞……","我曾在恶魔的心脏生活过,因此熟知它的五脏六腑:我攀着大卫的投石器"。

马蒂牺牲后,马蒂的预言不幸得到兑现。就在古巴人民的独立战争即将取得胜利的时刻,美国以其装甲舰"缅因号"在哈瓦那被炸为借口,于1898年4月28日正式向西班牙宣战,美西战争爆发。美国发动这场战争的目的是为了吞并西班牙的殖民地古巴、波多黎各和菲律宾等地。美西战争以西班牙的失败告终。美国单独同西班牙在巴黎签订和约,把古巴排除在外。和约规定:"西班牙放弃对古巴的主权及其他的一切要求","该岛在西班牙撤出之后应由美国占领"。根据巴黎和约的规定,西班牙军队于1899年1月1日从古巴撤退。美国取而代之,对古巴实行了军事占领,古巴解放军(起义军)被宣布解散。美国通过美西战争,窃取了古巴人民30年革命斗争的胜利果实。为平息古巴人民的反美情绪,美国总统不得不允许古巴于1902年5月20日宣告成立共和国,但美国把一项修正案即普拉特修正案作为附录强加给古巴宪法。修正案条文中包括有美国拥有对古巴内政"行使干涉权利";古巴政府应向美国提供建立储煤站和海军基地所需之领土。美国据此长期霸占了关塔那摩海军基地。普拉特修正案是套在古巴人民脖子上新的枷锁,使古巴不能实行独立的外交政策,美国控制古巴的财政、金融,并有权干涉古巴的内政,使古巴成为美国的附庸。

马蒂的革命思想和革命精神一直鼓舞着古巴人民为争取独立和自由而不断地进行斗争。1959年1月1日,古巴人民在卡斯特罗领导下,通过艰苦卓绝的斗争,终于取得了革命的胜利,使古巴获得真正的独立。正如古巴革命领导人菲德尔·卡斯特罗主席所说的,马蒂是古巴革命的"主谋","马蒂现在是、并将永远是古巴人民的向导。马蒂的遗训永远不会过时。马蒂革命的精神、声援各国人民的感情、深刻的人道主义和正义道德原则是鼓舞我们向未来迈进的巨大力量"①。

1991年召开的古巴共产党第四次代表大会和1992年古巴第三届全国人民政权代表大会已先后正式把马蒂思想写入古巴共产党党纲和修改后的古巴共和国宪法。古巴党和国家已把马蒂思想和马克思主义并列,成为古巴党、国家和社会的指导思想。

马蒂虽然离开我们已一百多年,但马蒂的光辉思想对于包括中国人民在内的世界各国人民都具有深刻的现实意义。

徐世澄

---

① Fidel Castro, Unas Palabras a Modo de Introduccion, Honda, Revista de la Sociedad Cultural Jose Marti, 2000, No. 3, P. 4

古巴的政治犯苦役

一

只有"无边的痛苦"能够充当下述文字的题目。

是的，只能称之为无边的痛苦，因为这种苦役带来的痛苦是最残酷的、毁灭性的痛苦。它使人智力丧失、心灵枯竭，它留下的痕迹永远不会消失。

这痛苦诞生于一小块铁；它拖载着一个神秘的世界，折磨每一颗心灵；种种阴森的刑罚把它喂养大，灼人的滚滚泪水又使它与日俱增。

但丁没有住过监狱。

如果他曾感受过那种人生苦难的黑屋顶在脑际坍塌，他就会放弃描写他的"地狱"。

若是他坚持描写，他也会照描那些黑色的屋顶，而他的"地狱"也会因此更加栩栩如生。

假使仁慈的上帝存在，并看见了这般苦难，他应会用一只手掩住面孔，用另一只手把那对上帝的背叛推进深渊。

然而，上帝存在于善的意识之中。他关注着每一个生命的降生，并在这生命包裹的心灵中丢下一颗纯洁的泪珠。善就是上帝，泪水就是永生之感情的源泉。

上帝是存在的，如果由于你们的缘故，我不能在离开这里时铲除你们心中那怯懦、可悲的冷漠，那就让我鄙视你们吧，因为我不能仇恨任何人；就让我用我的上帝的名义怜悯你们吧。

我不会恨你们，也不会诅咒你们。

假如我恨了谁，我将因此而恨我自己。

假如我的上帝诅咒了谁，我就将因此否认我的上帝。

四

对于这地球上遭受了最痛苦的牺牲的、最残忍的折磨的种族，你们从未有过一点正义感，从未讲过一句真话。

你们当中的一些人在祭坛上蛊惑人心，另一些人则津津有味地听取，你们因此而牺牲了最起码的善意和最基本的良知。为你们的荣誉哀号吧，在牺牲面前哭泣吧，你们的荣誉七零八落，让你们灰尘蒙面，裸露着双膝，跪行着去捡起那些荣誉的碎块吧！

这么多年来你们一直在做什么？

你们都做了些什么？

曾经有一段时间，阳光没有对你们的土地掩盖自己的面孔，而今天只有一线微光从远方照来，好像太阳也羞于照耀属于你们的领土。

墨西哥、秘鲁、智利、委内瑞拉、玻利维亚、新格林纳达、安的列斯群岛，她们一个个盛装而来，向你们叩拜，用金子铺设你们的船队在大西洋上留下的宽阔的航迹；你们却一个个毁了她们的自由：她们合在一起为你们的君主帝国增加了一块新的领域、一个新的世界。

西班牙使人想起罗马。

恺撒又重返世界，狂妄的、渴望光荣的恺撒肢解成碎块，变成了你们的人马。

但是时代不同了。

被奴役的民族为你们的船舶在北大西洋开辟了黄金道路。你们的船长在南大西洋开辟了鲜血凝成的道路，在血淖里，漂浮着乌檀色的黑色头颅，一只只表示威胁的手臂高高升起，好像雷鸣，预示

2

着暴风雨的来临。

　　而暴风雨终于来临了；它酝酿了很长时间，又迅猛异常地、毫不留情地降临于你们的头顶。

　　委内瑞拉、玻利维亚、新格林纳达、墨西哥、秘鲁、智利咬了你们的手，你们的手痉挛般地抓住控制她们自由的缰绳不放，你们的手被咬出深深的伤痕。你们的锐气减弱了，疲惫了，遭受了挫折。你们仰天长叹，一连串的打击在峭壁断崖间凄凉地回荡。西班牙统治的头颅在美洲大陆滚落，这头颅越过美洲的平原，翻过美洲的山峦，穿过美洲的河流，终于跌落在深渊里，永无复出之日。

　　只有安的列斯群岛，尤其是古巴，在你们的身后匍匐，用双唇贴着你们的伤疤，舔你们的双手，亲切地、殷勤地为你们受挫的人马重制了一个新脑袋。

　　当古巴为你们悉心调养生机时，你们却将手臂从她的腋下伸向她的心脏，将这心撕烂，扼断了维持道德和智能的心脏动脉。

　　当古巴向你们要求一点可怜的施舍作为对她的辛劳的奖励时，你们伸出手，将一团奇形怪状的捏碎了的心拿给她看，你们放声大笑，把这个肉团扔到她的脸上。

　　她敲击自己的心，扪及一颗怦怦跳动的新的心脏；她羞愧地红了脸，隐蔽起心跳，低下头，等待着。

　　然而这次她是在警惕中等待，她用手护着心，叛徒的爪子只能在她的铁腕上挠出些血印。

　　当她又伸出手来要求新的施舍时，你们又拿给她那团血肉，又笑，又一次将这血团扔在她的脸上。她感到热血涌上喉头，淹没了喉咙；她感到热血冲上头颅，就要喷涌而出；她感到热血聚集在厚实的胸腔，热血在嘲笑和侮辱的刺激下，沿着整个肌体沸腾。终于，这血迸溅而出。是你们促使它迸溅而出，是你们的残忍造成了血管的断裂。你们一次次捏碎了她的心，她不想被你们再捏碎一次。

　　如果这是你们所盼望的，这样的结果又有什么值得你们奇怪的呢？

如果你们觉得以这样的方式继续描写你们的殖民史有损于你们的荣誉，你们为什么不凭着正义感起码收敛一点呢？你们却总是拼命想让征服者大氅的一角永远在古巴飘扬。

如果你们知道这些，了解这些——你们不可能不知道、不了解这些——如果你们理解这些，为什么不依照你们的理解去实践维护荣誉的起码准则呢？逃避这些准则已经使你们吃了那么多苦头！

当一切被忘却之后，当一切消失之后，当时间这个上帝偶尔搅动人类苦难的浑海、发现一个民族的羞耻时，却永远不会发现它有同情心和感情。

荣誉会被玷污。

正义会被出卖。

一切都会被撕烂。

但是善的观念永远漂浮在一切之上，永不沉没。

如果你们不愿意成为人类历史上第一个沉没的民族，就在你们的土地上拯救善良吧。

拯救她吧，或许你们还可以成为这样一个民族：在她丧失了一切感情之后，还能保持一点痛苦感和自尊心。

六

那是 1870 年的 4 月 5 日。几个月之前我满了 17 岁。

我的祖国曾把我从母亲的怀抱里拖了出来，并在她的宴会上为我指定了一个去处。我吻了她的手，将我骄傲的泪水洒在那双手上。她走了，扔下我一个人。

5 号那天，她神情严峻地回来了，她用铁链铐住我的脚，给我穿上奇怪的衣服，剪去了我的头发，伸手递给我一颗心。我敲敲自己的胸口，觉得它很充实；我敲敲自己的大脑，觉得它很坚定；我睁开自己的眼睛，感觉到自己高傲的目光，于是我昂首挺胸拒绝接受给予我的那种生命，因为我感到自己的生命饱满充盈。

祖国拥抱了我，亲了亲我的额头，一只手给我指出空间，另一只手给我指明采石场，又走了。

苦役，哦，上帝，我对它的体验如此熟悉，如同我对无边的苦难和永恒的善良的体验。也许受苦就是享乐。对于人所创造的愚蠢生命来说，受苦就是死亡，而对于善良的生命、真正唯一的生命来说，受苦就是新生。

有多少奇异的思想冲击过我的头脑啊！只有在那时我才懂得了灵魂自由对于苦难的奴隶生涯的巨大意义。只有在那时我才学会了在痛苦中享受。痛苦还不仅仅是享受：痛苦才是真正的生。

但是，还有别的人像我一样受着苦，或者忍受着比我更大的痛苦。我不是来吟诗的，我不想赞念我内心的斗争和我与上帝分享的时光。我只是千百只还没有被捏死的小虫子中的一只，我只是一大堆凝固的血液中一滴未凝的热血。几个月之前，我的生活还只是妈妈的一个吻，我的光荣还只是学校的梦；我生活中的担忧只是害怕永远失去妈妈的吻，我生活中的苦恼只是失去了学校的梦。这又有什么要紧呢？我轻蔑地对今天的苦难保持沉默，这轻蔑比我昔日的一切光荣更宝贵。我骄傲地撞击脚下的锁链，这骄傲比我未来的一切荣耀更贵重。为祖国受难为上帝生存的人今生来世都享有真正的光荣。我在讲述苦难。但是当别人受的苦比我更深时，我为什么要讲自己呢？当别人泣血的时候，我有什么权利流泪呢？

还是那个4月5号。

我的手已经转动了水泵；父亲曾在我的铁窗边长叹；母亲和兄弟们为我的生命向苍天发出坠着泪水的祈祷；我感到精神上充满力量；我焦急地等待着同伴们归来的时刻，是最繁重的粗活把我们结为同伴。

人们告诉我他们早在太阳出来很久以前就出工了，如今太阳早已落山，但他们还没有归来。如果太阳有知觉的话，它也会将自己的光线熔成灰烬；而太阳却烤灼着同伴们，任鲜血在他们的衣服上凝成斑渍，任他们嘴里吐出白沫，任监工以怒火般的迅疾举起木棍，任他们的脊背在棍击下呻吟，如同灯心草在狂风中哀鸣。

可怜的人们终于从采石场上回来了。他们回来了，耷拉着脑袋，衣衫褴褛，两眼潮湿，面黄肌瘦。他们不是在走路而是在蹒跚，不是在说话而是在呻吟。他们似乎不愿意看任何东西，只是随意向四周投出因悲伤而冷漠、因绝望而疲惫无力的目光。也许是我在做梦，也许他们不在阳间。然而，我的梦是真的，他们也确在阳间；真的是他们走来了，倚墙走来的他们，目光茫然的他们，像但丁笔下的死人，一头栽倒在自己的铺位上。他们真的走来了，在他们当中有一个腰最弯的、最憔悴的、被晒得最蔫的人，那人已经没有一根黑头发，僵尸一样的面容，佝偻着身子，两脚沾着石灰，额头上像戴着雪冠。

"您还好吗，尼古拉斯先生?"一个年轻些的一边问候着，一边走近，让他靠在自己的肩膀上。

"凑合着过吧，孩子，凑合着过吧。"老人说着，嘴角微微颤动了一下，脸上掠过一线忍耐。他就这样凑合着，倚靠在年轻人的肩上，又从年轻人的肩上移开，一头栽倒在自己的那一小块地盘上。

那人是谁呢?

他带着慢性垂死者的神情慈祥地说着话。凝固了的鲜血染花了他的衣裳，然而他微笑着。

那人是谁呢?

那个头发花白、衣服上血迹斑斑的老人有七十六岁了，他被判处了十年苦役，他天天干活，他的名字叫尼古拉斯·德尔·卡斯蒂略。哦，我这迟钝的记忆力，记不清他所经历的种种骇人的痛苦!这痛苦真实得可怕，使我无法隐瞒也无法夸大!该隐的画板上用来画地狱的所有颜色，也画不出如此恐怖的景象。

从那以后又过去了一年，新的经历占据了我的想象，今日的颠簸本应使我忘却昨天的苦难。我记起其他的日子，我思念家庭，我渴望真正的生活，我向往祖国。这一切都在我的脑海里翻腾，侵蚀我的记忆，使我头脑不清。但是，在所有的痛苦之中，尼古拉斯·德尔·卡斯蒂略的痛苦使我永志难忘。

有心肝的人在人类苦难史的扉页写上一个名字——耶稣。古巴的儿子应该在他们的苦难史的前几页写上——卡斯蒂略。

一切伟大的思想都包含着它们自己的拿撒勒人形象，尼古拉斯·德尔·卡斯蒂略老人就是我们不幸的拿撒勒人。对于他就像对于耶稣，都有一个该亚法①。对于他就像对于耶稣，都有一个隆希诺斯。但很可悲的是，对于尼古拉斯来说，竟没有一个西班牙人有一点哪怕是彼拉多②的小小的勇气。

　　哦，如果西班牙不砸碎折磨尼古拉斯那粗糙的双脚的铁链，对于我来说，西班牙就将被从生命的史册上不光彩地抹去。最终醒来吧，让西班牙古老的尊严和高贵获得生命吧。醒来吧，获得生命吧，佩拉约③的太阳已经衰老、倦乏，如果得不到一颗新的伟大的太阳的补充，它的光芒已无法普照子孙后代。醒来吧，再一次获得生命。西班牙雄狮一只爪踩在古巴身上睡着了，而古巴变成了牛虻，刺它的尖牙，刺它的鼻子，停在它的头顶上。狮子甩也甩不掉这只牛虻，无奈地咆哮着。小虫子破坏了百兽之王最甜蜜的时刻。这小虫子在宴会上使巴尔塔萨出乎意料，对于掉以轻心的政府来说，它就是传播现代预言的三个咒符"mane，Thecel，Phares"④。

　　西班牙能再生吗？它不能再生。卡斯蒂略就在那里。

　　西班牙能自由吗？它不能自由。卡斯蒂略就在那里。

　　西班牙能高兴吧？它不能高兴。卡斯蒂略就在那里。

　　如果西班牙高兴的话，再生的话，如果它渴望自由的话，一个鲜血淋淋、伤痕累累的巨人将会出现在它和它的愿望之间。这个巨人叫做尼古拉斯·德尔·卡斯蒂略。他在光阴之册上整整占着七十六页。他伸开手臂挡住了试图在这块土地上发展的一切高尚的原则和伟大的思想。假如谁胆小得不敢正视那花白的头发，假如谁残忍得漠然无视那花白的头发，那么他的心准是残缺的、他的生命准是病态地染上了瘟疫。

---

① 该亚法是指控耶稣的犹太人大祭司。

② 彼拉多是罗马帝国驻犹太的总督，曾试图替耶稣开脱。

③ 佩拉约是西班牙西哥特贵族，公元 8 世纪打败穆斯林，成为阿斯图里亚斯第一个国王。

④ 巴尔塔萨是古巴比伦神话《巴尔塔萨的宴会》中的人物；三个咒符意味死亡预兆。

我看见了他，我在那个午后看见了他。我看见他在自己的苦难中微笑，我向他跑去。那时候我还没有失去高傲的气质，岁月还没有弄坏我那黑色的带沿帽——那里的罪犯们很恰当地称之为"死亡标记"。当尼古拉斯看见仍然直立着的我，看见我那顶黑帽子，便向他伸出手；他把目光转向我，他的眼睛里永远充满着泪水。他对我说：可怜的孩子，可怜的孩子！

我怀着那么难受的情绪、那么沉重的同情看着他，从此我的心里有一块抹不去的忧伤。这时，他撩开衬衣，对我说：

"你看。"

此刻我的笔流着血；然而带血的笔记录的仍然是事实。

我看见老人的背上几乎是一整块血痂，有的地方渗出血，有的地方渗出黑绿色的脓。在几块血痂不厚的肌肤上，可以数清三十三个窟窿的新印记。

难道西班牙还敢高兴吗，还能获得新生吗，还有脸追求自由吗？它无法高兴，无法再生，无法自由，卡斯蒂略就在那里。

我看见了那伤疤，我并没有想到我自己，也没有想到也许第二天我也会有一块同样的伤疤。我一下子想到了许多事情。对于我的祖国的那位农民，我怀着那样纯净的亲切感；对于鞭打他的人，我产生了那样深的怜悯；看见他们像些人似的说话——如果这些不幸的人还有人的意识的话——我是那样遗憾。这时，痛苦的思想像一股洪流流遍我的全身，淤积在喉头，集聚在额前，涌上眼眶。凝滞、恐怖的眼神是我唯一的语言。我感到恐怖，竟有人敢用鲜血染红那花白的头发；我感到震惊，世上竟有这样一种仇恨、媚上、毒怨和报复心的化合体。对于我来说，仇恨和报复心只是两则寓言，它们只是在该诅咒的时刻里降临大地。监狱雇来的打手会产生仇恨和报复心，他们如果不拼命地鞭打囚犯，监工就会尖刻地斥责他们；这些监工会生出仇恨和报复的心理；但是，在一个古巴苦役犯年轻的心灵里，找不到仇恨和报复心。那些人不仅打烂了他的脊背，也毁掉了自己国家的荣誉和尊严。当苦役犯戴着脚镣站立起来，他比那些人更加高大；他依赖着纯洁的思想和坚定的信念，因而比那些人更挺直。

其实我不应该说这些。人是一些太小的微粒，没有必要让具备一点未来生命所具有的纯粹精神的人屈尊以评价个人的特殊行为。然而，今天我的头脑不愿意驾驭我的心。此刻，是我的心在感觉，在说话，我的心还没有失去残余的人性。

患难者很容易结交成兄弟。我的帽子染得很合适，我的脚镣非常沉重，它们成了最好的纽带，一下子把那些受苦的心和我的心连在了一起。他们给我讲述了尼古拉斯老人的过去。后来，一个监狱的看守又给我讲述了一遍。西班牙犯人们也与他们讲的一样。

尼古拉斯来到苦役场已经有一些日子了。他每天清晨四点半钟便踏上了那条从监狱住所到采石场的一里多地的小道，每天下午六点钟再从这条小道返回。那时，太阳已经完全沉下西山，尼古拉斯也干完了每天十二个小时的活。

一天下午，尼古拉斯老人用烂了的双手触着地上的石头，连队长的棍棒都无法使可怜的老人用双脚在地上走路，他的双脚已经布满伤痕。

这是一个令人恶心的细节，一个我也痛苦地体验过的细节。我也走过这样的路，我的父亲因此无望地哭泣。一天，父亲终于看到了我的伤口，那是多么苦涩的一天啊！我一直避免让他看见我身体上的伤口，他总是设法给我垫上几个我妈妈的小枕头，好让脚镣不要蹭着我的肉体。但是那一天他终于看见了。他先看见我在监狱的大屋子里散步，然后他就看见了我那些化脓的伤口、变形的肢体、混在一起的血与土、脓与泥，我不得不带着这样的身体躺下，带着这样的身体不停地奔走。那一天我痛苦万分！父亲惊恐地盯着我身上那团不成形的东西，悄悄地给我包扎，他再一次望着我，终于，他疯了似的抱紧我那条被打烂了的腿，放声大哭。他的泪水顺着我的伤口淌下来，我竭力安慰他。撕肝裂胆的抽噎使他泣不成声。这时，上工的信号响了，我被一条手臂粗暴地拽走，父亲跪在被我的血弄湿了的土地上。棍棒赶着我们走向一大堆箱子，六个小时的苦役开始了。那一天我真的痛苦万分！然而我仍然不会仇恨。

尼古拉斯老人也是这样。

一天，一个看守来到苦役场，和队长说了话，队长就叫老人去搬箱子，让他踩着裂开的伤口走路，让他去——死；有人问老人上哪儿去，他就这样回答。

采石场是一个纵深一百多巴拉①的大场子，场子上有许多高大的石堆，有的是不同种类的石头，有的是白土，有的是石灰，那是我们在高炉里烧出来的。我们背着装得满满的大箱子，沿着长达一百九十巴拉的陡峭的斜坡和台阶爬上高炉。堆与堆之间的小路非常狭窄，只容一个背箱子的人在拐角处勉强通过，而成堆的石头经常在轰鸣声中从那里滚落。在劳动中晕倒的人就被扔在这种极其狭窄的拐角处。被班头突如其来的棍棒打得四处乱跑的人踩着他们，受到一点碰击就从石堆上滚落的石头砸伤他们，从奔跑着的人们身后的箱子里洒出的灰土盖住了他们。他们在石堆下忍受着太阳的烤灼，采石场上每天只有两个小时没有日晒。他们在石堆下挨雨淋，那个地区一年四季雨水不断；而我们渴望下雨，雨水能冲凉我们的身体，要是它能下上半个小时以上，我们就有希望在石头坑下休息一会儿。在一般的情况下，看守不时地过来给这些晕倒的人几棍子，看守们一面拼命打犯人，一面竭力躲着队长。晕倒的人早晚也要挨队长的打，队长有时过来用脚踢踢这些人，看看他们是不是真的晕过去了。那些没有晕倒的人怎么样呢？五十个面黄肌瘦的男人疯狂地跑动着，他们骨瘦如柴，不断遭到棍棒的骚扰和打击，他们被喊叫声弄得心慌意乱，然而他们还是飞快地跑着。五十条锁链发出撞击的噪音，有的犯人身上被捆着三道锁链；棍棒打在犯人的皮肉上，发出噼啪的响声；举棒的人粗鲁地谩骂，被打的人保持着可怕的沉默。日复一日，无休无止，一小时一小时地挨，直至熬完一天的十二个小时——这幅关于采石场的画仍然是苍白无力的。没有一支受到善启示的笔能全数画出疯狂的恶制造的恐怖。单调最后能包容一切，连罪行都是单调的。在圣拉萨路可怖的墓地上，罪行就

———————————

① 巴拉是长度单位，合 0.8359 米。

是单调的。

"快走！快走！"

"扛上！扛上！"

犯人走一步哼一声，哼一声队长打一棍。只要看见有人使不上劲，队长就过来轰赶那可怜的人；犯人逃命，绊倒，队长踩他，把他拖回来；这时看守们聚拢过来，有节奏地挥动手中的藤条，在那不幸者的脊背上分割地盘。那声音就好像铁匠们用小锤在锻炉里击出的杂乱响声。犯人的嘴里冒出带血的泡沫，脉搏停止了跳动，他看来已经断气了。这时走过来两个人，被鞭打者的父亲，还有一个是他的兄弟或者儿子，他们便一个抬头一个抬脚，把他扔在一个大石堆的脚下。

他倒在了地上，队长用脚踹踹他，然后蹬上一块石头，挥动着手里的藤条，平静地说：

"就这么着吧，我们下午再来看看。"

就是这种折磨。那天下午，尼古拉斯老人受尽了这种折磨。整整一个小时，棍棒均匀地举起又落下，打在晕死过去的老人那遍体鳞伤的身上。队长折磨着老人，用刀鞘抽打他，用它的尖头戳进垂死的老人的肋骨间。老人的身体被队长踢得像一具死尸一样在灰尘里滚动，带血的泡沫涂满了他的脸，又凝聚在上面。这时，棒击才停止了。尼古拉斯老人被扔在一座石山的坡上。

这好像是仇恨中最野蛮的虐待狂，这好像是罪恶最疯狂的表演。人类的怒火和毒怨好像到此为止了，不能再过分了。然而，如果这里不是古巴的苦刑监狱，不是国家众议员批准建立的苦刑监狱，一切可能的确到此为止了。

还有比这更恐怖的，还有比这恐怖得多得多的。

队长命令尼古拉斯的两个同伴把失去知觉的老人抬回监狱，老人从那里又被送往医院。

他的脊背整个是一片血痂，花白的头发被染得一片红一片黑，红的是血，黑的是泥和脓。人们撩起老人粗糙的衬衣给医生看，向医生指明他的脉搏已经不跳动，给医生看他的伤口。而那个人却摊开一只手，骂了一句脏话，并说老人只要在"采石场的澡堂"洗个澡就好。这个背运而卑贱的人，他心灵上的污泥绝不少于尼古拉斯老人脸上和身上的污泥。

第二天清晨，尼古拉斯老人还没有睁开眼睛，上工的钟声就响了。那是个多么难受的时刻啊！空气中布满了"哎哟，哎哟"的叫喊声，镣铐的噪音比平时更凄惨，病人的叫声比平时更尖锐，肉体的创伤比平时更疼痛，监工的棍棒比平时更容易落到犯人们肿了的肢体上。人只要感受过一次在那个时刻里肉体的剧痛，就再也不会忘记那个时刻；肉体从来没有那么疼痛过，脸上浮现的自豪、心底溢出的自豪也从来没有那么高贵。卡斯蒂略在一小块涂了沥青的破帆布上躺着，多少个夜里，母亲的影子靠着我的头坐在一块同样的帆布上；卡斯蒂略就躺在这样一块又粗又硬的帆布上，目无生气，缄默无语，四肢僵硬。

人初到这里，心或许会高兴，以为人在那种状况下不干活，以为八十岁的人最终可以休息几个小时。但是，只有那些忘记了那是古巴苦刑监狱的人才会高兴。苦役监狱是政府的机构，是这个国家的众议员所批准的政府重复了无数次的决议成果。根据一道冷酷无情的命令，尼古拉斯老人被随意抛来扔去。他先被扔到地上，又被扔到小车里。从采石场到医院的路上尘土呛鼻，雨后的道路又布满泥泞，石头把道路弄得十分难走。不幸的苦役犯就从这条路上被运走。随着小车的每一次颠簸，尼古拉斯老人的身体来回翻滚，可以听见他的头在木板上碰出的咚咚声。小车每跳一下，就可以看见尼古拉斯身体的某一部分露出小车边上的木板。

那颗头在小车上撞击，身体随着车的跳跃露出车板。他们就这样折磨着一个人。卑鄙的家伙们，他们忘记了上帝就附在那个人身上。

那就是上帝，如果你们有良心的话，那就是折磨你们良心的上帝；如果你们的心还没有在卑鄙之火中熔化的话，那就是烤灼你们心灵的上帝。为祖国而牺牲正如善，正如一切朴素无私的人类共识，它们就是上帝本身。你们打他吧，使他受伤吧，折磨他吧。你们太卑鄙无耻，无法对你们以牙还牙，以眼还眼。我在自己的身上感到了这个上帝，我的心中有这个上帝。我心中的上帝可怜你们，这种怜悯甚于恐怖和鄙视。

苦刑监狱的长官前一天下午看到了卡斯蒂略是怎样回来的。

长官命令他第二天上工。我的上帝可怜这个长官。他叫马里亚诺·希尔·德帕拉西奥。

那趟罪恶的旅行终于结束了。尼古拉斯老人被扔在地上。靠两只脚他已经站不起来，他的眼睛还没有睁开，于是，队长就打他的奄奄一息的身体。刚打了几下，那高贵的形象用双膝支撑着跪起，似乎想要站起来；但是他向后伸开双臂，发出一声沉闷的呻吟，重新翻倒、滚落在地上。

五点半了。

他被扔到一个石堆的脚下。太阳出来了，用它的火焰烤着石头；雨下起来了，雨水渗透进地层。下午六点时，两个人到石堆边去寻找那人，寻找那清晨就被扔在那里、忍受着日晒雨淋的肉体。

难道这不的确太可怕了吗？难道还能容忍这种现象继续吗？

海外部部长是西班牙人。海外部在那边就是西班牙监狱。海外部部长将决定今后怎么办，因为我无法想象能有这样无耻的政府，知道这一切而无动于衷。

然而，这种现象日复一日，年复一年。尼古拉斯的同胞们费了很大的事，偷偷给他弄来了一点糖水——要知道这是不允许的，而这一点糖水就是他唯一的食物。人们几乎已经看不到他的脊背，那上面差不多全是伤疤。即使这样，有时候监工们还是疯狂地赶着他去干几小时的活。尼古拉斯就这样活着，干活，活着，干活。于是上帝就这样附在他的身上活着，干活，活着，干活。

终于有一天不知是谁发了话。这人本来应该幸灾乐祸，但他感到害怕，也许是他冷酷的心受到了恐吓。他命令尼古拉斯几天之内不要上工，指使给尼古拉斯绑上绷带。老人被绑上了三十三道绷带，躺在那块帆布上过了些日子。后来，有人给他冲洗了一遍，又给他扫了一遍身。

尼古拉斯老人仍然活着。他仍然在苦刑监狱里。至少七个月以前他还活着，当时我去看那个我曾经住过的地方，天知道到什么时候我才能永远告别那里。尼古拉斯在劳作中存活着。在我最后一次看见他的那个清晨，在我和他握手之前，一次新的突如其来的惩罚，一场新的罪恶的虐待狂又一次使尼古拉斯老人成了牺牲品。现在的这一切、过去的这一切究竟是因为什么呢？

我向人们打听，西班牙人和古巴人告诉我：

"'志愿者'们说尼古拉斯老人是领导起义的准将，长官想讨好那些'志愿者'。"

"志愿者"就是民族之魂。

苦刑监狱是政府的机构。

长官就是马里亚诺·希尔·德帕拉西奥。

唱吧，唱吧，国家的众议员们。

在众议院里，你们拥有正直，你们拥有政府，这个政府是你们通过的，是你们批准的，是你们一致鼓掌支持的。

鼓掌吧，唱赞歌吧。

难道不是你们的声誉在指挥着你们歌唱和鼓掌吗？

七

"马蒂！马蒂！"一天清晨，一个可怜的朋友叫着我。说他是朋友，因为他也是政治犯，而且是个好人。那天不知是因为什么奇怪的原因，监工们命令我们不要出工，留在卷烟车间里干活。"快看那个从这里经过的小男孩。"

我抬眼望去。看见了那悲惨景象的眼睛是多么可悲啊！

的确，那是一个孩子。他的个子刚刚过一个普通男人的肘。他穿着号衣，戴着脚镣；他用害怕和惊奇的目光打量着那身粗劣至极的衣服和缠在脚上的那堆奇怪的铁。

我的心飞向他的心。我的眼睛紧盯着他的眼睛。我情愿用我的生命去换取他的生命。我的手臂不能离开车间的工作台，他的手臂，那被棍棒吓得发抖的手臂转动着水泵。

在此之前，我对一切都已理解，我已能够自圆其说，我已经为自己的荒谬遭遇找到了解释。但是，面对着那样一副无邪的面孔，那么稚嫩的形象，那么严肃、纯真的眼睛，理智开始离我而去，我找不到我的理智了，我的理智吓坏了，它离开我，伏在上帝的脚前哭泣。哦，我可怜的理智！多少次它这样为别人哭泣！

时间一点一点过去了，孩子的脸上呈现出疲劳，他吃力地转动着细小的臂膀，脸颊上那两朵柔嫩的玫瑰消失了，两眼失去了生命的活力，柔弱的四肢一点点疲软下去。我的可怜的心在流泪。

终于，下工的时间到了。孩子气喘吁吁地爬上台阶。他就这样回到了牢房，他就这样一头栽倒在地上。这一小块地方是我们每人唯一的座位，是我们唯一的休息之地，是我们的椅子、我们的桌子、我们的床，是浸透着我们泪水的汗巾，是被我们的鲜血染红了的手帕，是我们渴望的庇护所；我们受尽折磨的、伤痕累累的肉体，我们肿胀、疼痛的四肢只有在这里才能找到唯一的收容所。

我很快就到了那孩子所在的地方。如果我会诅咒人、仇恨人的话，我会在那一刻恨人、诅咒人。我在孩子的那块地上坐下来，我把他的头靠在他的粗布外衣上，等激动过去之后，我才问他：

"你多大啦？"

"十二，先生。"

"十二，谁把你带到这儿来的？你叫什么名字？"

"利诺·费格雷多。"

"你做了什么啦？"

"我不知道，先生。当时我和爹娘在一起，军队来了，带走了我爹，等他们再回来的时候，又把我带到了这里。"

"你妈妈呢？"

"他们把她带走了。"

"你爸爸呢？"

"也带走了，我不知道他在哪儿，先生。我做了什么事，他们为什么要把我带到这儿来，不让我和爹娘在一起？"

如果义愤、痛苦、忧伤会说话的话，我会对这个不幸的孩子说几句话。但是，一种陌生的东西出现了，每一个正直的男人都会知道那是什么，它反对我心中的忍让和悲伤，煽起我心中复仇和愤怒的火焰：一种奇怪的东西用它的铁手护住我的心，擦干我眼角上的泪花，把就要说出的话语冻结在我的嘴唇上。

十二岁，十二岁，这个词一直在我耳边嗡嗡作响。他的母亲和我的父亲，他的单薄和我的无力堆积在我的胸腔中，这一切在我的大脑里咆哮着，翻腾着并窒息了我的心。

十二岁的利诺·费格雷多被西班牙政府戴上了镣铐，扔到了犯人中间，并被当作也许是战利品在街上展览。

哦，十二岁！

没有折中的办法，折中令人耻辱；没有旁观的可能，旁观玷污荣誉。判处一个十二岁的孩子服苦刑的政府忘记了自己的名誉，残暴无情地对待一个孩子的政府将名誉抛到了九霄云外。为了这次和以前许多次被玷污、被羞辱的名誉，政府必须回头，必须迅速回头。

别人的苦难也使我羞愧，所以我不再提许多别的事情；当政府听说那一切之后，一定会被自己的作为吓坏，一定会迅速回头。

利诺·费格雷多被判处服苦刑，这还不算完。

利诺·费格雷多已经来到了苦刑监狱，已经是苦刑犯，捆住他双脚的铁镣在鸣咽，黑色的号帽和宿命的囚衣在闪耀。这还不算完。

他们一定要把十二岁的孩子扔进采石场，让他在采石场遭受鞭打、棍击。而他真的经历了这一切。石头划破了他的双手，棍棒打花了他的脊背，生石灰烧毁了他的脚，他的脚结满了伤疤。

他就这样度过了一天。他们用棍棒打了他。

又一天过去了。他们又打了他。

许多天都这样过去了。

在哈瓦那的苦刑监狱里，棍棒把一个十二岁的孩子打得皮开肉绽，而民族之魂却在这里抖动一根铮铮作响的魔绳。

民族之灵魂在那边诋毁荣誉，打人，杀人。

同时在这边感化人心，鼓吹崇高，激励热情。

在那边诋毁荣誉、打人、杀人的民族之魂在这边感化人心、鼓吹崇高、激励热情吧！

国家的众议员不知道尼古拉斯·德尔·卡斯蒂略老人和利诺·费格雷多的遭遇。他们不知道这些事情，因为国家是借他们之口说话的；如果国家知道这一切，又这样说的话，那么这个国家既没有尊严又没有灵魂。

然而还有别的，还有许许多多别的事情。

在费格雷多作为牺牲者的一生中，采石场还是最容易熬的地方。还有更残酷的事情在等待着他。

一天早晨，利诺的脖子已经支不住脑袋，双膝无力，两臂脱臼似的下垂，一种奇怪的毛病压倒了多日来使他免于一死的无名精神。这种精神也一直支撑着尼古拉斯，支撑着许多人及我。利诺的眼圈变成黑绿色，全身都出现了红斑。他的声音听起来像呻吟，他的眼里充满哀怨。孩子生命垂危，他身处苦刑监狱最可怕的挣扎——病人的挣扎之中。这时，他走近本队的队长，对他说：

"先生，我觉得不舒服，我干不了活了，我全身都是红斑。"

"干活！干活！"队长用粗暴的声音和棍棒回答他的哭诉，"快干活去！"

利诺只好靠在一个那天不像他那么体弱的人的肩上走着，还不敢让人看见，否则又是一页新的血染的历史。利诺就这样向前走着，许多事情也向前走着，一切都向前走着，永恒的正义，永恒得无法探究的正义也向前走着，但是，有一天会停止的！

利诺走去了，利诺干活去了。然而，他终于全身长满了红斑，两眼全是黑晕，双膝全断了。利诺倒下了。天花一直长到了他的脚上，向他伸出魔爪，迅速地贪婪地将他拖进了自己可怕的大氅里。可怜的利诺！

利诺被送进医院了。只是在这种情况下，那些人出于害怕受传染，出于他们的个人主义才把他送进了医院。苦刑监狱是生活中一个真实的地狱。监狱的医院是另一个更加真实的地狱，这个地狱就在通往那陌生世界的前厅里。只有在我们被死亡的阴影笼罩时，古巴的政治犯监狱才允许我们从一个地狱换到另一个地狱。

我记着一件事情，我怀着恐怖的心情记着一件事情。当霍乱在监狱里搜罗它的受害者时，一个不幸的中国人被拒绝送往医院，他的同胞只好在他的静脉上扎了一下，从那里流出了一滴黑色的血，血凝固了。只是在这时，这个可怜的人才被宣布为患者——只是在这时。几分钟以后，他死了，尸体被送往医院。

我用手抚摸过他僵硬的四肢；我曾希望用我的呼吸使他复生；那些可怜的霍乱病患者们在我的怀抱里失去了知觉，失去了目光，失去了噪音；只是在这时，他们才被带走——这时，他们才被宣布为病人。

美啊，民族之魂的梦幻太美啦。众议员先生们，难道这不的确是很美吗？

"马蒂！马蒂！"几天以后我的朋友又在叫我，"那个朝这儿走的人不是利诺？马蒂，你好好看看。"

我看了，那是利诺！利诺倚靠着另一个病人朝这边走过来了，耷拉着脑袋，脸、手和脚上布满一片片黑痂。他走过来了，目光呆滞，佝偻着胸，弯着腰，一会儿向前，一会儿向后。如果不扶着他，他会滚倒在地上；如果扶着他，他就像是被拖着走。利诺走过来了，带着全面开花的斑疹，带着天花的各种病状，发展着的、化脓的疱疹遍布全身。他每走一步就被呕吐的感觉弄得浑身战栗，好像生命在做最后的挣扎。

朝我们走过来的利诺就是这个样子，而医院的大夫刚刚宣布他已经恢复健康。他站不稳，垂着头，浑身的斑疹奇形怪状。所有的人都摸到了他的斑疹，都看见了他的状况，而医生说他是健康的。这个医生的灵魂得了天花。

可怜的利诺就这样度过了最可怕的一个下午。采石场的医生看见了他这副样子，利诺又这样回到了医院。

一些天以后，一个瘦小、苍白、憔悴的身影吃力地爬上监狱的楼梯。他两眼无光，瘦削的小手费劲地扶着楼梯的栏杆。系着镣铐的带子不时从腰带上掉落下来，他艰难地登上每一级台阶。

"啊！"当他终于站稳了脚之后说，"啊，我亲爱的爹娘啊！"利诺放声大哭起来。

他终于爬上去了。我跟在他后面爬了上去，坐在他身旁，握住他的手，替他整理好可怜的家当。我一再回过头去，不让他看见我像他一样泪如泉涌。

可怜的利诺！

一个月之前，当他初次好奇地抖动拴在脚上的镣铐时，他还是一个壮实的、天真、英俊的勇孩。如今他已经面目全非。他已经不是那朵有些人见过的山野的玫瑰，像五月一样微笑，像四月一样清新。他是不断消耗的生命。对于那许多该受谴责的灵魂来说，他是潜在的威胁，他是能屈能伸的王蛇吸足了血后扔掉的干瘪骨架。

就是这样的利诺干完了一天的活。就是这样的利诺第二天受到了惩罚。就是这样的利诺跟着队伍走出了街口。有一种未知的精神，它使人们永远回忆那些伟大的天才思想，它不断激励某些也许是命定的灵魂；正是这种精神激活了利诺的力量，给他的血液注入了精力和新的生命。

当我离开那个活地狱时，利诺还在那里。当我被送到这块土地上来的时候，利诺还在那里。后来，压在那个巨大尸体上的石板把我隔在了另一边。但是，利诺活在我的脑海里，他握我的手，亲切地拥抱我，在我的周围飞翔，他的形象没有一刻离开过我的记忆。

如果有些民族走错了路，如果他们出于胆小怕事或者由于冷漠无情犯错误、原谅自己的错误；如果他们失去了最后一点活力，如果他们刚想说点什么，或者最终想说点什么却愚蠢地保持沉默，那么这些民族将会有流不完的泪，将承担自己的过错，他们将像嘲弄别人、摧残别人、侮辱别人那样，自己受到嘲弄、摧残和侮辱。

思想永远无法遮掩血罪。

思想从不原谅罪行和罪行中的虐待狂。

西班牙在谈论自己的荣誉。

利诺·费格雷多就在那儿。他在那儿；而我在自己虚幻的想象中看见众议员们在这边如醉如痴地兴奋地跳舞，他们蒙着眼睛，急速旋转，不知疲倦地奔跑；他们像古罗马暴君尼禄一样，尼禄点燃捆绑在石柱上的人体当火把照明。在那邪恶的光芒之中，一个红色的幽灵发出一声尖锐的狂笑。他的额头上写着"民族之魂"——众议员们在跳舞。他们跳啊跳啊，在他们的头顶上，有一只手抖动着尼古拉斯·德尔·卡斯蒂略老人的血衣，另一只手展示出利诺·费格雷多疤痕累累的脸。

现在你们跳吧，跳吧你们。

（索飒 译）

古巴护辞

（译自 1889 年 3 月 25 日纽约《晚间邮报》刊载的同名信件）

致《晚间邮报》社长先生

先生：

一些古巴人在费城的《制造业主报》上刊登了一篇攻击性的评论文章，昨天贵报又转载了这篇东西，我请求您允许我在您的栏目里就此谈些看法。

现在不是讨论兼并古巴一事的时候。很可能没有一个要一点面子的古巴人希望看见自己的国家被另一个这样的国家兼并：在那里，左右舆论的人同意一些人对古巴的看法，这样一些看法是绝不能原谅的，除非持这些看法的人受了浮夸政策的影响或者对古巴缺少全面、系统的了解。如果一个古巴人在另一个国家里，仅仅因为人们对他的故土的评价，就被看作是道德败坏的人，如果这个国家的人否定他的能力，诋毁他的品质，轻视他的性格，那么，只要他是一个正直的古巴人，他就绝不会低三下四地愿意被这样一个国家接受。有一些古巴人，他们的动机是值得尊敬的，他们热烈地崇拜进步和自由，以为兼并之后的政治环境更有利于自己发展势力。他们不了解关于兼并的历史和倾向，这是他们的不幸。由于这些原因，他们希望古巴岛合并到美国去。但是更多的人不希望古巴被美国兼并，他们在战争中打过仗，在流放中有过各种体验；他们在一个敌对民族的心脏里用自己的勤劳和智慧建起了正派的家庭；他们是公认的科学家、商人、企业家、工程师、教师、律师、艺术家、记者、演说家、诗人，他们才华横溢、精力过人，每到一处，只要有机会施展才能，只要存在理解他们的公论，就能获得荣誉；他们凭着简陋的条件，在一座过去仅有几处小破屋的荒凉的美国小岛上建立起一座劳动者的城市。这样的古巴人不需要美国对古巴的兼并。他们敬佩美国，美国建立了世界上最大的自由国度；但是同时他们不信任这个国家里另一些充满晦气的因素，这些因素像血液里的蠹虫，已经开始侵蚀这个非凡的国家。古巴人把美国的英雄看作自己的英雄，他们像渴望人类最大的光荣那样渴望获得美国式的不断成功；但是他们无法真心相信极端个人主义、财富崇拜以及由巨大胜利带来的长期兴奋正在帮助美国成为典型的自由国家；在典型的自由国家里，舆论不应该建立在无节制的权力欲基础上，攫取和成功也不应该与仁慈、正义相抵触。我们热爱林肯的祖国，同时我们害怕卡廷的祖国。

我们古巴人不是由《制造业主报》所喜欢描写的那种可怜的流浪汉、道德败坏的小人组成的民族，我们的人民也不是傲慢的旅游者和作家经常描写的那种只说不干、害怕艰苦劳动的人民——西班牙美洲其他国家的人民也常被他们描写成这种人。我们在暴政的政治下焦急地煎熬过，我们为了自由像人一样、有时像巨人一样地战斗过，我们刚刚经历了一个过分紧张而且屡遭挫折的行动阶段，目前正处在一个到处是动乱火种的不安的修整阶段。目前我们不得不像战败者一样与这样一个压迫者进行战斗，它剥夺了我们的生存手段；无论是在外国人参观的美丽首都，还是在它的魔爪捕不到猎物的内地，它都帮助一个强大的腐败集团，这个集团的毒汁侵染了争取自由的基本力量的血液。当我们希望摆脱厄运的时候，有些人没有帮助我们；处于目前困境中的我们值得这些人尊敬。

战争结束后，政府有计划地让罪犯得逞，在政府的纵容下，人民中的渣滓占领了城市，一大批西班牙职员和他们的古巴同谋挥霍非法侵吞的财富，首都变成了无耻的大本营，在那里，诗人和英雄食不果腹而都市的窃贼花天酒地；由于一场表面上无用的战争而破产的诚实的农民默默地回到昔日耕作的土地，重新拿起他们当年适时地改作砍刀的犁；成千上万的流亡者利用任何一个人类政府都要顺其发展的平静时期，加入了自由国家人民的生存斗争，学习自我管理和建设国家的艺术；我们国家的混血人和城市年轻人往往生得纤细，口齿伶俐，彬彬有礼，人们平常不知道他们那只戴着手套握笔写诗的手也是一只能打垮敌人的手；但是，因为这一切，就应该像《制造业主报》那样称我们为"女性化的"民族吗？就是这些体格瘦小的混血人和城市青年，曾奋起反抗凶恶的政府，曾卖掉他们的手表和坠饰买票奔赴战场；当自由国家为了自由之敌的利益扣留了他们的船只时，这些混血人和城市青年用自己的劳动挣来每天的面包。他们像战士一样听从指挥，睡泥地，吃草根，作战十年，分文不取。他们用一根树枝战胜敌人。这些十八岁的男儿，这些豪门大户的继承者，这些肤色稚嫩的小青年，他们却死得让活人难以启齿。他们的死使他们有资格与我们的另一类男子汉相媲美，那些人能一挥刀砍飞一个脑袋，一转手拧倒一头公牛。就是这些"女性化"的古巴人曾敢于面对一个暴政在整整一个星期内为林肯戴孝致哀。

　　《制造业主报》说古巴人"不愿花一点力气""不能自立""懒惰"。这些"不能自立"的"懒汉"20年前两手空空——除了少数例外——来到这里，与自然作斗争，掌握了外语；靠着诚实的劳动，他们之中有些人过上了小康生活，少数人得以发家致富，贫困者只是极少数。这些古巴人希望过豪华的生活，并努力通过劳动去争取这种生活。从事低下职业的人不多见，大家都依靠自身的劳动独立谋生，并不害怕在能力和工作方面参与竞争。有成千上万的人落叶归根，死在故乡的土地上；也有成千上万的人留在了异国，在艰难的生存环境里，没有熟悉的语言，没有自己的教会，也没有亲昵的族人，然而，他们却最终取得了胜利。一群古巴劳动者建立了卡约乌埃索港①。古巴人在巴拿马用工作成绩为自己挣得了地位，在当地人的心目中，他们是干重要活计的工匠，是职员、医生和承包人。一个叫希斯内罗斯的古巴人为哥伦比亚的铁路和航运事业做

---

① 美国的一个港口城市。

出了卓越的贡献。另一个叫马尔克斯的古巴人像他的许多同胞一样在秘鲁获得了著名商人的殊荣。古巴人作为农民、工程师、土地测量员、工匠、教师、记者在世界各地工作。在费城,《制造业主报》每天都有机会看见上百的古巴人——其中有些人有着辉煌的历史、健壮的体魄——靠自己的劳动过着富裕、舒适的生活。纽约的古巴人有的是重要的银行家,是经营有方、蒸蒸日上的商人、著名的经纪人,有的是精明的职员、行医全国的医生、享誉世界的工程师、电工、记者、房产主及工匠。写《尼亚加拉河》的诗人是一个古巴人,他就是我们的埃雷迪亚①。尼加拉瓜运河的总工程师梅诺卡尔也是一个古巴人。在费城本身,就像在纽约,古巴人不止一次获得了大学的头等奖。那么,这些"不能自立的""不愿花一点力气的""懒汉"的妻子们又是怎样的呢?她们冒着寒冷的严冬离开豪华的生活环境来到这里;当时她们的丈夫都在打仗,有的破了产,有的被俘,有的已死去。于是"夫人"们卷起袖子干活,奴隶的女主人自己变成了奴隶。有的开起了铺子,有的去教堂唱诗班唱歌。她们整天不停地锁扣眼,绳边,给帽子工厂加工,弄弯帽子上的羽毛。她们一心一意尽职,劳动使她们衰老。这样的人民就是他们所说的"缺少道德"的人民!

我们"天资不足又缺少经验因而没有能力在一个伟大、自由的国家里尽公民的责任吗"?这样说是不公正的。古巴人曾修建了西班牙统治地域内的第一条铁路,曾顶住暴政,采取了各类文明措施,同时,古巴人对政治体制拥有很独到的见解,有能力适应高级的政体形式,并富有发展思想、精练语言的才能,这最后一点在热带国家是很少见的。古巴人民酷爱自由,严肃地学习自由给人们的最重要的教诲,他们在本国、在流放中培养自己的个性,他们从十年战争及这场战争的诸多后果中吸取教训,他们在其他的自由国家里履行公民职责。这一切帮助古巴人克服了历史上的不利因素,培养了自己建立一个自由政府的能力。其实,古巴人本质上趋向于建

---

① 长期流亡美国的古巴诗人,诗人在《尼亚加拉河》中赞美了美国的自然风光。

立一个自由政府。他们甚至在战争期间建立了一个过于自由的政府。他们与前辈一起战斗，努力使人们尊重自由的原则。他们毫不犹豫、毫不怯懦地从军人总统的手中夺下了军刀，哪怕这些人曾经建立过殊荣。看来古巴人有这样一种能力，这是我们的幸运：古巴人善于把理智与热情、平和与激烈相结合。从本世纪初起，我们高尚的导师们就一直致力于用他们的语言解释并以他们的行为实践无私和宽容的原则，这些原则是自由所不可或缺的。十年前，一些成绩卓著的古巴人在欧洲的大学里取得了最重要的地位，当他们出现在西班牙议会里的时候，人们为他们朴素的思想和雄辩的口才鼓掌欢呼。在政治常识方面，普通古巴人可以毫不逊色地与普通的美国公民相比。古巴人丝毫没有宗教苛刻的传统，他们热爱用自己的劳动获得的财产，他们从实践和理论上都熟悉自由的准则和实现自由的程序。这些优点将使古巴人将来学会在压迫者留下的废墟上重建自己的祖国。我们无法想象一个以自由为摇篮并在三个世纪里得到最优秀的自由主义者培育的国家利用这样建立起来的权力剥夺一个不如他们幸运的邻居的自由。如果他们那样做，那将是人类的耻辱。

《制造业主报》最后说："我们长期忍受西班牙人的压迫，这种冷漠表明我们缺少阳刚之气和自尊心"，"我们的反抗尝试也不幸地成效甚微，仅仅表现了高明一点的戏剧性尊严"。对于历史和战争的性质，再也没有见过比这种轻浮的断言更无知的议论了。为了避免以苦涩的口吻回击这一断言，我想提醒人们注意，不止一个美国人与我们一起进行过浴血奋战，而另一些美国人却称这场战争是"一场戏"。一场戏！我们所进行的这场战争被外国观察家比作一部史诗，全体人民投入了起义，我们主动放弃了财产，刚一取得自由就取消了奴隶制，我们用自己的双手点燃了我们的城市，在原始森林里建立了村镇和工厂，用树木的纤维织物装扮我们的妇女，在整整十年的生命年华里与一个强大的对手进行斗争，这个对手失去了二十万人，而我们只是一支小小的爱国者军队，只拥有大自然的援助！我们没有黑森雇佣军、法国人、拉斐特或施托依本，也没有国王的对手帮助我们①，我们只有一个邻居，它"扩大了自己的权力界限，进行反对人民意志的活动"。它以自由宪章为基础缔造了自己的独立国家，而当我们为同一个自由宪章而战时，它却帮助我们的敌人。我们在战争中陷入激情不能自拔。美国当年也很可能因为同一种激情失落它的十三个州，战斗的胜利使十三个州连成一体，避免了这种命运；而我们却延误了时间，削弱了自己的力量。我们不是由于胆怯而是由于对流血的恐怖延误了战机，使敌人在最初的几个月里取得了决定性的优势。延误战机的另一个原因在于我们天真地相信美国肯定会帮助我们。文章说："为了向世界奉献一个新的自由民族，他们不会眼睁睁地看着我们在他们的门口为自由死去而不伸手，不说话！"然而他们扩大了"权力的界限去讨好西班牙人"。他们没有伸手。他们没有说话。

斗争还没有结束。流放者们不愿意回去。新的一代无愧于他们的父辈。许多人在战争结束后死于神秘的监禁。我们将为自由战斗到死。很可悲的是，我们本来很可能做出更有效的努力，但是，我们当中的一些人却不像男子汉，他们希望美国兼并古巴，他们以为不需要付出代价就能获得自由，这些人的行为阻碍了我们；还有另一个障碍，即外人的担心：我们牺牲了许多人，祖国变成了一片浸透着鲜血的废墟，我们保留着神圣的记忆；这一切不会变成地里的肥料供一棵外国的树木生长，也不会为费城的《制造业主报》提供一个取笑我们的机会。因此，外人的担心是有道理的。

谨向您致敬，社长先生。

何塞·马蒂

1889 年 3 月 21 日于纽约

（索飒 译）

---

① 均指在美国独立战争中参战的外国人：黑森雇佣军是站在英国军队一边的德国人；拉斐特是站在美国人一边的法国将军、政治家；施托依本是领导美国军队的德籍将军。

我的种族

　　种族主义者现在是一个含混不清的字眼，实在有必要加以澄清。人不能因为属于这个或那个种族就有享有特殊的权利，因为只要说人，就等于说出了所有的权利。黑人并不因为黑就低人一等或高人一头：白人说"我的种族"是废话，黑人说"我的种族"也属多余。一切使人们分裂、归类、疏远和禁锢的行为都是人类的犯罪。有哪一个明智的白人会因为自己是白人而狂妄自大呢？倘若真有白人因为是白人而目空一切，以为自己拥有特权，黑人对他又会作何想法呢？同样，如果有某位黑人因为自己的肤色而不可一世，白人又作何感想？坚持在某个自然形成的民族内部再作种族的区分无异于给社会幸福和个人幸福设置障碍，而这些幸福恰好存在于共处的各方的尽可能接近之中。如果有人说，在黑人身上并没有什么生而有之的罪恶和病毒来剥夺他们充分发展人的本性，这无疑是一句真话，这真话不但要言之有声，而且要论之有据，因为这个世界上不平之事太多，自作聪明的蠢人也太多，也仍然有人天真地认定黑人是无法具有和白人一样的才智和心肠的。如果有人把我为人的本性所作的这种辩护叫作种族主义，那就让他们这样叫好了，因为这正是人们天性的尊严，是人们为了和平、为了祖国的生存而发自肺腑的呼声。如果有人说，奴隶地位并不意味着被奴役的种族的低贱，因为在古罗马的市场上也曾有金发碧眼的白种高卢人颈负铁锁被当作奴隶出卖，我以为这种话是一种可取的种族主义，因为这是十足的公道，能帮助无知的白人消除偏见。然而又要指出的是，公道的种族主义只此一例，因为黑人有了这种权利才能坚持并证明肤

27

色并不剥夺他们作为人应有的能力和权利。

白人种族主义者一向以为自己有高人一头的权利，那么，如果黑人种族主义者也自尊自大起来，他们又有什么权利发出怨尤之声呢？

同样，黑人的种族主义者如果以为自己的种族颇有些与众不同的长处，那么他们也就无权抱怨白人种族主义者。白人倘若因为自己的肤色便自认高于黑人，他便是接受了种族的思想，他便是在诱发黑人的种族主义，并授予黑人以同样的权利；而黑人如果引自己的肤色为自豪，虽则他错误地引以为自豪的不过是各种族共有的精神，他也是在向白人种族主义者挑衅并授予对方以同样的权利。要和平就须有天然的共有权利：分裂的权利是反自然的，是和平的大敌。白人若孤芳自赏，便是使黑人自成一体；黑人若自我隔绝，便也是迫使白人自我封闭。

在古巴本没有种族战争之忧患。超越于白人、混血儿和黑人之上的是人，是古巴人。在为国捐躯沙场的人们中，白人和黑人的灵魂一同升上茫茫青天。在平时的岁月里，无论是讲守土，论忠诚，叙友情，比机智，每一个白人的身边都可以看到一个黑人的身影。人有性格之分，有的勇敢，有的怯懦，有的能舍己，也有的自私，因此他们才组合成不同的政党，白人黑人都是一样。政党本是忧虑、抱负、利益和性格的混合，其中虽不无细小的区别却总能找到本质的相似；即便在某些偶然的事件上，在某些无关共同动机大局的事情上也会有所分歧，各种不同性格的基本点在政党中总是融为一体的。而作为决定政党组成的聚合因素，总体来说，还是性格的相似要远远大于各种肤色的内部关联，肤色可以完全不同，但决定政党组成的却仍是这些性格相似的因素。黑人的性格会各不相同，甚或相悖，但他们绝不会也绝不想结成一伙去反对本性也各不相同的白人，黑人对奴役制度厌恶已极，他们绝不至于再主动投入肤色奴役的网罗之中。无论白人黑人，总是以讲求奢华、包藏私心的人们组成一方，而以慷慨大度、赤心无私的人们组成另一方。真正的人，不论肤色黑白，总是互相以诚相见，以礼相待，以德为重，以能给生之养之的大地增添光彩而自豪。有些黑人至今仍在天真地使用"种族主义者"这个字眼，但他们终有一日会明白，这个字眼唯一有效的表面依据也正在被一帮谨小慎微的君子们用来否定黑人全部人权，那时这个字眼便会从他们的嘴边消失。无论是白人还是黑人，凡种族主义者便应同样受到谴责。有许多白人已经淡忘了自己的肤色，许多黑人也是一样。为着培养人们的智力，为着弘扬正气，也为着创造性的劳动和高尚的仁爱能得以成功，白人和黑人正肩并着肩地努力。

在古巴绝不会有种族间的战争。共和国不会再开倒车；自从在古巴黑人获得解放之日起，自从 4 月 14 日瓜伊马若独立大法起，便不再有白人和黑人之分。西班牙政府虚与委蛇所给予的公众权利早在古巴岛独立之前便已存在于约定俗成的习惯之中，谁也不能够否定它，无论是在古巴待一日便会将它维持一日以便继续在古巴人中保持黑白之分的西班牙人，也无论是独立本身——独立绝不会在国家已经获得自由的情况下否定西班牙人奴役时期便已得到的权利。

至于在其他方面，每个人在自己神圣不可侵犯的国家中都是自由的。一种文明最显著而持久的证明是优良的品质，它与不讲情面的商业贸易最终必会把人们联合起来，而在古巴，无论是黑人还是白人中都有极为高尚的品格。

（陶玉平 译）

我们的美洲

　　浅薄的乡下人以为他所在的村庄就是整个世界，只要他能当上村长，能收拾夺去其未婚妻的情敌，或者能使钱罐里的积蓄与日俱增，就已觉得万事如意。根本想不到世上还有足蹬硕大皮靴、一步能跨出七西班牙里的巨人会向他踏上一脚；也想不到那些争先恐后的彗星正摇曳着划过苍穹——当人们还在睡梦里的时候——吞噬着万物生灵。我们应该从美洲所残留的乡下意识中幡然醒来。当今并非是可以高枕无忧、裹头酣睡的时代，而应像胡安·卡斯蒂利亚诺手下的男儿那样，枕戈待旦：掌握了理智的武器，才能无往而不胜。理想的战壕总是坚于石垒的战壕。

　　世上没有任何飞行利器能够切断连绵思绪的云层。一种生机勃勃、应时问世的新思想，会像末日宣判的神秘旗帜那样，遏制住一支装备精良的舰队。尚不了解的人民应像即将携手战斗的人们那样尽快地相互结识。那些如同为争夺一块土地或因嫉妒对方房宅宽敞而阋墙的兄弟那样动辄拳脚相见的人们，应该握手言和，和睦相处；那些历来为非作歹，用沾满骨肉同胞鲜血的利刃去切割战败兄弟的土地，使其备受折磨的人们，如果不愿被人民称作盗贼的话，那么就把土地归还给他们的兄弟吧。我们的人民再不能像由花朵陪衬着的树叶那样飘浮于空中，凡事听天由命。得到阳光轻抚时兴高采烈，经受风暴摧折时则凄凄悲鸣。树木也要排成队列，以阻挡长足巨人的行进。现在已是重新集结的时刻，并肩前进的时刻，我们要以安第斯山中的银矿石那样严紧的密度排成方阵向前迈步。

　　只有早产儿才缺乏勇气。那些对自己的土地没有信心的人就是早产儿。由于他们缺乏勇气，于是就否认别人的勇气。那孱弱的手臂，那涂着蔻丹的指甲、戴着手镯的手臂，那马德里人或巴黎人的手臂，摸不到参天的大树，于是他们就说这棵树高不可及。他们只会蛀食养育他们的祖国的骨骼，应该把这些害人虫装船运走。若是巴黎人或者马德里人，那就让他们去华灯林立的普拉多宫或去以各色冷饮闻名的托尔托尼。这些人身为木匠的子女，却以有个木匠的父亲而感到耻辱！这些人出生在美洲，却以系着印第安围裙、把他们抚养成人的母亲为耻辱！这些不孝的浪子竟然不认他们多病的母亲，任其久卧病榻而不闻不问！那么什么样的人才算是男子汉？是那些留在母亲身边，为她求医治病的人，还是那些让她拖着病体在背人之处辛劳，靠着她们的劳动过活却终日与纨绔子弟厮混，诅咒那培了他们的母体，背着叛逆标签游手好闲的人？我们的美洲应同印第安人一道获得解救，有了以此为己任的子女，我们的美洲就会蒸蒸日上！若是依了投靠正将其境内的印第安人置于血泊的北美洲军队的那些叛逆们，我们的美洲就会每况愈下。那些娇生惯养之徒虽然是人，却不行人事！为他们创建了这块土地的华盛顿难道会同英国人一起生活吗？难道会在目睹英国人前来对付他的国家的年月里去同英国人一起生活吗？这些"不可相信"的追逐名誉之辈，已在国外丢尽了脸，就像法国大革命时期那些轻歌曼舞、洋洋自得、矫揉造作的不可相信的人们一样！

我们美洲的这些共和国是在缄默的印第安人那里，在外来的经书与土著宗教相争的喧嚣声中和在上百名先驱那流血的手臂上创建起来的。试问，还有什么祖国能比这些痛苦的美洲共和国更令人感到自豪呢？能在如此复杂的情况下用较短的历史时间建成如此先进而牢固的国家，实属前所未见。那些妄自尊大之流认为，人们所建立的国家是充当他们树碑扬名的基座，因为他们有流畅的文笔和满腹华丽的辞藻，他们责怪自己出生的共和国庸碌无能和不可救药，只因为这块新生的土地不能毫无节制地让他们像阔佬那样跨着波斯骏马四处招摇，过着纸醉金迷的生活。无能的不是新生的国家，它在寻求着与其相适应的形式和于民有益的昌盛。只有那些把各具特色的人民简单生硬地组合在一起，企图依靠从 19 个世纪的法国王朝继承下来并在美国随意实践了四个世纪的法律来进行统治的人才是无能之辈。靠汉密尔顿①颁布的一项法令约束不住那自由惯了的人们的我行我素的习性，西哀士②的一句至理名言也难以使冷漠的印第安人焕发热情。无论在何处执政，都应审时度势，才能治国有方。在美洲，一位称职的执政者并非熟知德国人或法国人如何执政。称职的执政者应该知道他的国家由什么样的人组成和如何疏导民心，以便通过源于本国的方法和体制来达到那种人皆向往的境界，使每个人都能认识自己，各施其长，人人都能分享大自然所赋予全体人民的丰富资源，同时又以其劳动所得来保持人民的富裕，以其生命来捍卫人民的安全。一个政府应产生于本国。政府的精神应与本国的精神相吻合。实际上，政府的形式只不过是本国各类人等的一种平衡。

因此，在美洲，进口的经典被当地人所击败。当地人战胜了那些徒有虚名的文人学士。土生土长的混血儿战胜了生在美洲的异域白人。并不存在文明与野蛮的交战，而是虚假的博学与人的自然天性的冲突。当地人心胸宽厚，他们敬重和奖励知识渊博的智者，只要这些智者不利用当地人的恭顺伤害他们，或不以凌人的盛气冒犯他们。对此，当地人是不会宽恕的，他们会随时准备用武力使那些触及其敏感之处或损害其利益的人对他们刮目相待。正因为顺应了被轻视的当地人，美洲的暴君登上了权力宝座。但当他们背叛了当地人时，又相继倒台。正因为不能了解本国的真实民情，据此制定政府的模式，并顺应民心地治理国家，这些共和国已经受到了暴政的惩罚。在新兴的人民中，执政者即是创造者。

在由有教养和未受过教育的人组成的人民中，凡是有教养的人们未曾学会执政艺术的地方，未受教育的人就会以他们好斗和用武力解决疑难的习性出面掌权。未受过教育的民众性情怠惰，在需动

---

① 汉密尔顿（1755—1804），华盛顿时代的美国财政部部长。
② 西哀士（1748—1836），18 世纪法国资产阶级革命的活动家。

脑筋的事情上往往心怀畏怯，他们希望对他们施以德政，但若是政府伤害了他们的情感，就会将其赶下台，自己出面执政。执政的艺术在于对美洲各国人民的独特情况进行分析，如果在美洲尚未有一所大学讲授哪怕是执政艺术的起码常识，又怎么能从大学里涌现出执政者呢？于是，青年们走上了社会，带着美制或法制的有色镜走上社会指手画脚，企望领导他们并不了解的人民。在政治的行业中应将那些毫无政治常识的人拒之门外。在比赛颁奖时，获奖的不应是最美的颂诗，而应是对其所在国家的诸般因素有精辟研究的论著。报纸、学校和科学院都应致力于研究本国的实际情况。了解实情即可，既不遮掩，也无须回避。因为不论出于有意还是疏忽，谁将部分真相置于不顾，最终会因之缺少真理而受挫，这部分真相会在其疏忽中发展并推翻一切忽视了它的东西。了解问题的诸般因素后再着手解决要比不作调查就动手更为容易。愤怒而又强悍的当地人奋起推翻了书中罗列的公理，因为执政者并未根据本国显而易见的需要来实施这些公理。了解即是解决。了解国情并据此治理国家，是摆脱暴政的唯一方法。欧式大学应让位给美洲式大学。即使抛掉希腊执政官的历史不讲，也要详细讲授这里的印加人的美洲历史。我们的希腊应优先于并非我们的希腊。因为我们更需要前者。本国的政治家应取代异国的政治家。可以把世上的事移植进我们的共和国，但应以我们的共和国为主体。那些夸夸其谈之徒应该住嘴，没有什么祖国能比我们这些痛苦的美洲共和国更令人感到自豪。

　　带着套上了念珠的双脚、空空荡荡的脑袋以及一副印第安人和土生白人肤色相杂的身躯，我们无所畏惧地跨入了民族之林。我们高攀绘有圣母像的旗帜去争取自由。在墨西哥，一名神甫、几名军官和一位妇女在印第安人拥戴下创建了共和国。一位受俸神甫在他的教袍掩护下向几位出类拔萃的学士传授法国自由，他们则又使一位西班牙将军成了中美洲人民反对西班牙的首领。身着君主制军装，胸中却怀有宏大的理想。委内瑞拉人在北方，阿根廷人在南方，率领人民揭竿而起。倘若两雄相遇，整个大陆将因之而颤抖。

于是，其中一位并非不够伟大的英雄掉转了马头。由于和平时期的英雄行为相对较少，因为它不如战争时期那般辉煌显赫；由于对一个人来说壮烈死去要比冷静的思考更为容易；由于靠狂热和希望统一的感情治理国家远比在争斗之后疏导那种种妄自尊大的、来自异国的以及抱有奢望的思潮更为顺手；由于那些在足以彪炳史册的搏斗中被击溃的权贵们正在以猫一般的狡诈实实在在地在挖掘着我们事业大厦的墙脚，这一事业在我们混血的美洲的穷乡僻壤，在双脚赤裸却套着巴黎上衣的人民中间，升起了在理智与自由的不断实践中充满执政活力的各国人民的旗帜；由于殖民地遗留下来的等级森严的结构还在抵制着共和国的民主体制，或者西装革履的都市仍将足蹬马皮靴的乡村拒之门外，或者那些脱胎于《圣经》的救世者们尚不了解在解放者召唤下爆发的革命是靠大地的灵魂获得胜利，也应该靠大地的灵魂来治理国家，而不是敌视和抛弃它；于是美洲开始蒙受痛苦，它费劲地使从专横暴虐、邪恶阴险的殖民者那里继承下来的互不调和、彼此对立的人们适应进口的思想和模式，而这些进口的思想和模式又因缺少当地的实际意义，使合乎情理的政府迟迟不能形成。三个世纪来这块大陆饱受一个否认人们有使用理智权利的统治集团的折磨，如今它不再理会或听从那些帮助它得到解救的无知者们的说教，创立了以理智为基础的政府；人人通情达理，而不是一些人的大学的道理强加于另一些人的乡下道理，独立问题不在于方式的更换而是精神的变化。

应该同那些被压迫者同心协力，以巩固一种与压迫者的统治利益和习惯截然相反的制度。曾一度被火光吓走的老虎，在夜深时会重新靠近其掠获对象，双眼冒火，张牙舞爪，显得急不可耐。它在不知不觉中悄悄逼近。当捕获对象惊觉时，老虎已经扑了过来。殖民地继续存在于共和国中，凭着共和国在反对殖民地的斗争中用鲜血培育出来的超人的力量，我们的美洲正在摆脱其重大的过错——都市的高傲，为人所不屑的农民的盲目胜利感，对他人的思想与陈规的过分依赖，以及对土著种族既不公正又失理智的蔑视态度。老虎藏在树后或龟缩在街角窥视，张牙舞爪，双眼冒火，急不可耐。

正如阿根廷的里瓦达维亚①所说："这些国家将会得到解救。"但在这权力更迭的时代，这位阿根廷人的说法未免过于斯文，砍刀无须配上丝织的刀鞘。一个靠枪杆子获得胜利的国家不能抛弃武装力量，不然武装力量就会勃然发怒，开赴伊图尔维德②的议会的门前，让人们"拥戴那个金发儿加冕称帝"。这些国家是能获得解救的，因为寻求与大自然和谐共处的克制精神似乎正在这块光明的大陆流行，批判性的著作在欧洲已取代那种使上一代不能自拔的探索和主张建立法伦斯泰尔③的空想式的作品，一种真正的人是在这美好的时代降生于美洲。

我们是个有着结实的胸膛、细嫩的双手和孩童般的头脑的怪物。身穿美国短裤、巴黎背心和美国外衣，头戴西班牙礼帽，一副不伦不类的装扮。那些缄默地在我们身边转悠的印第安人去了山区，在那里生儿育女，繁衍生息。存狂浪与猛兽之间，低人一等的黑人们哼着他们那孤寂的心灵之歌。辛勤劳作的农民们又异常恼怒地对盛气凌人的都市和都市的一切满怀敌意。我们这批佩戴肩章和身着长袍的人所处的同家是足蹬草履、头箍束发带的人群的世界。天才们也曾想以仁爱之心和创业者的胆识使束发带和长袍融为一体；使印第安人重新活跃起来，使黑人有充分的施展余地，赋予那些为自由奋斗并获得胜利的人们以理所应得的自由。法官、将军、文人和牧师都留在了我们的身边。天使般的青年们头戴崇高志向的皇冠，以章鱼腕那样的韧劲，不惜抛头洒血，然而做出的却是无谓的牺牲。当地人在本能的驱使下，摧垮了那些金制的权杖，直至被胜利冲昏了头脑。无论是欧洲还是美国的经验，都无法解开西班牙语的美洲之谜。彼此心怀仇恨，各国都每况愈下。对毫无价值的仇恨，对用知识对付刀戈，用理智抵制神庙的烛台，以都市反对乡村，对四分五裂的城市阶层在骚动不安但又缺乏生气的本地民族之

---

① 里瓦达维亚（1780—1845），阿根廷政治家，阿根廷共和国第一任总统。
② 伊图尔维德（1783—1824），墨西哥将军，1822年加冕称帝，次年被迫退位并逃亡意大利，1824年回国后遭枪决。
③ 法伦斯泰尔，法国空想社会主义者傅立叶幻想建立的社会主义社会的基层组织。

上建立帝国的难以实现的企图，对此种种，人们已经感到厌倦，在不知不觉中彼此开始仁爱相待。各国人民起身致意，相互问候。"一向可好？"相互问道，然后又相互回答各自的近况。在古巴科希马尔出现的问题，将无须到欧洲的但泽去寻求解决的良方。人们身上的礼服虽依然来自法国，但头脑中的思想却已开始属于美洲。美洲的青年人卷起衣袖，以自己的汗水作酵母，唤起民众。他们知道已模仿得太多，要解放就须创造。创造，已成为这一代人的行动口号。

　　用香蕉酿成的酒，即使有些酸，那也是我们的酒！人们知道，一个国家的政府的形体应适合于本国的国情。为了不因提法不妥而受挫折，绝对的思想应以相对的方式提出；自由充分而且真诚，才会切实可行；假如共和国不能容纳所有的人，并同他们共同前进，它就会消亡。已成为内患的老虎，是从缝隙钻入，外面的老虎，亦在窥伺可乘之机。在部队行军时，将军们总是安排骑兵随着步兵队伍行进，若是把步兵抛在后面，就会陷入敌人的包围圈。战略即是政治。各国人民在生活中离不开批评，因为有批评才会健康，但也应怀有共同的志向和一致的信念。让我们深入到不幸者中间，帮助他们挣脱苦难。让我们以火热的心来融化冻结了的美洲！要使我们的国家热血沸腾、群情激昂！一代美洲新人已站立起来，各国人民以劳动者那快乐的目光相互致意。一批直接研究事物本性的当地政治家脱颖而出，他们博览群书，以便加以运用，但并不全盘照搬。经济学者们在研究各种困难的起因与由来。善于夸夸其谈的演说家们已开始讲求言简意赅。剧作家们也将当地的人物形象搬上了舞台。科学院则在探讨着切实可行的研究项目。诗歌已删除了索里利亚①式的缠绵，抛弃了华丽的外衣。散文也变得活泼与简练，字里行间新意盎然。在印第安人的共和国里，统治者们也在学习讲印第安语。

　　美洲将摆脱他面临的各种危险。一些共和国尚未摆脱潜在的威

---

① 索里利亚（1817—1893），西班牙诗人，剧作家。

胁。另一些共和国在平衡法则的促使下，正以义无反顾的勇气，刻不容缓地争取追回已失去的几个世纪的光阴。但另一些共和国却忘记了胡亚雷斯当年出门总是乘坐骡车，如今追求配有专职车夫的豪华马车，讲尽排场。这种毒害人的奢侈现象是自由的敌人，它会使轻浮者蜕化变质，并向外国人敞开方便之门。还有一些共和国的独立尚未摆脱威胁，但他们却以可歌可泣的独立精神磨炼出了男子汉的成熟气质。而另一些共和国在以强凌弱、攻城略地的战争中豢养出了一批以当兵为生的军人，他们可能会吞噬这些共和国。但我们的美洲也许会遇到另一种危险，这一危险并非来自其本身，而产生于本大陆两个部分之间的起源、方法和利益上的差异。一个富有进取心和顽强气概，但对我们的美洲并不了解心怀藐视的人民接近我们的美洲，要求建立紧密的关系的时刻即将到来。由于那些靠猎枪和法律使自己成熟的人民只热爱也已成熟的人民；在疯狂和野心占上风的时刻（也许北美洲在其血液中最纯正的部分的支配下会摆脱这一时刻）。北美洲那些报复成性、居心叵测的人们会使北美洲接受征服的传统和颐指气使的首领愿望，由于在胆小怕事的人看来这一时刻并不那样急迫，尚没有机会证实他们足以正视和避免这一时刻的持久而有节制的高傲气质。由于在全世界人民的关注下，共和国的自尊对北美洲产生了一种约束力，我们的美洲不能以不近情理的挑衅或明显的傲慢无礼或亲人间的反目为仇去使其失去这一约束力，我们的美洲的紧迫责任是如实地展示自己，让人感到在心灵与意图上都以一个整体出现，让人了解我们的美洲如何迅速地战胜了令人难以忍受的过去，站在她身上的血迹是在废墟中重建家园时双手洒出的沃血和从被昔日主义刺破的血管流出的鲜血。一个不了解我们的强大邻国的蔑视态度是我们美洲最大的危险；由于邻人的来访为期不远，就更急需使他们尽快了解我们的美洲，以免对他产生藐视。出于无知，也许会导致对我们美洲的觊觎。经过相互了解，将会出于尊重而不再插手我们的美洲。对人之善，应该信赖，对人之恶，不可不防，应提供机会，使其抑恶扬善。不然，其劣性则会占上风。各国人民都应竖起耻辱柱，去惩罚那些挑唆仇者的人，同时也为那些不及时讲真话的人竖起一座耻辱柱。

　　不存在种族仇恨，因为并不存在种族。病态心理和只会秉烛遐想的思想家们列举出并活灵活现地介绍书中杜撰的种族，以至那些认真的旅行者和热心的观察家们在公正的大自然里徒劳无获地苦苦寻觅。在大自然，无所不克的仁爱和骚动不息的欲望均属人的共性。各种人体的形态和肤色不尽相同，但其心灵却永远相同。谁若是煽动并宣扬种族之间的敌对和仇恨，就是对人类的犯罪。但是一些人民在其糅合的过程中，尤其在与临近的不同人民糅合的过程中，凝聚了各种独特而又活跃的品格。其扩张、攫取、虚荣心和贪欲的思想与习性会在内部骚乱和本国积累的特性急剧变化的时期内，从国内忧患的潜在状态转变成对那些势孤力单，被强国视为贫穷与劣等邻国的严重威胁。思考就是贡献。不应出于乡下人的敌意，仅仅因为他们不讲我们的语言，看问题的方式与我们不一样和其政治伤痂与我们的不同，而把大陆的金发人民看得生来就居心险恶；也不应过于计较他们的脾气暴躁和麦色的皮肤；也不应以我们并不牢固的优越感，用怜悯的目光去看待那些受历史恩惠不多而英勇地跃上共和国道路的人们；也不应隐讳显而易见的问题，为了后世的和平，这些问题能够通过及时的研讨和本大陆的人民不言而喻和刻不容缓的联合加以解决。因为已经响起了统一的颂歌：我们这代人正负起建设美洲的重任，让我们沿着卓越的先辈们开创的道路前进！从布拉沃河到麦哲伦海峡，伟大的播种者跨着神鹰，飞越本大陆充满浪漫主义的国家和散落在大洋中的令人同情的岛屿，撒播下了新美洲的种子！

（李显荣　译）

美洲，我们的母亲[①]

女士们，先生们：

在这值得纪念的晚上，我思绪万千，浮想联翩，难以用简练的言语来表达我高兴的心情。就像一个被监禁在牢狱里的儿子，当隔着牢房的铁栅栏见到自己的母亲时，说些什么好呢？由于难以确切地表达，加上内心异常兴奋，引起我无数回忆、希望和担心，因此，光讲讲话是不够的，是难以表达这一切的。我的话匣子一打开，就抑制不住，我把在座的尊敬的代表们看作是我们所热爱的国家的人民；我看到，就像有一个神秘的声音下达命令一样，为了欢迎你们，男人们似乎变得更加高大，女人们变得更加美丽；我看到在沉闷、凄惨的气氛里准备翱翔的雄鹰的影子，晃动着的人头；脸色苍白、正在苦苦哀求、无力拔出插在心口的匕首的土地；从芒特弗农[②]城门口迎接南方炽热英雄的北方宽宏大量的武士。我像乱麻一团，徒劳地企图梳理涌现在我心中的种种感情，但只找到不协调的音符和难驾驭的颂歌，在这个美洲之家里，用来欢迎缺席的母亲的光临，并以男人和妇女的名义对她说：没有比向美洲各国的使者敞开我的心扉更乐意干的事了。我们如何使尊敬的来宾度过这欢乐的时光？我们何必用虚假的仪式来隐藏我们脸部的表情呢？让人家用别的图案、铃铛和金边去修饰他们的言辞，而今晚我们是用《圣

---

① 这是马蒂1889年12月19日在纽约西班牙美洲文学研究会举行的文艺晚会上的演说。与会的有参加美洲国际会议的代表。

② 美国费吉尼亚州城镇，华盛顿病逝之地。

经》的雄辩力，因为《圣经》像自然的溪流一样能不安和欢快地表达丰富的心情。我们中有谁能否认，今晚谁也不会说谎；尽管我们的信仰、感情、习惯和工作已在这一自由居位的土地上扎下根，尽管寒冰的魔力已使我们的心变得冷漠，但是，自从我们得知你们这些高贵的客人要来看我们时起，我们的房子似乎变得更为明亮，我们走起路来步子更为轻快，我们似乎变得更为年轻和慷慨，我们的收益似乎更大、更有保障，好像一个干的花瓶里又开出花来一样。如果我们的妇女们愿意讲真话的话，她们会不会对我们说，她们真诚的目光正在对我们说，仙女们从未如此高兴地踩雪；在异国他乡沉睡在心中的某些事物，突然苏醒过来；一只快乐的金丝雀这几天从窗户进进出出，不怕寒冷，嘴里叼着彩带和绳结，不停地飞来飞去，对这个我们美洲的节日来说，任何鲜花都显得不够精致和秀丽。这是事实。我们中间，有的人是被风暴驱赶到这里，有的人是被神话吸引到这里；有的人来这里做买卖；有的人到这块还没有自由的土地上，决心书写1810年诗篇①最后的一章；有一些人是两只蓝眼睛派到这个愉快的帝国来生活的。但是，不管这块土地有多么辽阔，不管诞生林肯的美国对自由人士多么光彩，对我们来说，诞生胡亚雷斯的美洲更加伟大，因为这是我们的美洲，因为她更加不幸，这是我们内心的秘密，谁也不能因此而责备我们或产生误解。

对自由的强烈追求使北美洲在神圣的日子中诞生。以文明作加冕的新人，不愿再向任何别的王冠屈服。在由弱小民族群体组成的国家里，束缚人类理智的桎梏已被砸得粉碎。人类的理智曾被帝国用武力或掌了权的大共和国用外交手段变得堕落。小地区和自治区现代的权利诞生了，它们在不断的战斗中使这些权利具有自由的特点，它们宁愿要独立的窑洞，也不愿要奴隶式的繁荣。当共和国成立时，有一个人对走来的国王说话时，没有脱帽，并以"你"相

———————————

① 指1810—1826年西属拉丁美洲的独立战争。

称。他们携带妻儿乘"五月花号"船①航行，船上 41 人在舱内一张椓木桌上成立了自己的团体。他们将滑膛枪上好子弹以保护庄稼，他们吃的小麦，由自己耕种；他们为没有暴君的心灵寻找的是没有暴君的国家。头戴毡帽，身穿长袍，欠耐心、正直的清教徒来了，他憎恶奢华，因为男人们往往因为追求奢华而失职；穿着紧袖半长外套和袜裤的公谊会教徒来了，他砍倒了树，建立了学校；因信仰受迫害的天主教徒来了，他建立了一个国家，在这个国家里，谁也不会再因宗教信仰而受迫害；头戴羽毛帽、身穿毛料服的骑士来了，他支使奴隶惯了，装出一副像国王保护自由的高傲样子。有的人在船上带了一个黑奴准备出卖，船上有准备烧死巫婆的狂热信仰者；有对学校不感兴趣的统治者；船上载有教员、文人；神秘的瑞典人，热情的德国人，法兰克的胡格诺派教徒，高傲的苏格兰人，节俭的巴达维亚人；他们带着犁、种子、织布机、竖琴、圣诗、书籍。在他们自己动手盖的房子里，主人和奴隶住在一起。勇敢的移民与大自然搏斗累了，当看见围着围裙、束着发的老妪慈祥的目光和用托盘送来的自制的甜食时，心中感到宽慰。一个女儿正在打开一本赞美诗集，另一个女儿在对着圣诗集用古钢琴试音。上学主要是背书并挨打。但是，如果上学时要经过雪地，那么这所学校就是最好的学校。人们顶着风，两个、三个走在路上，男人们穿着皮衣服，带着猎枪，女人们穿着台而呢做的衣服，带着祈祷书，去听新的主教说教。主教反对地方长官干预宗教事务，他们自己选举和弹劾自己的法官。从外部来的没有血统不洁的。权威是属于大家的，他们想让谁当谁当。他们选举市政府成员和市长。市政会议由市长召开，但市长则由"自由民"来选举。沉默寡言的冒险家在森林中狩猎人和狼，若不砍倒一截树干做枕头或不杀死一个印第安人便睡不好觉。在南方的宅第里，当主人的车回来时，点燃蜡烛，奏起小步舞曲，黑人们齐声合唱，银杯里斟满了马德拉葡萄

---

① "五月花号"是英国移民驶往北美的第一艘船。1620 年 9 月 16 日从英国出发，驶向北美英国殖民地普利茅斯。在航程中，船上部分清教徒商订了《五月花号公约》，其内容包括组织公民团体等。此公约奠定了以后在新英格兰诸州定居时组织自治政府的基础。

酒。然而，在殖民地生活中，没有一项行动不会触发对自由的追求，殖民地收到的不单单是国王的信件，而且有对独立的确认。英国人以主人自居，强迫殖民地缴税纳贡，遭到了殖民地的拒绝；英国人给殖民地套上的手链，殖民地又把它扔到英国人的脸上。殖民地替英雄把马牵到门口。曾拒绝援助别人的人民，接受了别人的援助。获胜的自由像该国人民一样，威风凛凛，派性十足，它似镶着花边的袖口，天鹅绒做的华盖，与其说是人类的自由，不如说是地方的自由，它是一个踩着奴隶种族肩上的不公正的、自私的、摇摇晃晃的自由。还不到一百年，一次震动，就把这一自由的支架给弄翻了。目光仁慈的伐木者手执斧子，在震耳欲聋的响声和飞扬的尘埃中，砸碎了镣铐，使百万奴隶获得解放。在剧烈的震动中，基础发生动摇，胜利女神在贪婪、高傲地漫步。由于发生战争，构成国家的各种因素重新加剧。移民和冒险家们踩着奴隶主的尸体为争夺共和国和世界的统治权而争斗。移民们既不容许有主子骑在他们的头上，也不要被支配的佣人，他们所争取的只是有耕种土地的权利和真挚的爱；而精明、贪婪的冒险家在森林中探求、索取，他们的愿望就是法律，他们的手臂所及就是界限，他们是豹和鹰孤僻和可畏的伙伴。

我们怎能不纪念我们的美洲的那些出身不明、血统混杂的人？尽管有人可能仍不切时宜地指责他们；然而今天比任何时候都需要进行实事求是的回忆。对这样的人来说，我们荣耀的光芒、我们独立荣耀的光芒妨害他从事危及和贬低我们独立的勾当。北美洲起源于犁把，而西班牙美洲起源于猎狗。一场狂热的战争使每况愈下的摩尔人走出虚幻宫殿的诗情画意，用葡萄酒喂大，仇视异教徒的多余的士兵，穿着铁甲和护马甲，扑向穿着棉背心的印第安人。船上满载着穿着护马甲的骑士、被剥夺遗产继承权的次子，叛逆的小吏，饥肠辘辘的退役军人和牧师。他们带来了长炮、护胸盾、长矛、护腿甲、头盔、背甲、盔甲、狗。他们挥舞着剑冲向四面八方，宣布土地属于国王所有，并闯入装满金器的庙宇中去抢劫一空。科尔特斯①将蒙特祖马②诱入宫中，利用蒙特祖马的慷慨大方及小心谨慎，在宫中将他绑架。纯朴的安娜卡奥娜③邀请奥万多④参加节庆活动，看一看该国的花园、欢乐的舞蹈和年轻的姑娘。但是，奥万多的士兵却从伪装下拔出宝剑，占领了安娜卡奥娜的国家。征服者利用印第安人之间的分歧和猜疑长驱直入。科尔特斯利用阿兹特克人同特拉斯卡拉人的矛盾，追击夸乌特莫克⑤的船。阿尔瓦拉多⑥利用奇切人同苏图伊尔人的矛盾，在危地马拉获胜；克萨达⑦利用图尼阿人同波哥大的矛盾打进哥伦比亚；皮萨罗⑧利用阿塔瓦尔帕⑨同瓦斯卡⑩之间的矛盾进入秘鲁，在燃烧着的庙宇的火光照耀下，他在最后一名英勇的印第安人的胸口插上了宗教裁判所红色的旗帜。他们掳拐妇女。自由的印第安人原来铺设了卵石的道路，西班牙人来后，道路没有了，只有牛吃草时踩出的路。印第安人唱着挽歌，为人变成狼感到悲伤而哭泣。监护主吃的东西，是印第安人生产的。印第安人像枯萎的花朵一样死去。由于印第安人大量死亡，矿山关闭。有钱的人穿上教服便成了教堂司事。老爷们散散步；他们用火盆焚烧国王的旗帜，砍掉瓦相争吵的总督和法官的脑袋，砍掉互相猜疑的都督的脑袋；主人骑着马，带着两个印第安人作为随从，还有两个马夫。总督、法庭庭长、市政会成员均是

---

① 埃尔南·科尔特斯（1485—1547），西班牙殖民者，曾率兵征服墨西哥。
② 即蒙特祖马二世（1466—1520），墨西哥特诺奇蒂特兰国王（1502—1520）。1519年科尔特斯率西班牙殖民远征军入侵，他误以为其为传说中该年返回的克察尔科亚特尔神的使者，对之不加抵抗，企图以重金劝其返回，未果；1519年11月，被迫迎之入邦，旋又遭绑架，充作人质。翌年6月身亡。
③ 海地岛的女国王，1500年因企图举行起义，反对西班牙殖民者未遂，被绞死。
④ 凡古拉斯·德奥万多（1460—1511），西班牙殖民官员。
⑤ 夸乌特莫克（1500—1525），墨西哥特诺奇蒂特兰末代国王（1520—1521）。曾率阿兹特克人抗击西班牙殖民者围攻，后被处死。被尊奉为民族英雄。
⑥ 佩德罗·德阿尔瓦拉多（1485—1541），西班牙殖民者。
⑦ 贡萨罗·希门尼斯·德克萨达（1509—1579），西班牙殖民者。
⑧ 西班牙殖民者费朗西斯科·皮萨罗（1475—1541）1532年在征服秘鲁时，利用印加国王阿塔瓦尔帕（1502—1533）与其异母兄瓦斯卡（1525—1533）之间的矛盾。
⑨ 同上。
⑩ 同上。

由西班牙任命的。市政会用给牲畜烙印的烙铁来签字盖章。市长下令不准省长进城，因为他给国家干了不少坏事；要市政会成员在进市政会时画十字，要求给赶马车的印第安人抽25鞭子。刚生下的孩子，就要学会看斗牛的广告和会念有关拦路强盗的十行诗。在各类学校里给孩子们讲授"令人憎恶的喷火怪"。人群会聚在大街上，跟在挂着告示的巨嘴龙后面，或者低声地谈论遮着面孔的女人和法官的风流韵事，或者是看焚烧葡萄牙人。前面的人扛着一百支长矛和火枪，后面多明我会修道士举着白色的十字架，显贵们拿着权杖和佩剑，头戴金丝边的风帽，肩上抬着装着骨头的箱子；两边燃烧着火焰，罪人们脖子上套着绳索，罪过写在头盔上；那些拒不认罪的穿着画有敌人形象的悔罪服。头领、主教、主要的教士在教堂里，在烛光照耀下，在两个神龛中间是黑色的祭坛，教堂外，是篝火。夜晚，人们在这里跳舞。光荣的克里奥人为了雪耻，倒在血泊中。今天在加拉加斯，明天在基多，维护尊严是他们的指导思想和模式。如索科罗的公社社员，科恰班巴的克里奥尔人赤身空拳地争取获得市政会成员的权利；如令人尊敬的安特克拉①，他在巴拉圭的断头台上宣扬他的主张，脸上闪烁着幸福的光芒；当他在钦博拉索山山脚下昏厥时，他"呼吁各族人民维持自己的尊严"。拉玛林切②之子，是第一个土生白人，他是一个叛逆者。替父亲戴孝的胡安·德梅纳③之女，她佩戴所有的珠宝，像过节一样，因为这一天是阿特亚加④死的日子，这是人类的尊严日！突然发生了什么事，世界停了下来倾听、表示惊讶和崇敬？在托克马达⑤的风帽下解放了的美洲大陆手持宝剑、鲜血淋淋走出来。美洲各国人民同时宣布独立。玻利瓦尔和他的队伍出现。火山以震耳欲聋的响声向他欢呼致意。全美洲，快上马！夜晚，在星光下，解放者穿过平原越过高

---

① 何塞·德安特克拉－卡斯特罗（1689—1731），巴拉圭1721—1735年起义领袖。
② 即玛里娜，墨西哥印第安妇女，曾充当殖民者科尔特斯的翻译和情妇。
③ 胡安·德梅纳（1411—1456），西班牙诗人。
④ 奥顿西奥·费利克斯·帕拉维西诺－阿特亚加（1580—1633），西班牙教士和诗人。
⑤ 胡安·托克马达（1557—1624），西班牙教士和历史学家。著有《印第安君主国》。

山，他们的头盔嘎嘎作响。墨西哥的一位教师一边走一边对印第安人说话。委内瑞拉印第安人嘴里咬着长矛涉水过河。智利的罗托人同秘鲁的乔洛人手挽手一起前进。黑人们头戴获得自由的奴隶的弗里吉亚帽在蓝旗下边走边唱。高乔人的队伍披着斗篷、穿着马靴、挥舞着套索胜利地前进。复苏的佩文切人骑着马，披头散发，举着带羽毛的长矛飞驰而过。阿劳科武士身上画得色彩斑驳，手持饰有彩色羽毛的竹矛走来。黎明，晨曦染红了悬崖峭壁。只见圣马丁在雪山顶上，戴着革命的桂冠，披着战袍，穿越安第斯山。美洲向何处去？谁使美洲团结一致，谁引导美洲？美洲像一个人独自站起来。它孤军作战。它将独自获胜。

我们将所有的毒液变成了浆液！在遭受这么多反对和不幸之后，一个最早熟、最慷慨、最坚定的人民诞生了。我们曾处在最底层，现在开始成熔炉。我们在灾祸中新生。我们砸烂了阿尔瓦拉多的长矛，修起了铁路。在原来焚烧异教徒的广场上，我们建起了图书馆。在原来宗教裁判所旧址，建起了学校。我们还有些事没有做，因为还没来得及，我们忙于清除父母传给我们血液中的杂质。那些不道德的宗教使团驻地只留下颓垣断壁，猫头鹰探头张望，蜥蜴忧伤地爬来爬去。新的美洲人在冷漠的种族、修道院的废墟和野蛮人的马匹中开辟了一条道路，并邀请世界的青年在他们的田野里拆走帐篷。少数使徒获胜。由于眼睛前面的书挡住视线，使我们作为自由的人民没有看到，由矮胖的西班牙人、凶猛和可畏的土著居民、非洲人和门塞耶人混血而成的这一色彩斑驳、新奇的国土上的政府应该明白，为了使国家繁荣富强，所有人都齐心协力，根据自然的最高法规，来创建国家。博学的城市和封建的农村之间的斗争难道不重要？安东尼奥·德纳里尼奥①和圣伊格纳西奥·德洛约拉②令人悲伤的葬礼难道不重要？我们有能力的、不知疲倦的美洲能战胜一切，把美洲的旗帜高高举起。我们的美洲征服了一切，凭

----

① 安东尼奥·德纳里尼奥（1765—1823），哥伦比亚作家、政治家、独立的先驱。

② 圣伊格纳西奥·德洛约拉（1491—1556），西班牙人。天主教耶稣会创立人。

借的是它国土灵魂的力量，这是一片用音乐和大自然秀丽景色装点的和谐和富有艺术的国土，它使我们内心感到充实，使我们头脑清醒，站得高，望得远；凭借的是它长期的影响，这种环境的秩序和伟大精神弥补了无秩序和我们出身的混杂；凭借的是人道和扩展的自由，这不是地方的自由，也不是种族自由、派别自由。这一自由是在我们各共和国昌盛时所具有的，随后又经过地球上人们的净化（或许它在我国辽阔的国土上可以找到比其他任何国家更宽广的位置），使人们诚实地努力，忠诚地追求，建立真诚的友谊（未来使我的言辞充满激情）。

额上带着刺、言语像火山的熔岩，我们来自满腔愤怒、动荡不定的美洲，由于止血器失灵，胸口还在出血。我们赤手空拳地迎来了今天英勇和勤劳的、坦率和警觉的我们的美洲，一只手臂是玻利瓦尔，另一只手臂是赫伯特·斯宾塞①，这是一个没有不近情理的猜疑和天真的信任的美洲，它毫不畏惧地邀请所有种族分享家里的财富，因为它懂得，这是布宜诺斯艾利斯保卫战和卡亚俄抗击战的美洲、塞罗德拉斯坎帕纳斯和新特洛亚的美洲。它喜欢未来能自由和平地平衡世界上的欲望和仇恨，既没有饿狼般的贪婪，也没有教堂司事般的防备，它喜欢完成这一伟大的任务：将面包掰成碎屑分在自己子女们的手里；不然，不仅不能联合，反而会分裂，会制造不符合历史、天体志、动物志的假象，或者跟在愿意充当车夫的人的后面，或者到各地去行乞，企求一笔巨额财富能掉到自己的盘子里。只有自己创造的财富才能持久，才会有益，只有用自己双手争得的自由才能持久！谁担心这一点，谁就不了解我们的美洲。里瓦达维亚②总是系着一条白领带，他说过，这些国家会得救，这些国家已经得救。人们白费了力气。我们的美洲也建立了宫殿，并将被压迫的宇宙的有用的剩余物聚合在一起；它也征服了森林，带来了

---

① 赫伯特·斯宾塞（1820—1903），英国哲学家、社会学家、进化论者，实证主义的主要代表之一。

② 贝纳迪诺·里瓦达维亚（1780—1845），阿根廷独立运动领导人，第一任总统（1826—1827）。

书本、报纸、城市、铁路；我们的美洲迎着太阳，在沙漠中矗立起一座座城市。在这场我们民族形成的危机中，重新出现了构成独立的克里奥人的各种因素。占统治地位并正在巩固其地位的是克里奥人，而不是手拿鞭子，将马刺套在主人的脚上，再把主人的脚放在马镫上，使主人骑上马的印第安人。

为此，我们生活在这里，为我们的美洲感到自豪，我们为她效劳并向她致意。我们不是作为未来的奴隶或者无知的乡下人活着，而是有决心、有能力使人们因她的功劳而看重她，因她所做的牺牲而尊敬她，因为不了解她的人纯粹因无知而指责她发动战争，而这些战争恰恰是我们各国人民荣誉的标志，他们毫不迟疑地用自己的鲜血，加快前进的步伐，他们可以为这些战争感到荣耀，就像头上戴的桂冠一样。尽管这个国家多么宏伟，尽管生活多么诱人，尽管心里多么胆怯，由于我们的斗争和我们的热情（这一热情来自遥远的国土，那儿我们的子儿不能生长）缺乏接触和日常鼓励，都徒劳地要求我们冷漠和遗忘。我们将我们的美洲的光芒和圣饼带到不会遗忘和没有死亡的地方。无论是腐朽的利益，还是某些狂热的新形式都不能把她从这里夺走！对这些来自我们人民的卓越的使者掏出我们的心，让他们看到我们的心是诚实的忠诚的，对外国的东西的合理的钦佩和有用的、诚恳的学习，既不戴远视镜又不戴近视镜的学习，灼热的、恩人般的、圣洁的自尊心不会使我们变弱；即使是为了我们自身的利益（假如没有安宁的意识有好处的话），我们也不能违背自然和人类要求我们做的事。于是，当他们每个回到也许我们永远不能再见到的海滩，他们可以为我们的尊严高兴地对我们的女主人、我们的希望和向导说："我们的母亲，美洲！这里有我们的兄弟！我们的母亲，美洲！这里有您的儿女！"

（徐世澄　译）

华盛顿的国际大会①

——它的历史、因素和趋向

一

《民族报》社长先生：

一家报纸标题为"泛美国家"，另一家为"克莱②的梦想"。一家为"正当的影响"。一家为"还不行"。一家为"通往南美洲的轮船"。另一家为"海湾③已是我们的"。其他各家报纸报道的标题还有"这次大会！""捕获补贴的猎人""反对候选人的事实""布莱恩④的大会""泛美国家巡礼""布莱恩的神话"。代表们的休会已经结束，国际大会会议即将重新开始。从独立到现在，在美洲还没有任何一件别的事需要更明智的考虑，需要提高警惕和需要更明确与细致的研究了，在美国这个强国里充塞了卖不出去的产品，它决心要在美洲扩张它的统治；而美洲各国力量较小，它们与欧洲各国之间有着自由与有益的贸易关系，现在美国向这些美洲国家发出邀请，其用意是要它们同美国结成一个反对欧洲的联盟，并与世界其他地方断绝来往。西班牙美洲已摆脱西班牙的专制统治，现在，当用审慎的眼光来研究这次邀请的背景、原因和因素时，就必须说明——因为这是真理——对西班牙美洲来说，已到了宣布第二次独

---

① 即第一次泛美会议，于 1889 年 10 月 2 日至 1890 年 4 月 19 日在美国首都华盛顿举行。

② 即亨利·克莱，美国国务卿（1825—1829）。

③ 指墨西哥湾。

④ 即詹姆斯·G. 布莱恩，美国国务卿（1881，1889—1892）。

立的时候了。

对于这些关系重大的事，假如提出虚假的警告，是与掩盖真相同样有罪的。对所见到的事既不应加以夸大、歪曲，也不应对此闭口不言。不应等到危险来临时才发觉，而是应该在可以避免危险时就察觉危险。搞政治首先要明辨是非并预见未来。西班牙美洲各国人民只有作一致与有力的回答——作这种回答还来得及——他们才能在他们发展的时刻一劳永逸地摆脱不幸的焦虑与不安，因为一个强大的和野心勃勃的邻国正在不断地推行它由来已久的、明目张胆的霸权政策，它在一些唯利是图和弱小的共和国的可能帮助下，使西班牙美洲各国人民处于苦恼与不安的状态中。这个邻国从来也不想促进这些国家的发展，它和这些国家交往只不过是为了阻止它们的进展，例如巴拿马；或是为了占据它们的领土，例如墨西哥、尼加拉瓜、多米尼加、海地与古巴；或是以威胁的方法切断它们与世界其他地区的联系，例如哥伦比亚；或者像现在这样，要强迫这些国家购买它卖不出去的产品，并要它们同它结盟，以实现自己的统治。

应该看到各国人民的渊源——各国人民的渊源往往人们没有看到——这样，就不至于在他们发生这些从外表看来似乎突然的变化时，以及对他们既具有杰出的美德，同时又具有贪婪的本性的两重性，不至于感到惊奇。北美，甚至在慷慨的青春时期，也从未有过那种人道的、推己及人的自由，本来为了这种自由，一些民族可以不惜越过积雪的山峰，去拯救另一个兄弟民族，可以不惜成群结队地捐躯，刀架在脖子上依然泰然微笑，甚至可以牺牲自己来引导人类走上解放的征途。以领主统治作为酵母，将荷兰人的重商作风、德国人的自私自利、英国人的专横跋扈，全都像面粉一样揉成一团，形成了一个这样的民族：它自己本来刚反抗过奴役，但却不认为借口别人愚昧无知（其实是别人使他们处在愚昧无知状态的）而把他们成群地加以奴役是一种罪行。

约克镇的法国马①的涎沫还未干，他们便以大陆中立为借口，

---

① 美国独立战争时，华盛顿曾在约克镇击败英军。在作战中，华盛顿曾得到过法国志愿军的援助。

拒绝援助那些曾前来把他们从压迫者手中解放出来的人们去反对压迫者，他们这个民族到了后来，在历史上最公平的世纪里，甚至还以自己在地理上占优势为理由，同自己往日的援助者争夺一项在自由大陆保护造福人类的中立事业的权利。直到人家已不需要他们伸手援助的时候，他们才伸出手来。他们对在自己大门口发生的一场震撼人心的战争袖手旁观，一个可歌可泣的民族正在为行使自由意志与维护尊严的原则而进行这场战争，这些原则，曾几何时是北方对英国人作战时所高举过的旗帜，而那只写下这些原则的手，直到这时候还是长在活人身上的。当取得自身自由的南方邀请北方坐到桌边来叙友谊时①，他们并没有提出本可提出的异议，但却通过同一张刚宣布过任何欧洲君主不得在美洲拥有奴隶的嘴巴，要求南方的军队放弃他们前往墨西哥湾把那里的美洲岛屿从一个欧洲专制政体的统治下解放出来的计划。北美的 13 个州在联合时，曾遇到不亚于南方各个人种混杂的殖民地联合起来时所碰到的困难，但它们一旦联合起来后，却马上禁止南方各国人民去促成那些由于自然环境而处于门卫位置的各岛屿取得独立，不让它们以此来加强自身既有必要又有可能、既有目的又有精神内容的联合（而这种联合本来是可以加强的，而且现在还是可以加强的）。生活的现实如同热带雨林那样纯真，婴儿那样精灵和富有活力。现实生活出现的情况是：他们为了取得更多的领土来容纳奴隶，对一个邻国②发动了战争，趁这个友邦陷入混乱状态，从它活生生的肌肤中割掉了一块他们垂涎已久的地区，而该国之所以陷入混乱，是因为有一伙福音传教士坚持要对欧洲剩下的几块中了毒的殖民地皈依那些向它们进攻的邻居们的自由教义。贫困的现实，原始森林的纯真和居住在森林的儿女的精灵和活力，使在国家调整的时刻，涌现出一位优秀的、可怜的伐木者林肯③。他心平气和地听取了一位政客的建议，为了疏散曾帮助他巩固联盟的武装起来的黑人，收买那个有着热情的男

①　指玻利瓦尔 1826 年邀请美国参加在巴拿马举行的美洲大会一事。

②　指墨西哥。

③　即亚伯拉罕·林肯（1809—1865），美国总统（1861—1865）。

孩和热心的女孩的国家，这个国家由于渴望自由，没有多久后，它不怕西班牙军队，为林肯的死进行悼念。林肯也听取了建议，同意调停者向南方国家提出建议，不再向遭到法国威胁的墨西哥进军，并通过向该国提供一笔巨额贷款，获取了从布拉沃河至巴拿马地峡的大片土地。这个北方国家从摇篮时期起就梦想得到这些领地。这一梦想通过下面这些人所说的话来表达：杰斐逊①所说的"这是最合适不过的事情了"，亚当斯②所说的"这是13州的政府的天然使命"，克莱所说的"预见性的眼光"，韦伯斯特③所说的"北方的伟大光芒"，萨姆纳④所说的"目的是明确的，贸易是有利可图的"，休厄尔⑤脍炙人口的诗："整个一望无际的大陆是属于你的"，埃弗雷德⑥所说的"大陆的统一"，道格拉斯⑦所说的"贸易联盟"，英戈尔斯⑧所说的"不可避免的结果"，"直到地峡与极地"，布莱恩所说的"必须在古巴根除黄热病的温床"。一个从根上说就是贪婪的国家，他们是在占有整个大陆的希望和信心中培养出来的，发展到了现在这个地步，他们受到欧洲的那股进取心以及自己成为遍及全世界的民族的野心的驱使，以这种野心的实现作为他们未来权力的必不可少的保证，加以他们需要一个不可缺少的、排他的市场，以维持他们所认为必须加以维持并且进一步增加的畸形的生产，从而使他们的影响及繁荣不致衰落，因此，我们必须采取各种可能方法来抑制他们，如显示我们自己思想的正直，迅速与灵活地促进同他们对抗的力量，坦白与迅速地把一切由于有同样的理由而感到担忧的人结合在一起，以及说明真实情况。如果自由的民族背叛了自由或他们危及我们祖国的自由，那么我们对他们的同情就此结束。

---

① 即托马斯·杰斐逊（1743—1826），美国总统（1801—1809）。
② 即约翰·亚当斯（1739—1826），美国总统（1791—1801）。
③ 即丹尼尔·韦伯斯特（1782—1852），美国国务卿（1841—1843）。
④ 即查尔斯·萨姆纳（1811—1874），曾任美国参议院外交委员会主席。
⑤ 即乔纳森·米切尔·休厄尔（1748—1808），美国律师与诗人。
⑥ 即亚历山大·希尔·埃弗雷德（1790—1847），美国外交官，曾任驻西班牙公使。
⑦ 即斯蒂芬·阿诺德·道格拉斯（1813—1861），美国民主党议员。
⑧ 即约翰·詹姆斯·英戈尔斯（1833—1900），美国参议员。

在研究了这两个美洲的历史和现状以及美国的一贯特点和新的特点之后，尽管一些个人的事件和吉利的插曲，人们得出了上述结论。但是，不能因此而断言说，对这些事情就没有更富有挑衅性的和更令人畏惧的言论。不能说这次大会就是这种言论的体现和证明，各种矛盾的力量对大会施加影响，大会是个人和公众相近的国内因素共同行动的结果，对大会将产生影响的有进行抵制或屈从的西班牙美洲民族和利益的因素，有地方的特权和新闻界的舆论。新闻界的舆论根据不同的派别或需要，有的大胆辛辣，有的谨小慎微；有的卑鄙盲从，有的指责嘲弄。在布莱恩致开幕词时，为了对外的体面，没有谁敢说他的开幕词是拼凑兰唐纳侯爵和亨利·克莱演说词片段的大杂烩。但是，经过一开始有礼貌的休战，新闻界表现出有益的多样性。从新闻界可以发现，出于羞耻和利益反对不合时宜的、暴力的合并，得到其天然盟友地方工业特权的支持，因为合并会损害地方工业；同时也得到国内各种观点和倾向的报纸的支持。因此，在报道这次大会时，谁若是直截了当地谈论美国的这种或那种思想，特别是占据统治地位的人的大陆思想，谁就会犯错误。但是，这种思想遭到了一些人不断的抨击，这些人在大会幕后看到了要求对它们的船只进行补贴的公司的明显的推动，看到了一位机灵的、熟谙其部下的政客为了战胜对手所使用的伎俩：既讨好富有的工业，没经长时间的贸易方面的准备工作，就向它们提供诱人的市场；又满足民族的担忧，国民视英国为天生的敌人，能使在选举中颇具实力的爱尔兰人高兴的东西，同样也使他们感到高兴。因此，必须了解，大会是如何产生的，它掌握在谁的手里，目前大会同国家现状的关系，根据国家现状，大会将会怎样，哪些因素对大会起影响，谁在掌管大会等。

这次大会是在罪过的日子里诞生的，当时国务卿布莱恩因对智利和秘鲁的政策刚刚在被告席受到指责（是贝尔蒙特①把这一政策置于被告席的），因为有确凿的证据证明，这是一个在对秘鲁的事

---

① 即奥古斯特·贝尔蒙特（1816—1890），美国银行家，曾任驻奥地利、荷兰等国公使。

务中，向智利敲诈的政策，这一来，布莱恩的计划没能得逞，因为理智和荣誉都要求对之加以拒绝，接受布莱恩的政策就意味着智利和秘鲁要依附于外国，而这么一来，问题总是变得比同自己人的争吵可怕得多；其实这个政策的基础就是朗德娄的私人生意经的利益，而美国国务卿就充当了他的公开代理人，这些生意经通过共和党人弗里林海森①之手，使共和党人布莱恩在别人家里（指在秘鲁）喧宾夺主地、"既无权利又不慎重"地打算做的事情落空，布莱恩拿一些不准备履行的、或是会带来私利毒素的诺言来扰乱与削弱战败者，而对战胜者，他则让他们抵赖连美国国务卿也无法为之辩白的干涉。因此，这个政策除了带有贪婪的标记之外，还带有侵犯美洲权利的标记。纯洁的政治家依靠的是自己的德才所长期不断地赢得的名声，这使得他们能免除那些使人眼花缭乱的虚玄和不必要的莽撞；但是，那些在国人面前没有这种权威与功绩的人，为了自己的权势与显赫，就乞灵于同有财有势的人暗中勾结，乞灵于大胆妄为、哗众取宠的标新立异。对于这些庸俗的政客们，应当警惕，因为见到他们在做什么，也就可以猜测出他们在想什么。工业界虽然受到保护，但仍处在过剩的窘境，因此他们要求采取帮助他们销售的政策，要求有船只来由国家出钱运走他们的货物。而轮船公司则以如数归还为条件，在各政党感到窘迫的时刻预借给它们巨额的款项，这些公司知道猎物一定到手，要求得到秘密的津贴。巴拿马运河提供了一个机会，使那些原先没有能够开凿这运河的人们去企图防止"老朽的欧洲"来开凿这条运河，或是仿效"老朽的欧洲"在苏伊士的政策，等别人把这运河完成，然后自己来坐享其成。朗德娄集团的人看到，可以把国家的国务院变为自己的私人代理机构。这样，一个机灵的候选人的私人的与政治的利益、各政党的后台老板们的迫切需要、在本国根深蒂固的称霸大陆的传统以及这传统在一个动荡的弱国身上的试验，就结合在一起了。

从布莱恩的国务院产生了泛美大会的方案，它看起来冠冕堂

---

① 即费德里克·T.弗里林海森，美国国务卿（1881—1885）。

皇，暗中推动它的却是利害关系，但由于它标新立异与大胆妄为，在庸人的心目中总是产生魅力。

国家本应感谢他，但却指责他图谋不轨和没有必要，其原因是十分清楚的。由于吉托受伤，布莱恩离开了国务院。他所在的党，在谴责他干涉秘鲁之后，隔了三年，才任命了一个和平委员会，没有做很多政治宣传便派和平委员会到美洲国家去了解贸易如此不平衡的原因，和两个美洲之间友谊如此淡漠的原因。他们谈到了半途而废的大会，并建议众议院和参议院重新考虑召开此会。

和平委员会认为，两个美洲之间友谊淡漠的原因是：北方工业家的无知和狂妄，他们既不研究，也不去扶持南方市场；对大方的欧洲的贷款缺乏信任；欧洲假冒美国的商标；银行少，度量衡不一致；进口税率太高，可以通过互惠办法，减少关税；罚款和海关设置障碍太多，"特别是海运往来不够"。

就是这些原因，没有别的原因。在委员会回国时，民主党人重新执政。由于民主党领袖的果敢，尽管该党大部分党员反对，该党还是勉强维护了通过降低生产成本推动贸易的趋势。当时民主党人认为，今天他们写道，若不是上述原因，召开泛美大会的计划是难以被民主党人通过的，因为民主党人对这一计划看不顺眼，在他们脑海里，同美洲各国自由的人民加强友谊的直接和正当的方法是降低国民的生活费用和生产成本。然而，作为一个政党，民主党不可能毫无顾忌地反对显然能扩大本国影响和贸易的计划。同时，民主党人也不可能揭露这一计划应受指责的动机和利害关系，因为民主党本身内部因对经济的看法不同分成几派，迫切需要消费者的工业家和轮船公司对民主党和共和党均予大量资助，它们在民主党中可得到决定性的支持。改革和首领克利夫兰①的威望越来越增加，他促使了两党保护主义者的联盟，并为建立庞大的利益同盟，正是这个同盟后来在竞选中击败了克利夫兰。自1881年起，工业家的苦恼增加，这一年指责召开泛美大会的想法是大胆妄为。1888年

① 即格罗弗·克利夫兰（1837—1908），美国总统（1885—1889，1893—1897）。

参、众两院又批准召开泛美大会，由于推销产品的需要比以前更为迫切、自然和有利，大会的召开受到欢迎。因此，由保护主义利益同一个机敏的总统候选人的政治需要相结合而产生的大会计划被美国两党一致通过。人们不禁要问：如果排除候选人竞选的政治利益和企业所提供的资助这两种因素，可能会产生代表新的利益的思想，事件的发展有利于计划的扩大，也容易导致政治极端，如总统候选人的急切愿望、已开始形成政治计划的扩张和称霸口号、新生国家的内战、各共和国之间的猜疑（应使这些国家摆脱互相猜疑以防范有人企图加以利用）等。

主张贸易保护政策的财团把克利夫兰从总统的宝座上赶下了台。共和党的大亨们在那受到保护政策庇护的工业中显然是有份的。生产羊毛的人为选举花了大笔钱，因为共和党人已经允诺不降低羊毛的进口税率。生产铅的人也花了钱，目的是要使共和党人关起门来不让墨西哥的铅进入美国。生产糖的人是这样。产铜的人也是这样。生产皮革的人也一样。他们设法使共和党人设立一种进口税。当时，大会还是遥远的事。有人答应把美洲市场给那些制造商，而人们私下谈到了一些秘密的权利和"不可避免的结果"；向那些畜牧业主和采矿主答应了不让国外的产品进入国内市场。但他们却没有说到：既然西班牙美洲各国购买他们的工业品，他们就应该购买西班牙美洲各国的原料作为补偿。他们说这是"不可避免的结果"，"克莱的梦想"，"天定命运"。休厄尔的诗句在各家报纸上流传着，好像开凿尼加拉瓜运河的口号也在流传着一样："通过巴拿马也行，通过尼加拉瓜也行，通过这两个地方都行，因为这两个地方都将是我们的"，"海地的圣尼古拉斯半岛已经是我们的了，这个半岛是墨西哥湾的钥匙"。这个党在自己的诺言中把这个神话般奥秘的力量同眼前称霸的需要结合起来，从而取得了胜利。

在大会举行时，正值制造商的利益同畜牧主与采矿主的利益发生冲突，当时可以看得很明显，如果禁止原料的自由进口，从而为主张保护政策的采矿主与畜牧主关闭国内市场，那就不可能保证主张关税保护政策的制造商人的产品的出售；这就必须做出一种抉择：要么在下一次选举中由于得不到这些人的支持而失去政权，要么靠利用权力而强行缔结的条约的威信来保持这些人的支持，因此，这个党的普遍的利害关系就同总统候选人的经常的、日益增长的利害关系结合在一起，这个候选人趁着这个本国最能起重大影响的时机，寻找一个为本国一开始就等待着的纲领，一开始就为一个大变动的时期进行准备，深知那些与美国为邻的美洲最弱、最不幸的国家（除了墨西哥这块具有独特力量的土地之外），有的是由于对自己的奴隶地位感到绝望，有的是由于实际生活的推动，都是纷纷要进入这个大变动的时期的。这一来，这件事开头只不过是一个狡猾的野心家还未成熟的奸计，但是由于各种变化的汇合、由于墨西哥湾各国人民对生活的渴望，由于关税保护主义的急迫要求，再加上那个把自己的不可告人的目的蒙上一阵冠冕堂皇的华光的精明的候选人的利害关系，这个奸计到头来竟然变成了美国对美洲各国实行控制的时代的开端。

尽管大会的召开表面看来还顺当，但是声明这一点是正当的，因为当观察这个牵涉到美国同美洲其他国家的关系的会议的时候，不能把它看成是同开会时美国对美洲的关系、美国的企图和它明目张胆的侵犯行为无关的，相反，看到这些关系现在怎么样，也就应该明白这些关系将来会怎样，将来的关系又会是为了什么目的；推论了现在所追求的这种友谊所具有的性质与目的之后，就应该研究一下，这样的友谊，对于两个美洲，究竟对哪一个更为有利，究竟是否一定要有这样的友谊才能保障它们的和平和共同生活，是否更好的使它们在自由的基础上彼此成为自然的朋友，而不像在大合唱时须服从一个有着不同的利害关系、成分复杂、问题惊人的国家的指挥，这个国家已经下决心，不等自己的家整顿好，就要盛气凌人地、甚至是不自量力地向全世界挑战。我们这些靠自己建国（而且是离他们越远，建国就更容易）的国家，究竟应不应该放弃自己的主权，把它让给一个本来最有义务援助我们但却从未援助过我们的国家，究竟应不应该在全世界都看得见的地方明确表示我们决心在健康的真理中生活，而不要同一个成分与我们不同的、另有企图的侵略成性的国家结成不必要的联盟，及早免得这种强行结盟的要求发展到气势汹汹的地步和发展到涉及他们的虚荣和我们的自尊心的地步。到了要决定究竟应该如何做的时候，就需要研究这次大会的各种因素，研究这些因素的本身和外部对这些因素的影响，这样才能推测出下面两种可能性究竟哪一种大。一种可能性是：承认（哪怕只是建议）一个已经开始把自由看成自己的特权（其实自由是人类普遍而永久的愿望）并以自由为名而剥夺各国人民自由的国家有在美洲大陆上唯我独尊和高高在上的权利；而另一种可能性则是：由于种种向四面八方扩张领土与漫无节制地扩大势力的活动，这个第一个称霸的企图已经暴露无遗，因此，纵令不是所有国家（本来理应是所有的国家），至少也有多数国家，由于仍然保持着自己的理智和信念，断然表示拒绝接受人家的控制，而只有少数国家，由于感到害怕（其实唯有在它们开始退让，承认了人家的优越地位之后，才有理由害怕），因此，当它们看到那目空一切的朱格瑙特①的车子在一大群受侵略国雇佣的阿谀逢迎的侍卫们前呼后拥当中，碾轧着那些匍匐地上的奴隶们的头，耀武扬威地迎面而来的时候，不是设法巧妙地避开它，而是向它跪倒。

　　纽约的《太阳报》昨天说："谁不愿意被朱格瑙特的车子碾死，谁就应该登上他的车子！"但最好是堵死车子前进的道路。

　　人的才智应该用来巧妙地战胜强权。得克萨斯人登上了车，他们背后起了大火，逼着他们像受惊的狐狸一样逃生，或者是不得不带着家人的尸体，赤着脚，饥肠辘辘，离开自己得克萨斯的土地。

二

　　如果只看事情的表面，就没有必要进行提防。因为大会的八条建议中，第一条和第八条述及的内容从总的来看，都是对美洲各国

---

①　印度的天神，每年7月例节用木车载其神像游行各处，迷信者相传若能被该车碾死即可升天。

有益的，是各国在掸去废墟的尘埃、创建国家后孜孜以求的。其余六条，一条是关于建立轮船公司的建议，这在我们的美洲无须开大会讨论，因为委内瑞拉已给美国轮船公司支付工资，它需要发多少货，如何付款均由美国轮船公司负责；新生的中美洲各国也是如此；墨西哥用比索雇了两家白人轮船公司，它并没有想到它的子孙后代需不需要白人的优势。显然，没有理由请别人当向导来干曾经教训过向导的事。另一条建议是值得推荐的。因为在朴实、友好的国家之间，不应有烦琐的、多种的陈规，而应有各国都适用的一个贸易条例，一个海关条例。同样，其他建议所述及的统一度量衡、商标和特许证法、罪犯引渡也应如此。

关于统一货币的设想也没有什么可怕的，因为只要有利于各国人民交往的事，便有助于和平，有助于减少仇恨和猜疑。如果通过一个固定的打折扣的体制或承认一个约定的价值，可以就各种银币的相对价值和固定价值达成协议，没有理由通过币值的浮动去妨害健康和诱人的贸易往来，也不应拒绝接受含银量较少的比索及否认友好国家之间对纸币比索的信任。关于仲裁的建议本来挺不错，但并不是像纽约《先驱报》所作的内心的保留那样。《先驱报》并非是一份不了解情况乱发一通言论的报纸，但它居然说：还没有到对美洲建立保护国的时候，这应该等到条件成熟的时候，即等到海军从欧洲打仗凯旋后，依靠胜利的威信，便可试一试"应该做，但是由于缺乏力量，到现在还没有去试"的事。这几个月，若美国想进行仲裁的话，本来可以对它的邻国，对海地两派进行仲裁，而不是像现在那样，向允诺将圣尼古拉斯半岛割让给美国的那一派提供武器，而把不愿割让半岛的合法政府驱逐出海地。仲裁本来是好事，倘若美洲的主要问题不交给那个法院仲裁的话，那个法院居然令人惊奇地判科尔特斯在墨西哥获胜，阿尔瓦拉多在危地马拉获胜。要不了多久，美洲的主要问题若不及时梳理，将是美洲各国同美国的关系问题，美国在世界的利益，与美洲各国的利益不同；而美国在大陆的利益，则同美洲各国的利益截然相反。令人担忧、可以肯定的是，狮子凭借自己的财力或威力会获得多数票，而勇敢的马驹或不幸的小鹿却只得到少数票对付反抗山羊们的大合唱。假如仲裁制度能使那个共和国的胃口在其羽毛丰满时有所节制，那么，仲裁制度本来是件好事。这个国家早在羽毛未丰时就曾命令一些慷慨的哥哥让自己的弟弟得不到解放，叫他们不要碰它的掠获物。

一方面，美洲有一个国家擅自宣布自己由于地理上的理由而有权统治整个大陆，并且一面伸手去攫取一个岛屿还企图购买另一个岛屿，另一面又通过自己的政治家，通过报纸和说教台，通过宴会和国会，宣布整个北美洲应该归它所有，宣布人们应该承认它对地峡以南地区有实行帝国统治的权利；另一方面，有另一些起源和目的都与此不同的国家，它们日益忙碌，不再多疑，他们唯一的真正敌人只是他们自己的野心和邻国的野心，这个邻国劝他们最好是免除它的麻烦，今天就把它要的东西甘心情愿地奉送给它，省得它明天还要动手抢。美洲各国要么把自己的事务交托到自己唯一的敌人手中，要么赢得时间，赶紧繁衍生息，团结起来，最后博得各国的信任与尊敬，通过国内国外的教训来教会这个邻居放规矩一些，或教会他一点政治道德，使他不敢要求美洲各国人民屈服，使他不敢下决心冒险去干一件天理难容的事，即以同处在一个大陆上为由而侵犯一些有自尊心的、有能力的、公正的、同他一样兴旺与自由的民族。

关于建立关税同盟和建议并不令人吃惊，它将允许每个国家的产品可免税进入关税同盟所有成员国。这一关税同盟刚刚提出来，便不攻自破，它旨在重新并匆忙地使美洲15国能接受一个友邦的剩余产品，对这个友邦来说，它急需推销这些产品，它希望为了它的利益，邻国不应再使用本国厂家生产的全部的或几乎全部的家庭消费品，而是购买美国在其大工厂加工的各种为世人所知的免税产品。对美洲各国来说，这意味着使主要关税收入扔入大海、付诸东流，而美国则仍旧收取几乎全部原有关税，因为美国从美洲其他国家进口的重要的征收关税的商品不超过五种。美国尽可能根据原先的义务，剥夺其他国家在美洲国家推销其廉价商品和提供资金和贷款并且不要求它们政治上的屈从的权利，而美国自己则向美洲国家推销其价格昂贵、质量低劣的产品，美国只对有矿藏可开采并有利可图的国家提供资金的贷款，美国还要求顺从它，美国这么做是不道德和不受欢迎的。

为什么在我们最美好的青年时期，要充当美国的盟国，参与美国准备在世界其他地区进行的战争？美国同欧洲的战争为什么要让美洲各国去参加呢？为什么要在自由的国度试验其殖民制度呢？为什么这么想闯到别人家里，而被它从别人家里驱逐出的人，正在到它家里来呢？为什么在大会会议厅还要提出同美洲所有各国的互惠条约草案呢？而美国同墨西哥两国政府的互惠条约草案虽然在几年前就提出，但由于受条约影响的特别利益集团的反对，国会迟迟没有批准这一条约，从而影响了国家总的利益。

1883年，当委员会向有关国家发出大会邀请时，美国为了满足本国生产者的要求，对南美洲羊毛关闭了大门。而美国参议院在今天，在泛美会议召开之际，增加了对南美国家地毯羊毛的进口税。然而，美国却要求这些国家免税、优先消费它的产品，排挤这些国家的产品。当泛美会议的代表在肯塔基赴宴时，美国财政部部长刚刚重申对墨西哥的铅征收高关税，而美国却要求墨西哥共和国允许它的商品免税进入墨西哥。美国说已同意墨西哥商品免税进入，只是需要美国国会批准。美国西部庄园主正在向轮船公司提出抗议，抗议轮船公司利用政党（西部庄园主也曾支持过这个党①获胜）力量，用国家的资金，向南美洲购买活牲口和鲜肉供应美国东部地区，其价格要比美国西部庄园主用火车运来的同样畜产品便宜。为什么要邀请出口铜的智利呢？美国铜矿主曾帮了共和党这么大的忙，他们提出的条件就是要禁止进口铜。而美国糖业主之所以支持共和党上台，不就是为了要共和党不准进口糖吗？

共和党政府要么失去保护主义者的支持（他们选举共和党人当总统，目的是要共和党政府维护他们庄园的利益），但这一牺牲是白费的，因为联邦议会是由企业控制的，它将指责政府的背叛行

---

① 指共和党。

为。要么是故意邀请美洲国家与会，指望它们做出让步，在将来能签订条约，而这些条约预先就抛弃了准备执行条约的人的权利并抛弃了支持共和党人上台的利益集团。要么指望通过政治手段及同惶惑、胆怯的国家的交易，使这次国际会议提出建议，使美国有指挥美洲的权利。要么谨慎地利用这些国家，以等待更恰当的时机，使总的决议和有礼貌的认可能被焦急的保护主义者和希望增长的本国所接受，作为对更大的建立美洲决定性保护国的事业的奖励，这一事业对有魔力的政治家来说，不应关在部长办公室里实现，而是在总统的职位上以总统的权威来实现。《先驱报》如是说。

《晚邮报》说："在我们看来，这次大会只不过是一次政治花招，是有魅力的政治家策划的一次烟火表演，是为下届总统选举制定战略的一次出色的活动！""布莱恩想使帮助他的轮船公司感到高兴，因而使大会通过了几项空洞的建议，建议对轮船航线进行补贴，建议轻描淡写地谈到了各国的友谊和仲裁的好处。大会可以寿终正寝了，因为轮船公司想要大会做的事，大会均已做到了。"《时代》周刊评论说："种种迹象表明，这次大会将对给轮船公司补贴一事进行讨论。"费城《先驱报》说："整个这家由美国建造的豪华的工厂是我国极有趣的自相矛盾的产物"，"它会不会使我国人民明智和聪明的声誉有丧失的危险？"纽约《先驱报》评论说："对布莱恩来说，是极好的预兆！"

但是，大会将明白应该自负到什么程度得体。与此同时，华盛顿政府正在准备宣布它要占有圣尼古拉斯半岛，而且如果道格拉斯公使谈判顺利的话，华盛顿政府还要宣布海地是它的保护国。据未经辟谣的传说，道格拉斯此行的使命，是去看看如何能使多米尼加接受这种保护国的地位。帕尔默公使正在马德里静悄悄地谈判购买古巴的事。米格纳公使在挑唆哥斯达黎加一方面去反对墨西哥，一方面去反对哥伦比亚，这件事在墨西哥引起了舆论哗然。美国企业占据了洪都拉斯。还不知道究竟洪都拉斯人在他们本国财富中除了要给予合伙者的部分之外，还有没有足够自己需用的一份，而且一家政府日报由一个公认的合并主义者来主持，又是否合适；为了运河的好处，为了这种好处的假象，尼加拉瓜和哥斯达黎加的双手都伸到了华盛顿；哥斯达黎加有一个想当总统的人宁可同美国合作也不愿中美洲联合起来；再也没有比哥伦比亚总统对这次大会及其计划抱更明显的友好态度了；委内瑞拉正在兴高采烈地等待着华盛顿把英国从圭亚那撵出去（华盛顿却是不能被人从加拿大撵出去的），尽管美国恰恰在这时候正煽动着一场战争，以图从另一个美洲国家手中夺去它的一片地区的财宝以及墨西哥湾的钥匙，但委内瑞拉仍然等待这个国家能无代价地替它确定它对一片领土的占有权；这个国家（美国）的众议院中有一个名叫齐普曼的人宣称现在已到了星条旗在作为北方国家的一个新州的尼加拉瓜上空飘扬的时候了。他说这些话时，众议院全体人员热烈鼓掌。

《太阳报》还这样说："好好记着！我们买下了阿拉斯加，为的是让全世界知道，我们决心形成整个大陆北部的联合，让星条旗从冰雪地带一直飘扬到地峡，从一个海洋飘扬到另一个海洋。"而《先驱报》说："对南方各共和国进行监护的看法成了亨利·克莱的主要的、经常的主张。"由于不同原因既是哈里森又是布莱恩的亲密朋友的《邮政快报》称布莱恩为"美洲思想的伟大的冠军亨利·克莱的接班人"。《论坛报》说："我们希望的只是帮助这些国家繁荣起来。"该报在另一处谈到另一个愿望时说："这些可能是两党在国会中经过深思熟虑所采取的总政策的决定性的、有深远影响的结果。"《先驱报》还说："我们对这一着还没有准备好；布莱恩比局势走快了约 50 年。"那么，美洲各国人民啊，还有 50 年的时间，赶快长大吧！

须知如果加以深入的观察，就可以发现新闻界中有一种类似当前策略的主张，这种策略可以从连那些最公正的人士都小心翼翼、不顾正面损害这种主张的这一点上看出来，这样做就使得人们对于那个打算像皮萨罗①把宗教信仰带到美洲来一样，在现代把铁路文明带到美洲各地的企图既不指责为不道德，也不指责为拦路行劫

---

① 即弗朗西斯科·皮萨罗（约 1475—1541），西班牙殖民者。

（其实的确是拦路行劫）。唯一的指责至多不过是表现为对未来的行动缄口不言，这也许是因为：在海地这个实际问题上，民主党人尽管比较温和，但却首先执行了同共和党人一样的征服政策，实际上是民主党人购买了路易斯安那州，并在杰斐逊任期内成立了这个州；另一个原因也许是：新闻界与其说是靠指导舆论吃饭，不如说是靠听从舆论吃饭，因此，他们不敢谴责那些可以使本国发财致富的主张，尽管这些主张一经提出，总会有人斥之为罪行，例如对有关得克萨斯的主张，达纳①和詹维尔②以及林肯传记的作者们就称之为地地道道的罪行，虽然，在这些主张已经实现之后再表示遗憾，远远不如在还未实现之前就加以阻止。但是，应该提出的是，在一些值得尊敬的报刊上，强调这次大会的真实目的不可能是贸易方面的，因为大会要求美洲各国交出主权，遭到各国的反对；各国还反对大会提出的互相让步的政策，把美洲各国召集在一起的人，通过选举机器和不公开的目的，装成遵守互让原则，但从其本质来说，是反对互让的，从实际情况来看，他也违背了这个原则。《时代》周刊、《邮报》、《幸运》、《竖琴师》、《广告报》、《论坛报》等大张旗鼓地唆使与会各国组成联盟反对世界其他地区，以讨好那个不能参加联盟，也不能冒险去做它要求同盟者做的事的政党。

布莱恩本人也明白，由于事业刚开头，要获更多胜利不易。要在大选中获胜，只需树立从亚当斯到卡廷所具有的信心。他估计，由于大会的召开，使微弱的视力增强，使胜利在望；但他担心，由于工业界的迫切需要，对大会所抱的希望太大，超过现实可能，现在的贸易只能建立在保护主义的基础上，因此，需要今天通过某人，明天通过某种报刊，及时地告知：从总的来看，只能期待大会为同盟做些准备，因为反对多于赞同，或者只是同意做准备。在敌对国家，尊严的政策把那些为了尊严、不认为在被攻击的国家里可以缺乏尊严的人作为自愿的和勇敢的同盟者。甚至从缺乏尊严中获

---

① 即查尔斯·安迪生·达纳（1819—1897），纽约《太阳报》编辑，何塞·马蒂之友。
② 即托马斯·阿利本·詹维尔（1849—1913），美国作家。

利的人，也不希望缺乏尊严。

人们一致希望，大会不能只是一次无效的会议，或只是总统竞选的一面旗帜，或只是获取补贴的借口。而他们想通过美洲独立国家达到上述目的。他们明知独立的好处，却不懂得，不必非得死，便可以放弃独立的好处。墨西哥湾中的各个岛国，会不会在新的主人面前屈膝跪倒？中美洲会不会同意让一条穿越自己心脏的运河把自己切成两半，或是从南方联合起来，在那个从北方压着墨西哥的外国的支持下，同墨西哥为敌，反对这个同中美洲利益相同、命运相同的国家？哥伦比亚会不会抵押、出卖自己的主权？居住在中美洲地峡的各个自由的民族会不会为朱格瑙特扫清道路上的障碍，像得克萨斯的墨西哥人一样爬上他的战车？委内瑞拉会不会由于希望取得援助来反对欧洲的外国人，或是由于对空中楼阁般的进步抱幻想（这种幻想只有出现在乡下人的头脑中时才是可以原谅的）而赞成让一个更自私自利的、更靠近的、并且宣布了自己一定要（而且已经如此）对整个美洲之家动念头的更可怕的外国人去享有称霸之权呢？还是应该像"土地"上的农妇用手安抚精疲力尽的牛犊一样去赞美美国呢？

这种由于新手的狂热或缺乏研究所造成的盲目赞美，是美国政界所拥有的强大力量，为了统治美洲，它提出一种理论说，美洲各国不需要乞求外国，因为几百年前，当它们还没有成为自由的孩子时，它们就击退了地球上最顽强的国家，后来又单独地迫使该国尊重它们固有的权利和能力。美国政界为什么为了扩张自己在美洲的统治而引用从门罗以及坎宁①两人那里来的、防止外国统治美洲、保证这个大陆自由的主义呢？难道提出反对一个外国的主张，是为了招来另一个吗？异族性质是在于不同的性格、不同的利害关系、不同的目的；难道披上了自由的外衣，而在事实上剥夺了别人的自由（因为这个外国人来时带来的是贷款、运河、铁路等毒素）就能

---

① 即乔治·坎宁（1770—1827），英国首相（1827）。曾力图使巩固夺取拉美市场，反对神圣同盟政策。

把自己身上的异族性质清除掉吗？这个国家北边是加拿大，南边是圭亚那和伯利兹，它曾盼咐把西班牙的势力保住，结果也保住了，并且允许西班牙回到它原先离开的、紧靠这个国家的大门的那个美洲国家①来。

对这样的国家，难道应该让它向美洲的弱小民族全力推行它的这个主义吗？西班牙除了在安的列斯群岛上杀害自己的子女②之外，实际上已经处在美洲以外，而且西班牙从精神上来说，已经无法再把美洲夺回了，因为美洲这个女儿已随着新世界跑到了西班牙的前头，西班牙由于种族与感情的关系，可能利用美洲各民族对美国的侵略的担心和反感来使这些民族重新受它的影响，除此之外，它就无法在别的方面施加影响了，那么，为什么要假装对西班牙不放心呢？美洲那些能抵抗也愿意抵抗美国侵略的较大的国家会被它们同族的共和国所抛弃和危害吗？这些同族的共和国应该和它们同心同德，共同来抵抗这样一个共同的敌人：他之所以曾表现自己对自由的热爱，帮助古巴从西班牙手中夺取自由，而没有帮助西班牙去反对自由，是因为西班牙侵犯了他的船只，开枪杀死了他的儿女，为砍下来的头奖了 200 比索③。如果不是那样做，那么美洲各国不就是盲目的塑像与肮脏的白痴吗？

在那块安全的、多变化的、荒芜的广阔土地上，全世界所有各个民族中抱自由思想的、有魄力的人聚拢在一起，共同享受自由（这是全世界的共同事业）；对他们的兴旺繁荣，感到钦佩是正确的，但是当这个利用自己的势力与威信而以新的方式制造专利主义的国家对自由犯下了罪行的时候，这种钦佩的心情应该变为对这种罪行的指责。我们这些国家虽然条件略逊一筹，但是知道如何达到与他们那个国家并驾齐驱甚至超过那个国家，因此，我们这些国家也不需要像跟班一样跟在那个国家的身边。也许是为了在世界被打

---

① 指多米尼加。
② 指当时仍处在西班牙统治下的古巴和波多黎各。
③ 指 1873 年西班牙在公海上扣留了挂美国旗的"维尔克纽斯"号轮船，指责该船偷运武器给古巴革命者，并将船上 53 名乘客和船员处死。

乱了的均势当中抵挡盎格鲁撒克逊的势力，一个法国人被安插到了墨西哥①，但当这个墨西哥的法国人把一些富于反抗性的、到底还具有拉丁民族精神的各州②联合起来，从南部威胁美国的时候，美国就运用自己的影响把这个法国人逐出了墨西哥；这个国家为了自己的利益，把欧洲的外国人赶出了这个自由的共和国，但自己又在一场罪恶的战争中，从这个自由的共和国身上夺去了一大块地区，至今仍未归还③，对于这样一个国家，美洲的自由民族没有任何理由要期待它会替他们除去骑在他们头上的讨厌的外国人。沃克为了美国到尼加拉瓜去了④；洛佩斯为了美国到古巴去了⑤。现在已经没有奴隶制度可以拿来当作借口，就搞了一个合并同盟；艾伦在谈论帮助古巴的合并；道路拉斯去试探海地和多米尼加的合并；帕尔默在马德里试探西班牙出卖古巴的问题；中美洲被人收买的报纸在安的列斯群岛推动合并，而其后台则在华盛顿；北方的报纸不断地报道合并的主张在小安的列斯群岛取得的进展；华盛顿坚持要迫使哥伦比亚承认它在中美洲地峡有控制权，剥夺哥伦比亚同其他国家进行有关自己领土的磋商的权利；美国又通过它所促成的内战，在海地取得了圣尼古拉斯半岛。有些人认为"克莱的梦想"业已实现；另一些人认为应该再等待半个世纪；另一些出生在西班牙美洲的人则认为必须对此加以帮助。

这次国际大会将是一次荣誉的考验，从中可以看到谁是在不卑不亢地保卫着体现世界均势的西班牙美洲的独立，可以看到没有国家由于恐惧，由于奴仆的积习难返，或是由于利益关系，以至在这

---

① 指斐迪南·马克西米利安·约瑟夫。奥地利大公。1863 年法国干涉军占领墨西哥城后，被法皇拿破仑三世选为墨西哥皇帝，称"马克西米利安一世"。后经墨军事法庭审判后，被枪决。

② 指美国南部各州，当时它们主张奴隶制和分立主义。

③ 指从墨西哥夺去的得克萨斯州。

④ 指美国军事冒险分子威廉·沃克（1824—1860）于 1885 年纠集 58 名同伙，到尼加拉瓜参与内战，推翻尼加拉瓜保守党政府，1856 年自封为尼加拉瓜总统。

⑤ 指生于委内瑞拉的古巴军人纳西索·洛佩斯（1798—1851）在 1848 年组织反西班牙殖民统治的活动失败后，逃往美国。1850 年率 600 余人在古巴登陆，失败后于 1851 年再次率 400 余人在古巴登陆，失败后被俘获并处死。他主张使古巴并入美国。

个居住着两个天性与志向都不同的民族的大陆上，甘心通过自己开小差的办法，来损害这个同一民族的大家庭本来就很微弱的、必不可少的力量，而在目前，一个在统治大陆的希望中培养出来的国家，在全盛的时候，为自己生产过剩的工业迫切要求寻找市场，出现了机会让它能把预言中提出过的保护制度强加于远方的国家和弱小的近邻，有了动手这样办所必需的物质力量，而且还有了一个贪婪而大胆的政治家的野心，但是，在这样的时刻，我们这个同一民族的大家庭有了上述的力量，本来可以靠自己争气和明智的表现，来制止那个国家的这一为现时事实所证实的称霸企图。

纽约，1889 年 11 月 2 日。

（徐世澄 译）

美洲各共和国货币会议

1888 年 5 月 24 日,美国总统①给美洲各国和太平洋上的夏威夷王国发出邀请,邀请它们参加由参、众两院在华盛顿召开的国际会议,讨论有关"各国政府发行一种共同的银币,通用在所有美洲国家公民相互贸易交往之中"等问题。

1890 年 4 月 7 日,美洲国际会议(美国是成员国)建议成立一个国际货币联盟,作为这一联盟的基础,铸造一种或几种重量和含金量统一的国际货币,可在美洲国际会议所有成员国流通;建议在华盛顿成立一个委员会,专门研究国际货币的数量、流通、价值和金属成分问题。

在华盛顿召集的国际货币委员会应美国代表团"为有足够时间了解众议院对铸造银币意见"推迟一个月开会之后,1891 年 3 月 23 日,美国代表团对美洲国际会议宣布,铸造一种在美洲各国通用的共同银币是迷人的梦想,事先最好要征得世界上其他大国的同意。美国代表团建议用一定比例的金和银来铸造货币并希望与会的美洲各国及夏威夷王国一起邀请其他大国来参加一次世界货币会议。

美国在 1888 年经过国会同意召开国际货币委员会,讨论制定一种共同银币的会议;1891 年美国又说,制定一种共同的银币是迷人的梦想。美洲可从中吸取什么教训呢?

重要的不是事物的形式,而是其精神。重要的是实质,而不是

---

① 当时的美国总统是格罗弗·克利夫兰 (1837—1908)。

外表。在政治上，实质往往是看不见的。政治是为本国日益增长的福利将一个国家各种因素或相对立的因素协调起来的艺术，是将国家从其他国家公开敌视或贪婪的友谊中拯救出来的艺术。对任何向各国发出的邀请，必须追究其隐蔽的原因。没有哪一个国家会违背自己的利益行事。由此可见，一个国家的所作所为，都是符合自己利益的。若两国没有共同的利益，就不能联合。若联合，必然会发生冲突。正在孕育中的小国，同人口稠密、富有侵略性、为其剩余产品寻求销路的国家相联合，不可能不冒风险。它们同小国联合，是为其不安分守己的人群寻求出路。那些真正的共和国所采取的政治行动，是民族性格、经济需要、各政党的需要、决策人物的需要等种种因素归纳起来的产物。当一个国家被另一个国家邀请去结成同盟时，无知而昏聩的政治家就会匆匆地接受下来，迷醉于美好理想的青年也会不加考虑就加以庆贺，贪赃的、或是疯癫的政客就会把这件事当作一种恩典来欢迎，并以一些奴颜婢膝的字句来加以歌颂；但是，凡是自己心中感受到祖国的痛苦，凡是有警觉和有预见的人是会去询问和了解邀请国和被邀请国的种种因素，从共同的历史背景和习俗了解他们是否做好了共同行动的准备；那个邀请国的令人害怕的因素会不会在它所寻求的同盟里面进一步发展，从而危及被邀请国；而且还要问清楚在提出邀请时，那个邀请国的政治力量是怎样的，它的各政党的利益是怎样的，它的人们的利益是怎样的。如果谁不事先调查研究就贸然决定，或是不了解这个同盟是怎么回事就贸然希望结成同盟，或是仅仅由于华丽的辞藻或外表的吸引而赞成这个同盟，或者是由于乡下人那样的胆小怕事而卫护这个同盟，那他就会做出损害美洲的事。国际货币委员会是在什么情况下成立和开会的？其结果如何？美国国际政策是不是本国政策的一面旗帜和实现政党野心的一个工具？美国本身是否给西班牙美洲这种教训？西班牙美洲是不理睬这一教训，还是吸取这一教训？

一个国家根据构成该国的各种因素成长和对其他国家采取行动。一国所采取的同别国有关的行动，是根据其占主导地位的因素做出的，决不能违背这些因素。倘若把一匹饿马放到一片芳草地上，这匹马会趴倒在草地上，贪婪地吃草，谁要妨害它，它就会咬谁。两只秃鹰或两头羊羔相联合就不会像一只秃鹰同一头羊羔相联合那样危险。雏鹰热衷于嬉戏和争吵，不善于保住猎物或不能及时地联合起来保住所捕获的猎物，致使猎物被老鹰夺走。预见是各国宪法和政府的基本特性。执政就是要预见。在同另一国联合之前，要预见到组成该国各种因素自然而然带来的利和弊。

不仅需要调查这些国家是否真的那么强大，那种令急躁和无能的人目眩的权力积累是否靠高贵的品质产生，它们靠这些品质来威胁崇拜它们的国家；而且即使其强大是真的、根深蒂固、持久、合乎情理、有益和友善的，以不同的方式生活在不同环境中的另一国所希望的、通过自己的方式（这是唯一可行的方式）达到的强大则将是另一种的和不同方式的强大。在共同生活中，思想和习惯应该是共同的。共同生活在一起的人，光生活的目的相同还不够，生活的方式也应该相同。否则，就会因生活的目的不同或生活方式的不同而吵架，互相瞧不起，相互仇视。有相同生活目的的国家，如没有共同的生活方式，就不能联合起来以相同的方式来实现共同的目的。

知情、有眼光的人不能说实话（能说实话的只有无知识、没有眼光的人，或是为了自己的利益不愿去观察、了解的人）：今天在美国占上风的，并不是带有叛逆性移民（不论是贵族的后裔还是资产阶级的清教徒）中比较有人性和有男子气概的人，尽管这些移民总是自私自利，有征服欲。今天占上风的是那些将土著种族消灭殆尽，又对另一个种族①进行奴役并依靠这种奴役而生活，征服并掠夺邻国的人。现在这些人不仅没有变得温和一些，反而更变本加厉了，因为不断有欧洲的移民拥入，他们是政治与宗教的专权制度抚养出来的暴虐成性的后裔，他们唯一的共同特征，就是由于这个专权制度统治过他们，他们就培养起了一个欲望，想把这种统治施加到别人身上。他们信奉的是"需要"，是野蛮的理所当然的权利，

---

① 指黑人。

他们把这种野蛮的权利看作是唯一的权利：因为我们需要这个，所以这是我们的。他们认为，盎格鲁撒克逊种族不容争辩地比拉丁种族优秀。他们认为黑人种族是低劣的，他们昨天奴役了这个种族，今天还在加以虐待；他们也认为印第安种族是低劣的，他们正在消灭这个种族。他们认为西班牙美洲各国主要是由印第安人和黑人组成的。在美国对西班牙美洲还不能进一步了解、还不尊重的时候（其实通过不断地、急迫地、多方面地、灵活地解释我们的各种情况与我们的条件，本来是可以使美国尊重西班牙美洲的），美国难道会真诚地邀请西班牙美洲去参加一个对西班牙美洲有好处的联盟吗？同美国在政治上与经济上联合起来，对西班牙美洲说来是合适的吗？

　　说是组成经济联盟，实际上是政治联盟。做买主的国家就是发号施令的国家，而做卖主的国家只能听候差遣。必须平衡贸易，才能保障自由。如果把商品只出售给一个国家，便是自取灭亡；要想得到拯救，就得把商品出售给一个以上的国家。一个国家对另一个国家的贸易如果有过分的影响，这种影响就会变成政治上的影响，政治是公众的事业，人们是使自己的感情服从于利害关系的，或是为了利害关系而牺牲一部分感情的。当一个强国对另一国进行施舍，就迫使后者为其效劳。当一个强国想对另一个国家作战时，就迫使对它有所求的国家同它结盟，为它效劳。一个国家要想控制另一国，首先要做的是使后者脱离其他国家。一个国家要想自由，必须在贸易上实现自由，要同几个差不多强的国家同时进行贸易。若想偏重某个国家，最好偏重那个对它没有所求、最不轻视它的国家。既不要结成美洲的联盟来反对欧洲，也不要同欧洲结成联盟来反对一个美洲国家。同在美洲生活这一地理上的事实，只有在某个候选人或某个腐儒的头脑中才会引申出一种认为有必要在政治上联合起来的想法。贸易通过陆路和水路来做，谁有东西来交换，就同谁做买卖，不管它是君主专制还是共和制。要同全世界联合起来，而不是只同世界的一部分联合起来，不要同世界的一部分联合起来反对另一部分。如果说美洲各个共和国的大家庭有什么作用的话，那么，这作用并不是充当其中一个共和国的畜群，去反对其他未来的共和国。

货币是贸易的工具，在调整货币时，为了服从那个从未提供援助或者为了同别国进行竞争及害怕别国而提供援助的国家，一个正常的国家也不能摆脱这样一些国家：它们给该国企业提供必需的资金，以其信仰使该国对它们表示亲善，在该国陷入危机时向该国指出走出危机的方法，平等待人，不盛气凌人并购买该国的产品。全世界应通用一种货币。货币将统一成一种。一切原始的东西，如货币的差别，将会消失，原始的国家也将不存在。地球上无论在贸易，还是在政治方面，都应盛行平等的、文明的和平。应该尽力统一货币。应为统一货币做各种准备。应该承认必要的金属的合法使用。应该确定黄金和银的固定比重。应该希望并尽力使人们更加接近，使他们的生活更有道德，日子过得更好。应尽力使各国更加接近。但是，使它们接近的方法不是挑动一些国家反对另一些国家；为世界和平做准备的方法不是挑动一个大陆反对那些通过购买该大陆大部分国家的商品使这些国家得以生存的国家；不是邀请欠欧洲债务的美洲国家同从不借债给它们的国家协调建立一个货币体制，其目的是迫使借债给美洲国家的欧洲债权人接受债权人拒绝接受的货币。

用于贸易的货币应该为进行贸易的国家所接受。一切货币的变化至少应征得贸易开展较多的国家的同意。卖方不能为讨好买它商品少或拒绝购买它商品、不给它贷款的国家，而得罪买它商品多、给它贷款的国家。一个负债累累的国家也不应触犯债权人并使债权人害怕。相互贸易不多的国家之间不应使用那种使贸易往来多的国家不安的货币，也不应因货币原因停止贸易。承认和确定银币的最大障碍是担心在美国大量产银以及美国根据其立法给银所规定的虚假价值。所有使这一担心增加的因素，都有损于银价。银币的前途取决于其生产者的节制。若不节制，就会使银币贬值。西班牙美洲银的升值或贬值与国际上的银价同步。既然西班牙美洲国家的产品主要（尽管不是全部）卖给欧洲，并从欧洲取得贷款，那么，通过一个使欧洲人受冲击的体制，进入一个欧洲所不接受或者只有贬值后才能接收的货币制度，对西班牙美洲国家又有什么益处呢？如果说使银升值并确定含银和含金的比例的最大障碍是担心美国产银过多和所规定的虚假价值，那么对产银的西班牙美洲国家来说，以及对美国本身来说，确定一种确保美国的银占统治地位并更广泛流通的货币有什么益处呢？

但是，泛美大会视而不见能见到的事；没有使美洲各共和国摆脱应该摆脱的未来的承诺；没有讨论应该讨论的、由它的前期政治和地区会议建议讨论的问题。混乱的保护主义引起了制造业热；共和党感到有必要讨好保护主义的卫士；一个政治魔术师轻率地给帝国思想涂上共和国的色彩，同时可以以此为候选人的旗帜，满足生产者出售其产品的强烈愿望和国民血液中潜在的近乎成熟的追求。泛美大会由于其不必要让步的不谨慎的作风延误了它不想解决的事务；或经过一番曲折努力或由于时间不足未能解决这些事务，大会建议成立国际货币联盟，设立一种或几种国际货币，建议召开一次委员会会议，确定国际货币的种类和使用规则。美洲各国彬彬有礼地听取了这一建议。大多数美洲国家派代表出席了在华盛顿召开的委员会会议。墨西哥、尼加拉瓜、巴西、秘鲁、智利和阿根廷委派驻华盛顿公使出席会议。阿根廷公使拒绝与会，后另一名代表与会。其他国家专门派代表与会。巴拉圭没有派代表。中美洲国家只有尼加拉瓜和洪都拉斯派代表与会。洪都拉斯的代表是美国一名海军上将的儿子，他不会讲西班牙语。经一致同意，委员会会议由墨西哥公使主持。会议召开了例会，成立了筹委会，讨论了规章。但是，唯一达成一致的并不是货币，而是在激烈争辩中引起的疑问，会议没能就安全问题达成一致。一些人谈及"真正的贸易"，另一些人表示反对"这一不可能兑现的想法"。美国的一位代表要求会议延期，"以便有时间了解美国众议院对自由制造银币的意见"。有一位代表为使美国代表的过分要求合法化，提议："延期开会可解释成，为使邀请国做好会议的准备工作；而决不能解释为：必须依照美国众议院的意见来更改委员会的意见。"

委员会会议延了期，等到美国众议院未就自由制造银币法进行表决便散会后，美洲各国代表团又重新回到会议桌复会。也许有些人听见该国著名人士毫无保留地说了些什么。也许他们听到，那些被当作是政府多数人的朋友的人认为，委员会不是好事。政府对少数人想保留大陆政策的人表示不满，指责这一政策是一种计谋，认为这个空洞的委员会应该停止活动，以免充当某位无所顾忌、不择手段的候选人的政治借口。危险地炫耀这一大陆政策的只是某一个人，而连少数也够不上。对共同银币的讨论就使在共和党本届理事会掌权的黄金维护者们惊慌失措和恼羞成怒。无疑，只要眼睛还在，西班牙美洲各国就会自己看清一种政策的危险性（它们出自礼貌或由于迫不及待追求虚假进步而接受这种政策），这种政策因其华丽的辞藻和诱人的思路吸引它们参加一个联盟提出建议并策划这个联盟的人的想法同接受这个联盟的人的想法是不同的。一位美国代表站起来，向由美国提议成立的，旨在建立一种共同银币的委员会提出了一份关于货币现状的有分量的报告，报告把建立国际货币称作"令人陶醉的幻想"，并要求委员会宣布建立一种或几种共同银币是不合时宜的，认为建立被全世界接受的金和银双重本位制将有利于共同货币的建立；建议与会各国通过本国政府共同召开一次全世界货币会议，讨论关于建立一种金币和银币的统一体制。这位代表说："存在另一个世界，一个位于大海彼岸的世界，这一世界坚持不将银提高到金的地位，这是如今建立国际货币的不可逾越的大障碍。"正是美国自己向兴高采烈的美洲指出了匆忙接受美国建议的危险！

委员会委托智利、阿根廷、巴西、哥伦比亚和乌拉圭5国研究美国的建议，委员会一致决定接受美国的建议。"美国代表承认国际委员会被迫自己承认的现实，委员会对此并不感到奇怪"，"委员会遵循作为最起码公正的将在各国通用的货币的实质和汇率提交世界各国讨论"，"直接或间接拒绝平等对待世界其他国家人民，是侵犯自然的利益和人的权利，是同各国应有的豁达和威严格格不入的幻想。"但是，委员会并没有按美国要求，建议邀请"世界强国"，"以免因邀请的理由不十分充足，而引起其他国家不无道理担忧的危险，这些国家可能把会议的召开看成是急于促使它们找到一种解决办法的聪明的、隐蔽的努力。只要它们愿意，即使它们有怀疑，或自尊心受到伤害，只要坚持认为任何一个新的要素或未知的材料都能有助于解决货币问题，它们一定能自己找到一种解决办法。""银应该逐渐同金接近"，"无节制的生产使银远离金"，"不能也不应使银币消失"，"应该逐步统一货币，但应通过全世界劳动人民达成可信的、真诚一致的办法，这样才有持久的基础；而不应通过人为的经济强制手段，激起人们的憎恨和报复情绪，这样也不能持久"，"但是，不应一起都邀请"。委员会负责确定货币细节的精神，西班牙美洲用这种精神来理解所有与本国人民个人生活和独立生活相关的细节，委员会明确指出：

"参加会议的各国代表来这里并不是受尚未成熟的新鲜事物的吸引，也不是不了解召开这次会议的种种原因，而是想表明自己的诚意，对那些对自己的命运和实践能力充满自信的人来说不难看到这一点，在各国人民和人与人之间这一诚意是令人愉快和有益的；同时表明自己有决心把热心提出来的事认真地做好，有同美国及世界其他各国人民一起帮助所有为人类福利与和平做出贡献的人的良好愿望"，"不应匆忙地在各国人民之间挑起或制定违背自然和现实的不必要的承诺"，"美洲大陆的职责不是用引起对立和不和的新的因素来搅乱世界，也不是用别的方法和名义来重建帝国制度，在这一制度下，共和国遭到侵蚀和死亡；而应该和平和诚实地对待各国人民，在我们争取解放的危难时刻，他们给我们派来了援兵，在我们立宪困难时期，向我们提供援助"，"所有各国人民应该尽可能经常地在友谊中聚会，以便逐步以普天下不问语言的分野和千山万水的阻隔而彼此接近的制度，来代替那个永远死亡了的把世界分成一个个王朝和集团的制度"，"每个国家的大门应该向一切民族的有益的正当活动开放。每个国家都应该有自由来放手地按照自己特殊的自然环境和本身的因素来无障碍地发展本国"。

当主人站起来时，客人们不再坚持坐下来就餐。那些远道而来的客人，他们来这里与其说是为了用餐，不如说出自礼节，他们看见主人在门口说：没有什么吃的。客人们既没有把主人撂在一边，也没有迫不得已进屋，也没有提高嗓门，要求把餐厅门打开。客人们应该大声说明他们是出自礼貌而来，他们不是卑躬屈膝，也不是出自某种需要而来，主人不要以为他们是刻在木头上的傀儡，根据耍木偶人的意愿来来回回。说完，一走了事。挺起胸走路，个子可显得高一些。一位西班牙美洲的代表认为，货币委员会的宗旨是"履行赋予它的职责"，他没有看到建议在付诸实施前应先经过讨论和批准，他支持在代表中流传的、不知是谁提出来的意见：货币委员会的宗旨并不是促使它成立的美国所认为的那样，讨论能不能或应不应该建立一种国际货币，而是应该现在就建立一种国际货币，尽管美国本身认为现在不能建立。西班牙美洲这位代表提出了一项取名为"哥伦布"的详细的美洲货币计划，对拉美联盟的货币和拟设在华盛顿的监督委员会的细节作了规定。

美国并没有说过，建立国际货币的障碍是美国众议院拒绝就自由铸造银币进行表决；美国认为障碍是来自大洋彼岸不少国家拒绝接受同金币固定成色相同的银币。但是，一位西班牙美洲代表这么问道："鉴于美国新的众议院可能在年底前就自由铸造银币问题进行表决，那么，把会议推迟到1892年1月1日再复会，到那时美国政府有可能已对此事作出决定，这样，不是更好吗？"当另一位代表为客人们的尊严提出应该谨慎地、直截了当地接受美国的建议，不管世界代表大会是否接受时，一位不会说西班牙语的西班牙美洲代表发言①，要求会议休会，他的要求被采纳。除西班牙美洲代表以外，谁会愿意由美国发起的委员会能继续开展工作，而不同意美国本身提出让它停止活动的意见？是谁在一个西班牙美洲代表占多数的会议上唆使人们反对美国的建议？在美国自己召集的委员会上宣布大陆通用货币的建议不可能实现，这除了伤害那些把美国提议的大陆政策作为旗帜的人之外，还会伤害谁？在西班牙美洲代表占多数的货币委员会里为什么、如何会自然地出现反对关闭一个旨在讨论一项西班牙美洲代表几乎一致地宣布实施不了的计划的委员会？假如不是为了通过它，那么在委员会里是什么利益利用西班牙

---

① 即洪都拉斯代表。

美洲代表过分良好的愿望，使他们为这一利益效劳？正如了解政治内幕的人所言，是不是美国某个政治集团或某个大胆妄为的政客的利益通过隐蔽的手段、在私人势力的影响下结束了一次反对美国政府郑重意见的西班牙美洲人民代表大会？是不是因为西班牙美洲人民代表大会将为迫使他们结成混杂的、危险的、不可能成功的联盟的人的利益效劳，而拒绝接受那些为了本国拥护者的利益或为了主持国际正义，向他们打开大门，使他们从上述联盟中拯救出来的人的建议？

人们思索、害怕、着急、冒着极大危险去干不应该干的事：听任一种格格不入的、失望的、肆无忌惮的政策的摆布，使西班牙美洲人民代表大会了不了之，这次大会由于西班牙美洲许多国家同美国之间的复杂和微妙的关系，可能在一个无情的候选人的掌握下，对美国做出有损于西班牙美洲人民尊严和安全的让步。

过分地讨好甚至到软弱的地步，这绝不是从危险中解放出来的最好的方式。软弱的名声在同一个强劲的和奔放的人民进行贸易时会遇到危险。明智之举并不在于确认软弱的名声，而在于利用时机显示出充满活力、不畏艰险。至于危险，当选择时机恰当，并有节制地利用时机显示出活力时，危险就减少。是谁激励人民不要惧怕毒蛇？但是，曾发生过争斗，在那些还不完美的共和国对进步的渴望使其子女在异常失去理智或在奴役思想的驱使下，过多相信尚未诞生国家的人民进步的美德，而不相信已诞生国家人民进步的美德。由于渴望看到本国的增长，盲目地追求同本国格格不入或敌对因素所形成的方式和事物。一国应该根据本国的因素和方式来增长。地处北美近邻国家人民，出于自然的谨慎，对适合其他国家人民的事，不认为对自己是适合的。出于值得尊敬的谨慎、担心或个人的义务，使性格更为灵活，超过了在独立事务和在创建西班牙美洲联盟方面应有的灵活程度，在货币委员会上没有见到这种灵活性，因为大家一致同意结束会议。

（徐世澄 译）

纽约即景：报童

　　纽约有一位父亲，他常常带着他 5 岁的儿子去了解穷人的孩子是如何为谋生而奋斗的。而要想更好地了解，最好是在傍晚卖报的时候。于是，这位父亲拉着儿子的手，常常在傍晚，到罗夫公园附近邮局的一侧去，一些主要的报社集中在那里：《先驱报》在一幢年久失修的大理石大楼里，四周都是些崭新的、使它黯然失色的大厦，如由犹太人普利扎尔经营的《世界报》大厦，这家报社由于得到西部财团的财政支持，已逐渐把《先驱报》甩在后面；拥有聪明博学读者的《时代》周刊社，它的花岗石的新大厦已在旧址附近拔地而起，印刷和编辑工作一天也没有耽误；《论坛报》社在一幢砖砌的大厦里，大厦的塔楼是纽约最高的，它是创始人奥拉西奥·格里利的象征。生前，格里利是报人中个子最高的一位；《太阳报》社蜷缩在《论坛报》大厦旁边的一幢老房子里，它像香槟酒一样富有刺激，像调皮和粗鲁的阿里斯托芬①一样激昂，它仿佛在啃《论坛报》大厦的膝盖。那里白天车水马龙，因为罗夫公园一头同布鲁克林桥的引桥相连，另一头同百老汇大街相接，靠百老汇大街一头的街角，邮局、《先驱报》社和圣保罗教堂三个建筑物呈三角形。教堂的顶端是一个十字架，周围有一片陵墓，教堂位于商业区，从它的门厅的围墙开始，它似一个骨灰盒，裹着一块黑布，加入那些为发财致富而奔波忙碌的秃顶的、激动的淘金者的送葬队列里。诚然，死亡是自然的事，人生是美好的。人在死的时候应该说："明

---

① 阿里斯托芬（约前446—前385），古希腊喜剧作家，被称为"喜剧之父"。

天见!"而不应说:"永别了!"罗夫公园令人注目的以及那位父亲想让他的儿子看到的是那些 12 岁、10 岁,甚至像他儿子一样只有 5 岁的孤儿们,他们排着队,手里拿着一雷阿尔①的零钱,在人行道上等着地下室开门,好在那里设摊卖报。快下楼梯!赶快从人群中挤过去!有报的快把报纸分给没有报的!他们一会儿互相吵闹,一会儿又互相帮助。真想慷慨解囊,把口袋里所有的钱都给他们。这是新的达那厄②,是厄运。人们把拳头伸向天空,因为它没有化作金雨。啊,上帝!给孤儿们下一场金雨吧!啊,上帝!给所有赤脚的人一双鞋穿吧!这位父亲对儿子说:"你瞧!"儿子泪汪汪的,尽管他年幼不会读报,但他买了一大堆报纸,当找不开零钱,差他一分钱时,他对父亲说:"算了,甭找了吧,爸爸?"这个儿子就这样生长成人,他不是那种因出身低微或因同穷人接触而自惭形秽的愚蠢卑鄙的小人。

在城市的高处,当夜幕降临时,又出现同样的情景。这是了解最新消息的时刻。是哪艘快艇获胜?是哪个棒球队获胜?是纽约棒球队,因为它的掷球手球掷得最远;还是芝加哥的棒球队,因为它的接球手是全国最好的,他蹲在圈外,望着天空,当球像闪电一样掷过来时,他像舞蹈演员疾风般地用手指尖把球接住?哪一匹马在赛马中获胜?听说约翰·沙利文这位洒脱的被称为两足巨兽的拳击手,由于酗酒过度,毁了身体,现已风烛残年,奄奄一息?垒球、赛艇、拳击、赛马,这些消息总是那样扣人心弦。突然,在高架火车站下,集合了一群孩子。两名警察手持警棍跑了过去。孩子们沉默地排成队。报贩子把一捆 1000 份的报纸放在路灯下。他跪在泥地上,在暗淡的灯光下数着份数。报童伸着手,急切地等着。一个雷阿尔,二十份报纸。报童拿到报纸后,便边跑边喊:"号外,号外!"报童赤着脚,穿着短裤,没有穿外套,也没有戴帽子。一份报卖一分钱。有一个报童富有同情心,他把他批发到的一半报纸转

---

① 一雷阿尔等于 10 分,10 个雷阿尔等于 1 比索。

② 希腊神话人物,为阿耳戈斯国王之女,主神宙斯化作金雨与她幽会,后生子佩尔斯。

卖给另一个小伙伴。还有一个好心的报童把他批发到的十份报纸送了两份给另一个伤心地望着他的、脸色苍白、衣衫褴褛、赤脚的小孩。另一位有作为的报童，装成一副阔佬样子，花一比索批发了一堆报纸，当他快卖完的时候，以优惠价格转卖给其他一些没有批发到报纸的孩子。活计就这样开始。有资本的获胜。有时，当他们在叫卖时，离开人行道。警察手持警棍追赶他们。他们分散开来。他们赤着脚，脚后跟在路灯绿荧荧的灯光下闪闪发光。他们喊着"号外!"渐渐消失在夜幕之中。

（徐世澄　译）

关于美国的真相

我们的美洲必须知道美国的真相。既不要故意夸大它的缺点，否定它所有的美德，也不要掩饰它的缺点，甚至把它的缺点说成是美德。没有种族之分，有的只是人们在习惯和方式细节的各种变化。但是，这些变化改变不了人们由于所处的气候和历史条件而形成的特征和本质。浅薄的人没有能力探索人的内心世界，不能公正地看到，各民族都在同一个熔炉里煎熬，在它们的肌体中找不到相同的、无兴趣的、持久的忧伤和邪恶的仇恨；浅薄的人以寻找自私的撒克逊人和自私的拉丁人之间、慷慨的撒克逊人和慷慨的拉丁人之间、吃苦耐劳的撒克逊人和吃苦耐劳的拉丁人之间的本质区别为乐趣，然而，拉丁人和撒克逊人都有各自的美德和缺点。之所以有所不同是因为不同的历史组合所形成的结果不同。在一个其人民由英国人、荷兰人和毗邻的德国人组成的国家里，不管发生什么动乱，甚至是严重的动乱（这些动乱可能导致失去原来的威严和朴实），以及印第安人面对贵族的贪婪和狂妄反对其权利和忘我精神而必然产生的敌对情绪，不可能引起政治习惯的混合。征服者将惊慌失措的各族土著居民投入到一个同各国人民混合的大熔炉里。欧洲人一手造就的特权阶层仍然对土著居民采取同室操戈、自相残杀的政策。北方国家的居民几百年来历经了大海风浪和冰雪的考验，具有为捍卫自由进行长期斗争的气概，这样的国家当然不会同一个容易生存、花香鸟语的热带岛国一样。在美国，在政治海盗的统治下，在为改善自己的处境而干活的人中有贫穷潦倒的欧洲移民、兵痞、欠债人，有粗暴、没有开化的部族的后裔，他们因仇视对外来德行的顺从而发生分化；还有健壮、朴实或可鄙、好记仇的非洲人，他们经受过令人恐惧的奴隶制，参加过崇高的独立战争，从而同买卖黑奴的人一起取得了公民资格，正是那些由于在崇高的战争中牺牲了生命的非洲人，今天非洲人同过去曾用鞭子强逼他们跳舞的人一样受到欢迎。撒克逊人和拉丁人之间唯一可以作比较的是他们所处的公共条件不同。实际情况是，在奴隶制盛行过的美国南部，那里的古巴侨民显得高傲、懒惰、无情和无依无靠。这一显著的特点就是奴隶制带来的后果。在谈到美国、谈到美国一个区域或数个区域所取得的实际或表面的成就时，就认为这是一个完全一致的国家、是人人都有自由并取得了决定性成就的国家，这种看法是愚昧无知的，是应该受到斥责的幼稚的想法。那样的美国是一种幻想，是欺人之谈。在那里，一方面是达科塔州的破窟和生活在那里的粗野而豪放的人们，另一方面是东部豪华的、享有特权的、高人一等的、淫荡的、不正义的城市，这两者之间有天渊之别。北方的斯克内克塔迪的那些用石料建筑的高楼大厦和贵族老爷享有自由的世界，同南方彼得斯堡的那些阴暗破旧的建筑物之间，没有任何共同之处。北方各州的衣冠楚楚、既得利益的人们，同南方的懒洋洋的、坐在油桶上的人群，同愤怒、一贫如洗、不体面、辛酸、丧气的人们之间判若天渊。一个正直的人应该看到：在三百年的共同生活中，或在一百年的政治活动期间，构成美国的各种不同出身和不同倾向的人并没有能够结成一体；相反，勉强结合的整体加剧了他们之间原有的分歧，使这个人为的联邦成为一个要以暴力去征服别人的国家。只有妒忌成性的无能之徒才会吹毛求疵，抓住伟人的一两个缺点，就像吉凶预卜者发现太阳有黑子那样，攻其一点，不及其余，予以全盘否定。但是，进行观察的人证实，而不是预言：在美国，团结的因素不仅没有得到加强，反而削弱了；人类的问题不仅没有得到解决，反而更加复杂化了；各个地方不仅没有结合在全国性的政治之中，反而使全国性的政治陷于分裂与冲突；民主不仅没有得到加强，反而腐化并缩小了，仍然没有摆脱君主制度所遗留下来的憎恨和贫困。对此缄口不言的人没有尽到他的职责，只有指出这种情况的人才尽了职责。了解真相并宣传真相的人，并没有尽到他做人的职责；只看到大陆各种本地机构在开放和自由的发展中确保了大陆的荣耀和和平的人，并没有尽到他作为一个好的美洲人的职责；应该使西班牙血统的人民不至于因无知、惶惑或急躁，听从穿着矫揉造作的长袍的人的劝导或受利益的驱使而接受有害的、不道德的、使意志消沉的、外来文化的奴役，仅仅做到这一点，并没有尽到他作为一个拉丁美洲儿女所应尽的职责。我们的美洲必须了解美国的真相。

坏的东西，不管是不是我们自己的，都应该抛弃；而好的东西，即使不是我们的，也不应该去爱护。要想通过不同的途径达到所羡慕的别国人民所达到的安全、秩序和稳定，这是无能之辈不切实际、懦弱的空想。必须靠自己的努力，使人的自由适应各国宪法所规定的形式。有些人对北方过分热爱，这是如此强烈和迫切希望进步的可以理解的、不谨慎的表现。他们没有认识到，思想正如树木一样，需要深深扎根，需要有合适的土壤，根深才能叶茂，才能开花结果；对新生婴儿不能揠苗助长，让成人的胡髭、鬓发长满他嫩稚的脸。人是不会这样的，只有鬼才会这样，人必须靠自己生活、汗流浃背。另一些人认为，崇拜美国是盲目追求这种或那种享乐的结果，正如有的人根据客厅的笑声和豪华程度、香槟酒和宴会桌上摆的石竹花来判断房子里的摆设和住在房子里的主人的地位。忍饥挨饿、吃苦耐劳、工作、恋爱，都是徒劳无益的。大胆和自由自在地去学习，去关心穷人，为不幸的人伤心，仇恨富人的残暴，到宫殿、城堡、学校、大厅、到镶嵌着碧玉和黄金的剧院包厢以及寒冷无装饰的后台去体验生活，这样，你可以有理由对专制的贪婪的共和国，对美国日趋增长的耽于声色发表意见。在第二帝国文学流派的遗老遗少们和虚假的怀疑论者（在他们无动于衷的假面具下跳动着一颗金子般的心）看来，时兴的是蔑视本国的东西，他们认为，没有什么比外国的服饰和思想更优雅；时兴的像装在衣服尾尖的丝绒球，混迹于贵族的世界。还有人装成贵族模样，在公开场合下，把金发视作自己和本国的东西，企图掩饰自己是梅斯蒂索人和低微的出身，却看不到，经常指责别人是私生子的恰恰自己是私生子，以瞧不起放荡女人为荣的女人，恰恰自己也同样有这方面的罪过。的确，不管出于什么原因：或急于得到自由或害怕自由，道义的惰性或佯装的令人可笑的贵族身份，政治上的理想主义或过于天真，都有必要并且十分紧迫地向拉丁美洲说明美国，撒克逊人和拉丁人的美国的真相，目的是在我们创业时期不让对外国的过分崇拜和对自己毫无根据、致命的不信任削弱我们自己。在与其说是为了废除奴隶制，不如说是南北之间争夺国家统治权的一场分裂战争中，在美国这样一个有着三百年共和实践、国内敌对因素比任何别的国家都要少的国家丧失了比在同一时期、居民人数相同的西班牙美洲所有国家丧失的人还要多。从墨西哥到智利，在西班牙美洲缓慢胜利的事业中，展现了一个新的世界，其动力是少数人的宣传鼓动，人民的天性和不同民族和相对立的种族中间由于西班牙统治所造成的神权政治的暴怒和虚伪，长期奴役引起的懒散和猜疑。公正地、合乎社会科学地来看，应该承认，美国方便条件比较多，而西班牙美洲阻力较大。但是，自独立以来，美国人的特征是在走下坡路，今天，已不那么宽厚和富有大丈夫气概；而西班牙美洲人的特点，与刚从唯利是图的传教士、没有专长的空想家与无知、未开化的印第安人的混合体中产生时相比，显然今天已有所提高。为了有助于了解美洲的政治现实，根据事实冷静地来纠正对美国政治生活和特点没有根据的、甚至是有害的赞扬，《祖国报》从今天这一期起，从美国主要报刊上直接不加评论和修改地翻译转载一些事件，通过这些事件可以看到在所有国家都可能发生的罪行和错误，只有卑劣的小人才会因此感到兴高采烈，而素质优良的人会始终如一地并有权威地向西班牙美洲反映美国残酷的、不平等和腐朽的特点和反映在美国存在的、常常责怪西班牙美洲存在着的暴力、不和、不道德和混乱的现象。

（徐世澄 译）

美国和墨西哥的贸易条约

　　近年来，除开辟巴拿马地峡这一引起争论的问题以外，对我们拉美各国来说，没有比美国和墨西哥之间拟议中的贸易条约更重要的事件了。这一事件不仅与墨西哥有关，而且牵涉到同美国有贸易关系的所有拉美国家。墨西哥依靠自己的力量和印第安人的推动所取得的成就引起了美洲各国人民的深切好感，他们像兄弟一样，为墨西哥儿子的聪明才智、探索进取和不安现状的精神，以及为他们如此迅速地（尽管靠母亲操心保护的初生儿的天然热情已经平静）利用本国的丰富资源而感到自豪。引人如此注目的并不是条约本身，而是条约所引发的问题。这里我不是指政治上的风险。有时候，爱国主义是疯狂的举动。另些时候，正如墨西哥现在，甚至是谨小慎微。我们要谈的正是我们想说明的影响我们利益的一切：我们说的是经济方面的风险。现在要谈经济风险很难，因为同墨西哥的贸易条约还只是刚刚提及。不久前刚被几家大报向公众披露出来，但是，它就已引起蔗糖生产者的惴惴不安，因为他们自己认为将是条约直接损害者。参议院已决定将这一文件公布于世，并将制定一项法律，待两国经过充分辩论后，分别予以批准。

　　条约草案中最引人注目的是第一、二、六、七、八条。第一条规定，在条约生效期间，所有输入美国的墨西哥产品将免征关税。第二条规定，所有输入墨西哥的美国产品将免征关税。第六条规定，签约两国中的任何一国，对过境的属于免税范围的另一国产品，在留在该国消费时，不征收关税。第七条规定，对过境的签约另一国的产品，若不是留在该国消费，而是运往第三国消费时，则应征收关税。第八条规定，要在 12 个月的期限内，根据两国各自的宪法，批准这一条约，并采取相应措施，颁布必要的法律来使条约生效。没有比罗列出条约草案中有关两国必须接受的免税条款更有说服力地说明这一事件的重要性。

美国将对墨西哥所有通过港口或边界向美国出口的商品免税，因为按照条约草案，对墨西哥国土上所生产的产品几乎没有不免税的。值得指出的是，参加谈判的墨西哥方面有预见的人，在条约中留了一手：在有关免税条款中，把墨西哥目前只有少量生产的产品也列了进去，因为他们考虑到，由于条约生效后，这些产品可能将很快地发展成为主要的产品。属于免税的商品有：活的牲口、大麦（除一种名叫珍珠大麦以外）、牛肉、咖啡、蛋、细茎针茅及其他禾本作物（美国用作造纸原料）、各种花卉、各种水果（当大西洋沿岸连接两国的铁路通车后，花卉和水果将成为大宗出口商品）、未鞣制的羊皮、各种剑麻及可以取代亚麻的麻、皮绳、未鞣制的皮革、未鞣制不带毛的安哥拉种山羊皮、驴皮、树胶、墨西哥优质靛蓝、坦皮科纤维（有多种用途）、药喇叭、染木和各种染料、蜂蜜、棕榈油、椰子汁、汞、菝葜原汁及其他原汁、麦秸、不超过 16 号的糖、彩纸、粗烟叶、墨西哥生产的所有蔬菜、所有可以加工的木材（未经加工的也可以）。木材的免税意义重大，因此，为了满足本国的要求，美国可能很快废除现有的那些致使在本国造船厂造船费用十分昂贵、很难造得起船的法律。

而为了得到上述这些优惠，墨西哥将给美国所有的钢铁产品打开大门。目前，由于保护主义制度作祟和虚假的利润，这些产品充塞在美国市场，像患多血症的病人一样；墨西哥将向以惊人速度为建立城镇砍伐森林、平整山头（那里有蛇和野兽）、修建铁路时所需的一切物资打开大门。

除少数几种本国产的供新居民消费的农产品以外，用这一条款允许自由进入墨西哥的商品，像神话中吹一口气就能兑现的那样，可以建立整个一个国家。免税的商品名单为数很多，将占有我们所有的空间。

除了已提到的商品以外，我要补充说明的是，这一条款将允许一国人民犁地、播种、养活干活的农民、利用河水、开发蕴藏在所有山区的丰富的宝藏所需要的商品进入墨西哥，我们还有什么好说的呢？

因此，一目了然，墨西哥所获得的好处，除某些能立竿见影的产品如尤卡坦半岛的剑麻以外，大部分产品的好处是未来的，而不是现在的；是名义上的，而不是真实的。因为今天或在相当长的时间里，墨西哥不可能明显地增加它今天所出口的天然水果的生产，尽管墨西哥天然水果在美国市场或欧洲市场看好，而且也不费多少劲。墨西哥生产的糖果没有强大的机器支持，就不可能改善质量也不可能增加产量；机器效果将在条约生效的最后几年体现出来。墨西哥的咖啡即使在收成不好的时候，由于其香味和活力，墨西哥的咖啡没有从条约那儿得到任何好处，因为所有进入美国的咖啡都是免税的。总的说来，为了能迅速增产，所有墨西哥产品都需要有更多的运输线和更多的劳动力，而这不是很容易做到的。

相反，由于物产丰富、资金配置费便宜，美国可立即将其目前投放在交易所动荡的和已开始明显地引起公众厌倦的大量的资金进行周转；给美国多余的许多产品建立了巨大的市场，通过这一解决生产过剩的广阔渠道，维持昂贵的体制，美国认为，它的工业仍需要这一体制以便将来同欧洲完备的工业进行竞争。它扩大自己的市场，有利地利用其多余的资金，由于开辟了多余产品的市场，有助于它在几年内避免因保护主义制度引起生产过剩、产品卖不出去引起工业失业的严重问题，可以免税地在边界地区建立城市、村镇。

这就是条约会立即给两国带来的后果和好处。对墨西哥来说，美国将是它明天大量生产的产品的巨大的消费者；对美国来说，从一开始，它可把它今天在不利条件下投放的多余的资金，以有利条件转投到墨西哥；可以把它处于窘境的工厂生产的过剩的、卖不出去的产品推销到墨西哥市场，美国还可以根据条约规定，不需任何批准手续和没有任何障碍地在边境地区建立城镇。

对拉美其他国家来说，一些国家（也许是最有关的国家！）由于条件差，另一些国家由于致命的冷漠、闭塞和惰性，它们都还未意识到这一条约的重要性，还没有一个国家，也许在长期内也不会有一个国家会感到条约结果对它的影响。古巴经济是专门依靠蔗糖（除烟草外，但古巴对烟草业关注不够）来维持的，古巴通过海运并支付大量关税，将蔗糖出口到美国。人们知道，现代生活中，有时候会一下子创造奇迹。看来，墨西哥不能生产像古巴这样好的烟草，但是，墨西哥能够生产古巴这样好的蔗糖。墨西哥正在修建铁路，等铁路修好后，墨西哥可将它的蔗糖从产地很快地、无障碍地通过边界运到美国的市场。在廉价的机器设备、肥沃的土地和方便的市场的刺激下，墨西哥将建立大的蔗糖厂，在几年内，它将生产大量蔗糖，打入美国市场，即使路易斯安那等州的蔗糖生产者起来反对，也无济于事。因为在一段时期里，因同墨西哥进行自由贸易所得到的大量利益将远远超过维护某一种产品少数人的利益。今天所有的资料明显地表明，墨西哥的蔗糖将在不远的将来，同古巴的蔗糖进行竞争。古巴的蔗糖要通过海运、支付关税才能出口到美国，而墨西哥同样质量的蔗糖，可通过铁路，不用支付进出口关税便可出口到美国。即使支付同样的关税，古巴的蔗糖也竞争不过墨西哥的蔗糖。一个国家的人民若只依靠一种产品维持生存，等于是自杀。墨西哥总是能得救，因为它什么都种。而在那些只种某一种作物，如甘蔗或咖啡的地方，总是会受更多的罪和经常受罪，而在那些产品多种多样的地方，总是有益的。由于有多种产品，即使有时某种产品收益低，也能经常维持平衡。

由于墨西哥可以生产其他中美洲和南美洲所能生产的所有产品，它的幅员辽阔，可以生产多种产品，加上现在它又可得到其他拉美国家所缺少的、生产同类产品所需的丰富的生产资料，即使美国不专门给墨西哥降低关税，或者即使美国同其他拉美国家也签订类似的条约（看来不太可能），墨西哥同样的产品在共同的市场的竞争中，也占优势，因为它离美国最近，运费低，到货迅速，农产品新鲜。

上述情况促使我们今天来读一读条约草案。美国一些重要报纸，如纽约的《太阳报》和华盛顿一些有影响的报纸习惯（常常是寻求表面动机后面的真实原因）地、值得称道地指出，今天墨西哥政府的收入几乎全部来自于关税，而条约将使墨西哥政府失去关税收入，因此，墨西哥政府将不得不停止对美国一些企业家在墨西哥修建某些铁路线的少量资助，而这些铁路线由于没有资助，将被迫中止或放弃工程建设。这样，属于美国铁路大王的强大的公司，不需补贴，将在原来废弃的工程基础上，继续修建墨西哥的铁路。格兰特将军①同这家公司的利益密切相关，即使不在文字上，至少在精神方面他是条约草案的炮制者之一。

但是，对我们所有国家来说，如此重要、具有深刻影响和意义的条约草案，不应听信这一流言，尽管表面看来似有道理。当某一事件有其历史、经常性日益增长的、重大的原因，就不应从极小的、暂时的原因中去寻找事件的原委。

望好好思考一下这一条约。

（徐世澄 译）

---

① 即尤利塞斯·辛普森·格兰特（1822—1885），美国总统（1868—1877），共和党人，曾获少将军衔并任西部战区指挥官、联邦军总司令等职。

悼念卡尔·马克思

请看一看这个大厅，卡尔·马克思已经去世。由于他站在弱者一边，值得人们尊敬。但是，光是指出损害、迫不及待地弥补损害是不够的，应该教人们用温和的方式来弥补损害。将一些人凌驾在另一些人的头上的使命是令人恐惧的。为了一些人的利益而迫使另一些人变为牺畜的做法令人愤慨。然而，愤怒之余应该想办法，使人变牺畜的做法停止下来，不再泛滥，不再吓人。请看一看这个大厅：苍翠的松柏簇拥着这位炽热的改革家、各国人民的团结者和不知疲倦、充满活力的组织者的肖像。第一国际是他的杰作：世界各国的人都来向他表示哀悼。勇猛的雇工展示的不是金银首饰，而是他们发达的肌肉；不是绫罗绸缎，而是他们纯朴的脸容，他们模样十分感人，使人振奋。劳动使人变美。看到一名农夫、一名铁匠、一名海员使人感到年轻。驾驭自然力量的人，会像自然一样美丽。

纽约已成为旋涡：世界上任何风吹草动，这里都有反响。别的地方被赶走的人，这里笑脸相迎。纽约人民的力量就来自他的仁慈。卡尔·马克思研究了如何使世界建立在新的基础之上，他唤醒了沉睡的人民，教他们如何推倒已断裂的支柱。但是，他在黑暗的摸索中，有点急于求成，没有看到，无论在历史上在人民内部，还是在家庭中在妇女的腹胎中，不是自然而艰辛地分娩出来的孩子是难以成活的。这里会聚着卡尔·马克思的好朋友们。马克思不仅有力地激起了欧洲劳动者的愤怒，而且深刻地揭示了人类贫困的原因和人类的命运，他迫切希望为人类谋福利。他把他毕生所从事的事业——造反、向高处迈进、斗争视作一切。

来这里的有位名叫雷科维奇的报人，请听听他的发言。他说起话来使人想起那位温柔可亲、容光焕发的巴枯宁。他先用英语讲，然后又对另一些人讲德语。当他用俄语对他的同胞讲话时，他们激动地从自己座位上用俄语回答："达（是）！达（是）!"俄国是变革的鞭子，但是，这些焦急不安、慷慨大方、义愤填膺的人还不是给新世界奠基的人，他们是马刺，是及时唤起可能会昏昏入睡的良知的声音。但是，刺马的钢毕竟不能用作打地基的砸夯。

来这里的有位叫斯温顿的老人，他备受不公正待遇，他把卡尔·马克思看作苏格拉底那样高大和聪明。来这里的还有一位名叫约翰·莫斯特的德国人，他絮絮叨叨、令人生烦地诉说，燃起激情的火焰，但他右手并没有拿着能治好他左手所造成创伤的药膏。这么多人来到大厅及街头听演讲。合唱团唱起赞歌。在众多男人中间，也有许多妇女。他们反复唱诵着墙上标语上写的卡尔·马克思的语录，受到鼓掌欢迎。一位名叫米洛的法国人说得好："在法国，自由虽然摔倒了许多次，但是，在每次摔倒站起来后，自由显得更加美丽。"约翰·莫斯特激动地说："自从我在萨克森一座监狱中阅读了马克思的著作后，我就拿起了剑反对人类的吸血鬼。"一位名叫马古莱的人说："看到来自世界各国的这么多人互不仇视地集合在一起真令人高兴。全世界所有劳工已属于一个国家，相互之间不再争吵，而是团结一致地反对压迫他们的人。当看到在巴黎可恶的巴士底狱四周集合了六千名法国和英国的劳工时，真令人高兴。"一名吉卜赛人也讲了话。会上宣读了著名的新经济学家、穷人的朋友、在美国和英国备受人民爱戴的亨利·乔治的来信。在震耳欲聋的掌声和狂热的乌拉声中，参加隆重的悼念大会的全体代表起立。主席台上有两位前额宽阔、目光锐利的男子分别用德语和英语宣读了会议决议，决议指出，卡尔·马克思是劳工世界最杰出的英雄和最有力的思想家，至此，会议宣告结束。奏起音乐，响起合唱曲，但人们注意到，这不是在唱《安魂曲》。

（徐世澄 译）

圣 马 丁

　　一天，法国军队在西班牙行军，踩得石头嘎嘎作响，拿破仑把目光盯在一个干瘦和黝黑的军官身上，这位军官身穿白色和蓝色的制服，拿破仑向这位军官走去，并念了一下刻在他制服纽扣上这支部队的名称："穆尔西亚！"这是一位出生在亚佩尤①耶稣会教徒村落的穷小子，他在印第安人和梅斯蒂索人中间长大，在西班牙战争二十二年之后，他在布宜诺斯艾利斯策动起义，他将勇猛的克里奥尔人②组织起来，在圣洛伦索赶走了西班牙军队，在库约建立解放军，翻越安第斯山，清晨赶到查卡布科。他用宝剑解放了智利，又从智利奔赴迈普去解放秘鲁。在利马他成了护国公，穿着金棕榈制服。然后，他说服自己，让玻利瓦尔所向披靡地进军，他自己后退，并辞去护国公职务，独自回到布宜诺斯艾利斯，后来死在法国一幢阳光充足、鲜花遍地的房屋，死时他女儿在他身边。他主张美洲建立君主国，他精心地用国家财力建立自己的天国，他维护明显的或隐蔽的专制统治，直至由于他的过错使自己受到损害。毫无疑问，他并没有主动放弃自己天然帝国的功绩。但是，在他克里奥尔的头脑中孕育了加速和平衡美洲独立的史诗般的思想。

　　他的父亲是莱昂省③一位军人，母亲是西班牙征服者的孙女。他出生时，父亲是亚佩尤省省长，该省位于美洲一条大河河边。他在山坡上看书写字，他作为一名小少爷在村里棕榈树和乌隆德树荫

---

① 阿根廷地名。
② 即土生白人。
③ 西班牙的一个省。

下长大。后来去西班牙在贵族学校里学习舞蹈和拉丁文。12 岁时，这位"很少笑"的少爷就当了士官生。当他 34 岁回阿根廷时，已是西班牙的中校，他反戈一击反对西班牙。他并不是在他美洲的祖国草原风雨中成长的人，而是带着对故国的思念，在马德里的公爵和青年的贵族中间，在劳塔罗社①的庇护下长大的军人，他决心为美洲的独立制定计划和体制。他在道伊斯的麾下，面对着拿破仑从西班牙那儿学会了战胜西班牙的办法。他参加了反对狡猾和独特的摩尔人的战斗，参加了反对声势浩大的葡萄牙人和令人眼花缭乱的法国人的战斗。当西班牙人浴血抗战时，他曾站在西班牙人一边。他也曾站在英国人一边，英国军人即使在死难临头时也系好制服上所有的纽扣致意，这样不至于使尸体打乱战斗阵线。当他在布宜诺斯艾利斯登陆时，他手持摩尔人的马刀，在阿霍尼利亚、拜伦和阿尔武埃拉所向披靡，他勇敢骁战出了名，他只要求"团结一致和服从领导"，希望建立一个"使我们摆脱无政府状态的制度"，要求"有能人出来领导军队"。如果没有一项可靠的政治计划来推动战争，战争就不像是战争，而是一种骚扰，是独裁者的温床。"没有军官就没有军队"，"士兵毕竟是士兵"。圣马丁同出身于有影响家庭的野心勃勃的爱国者阿维亚尔②一起从西班牙回国。八天后，他组成了榴弹兵部队，阿尔维亚尔任军士长。无依无靠的英雄在革命中感到眼花缭乱，不懂得宣传思想；不掌握职业军事技术的不完美的英雄会迷惑不解。把本来是分内的事看作是天才，慷慨的无知的人将实践同伟业相混淆。在新兵中，一个上尉被看作将军。圣马丁骑着马，一直到占领秘鲁总督的王宫时才下马。军官们是他从他的朋友中挑选的，他的朋友都是有地位的，讲究实际的人最多任中尉，士官生都是出身高贵家庭，士兵们都是身高体壮，所有的人每时每刻，都"抬起头！""士兵们，抬起头！"他不以姓名称呼士

---

① 阿根廷独立运动中，1812 年由圣马丁、阿尔维亚尔、普埃雷东等在布宜诺斯艾利斯建立的共济会式的秘密政治团体，为米兰达在伦敦建立的美洲大同盟的分支。宗旨是争取独立。

② 卡洛斯·马里亚·德阿尔维亚尔（1789—1852），阿根廷独立运动领导人之一。

兵，而是以战名称呼他们。他同阿尔维亚尔和秘鲁人蒙特亚古多①一起建立了劳塔罗秘密社团，"有组织有计划地为美洲的独立和幸福而斗争，以荣誉和正义为行动之准则"，为了"当一个兄弟主持政府，他不能为自己任命外交官、将军、省长，也不能为自己任命法官、高级宗教和军事长官"，"为了赢得公众舆论"，"为了互相帮助，履行诺言，否则将被处死"。他的队伍是一个一个经过挑选的人组成的。他亲自教他们如何使用马刀，像切西瓜一样，砍掉所遇到的第一个"哥特佬"②。他把军官组织在一个秘密团体里，让他们互相告发，并服从多数人的判决。他同他们一起在旷野里描绘五角形和堡垒；他把那些在战斗中临阵退却或侮辱妇女的人清除出队，给每个人创造好的条件；赋予军事生活以宗教的情节和神秘色彩，塑造每个人，像珠宝一样锻造每个士兵。他同他的人来到广场，以劳塔罗社的荣誉举行起义反对三人执政委员会。他骑着浅黄色的马，率领骑兵团向在圣洛伦索登陆的西班牙骑兵发动进攻，从两侧进行包围。他挥舞着"长矛和马刀"，把西班牙人拉下马。圣马丁的马被炮弹击中，马倒下，把圣马丁的腿压在马底下，他继续指挥。圣马丁的一个士兵手中攥着一面西班牙旗帜死去，另一位士兵把圣马丁从马身下抢出来，中弹倒在他脚下。西班牙人被迫逃走，留下他们的大炮和尸首。

但是，阿尔维亚尔爱吃醋，在劳塔罗社中，他的一派"统治着政府"，力量比圣马丁一派来得强。圣马丁同政界人士经常通信："存在是第一位的，然后再考虑我们如何存在下去"，"需要一支军队，一支拥有训练有素的军官的军队"，"要把最后一名西班牙人从这里赶走"，"当美洲人没有敌人时，我就将辞去军队职务"，"让我们共同努力，我们就会自由"，"这场革命似乎不是由人进行的，而是由羊驼进行的"，"按信仰、原则来说，我是拥护共和政体的人，但为了我祖国的利益，我可以作出牺牲"。阿尔维亚尔被任命

---

① 何塞·贝尔纳多·德蒙特亚古多（1785—1825），阿根廷爱国者。曾任圣马丁秘书，随之远征智利和秘鲁。1821 年任秘鲁陆军部长，后任秘鲁内政、外交部部长。

② 拉美独立战争时对西班牙人的蔑称。

为将军，反对在蒙得维的亚的西班牙人，圣马丁被任命为将军，解放上秘鲁①。要解放上秘鲁，光凭萨尔塔②人的爱国主义是鼓舞不了士气的。后来他被任命为库约省省长。早就该派他去库约省了，因为库约是他的故乡，他利用这次发配，壮大力量；他将从这里的高原奔赴美洲各国！在这里，在这一角落，他以安第斯山做参谋和见证人，独自训练了一支军队，这支军队将穿越安第斯山。他独自思索，要用自己的宝剑做保护建立一个各国的大家庭；他独自一人预见到，美洲所有国家一天不全部获自由，美洲国家的自由就面临危险！只要美洲有一个国家还受奴役，所有国家的自由就会遇到危险！他亲自观察了解可以依靠的地区，作为据点，决心靠自己来影响公众事务。他想到自己，想到了美洲，美洲是他的荣誉所在；他品德高尚，充满火一般的激情，他始终把美洲看成一个美洲国家，而从未当作是不同的国家。像所有有本能的人一样，他隐约看到地方政治现实和行为的隐蔽目的，但像这些人一样，由于受人恭维和过于相信自己，往往被成绩冲昏头脑，将自己原始的机灵看作是对一国看不见的、决定性的因素的了解和战略，而只有最高的天才人物，凭借他的才能和文化才能达到这一点。这一拯救美洲的思想，尽管在精神上可能统一美洲各国，但却使他看不到各国的差异，而这些差异对美洲各国的自由来说是有益的，同时使形式上的统一不可能。作为深谋远虑的政治家，他没有看到很久以来，各国人民已经形成，他脑子里只看到正在孕育躁动的未来的人民。在思想中他支配着他们，就像家长支配自己的子女一样。人们的意志同几百年来造就的现实的冲突是巨大的！

但是，库约省长现在只看到他应该为美洲独立做什么事。他怎么认为，就怎么干。因此，尽管他被发配在一个边远的地方，他仍为这里的条件爱上了这一地区，这一地区为他的到来感到高兴，他成为这一地区自然的无冕之王。地方政府靠国家的统一而产生，领

---

① 即玻利维亚。
② 阿根廷一个省。

导地方政府的人怀着深切的爱和抱着崇高的目的，因为若统治者缺乏崇高的目的，国家的统一是不够的，而人民则是生来就高尚的。但是，圣马丁身居高位后，有一天他利令智昏，由于害怕失去自己的荣耀，怀有私心杂念统治秘鲁；出于自己动摇不定统治的利益，他过于自信，认为美洲有必要由国王来统治。他矜持地相信自己胜过相信美洲，因为在创造或革新的时代，一个政治家首先要做的是自我放弃，而不是滥用个人权力，而是将祖国置于首位。他无依无靠地，在一个文明之国，建立一个能言善辩的政府，但缺乏自由的独创性。但在库约，他还是比较公正和注意新生事物，注重现实，顺利地取得了胜利，这位自己动手做早餐的人，常常坐在劳动者的身旁，看他们如何怀着怜悯心情给骡打铁掌，在厨房里边炒菜边抽烟，边会客。他常常风餐露宿，铺一张牛皮，睡在地上。在那儿，辛勤耕作的田野像花园一样美丽，洁白的房子坐落在橄榄树和葡萄园中间，男人们在鞣皮，女人们在缝衣。连山峰仿佛也被人们擦得锃亮。在这些劳动者中间，生活着一位比任何人干活都多的人；在这些射手中有一位百发百中的射手；在早起的人群中间，每天清晨，是他最早叫醒别人；在发生冲突时，是他根据民意进行判决；他嘲笑的和惩罚的只是那些懒汉和伪君子；他沉默时，像一片乌云；说起话来，像闪电。他对牧师说："这里我就是主教，请你给我宣布，美洲独立事业是神圣的。"他对西班牙人说："你想不想把你看作好人？请找六个克里奥尔人来证明你是好人。"他对饶舌的女摊贩说："由于你说爱国者的坏话，罚你拿出十双鞋捐给军队。"他骑马风驰电掣般进入火药厂，把门岗甩在后面，并说："这个宝贝！"他见一位士兵因咒骂西班牙人而被捆绑，便下令说："免除他的死刑！"他没有索要钱就释放了俘虏："为了释放更多的俘虏！"对一位遗嘱执行人，他要她付税："死者本应将更多的钱贡献给革命！"此时，由于西班牙人卷土重来，美洲革命正面临危险。莫里略①来了，库斯科沦陷。智利在溃退。从墨西哥到圣地亚哥大教堂

---

① 巴勃罗·莫里略（1755—1837），西班牙将军。1815年曾受命赴美洲镇压独立运动。

在奏着"主啊，我们赞美你！"的凯歌。爱国军队伍溃不成军行走在峡谷上。在美洲大陆危难关头，圣马丁毅然决定率领他的库约人起义，邀请军官赴宴，他像吹起号角一样，以颤抖的嗓音说："为在安第斯山另一侧让智利的压迫者尝一尝第一颗子弹的味道而干杯！"

库约听他的指挥，起来反对动摇不定的对手——独裁者阿尔维亚尔。阿尔维亚尔不慎地接受圣马丁给他寄来的辞呈。库约支持它的省长的指挥，看来省长圣马丁要让位给前来取代他的人，他经常在市政议会口头谈论他辞职的事，他准许士兵们到广场上去，不穿制服，要求阿尔维亚尔下台。库约十分愤怒，谁敢拿着一纸任命书来取代圣马丁，就将驱逐谁。库约决不会让圣马丁辞职，他将拯救大陆。圣马丁是皮匠的朋友，皮匠把祖国需要的马具完好无损地交给部队；他是牧民的朋友，牧民们使战马康复；他是小庄园主的朋友，庄园主们自豪地给部队驻地送来了玉米；他是当地要人的朋友，要人们对这位诚实的省长深信不疑。他们期望圣马丁能把他们及其庄园从西班牙人手中解放出来。圣马丁向库约人征收赋税，连庄稼也要纳税。但是圣马丁教育库约人要热爱国家的自由，使库约为此感到自豪。因此，对库约人来说，缴纳一切关税都是可以承受的。圣马丁了解库约人，他不妨害当地的习惯，他根据市政会主席的决定，用老办法来征收新税收。库约将拯救美洲。"把库约交给我，我将带着库约去解放利马！"库约相信信任库约的人，他们赞美称赞库约的人。在毗邻智利的库约组建了一支完整的军队，它将解放智利。这支队伍的士兵，来自原来那些战败者；钱，来自库约人；带的肉，是腊肉条，够吃八天；穿的鞋，是土制翻毛皮靴；穿的衣服，是皮衣；背的水壶，是用牛角制的；马刀磨得锃亮；带的乐器，是小号；大炮，是用钟锻造的。大清早，他就在武器库数手枪。在器械场，他对弹药了如指掌，他拿起子弹，掂掂分量，擦去灰尘，将子弹小心翼翼地放好。他把兵工厂交给一名能工巧匠的修士①来领导。这座工厂向军队提供炮车，给战马打好马掌，为士兵装备

① 这位修士名为路易斯·贝尔特兰。

军用水壶、子弹、刺刀和机械。这位中尉修士，月薪只有25比索，说起话来总是吵哑。圣马丁创建了硝石试验室和炸药工厂，他制定了军事法典，成立了卫生队、军需处。他创建了军官学校，因为"没有军官就没有军队"。清晨，当太阳从山峰升起，在圣马丁马刀指挥下，在树林中开辟的练兵场上新兵排、骑兵团及他所热爱的黑人战士就开始练兵。他拿着军用手壶喝了一口水，说："让我看看，我想让你来拆装一下这支步枪！""兄弟，注意手势，打好这一枪。""来，高乔人，同省长一起用马刀较量一下！"或者，当军号吹响，他骑着马，从一组飞快地到另一组，没有戴帽子，神采奕奕、春风满面地喊道："加把劲，趁还有日光，好好练！只有好好练的士兵才能打胜仗！"他也不让军官们安宁："为了战胜西班牙人，我需要的正是这些疯子！"他把智利的残兵败将、获得自由的奴隶、服兵役的壮丁、游民等都组织起来，组成一支六千人的军队。在阳光明媚的一天，他率领这支队伍到鲜花盛开的门多萨城，把将军的指挥棒放在圣母手中。蓝色的国旗三次在鼓声后迎风飘扬。"士兵们，这是美洲第一面独立的旗帜，你们跟着我，一块宣誓要维护这面国旗，誓死保卫它！"

　　四千名士兵分成四支队伍骑着马开进安第斯山，每二十名有一名听差；另有一千二百名民兵，二百五十名炮兵，共装备有九十万发子弹，二千发炮弹。二支队伍走在中间，另外二支走在左右两侧。贝尔特兰修士走在最前面，他率领一百二十名矿工，扛着杠杆，带着斗车和棍子，为的是使二十一门大炮不至于碰坏，他发明了绳索桥，使队伍得以过河；他带着钩子和绳子，以便拯救从悬崖上摔下去的士兵。有时候，队伍从洞穴边缘爬过去，有时候胸口贴在地上匍匐前进。他们以迅雷不及掩耳之势，向查卡布科谷地进攻。白雪皑皑的阿空加瓜山闪闪发光。兀鹰在山腰间云层里穿梭。机智的圣马丁事先派精明的间谍了解地形，进行破坏活动，致使那儿的西班牙军队蒙在鼓里，等圣马丁率大军不知从何处降临时，束手无策，坐以待毙。圣马丁从毛骡下来，用一块石块做枕头，裹着斗篷躺在地上睡觉，四周是安第斯崇山峻岭。二十四天之后，黎明时分，奥希金斯①一路，出于对索莱尔②的嫉妒，在战鼓声中，夺下了山峰，使受围攻的西班牙军队得以逃脱。圣马丁在库约时，就曾设想要一个山头一个山头地把西班牙军队围住。要打赢战斗贵在坚持。打仗的人必须对国家情况了如指掌。中午，惊慌失措的西班牙军队后退到山谷的畜栏，想杀害停在山上的马匹。解放军的骑兵像旋风一样杀入敌军，消灭了敌人的炮兵，缴获了大炮。圣马丁的部队开向庄园，庄园的围墙挡不住队伍的前进。西班牙军队的残兵败将逃窜在山丘和沼泽地。一支刺刀刀刃已折断的步枪在草丛里闪闪发光，五百名敌人被打死。圣马丁打赢了这场战斗，解放了智利，确保了美洲的自由，他写了一封信给"值得赞美的库约省"，并下令洗一洗他的制服。

智利想任命他为最高执政官，但是，圣马丁没有接受。他还谢绝了布宜诺斯艾利斯任命他为准将的军衔，"因为我曾许诺过，不接受任何军衔和政治职务。"但他在市政府悬挂了自己的肖像，肖像周围挂满了战利品，他还命令他的同胞贝尔格拉诺③为他建立一座纪念塔。他需要布宜诺斯艾利斯为他输送军队、武器、钱和从海上攻打利马所需用的船，圣马丁本人将从陆上攻打利马。他同他的爱尔兰的副官④回到查卡布科战场，他为了美洲自由而牺牲的"可怜的黑人"而伤心落泪，他在布宜诺斯艾利斯扩大劳塔罗社的秘密权力。他保护他的朋友、智利的执政官奥希金斯反对其敌人卡雷拉⑤的计划；他从圣地亚哥胜利者的寓所——在那里他既不要"银器"，也不要丰厚的工资——削弱秘鲁总督的权力；他为"在门多萨美好的城镇过两个月清净的日子"，"使他身心受到伤害"而叹息；他骑着马，在大教堂门前发表演说，给在坎查拉亚达打了败仗

---

① 贝尔纳多·奥希金斯（1778—1842），智利独立运动领袖。
② 朱盖尔·埃斯塔尼斯劳·索莱尔（1783—1849），阿根廷政治家和将军，曾参加独立战争。
③ 曼努埃尔·贝尔格拉诺（1770—1820），阿根廷爱国者、独立运动领导人之一。
④ 即托马斯·亚历山大·科克伦（1775—1860），英国海军将领。拉美独立战争时期受智利之邀，创建拉美国家第一支舰队，1820年指挥舰队打败西班牙舰队。
⑤ 何塞·米格尔·卡雷拉（1785—1821），智利独立运动领导人之一。

的智利士兵打气，他在迈普激战获胜后，胜利地向利马进军。

他将战场上的骏马换成越安第斯山的骡子，他以辞职相威胁，迫使受劳塔罗社唆使的布宜诺斯艾利斯给他寄来解放秘鲁所需的贷款，他给他忠实的朋友，阿根廷的执政官普埃伦东①写信，谈及他曾派劳塔罗社一名社员去欧洲宫廷物色一名国王的计划；英国人科克伦指挥智利舰队在太平洋上打胜仗，科克伦是因"不愿看到本国人民受君主无情的压迫"而离开自己国家的；与此同时，玻利瓦尔正从一国到另一国插上共和国的旗帜。面临圣马丁有可能重新翻越安第斯山，使奥希金斯孤立无援，使西班牙军队从秘鲁进入智利和阿根廷的威胁，智利和布宜诺斯艾利斯答应了他提出的向他提供资金的要求，科克伦以他果断的行动，为圣马丁开辟了向秘鲁进军的海上通道，使圣马丁终于能率领大军向利马宫殿进攻，以确保美洲的独立和自己的荣誉，正在这时，布宜诺斯艾利斯却召唤他回国击退西班牙从海上的侵犯，并捍卫政府反对造反的联邦主义者，并支持圣马丁本人建议成立的君主制。圣马丁没有听从召唤。他率领他的部队（没有祖国的支持，这支部队是不可能组成的）举行起义，在兰卡瓜，这支部队宣布他为唯一的首领，圣马丁独自率领队伍在智利的国旗下，将西班牙人驱逐出秘鲁，尽管在背后他的祖国也在分裂。"只要我们不开进利马，战争就不会结束！""这一辽阔的大陆的希望就取决于这场战争"，"我将听从命运的召唤。"……

穿着金丝制服，在安逸的利马，坐在六匹马拉的马车上的人是谁？他是秘鲁的护国公，这是他作为至高无上的执政官自己宣布的，他在立法中规定自己的权力；制定了政治法，取消了鞭打和酷刑，他通过其充满激情的蒙特亚古多部长发号施令，其所作所为，是非参半。在他宣誓就职的当天，他设立了贵族勋章——太阳勋章，他下令在利马妇女的缎带上绣上："向最热心的妇女的爱国主义致敬"。圣马丁被民歌戏谑为"皇帝"，被他在劳塔罗社的弟兄

---

① 胡安·马丁·德普埃伦东（1776—1850），阿根廷将军、独立运动领导人之一。1816—1819 年任拉普拉塔联合省最高执政官。

在旗室嘲笑为"何塞国王"。圣马丁后来被科克伦抛弃，遭到他的部下的反对，在布宜诺斯艾利斯和智利受到斥责。当他鼓掌欢迎一位修士的演说时，他受到"爱国社"的奚落，这位修士曾受他派遣在欧洲物色一位奥地利、意大利或葡萄牙的王当秘鲁的国王。

是谁在同玻利瓦尔在瓜亚基尔历史性地会见后便孤独、愤怒地离开舞会？而玻利瓦尔，这位率领大军从博亚卡叱咤风云，一举扫荡西班牙军队的无可争辩的统帅，则正在顺从的女人和欢乐的士兵中间，怀着胜利的喜悦，神采奕奕地翩翩起舞。正是圣马丁召开了秘鲁第一届制宪议会，是他在议会前脱下红、白两色的绶带，走下护国公的专用马车。处在混乱状态的秘鲁反对这位护国公，因为"一个不幸的军人的光临对新生国家来说是可怕的，这个国家已对想当国王的人感到厌倦。"圣马丁把秘鲁交给玻利瓦尔，因为玻利瓦尔已"抢在先"，因为"秘鲁不可能同时容纳玻利瓦尔和他两人，否则就会引起天下大乱"，"圣马丁决不会做出使西班牙人兴高采烈的事"。他镇静自如，在夜色中同一位忠实的军官惜别。他带着一百二十盎司的黄金到达智利。他听说人们唾弃他，便回到布宜诺斯艾利斯，他走在街上，人们嘘他。人们不了解他是如何回国的，也不了解他在倒霉的时候又是如何真诚豁达地对一位更可靠的伟人做出克制忍让，因为靠野心是不能成为一位伟人的。

在放弃了对权力的欲望和盲目祈求后，他的美德便得到完美的体现。他履行了一项天职，他分摊了美洲大陆的胜利，使美洲的事业不至于因不平衡而冒风险。在流放期间，他被奉若神明，他从不干预那位目光炯炯，使三个国家获得自由的人的事务。他认为，领袖们的伟大之处不在于其本人如何，而在于他们如何为本国人民效劳。跟着伟人，人民就能站起来；如把伟人甩在后面，人民就会摔倒。当他见到一位朋友时，他泪流满面。他把他的心留在布宜诺斯艾利斯。死时，他坐在摇椅上，十分平静，白发苍苍，面向大海，像安第斯山脉阿空加瓜山的积雪一样庄严雄伟。

（徐世澄 译）

101

玻利瓦尔[①]

女士们，先生们：

带着身为拉丁美洲人而不能进入拉丁美洲的愁容，带着对这位伟大的加拉加斯人在美洲各种自发的解放事业中的重要地位和真正价值的清楚了解，带着仿佛目击这位巨人站在跟前向自己要求做出贡献时的那种惊讶和崇敬的心情，我现在讲几句话（尽管我的话还不如我的缄默来得深邃和雄辩），对这位曾把皮萨罗[②]的旗帜从库斯科撕下来的勇士，表示深切的怀念。他像平原上的朱缨花一样艳丽、慷慨，像高山上的瀑布一泻直下，像从地心深处喷射出来的熔岩，带着火光发出巨响。尽管有人指责他，强加给他种种罪名；尽管有人对他颂扬备至，有人对他破口大骂；尽管这位自由的王子有自身的缺点，正如苍鹰绒羽上有黑斑一样，但他作为一位真正的人神采奕奕地展现在人们的眼前。他使人恼怒，又使人着迷。想起他，回顾他的一生，读一读他的演说，看到他在写情书时郁郁寡欢、怏怏不乐的神情，犹如感到思绪镶了金边一样。他热情地为我们谋解放，他的语言阐明了我们的本性，他屹立在我们大陆高山之巅，他的逝世，使我们悲恸欲绝。一提到"玻利瓦尔"，就仿佛看到耸立在雪山上这位披甲戴盔的骑士，看到在沼泽地里背着装着三个共和国背袋困难地行走的、想要拯救世界的解放者。要想平静地来谈论一位从来不曾平静地生活过的人，这是不可能的。要谈论玻

---

① 这是马蒂 1893 年 10 月 28 日在纽约西班牙美洲文学研究会纪念大会上的演说。

② 西班牙殖民者弗朗西斯科·皮萨罗（1475—1541）曾同共两个异母兄弟一起于 1533 年进入并统治库斯科。

利瓦尔，我们可以以高山做讲坛，在雷电交加的狂风骤雨中，手中提携着一些获得自由的民族，脚下踩着一个被斩断头颅的暴君……我们不要害怕表现我们应有的崇敬，尽管对非凡的事物感到嫌恶是某些人一贯的时尚；在掌声中产生的愿望也不应用夸张的语言来窒息理智的判决。没有任何语言可以表达出他脸部的神秘和光彩。当他在卡萨科伊马战役遭到挫折后，身体发着高烧，病得奄奄一息，而他的军队又仓皇逃散，但他仍然清楚地看到，就在安第斯山的山峰上伸展着一条大道，自由会有一天从这里流灌到秘鲁和玻利维亚的整个流域。不管我们今晚在这里说些什么，纵然有些过分，但这些话出自我们的口还是恰当的，因为在座的人都是他的那把宝剑所劈出来的。

在我们的妇女面前，我们也不用因担心她们会生气而抑制我们这番赞扬的话。因为在拉丁美洲的妇女面前，我们大可毫无畏惧地谈论自由。当巴拉圭勇敢的女儿胡安·德梅纳得知其同胞安特克拉①因是克利奥人而横遭绞刑时，她脱下替自己死去的丈夫戴孝穿的孝服，换上一身最漂亮的衣服，她说这是因为"一位壮士为自己的祖国光荣地捐躯了，这是值得庆贺的"。那位穿印花布裙的哥伦比亚妇女，早在公社社员起义②之前就亲手在索科罗撕下了横征暴敛的文告，使两万人出来作斗争。还有阿里斯门迪的妻子，那位像玛格丽塔岛③最好的珍珠一样纯洁的女子，当敌人将她捆起来放在城堡顶上，使围攻城堡的她的丈夫能望见她。她的丈夫正用枪弹攻打城堡的大门，她对敌人说："你们永远也不能逼我劝他背弃他的职责！"那位名叫波拉的至高无上的妇女，她鼓动她未婚夫去作战，后来她和她丈夫一起上了断头台。梅塞德斯·阿夫雷戈是一位梳着

---

① 何塞·德安特克拉－卡斯特罗（1689—1731），巴拉圭1721—1735年起义领袖。生于巴拿马，因而是克利奥人（即土生白人）。曾任查尔卡斯检审法院法官。1731年7月被处死。
② 指1781年由新格拉纳达总督辖区索科罗城市民发起的反对西班牙殖民统治的起义。
③ 委内瑞拉最大的岛屿，盛产珍珠。

漂亮辫子的妇女，由于她用最细的金线替解放者①绣军服，被斩首。当古老的安第斯山的山洪奔腾一泻而下时，战士们齐心一致涉过这洪流去解放博亚卡，他们不屈不挠的女伴就骑在仁慈的玻利瓦尔的马背上。

　　他确实是一位非凡的人。他在烈火中度过了一生。他爱起来像一团火。他是一位好朋友，当一位挚友逝世时，他吩咐一切活动停下来以志默哀。他病得骨瘦如柴，但依然统率刚组建的大军，从特内里费纵横扫荡，一直打到库库塔。战斗中他身先士卒，在战局最艰苦的时候，士兵们眼睁睁地有所祈求地望着他，就像崇山峻岭里突然狂风大作，山谷里一片漆黑。但是，不一会儿，烟消云散，山峰两边挂着几朵云彩，山谷深处阳光明媚，色彩斑斓。他犹如一座高山，底宽阔，扎根于世界；峰尖直，刺入叛逆的蓝天。他手持一把金柄马刀，去叩击光荣神的门户。他信天，信神，信仙人，信哥伦比亚的上帝，信拉丁美洲的神，信自己的命运。他的光轮四射，激起热情，点燃一切。征服，征服人，征服汹涌的河流、火山、世纪、自然，这难道不是神明的标志吗？世纪，既然世纪不能创造，又怎么能破坏呢？难道他没有解放种族、唤醒大陆、祈请民众，高举解放的旗帜，比任何举着专制的旗帜的征服者走遍了更多的地方吗？难道不正是他，永恒地在钦博拉索山峰上慷慨陈词，在被秃鹰啄破的哥伦比亚国旗下，在波托西完成了人类历史上最壮丽、最坚韧的事业？不正是他，受着一切城市和一切权力的崇敬，就连他的钟情的或顺从的对手、新世界的天才们和美女们都对他肃然起敬吗？人们信仰他，好比是信仰有融化、孕育和照耀、焚烧之力的太阳。如果天上有参议院，他一定会是参议员。他高高在上地在那里凭眺这沐浴在金灿灿阳光下的世界，他坐在造物岩上，脚踩着白云，头顶着火星。火星相互交叉和闪闪发光，使人想起正午在阿普雷战场上的刀光剑影。幸福和秩序从那高空中降临，就像慈父的恩赐。尘世是浮华的总和，是所有人流血牺牲和痛苦磨炼的结果！他

---

① 即玻利瓦尔。

看到他所认为不朽的他的星宿毁灭了，在圣玛尔塔，他神魂颠倒、绝望伤心地死去。他的错误在于把造福于人类的那个荣耀和握有人类的权力的偶然的机遇混为一谈。其实他的荣耀不断增长，是真正神圣的东西，是任何人都夺不走的花冠。而权力则总是一种不纯洁的恩赐和托付，无功无勇的人为自己攫取权力。权力是一伙人凌驾在另一伙人头上无为的胜利，是利益和宠爱不可靠的信徒，只有在极端痛苦或短暂羞怯时，权力才会落在天才和廉洁的人手中。这时，面临危险的民众需要思想和无私精神才能摆脱危险。玻利瓦尔依然在拉丁美洲的上空，皱着眉头警戒着，还是坐在造物岩上，身边坐着印加王，脚下是一捆旗帜，他仍穿着行军靴，因为他未竟的事业到今天还没有完成，因此，今天还需要由玻利瓦尔在拉丁美洲来完成！

本世纪初，拉丁美洲开始沸腾，而玻利瓦尔就是火炉。当时的拉丁美洲犹如一条巨大的、惶惑的幼虫，在老的根茎里蠢蠢欲动。革命的书籍藏在传教士的教服里，或者装在从法国及美国到拉丁美洲来旅行的名人的脑海里，它唤起了被判处死刑和被迫纳贡的有学识、讲尊严的克里奥尔人的愤愤不平。这一上层的革命，加上第二代被剥夺继承权的西班牙人叛逆的，有一定民主性质的起义，同底层民众：高乔人①、罗托人②、乔洛人③、平原居民的愤恨结合起来，把他们当作人一视同仁地团结在一起，形成一股无声的浪潮，印第安民众泪痕满面，在独立战争的鼓舞下在森林里回荡，像一座巨大坟墓上的磷火一样。拉丁美洲的独立是一个世纪以来浴血战斗的结果。拉丁美洲的独立既不是靠卢梭，也不是靠华盛顿，而是靠自己！每当温馨的良夜在圣哈辛托故居的花园里，或是沿着风景秀丽的阿纳乌科岸边，玻利瓦尔也许正陪着他那纤足的夫人（她是在风华正茂的芳龄去世的）散步游览，也许他正用手抚摸心

---

① 或译"高卓人""加乌乔人"，指17、18世纪南美拉普拉塔地区西班牙人同印第安人混血后裔。

② 指在智利的西班牙人同印第安人混血后裔。

③ 指在秘鲁、玻利维亚等国白人同印第安人的混血后裔。

口，看着那可怖的一长列争取拉丁美洲独立的先驱烈士在他眼前走过，这些在空中来来去去的亡灵只有等到他们的事业完成，才会瞑目安息。在阿维拉的黄昏时刻，玻利瓦尔一定看到了那血淋淋的行列……

头一位是巴拉圭的先驱安特克拉，他把斩断了的头颅捧在颈项上走过去，接着是可怜的印加王全家，当着被捆绑着的父亲面前，遭到杀害，身体被剁得粉碎；接着图帕克·阿马鲁①走过去；然后，委内瑞拉梅斯蒂索人的国王来了，他像一个幽灵消失在空中；其后是萨利纳斯，他躺在自己的血泊中；基罗加②死在就餐的盘子上；莫拉莱斯被打得遍体鳞伤，因为他在基多监狱中，还热爱自己的祖国；接着是在地窖里奄奄一息的莱昂，他已无家可归，因为他的家被堆满了盐；含笑死在绞刑架上的何塞·埃斯帕尼亚③，他的四肢被挂在钩子上；在断头台上被活活烧死的加兰④，他的躯体仍在冒烟；贝尔贝奥⑤经过这里，他比其他任何人更显出一副死相，刽子手由于害怕贝尔贝奥的公社社员们，没敢处死他。贝尔贝奥把为祖国荣誉而战视为自己的幸福，对他来说，由于国耻未雪，生比死还更不如。正是这种印第安人、梅斯蒂索人、白种人合成一气的灵魂，形成一股火焰，我们的英雄受这一灵魂的熏陶，从中得到了坚定和勇敢，在光荣的感召下，他将各种各样的人为实现共同理想像兄弟般地团结起来。他消灭了或是钳制了他的敌手，他走过荒野，越过高山，使安第斯山地区成为几个共和国的发祥地，直到阿根廷革命将它的集体的民主的计划同玻利瓦尔的势力结合起来，玻利瓦

---

① 指图帕克·阿马鲁二世（1741—1781），秘鲁印第安人起义领袖。
② 胡安·法昆多·基罗加（1793—1835），阿根廷地方首领、军人，外号"平原之虎"，曾加入爱国军。是萨恩米托名著《法昆多》的主人公。
③ 何塞·马里亚·埃斯帕尼亚（1761—1799），委内瑞拉爱国者。1797年发动起义，后被处死。
④ 何塞·安东尼奥·加兰（1749—1782），哥伦比亚爱国者。1781年发动公社社员起义，后被处以绞刑。
⑤ 胡安·弗朗西斯科·德贝尔贝奥（1730—1795），哥伦比亚爱国者。1781年曾同加兰一起发动索科罗公社社员起义。

尔才停止前进，把十四名西班牙的将军围困在阿亚库乔的山里，迫使他们把西班牙的宝剑从腰带上解下来缴械。

从海岸的棕树林起——这些棕树林排列在那里，好像是为着永远歌颂我们英雄——地势逐渐升高，一层银色地带夹着一层金色地带，逐层上升，一直到染着拉丁美洲革命鲜血的那些肥沃的平原。连天堂上也很少见到这么美丽的景致，因为从来没有那么多颗心，被争取自由的决心所震动，从来没有过那么天然壮观的场面，整个一个洲的心灵也从来未曾如此深入到一个人的灵魂中去。老天爷自己好像也参加了这些值得得到天助的战役。仿佛所有为自由而战的英雄，全世界所有的烈士们都拥挤地居住在这美丽的场所，像一面大挡箭牌一样，庇护着这场斗争，在这场斗争中我们的人民奋勇直前，或是，当不公道的天不肯相助，斗争对我们不利时，就惊惶逃跑。在如此秀丽的景色面前，苍天也会停下来欣赏它：山上终年积雪融化后流下来，汇成湍急的河流；百年参天古树像纤细的长发和卷曲的羊毛一样，荫盖着黑色的山谷，印第安古庙的废墟守护着荒无人烟的湖区；在山谷的雾霭中隐约可见；火山口在冒烟，从火山口里可以窥见地球的五脏六腑。我们拉丁美洲人在世界各地都同时为自由而战！有些人骑着马跑到平原地区，和敌人搏斗，倒下来像熄灭的灯光一样，尸体和鞍缰缠在一起；有些人全身武装，手里擎着露出水面的旗帜，从汹涌的河流中泅游过去；有些人举着长矛，并肩前进，好似一片行走的森林；还有些人爬上火山，把解放的旗帜插在火山口。但是，最美的莫过于那位高额的、目光炯炯有神的英雄，他骑着马飞驰，身上的披风吹得迎风飘扬，无论是在枪林弹雨还是狂风暴雨中他都巍然不动，他手持宝剑，就是用这把宝剑，他胜利地解放了五个国家！他把在胜利的风暴中被风吹得把眼睛遮住的头发向后一捋，便在协助他推翻暴政的人群中，看见了里瓦斯的便帽、苏克雷驯服的马、皮亚尔①卷曲的头发、派斯②红色的大

---

① 曼努埃尔·卡洛斯·皮亚尔（1782—1817），委内瑞拉独立战争时期的爱国将领。

② 何塞·安东尼奥·派斯（1790—1873），委内瑞拉独立战争领导人之一，后任总统（1831—1835，1839—1843）。

衣、科尔多瓦①起毛的马鞭，还有被士兵们用旗帜裹起来抬着走的一位上校的尸体，在他眼前一一走过。他踩着马镫，直起身子，屏着气，看见帕埃斯在克赛拉斯手擎长矛，骑着马，忽前忽后，在尘埃和黑暗中围困密密麻麻的大批敌人。他含着泪，想起在卡拉沃沃战役前的情景：官兵们穿着礼服，五光十色的旗帜和标志迎风招展，旧的营棚由士兵筑成一道活墙把守着，音乐齐鸣，阳光明媚，整个军营沉浸在一片神奇的欢乐之中，好像即将诞生一个婴儿的人家一样。最漂亮的还是胡宁战役，在黑暗的笼罩下，在暗淡的沉寂之中，西班牙最后残兵被拉丁美洲胜利的铁臂打得粉碎！

……没过多久，他脸色苍白，头发埋在深陷的太阳穴里，干枯的手像是要把世界抛在后面，我们的英雄临死前躺在床上说："何塞！何塞②！我们快走吧，他们要把我们从这里赶走。但是，我们到哪里去呢？"他的政府垮台了，但是，他也许以为垮台的是共和国。当人们还在为独立而战时，他尚能控制地方的猜疑和地方首领。但是，在胜利后，地方势力又东山再起，他企图不承认、抵消或贬低这些势力。也许，他害怕敌对的野心笼罩这几个新诞生的国家，他为着政治的平衡，采取了令人憎恨的制服政策，然而政治的平衡只有增加相互信任才能持久，只有在公平的政权之下才能巩固，只有越放开才会越牢靠。在他为拉丁美洲和为自己谋求荣光的梦想中，也许没有认识到精诚团结对拉丁美洲各国的解放和幸福是必不可少的，他的不切实际的理论和表面上的团结，不仅帮不了他的忙，反而使他痛苦。也许这位远见卓识的天才虽然宣扬过拉丁美洲的解放在于各共和国在对外关系及对未来的共识和联合方面采取统一的、协调的行动，但囿于他的习惯、门第，他缺乏勇气承认民众和所有参加公开竞争的人的制约力量，这一力量将拯救这些共和国，它并不凭借什么其他的只是真正的自由。也许政治创造者在面

---

① 何塞·马里亚·科尔多瓦（1799—1829），哥伦比亚独立运动时期爱国将领。曾在玻利瓦尔麾下作战。

② 在玻利瓦尔临终时，在他身边陪伴他的有与他并肩战斗过的何塞·马里亚·卡雷尼奥将军、何塞·劳伦西奥·席尔瓦将军等。

临严重考验时划，这位国父在极端痛苦折磨下才犯了错误。这个考验是：一方面，一种责任需要他将亲手创造的事业让给新的领导者去管，免得篡权的帽子使这一事业失去光泽或冒风险；另一方面，也许在他崇高的创造性思想的奥秘之中，另一种责任鼓励他为了这一事业，敢冒被人家骂成篡权者的耻辱。

这些共和国是他用心血浇灌的儿女，没有他，它们就会在不幸的长期的斗争中血腥残杀，由于他的宽宏大量和坚韧不拔而诞生的这些共和国，是流血牺牲的结果，它们充满希望。人们从它们手中夺取了根据本国民众需要而执政的权力。于是，比天空中星球之间的联系还要持久的拉丁美洲和玻利瓦尔之间为了独立事业的联系消失了，玻利瓦尔和拉丁美洲革命之间的分歧日益显明，玻利瓦尔坚持要把拉丁美洲各国联合在一个中央政府之下，而拉丁美洲革命从一开始就有许多首领，他们各自都渴望建立一个地方政府，有自己的一班人马当政！"何塞！何塞！我们走吧！这里在赶我们走。但是，我们到哪里去呢？"

玻利瓦尔到哪里去了呢？他无论到哪里，都会得到世界的崇敬和拉丁美洲人民的爱戴。他来到这一充满爱的大家庭里，每个男人都会感到在玻利瓦尔的怀抱里就像在所有拉丁美洲的儿女的怀抱里一样无比欢乐，每个妇女都会深情地记起每次向他献花环或鲜花时，他都会下马表示感谢。他将去替各国人民主持正义，人民从急切的、个人方式方面可能的错误中，明白到，玻利瓦尔以同样方式，如同把手伸到白色的熔岩一样促进了拉丁美洲的主导思想！玻利瓦尔将到哪里去？他将投入人们的怀抱，要他们使地球摆脱新的贪婪和新的顽固的精神，让人类过得更幸福和美好！他将给那些沉默的人民慈父般的吻！他们去看望那些居住在偏僻角落和临时居所的人民，看望农村的大肚汉和舒适的流浪汉，使他们从他充满火一般激情的生涯中，看到拉丁美洲大陆所必须的兄弟情谊和拉丁美洲未来的危险和伟大。玻利瓦尔将到哪里去？……西班牙最后一名总督已五处受伤倒下；在手舞足蹈的军队中，解放者穿戴着胜利的盔甲和豪华的背带，骑着平原骏马，结束了三百年的西班牙统治。山冈上的眺望台上挤满了人群。山峦上彩旗飘扬。尽管伤痕累累，血迹斑斑，波托西终于获得解放。五个新生共和国的国旗在复苏的拉丁美洲山巅上迎风招展。礼炮齐鸣，宣告英雄驾临。人们怀着敬畏的心情脱帽致意。炮声从人们头上越过去，一座接一座高山响起回声，向他致敬。同样，只要拉丁美洲存在一天，玻利瓦尔的名字的回声也将一代接一代在我们中间最英勇最诚实的人们的心中回荡下去！

（徐世澄 译）

奥斯卡·王尔德^①

我们所有讲西班牙语的人，心中都充满了贺拉斯^②和维吉尔^③，好像我们精神的边界就是我们语言的边界。为什么今天的外国文学几乎成了我们禁止品尝的果实呢？这些外国文学洋溢着现代西班牙语文学所没有的那种自然气氛、真挚的力量和时代精神。无论是拜伦对努涅斯·德·阿尔塞^④产生的影响，德国诗人给坎波亚莫尔^⑤和贝克尔^⑥打下的印迹，还是少数德国或英国作品苍白的译著，都不足以使我们对斯拉夫人、德国人和英国人的文学有个概括的了解。他们创作诗歌的灵感同时来自洁白的天鹅、倒塌的城堡、站在自己鲜花盛开的阳台上体格健壮的少女和恬静而神秘的北极光。了解不同国家的文学是避免受某些文学束缚的最好办法。这与哲学领域的情况一样，只有涉猎一切哲学体系并看到它们的精神和情由都是相同的，才能避免盲从某种哲学体系的危险。人的想象，由于气候的不同，有的奔放，有的冷静；但是，不管它给各种哲学流派披上何种形式的外衣，每种哲学所宣扬的思想都是信仰广大无垠、渴望挣脱自我和不安于现状。

我们在这里要介绍的是奥斯卡·王尔德，一位写诗写得很好的

---

① 王尔德（Oscar Wilde, 1854—1900），英国诗人、作家，唯美主义的代表人物。

② 贺拉斯（Quitus Horatius Flaccus, 公元前65—公元前8），拉丁诗人。

③ 维吉尔（Publius Vergilius Maro, 公元前70—公元前19），拉丁诗人。

④ 努涅斯·德·阿尔塞（Gaspar Nunez de Arce, 1834—1903），西班牙后期浪漫主义诗人。

⑤ 坎波亚莫尔（Ramón dec Campoamor, 1817—1901），西班牙诗人。

⑥ 贝克尔（Gustavo Adolfo Bécquer, 1836—1870），西班牙诗人。

英国青年。他是一个对艺术有独立见解的人，指责英国艺术是世界优美的艺术殿堂中的分裂者。他是一个潇洒的宣传者，对自己的学说充满信心，蔑视那些反对他的主张的人们。他目前正在美国游说，以温和和谨慎的口气，说明他为什么认为崇拜物质福利而忘了精神财富的人民是可鄙的，认为精神财富能极大地减轻人民生活中的痛苦，使之愉快地投入工作。美化生活是使生活具有目的和意义。挣脱自我是人类不可抑制的热望。努力美化人民的生存环境，使他们高兴地在自我中生活的人，就是在为人民做好事的人。这如同截断啄食普罗米修斯①的神鹰的利喙一样。王尔德说了这些道理，尽管他也许表达得不那么精确，也许没有认识到这些话所包含的全部意义。这个倔强的青年想抖掉沾在他文化人衣衫上的煤灰，清除上面的油污。煤灰和烟尘把英国城市的天空染成黑色，那儿太阳像一个没有光泽的胭脂色球体，在灰蒙蒙的浓雾中徒劳地企图把它富有生命力的热注入粗鲁的北方人的粗俗的肢体和冻僵的大脑。正因为我们的诗人是在那片土地上出生的，所以他对如此鲜为人知的、毫无自卫能力的精神方面的东西充满了美好的信念。只有生活在暴政下，才能憎恨暴政；只有生活在缺乏诗歌热情的人中间，才能激发更加强烈的热情。只是因为他心中充塞的激情没有其他可以对之泄愤的心，所以诗人憋闷难忍。

　　大家都来听奥斯卡·王尔德的演说！在纽约，人们都到奇克林会堂听讲。那是一栋拥有许多宽敞讲堂的建筑，是高贵的演讲者之家，他们所享有的名望和财富足以把听众吸引到这里来。在那些厅堂里，人们进行争论，捍卫基督教义；有人主张旧的，有人宣扬新的。一位夫人在讲述哪些服装适宜，哪些不适宜。一位哲学家在宣讲哲学的法则。旅行家在介绍他们的旅行，大黑板上挂着挂图和风景图片。一位批评家在评论一位诗人。王尔德将在其中的一个大厅里发表演说，题目是：艺术在英国的伟大复兴。他只是一个勇敢的

---

① 造福于人类的神。因从天上窃火种给人类而触怒宙斯。宙斯把他锁在高加索山上，每天派神鹰来啄食他的肝脏。后来赫拉克勒斯杀死神鹰，解救了他。

信徒，积极而热情的学生，但大家都称呼他老师和导师。他宣传自己的信念，有的人已为信念殉难。大厅里挤满了华贵的夫人和出类拔萃的男士。著名的大诗人们没有到场，他们害怕被看作革新者的同伙。人们一般只是悄悄地爱着危险的真理。在真理被普遍接受之前，他们不敢挺身予以捍卫，但是当捍卫某种真理已不冒任何风险时，他们就会坚决、果断地支持真理。奥斯卡·王尔德出身于爱尔兰的名门望族，用金钱上的独立买得了思想上独立的权利。思想上的独立是导致天才人物死于非命的一种疾病。常常发生这样的事：贫困使他们无力捍卫吸引和照亮他们的真理，而真理过于新鲜，过于叛逆，以至他们不可能靠真理生活。真理揭露谬误，而他们是传播真理的使者。但是，只有当他们动手去绞杀真理时，才有活路；可是真理一旦被绞杀，他们也就会悲痛而死。庄严的演讲大楼宽敞的大门前停满了马车。一位贵妇人手上拿着一枝百合花，这是改革派的象征。女士们穿戴得优雅、华丽。由于唯美主义者——在英国就是艺术的革新者——讲究装饰或服装颜色的和谐和协调，所以讲台的布置比较简单。

一把与我们唱诗班座椅相仿的高背、粗臂空椅子等待着诗人。椅子本身是用深色木材做的，靠背和座位上蒙的皮子也是深色的。一块浅栗色帷幔挡着讲台底部下面的墙壁，椅子前面摆着一张漂亮的桌子，上面有一只做工精巧的杯子，内盛洁净的清水，像被囚禁的白光，晶莹、透明。请瞧奥斯卡·王尔德！他的穿着、打扮很特别，与众不同。他像伊丽莎白女皇一世时代的绅士那样，留着披肩长发，头顶中间头路清细、笔直。身穿黑色燕尾服，白色丝绸坎肩，宽大的短裤，黑色长筒丝袜和带扣襻的鞋子。他的衬衫，与拜伦的一样，领子不高，系着白色丝绸领带，领结打得比较随便。衣襟上别着一只钻石胸针，坎肩上挂着一条精美的怀表表链。这种衣着打扮对他的思想宣传是个缺陷，因为既不像创新，又不是复古。每个人都应该穿戴得漂漂亮亮，而他就是这方面的榜样。只是艺术要求他的一切作品都应与时代协调一致；看到一位风度翩翩的青年穿着当代入时的紧身短坎肩，同时穿着过去时代的裤子，留着克伦威尔①时代的长发，挂着本世纪初时髦的怀表链，真是刺眼。年轻诗人的脸上流露着诚实的高贵光辉，他的言行有些古怪，但并不过分。他尊重自己观点的高尚，并以此自重自尊。他面带微笑，显得很自信。听众都是成熟老练的优秀人物，他们交头接耳，窃窃私语。诗人将说些什么？

他说：当歌德给美下了定义之后，谁也别想给美再下定义了；本世纪英国文艺的伟大复兴，在于把对希腊美学的爱与对意大利文艺复兴的热情以及利用一切将现代精神注入艺术作品中的美学观点的渴望结合起来；新的学派已经出现，如浮士德和海伦娜爱情中悦耳的音律，充满了美的希腊精神中的和谐格调，以及现代浪漫派炽烈的、富有探索和反抗精神的个人主义。荷马②先于菲狄亚斯③，但丁④先于意大利艺术的奇妙革新；诗人总是走在前面。前拉斐尔派是一批喜爱真实、自然和裸体美的画家，他们先于崇尚一切时代的文化艺术美的唯美主义派，但是对美具有强烈感受力和塑造力的诗人济慈⑤却超越了前拉斐尔派。这些狂热崇拜拉斐尔——他的风格柔和，具有音乐感——的前辈们使用的画法的人，试图让画家摒弃历代大师们关于艺术的教诲，用调色板直接临摹大自然的景物。他们直率得到了粗鲁的程度。他们憎恶别人墨守成规，结果自己也陷入墨守成规的泥塘；他们蔑视过多的清规戒律，结果走上反对一切规则的道路。走回头路不可能革新。然而，尽管前拉斐尔派没有能力创新，他们至少把偶像打得粉碎。在他们之后，艺术的自由和真实开始在英国被接受，这在很大程度上要归功于前拉斐尔派。奥

---

① 克伦威尔（Oliverio Cromwell，1599—1658），17世纪英国革命的著名领袖。在他的领导下，议会处死了专制暴君查理一世，宣布英国为"共和国和自由国家"，并征服了苏格兰和爱尔兰。

② 荷马（Homeros）系古希腊诗人。见《中国大百科全书》外国文学卷第420页。

③ 菲狄亚斯（Phidias）系古希腊著名雕塑家。大约生于公元前5世纪。

④ 但丁（Dante Alighieri，1265—1321），意大利诗人，中古到文艺复兴的过渡时期期有代表性的作家。

⑤ 济慈（John Keats，1795—1821）是英国浪漫主义诗人中最有才气者之一，作品富有色彩感和立体感，对后世影响很大。

斯卡·王尔德说："你们不要问那些有功的前拉斐尔主义者是谁：对他们的伟人一无所知是英国教育的规矩之一。"1847 年，济慈的崇拜者举行会议，探讨他如何使诗歌和绘画从它的石床上醒来。这在英国是一种要失去一切公民权利的举动。这些济慈的崇拜者具有英国人永远不允许拥有的东西：年轻、力量和热情，他们受到讽刺，因为讽刺一直是平庸的嫉妒心献给天才的礼品。这应该使改革派感到十分高兴；在所有的观点上与四分之三的英国人不一致，是对自己感到满意的最正当理由之一，应是在精神弥留之际感到安慰的丰富源泉。

现在请听，王尔德谈到了另一位音韵和谐悦耳的诗人——《地上乐园》的作者威廉·莫里斯①。莫里斯的诗非常优美，像日本国的瓷器那样纯洁透明，铿锵动听。王尔德说：莫里斯认为，对大自然的临摹，如果靠得太近，就会舍弃大自然最美的东西，即水蒸气，它是笼罩在大自然杰作上面的灿烂光环。王尔德还说：英国文学应该把如此精确地描绘头脑和诗歌中的幻象的方法归功于莫里斯；莫里斯的文句是那样的清新，刻画的形象是那样的纯真，没有一个英国诗人能超过他的。请听王尔德在介绍泰奥菲勒·戈蒂耶的实践经验。戈蒂耶认为，最值得诗人看的书是词典。王尔德说："那些改革派歌颂他们的时代以及地球上所有时代一切美的东西。"他们什么都想说，但什么都要以美的方式来说。美是他们自由表达的唯一障碍。追求完美是他们的指南。

他们并不想窒息灵感，而是想给灵感披上美的外衣。他们不想让灵感邋里邋遢地走上街头，不想让灵感穿得俗气，而是要它穿得漂亮。王尔德接着说："我们不想砍掉诗人的翅膀，只是我们已经养成了这样的习惯：计算他们无法计算的脉搏，估计他们无限的力量，控制他们不可控制的自由。唱吧，诗人，歌唱一切值得你的诗歌咏唱的东西。一切都在诗人的眼前。诗人的生命在于精神，而精神是永存的。对诗人来说，没有过时的形式，只有过时的事物。但诗人应该像感到已掌握了美的奥秘的人那样沉着、冷静地寻找和接

① 莫里斯（William Morris，1834—1896），英国诗人、作家。

受各时代真正优美的东西，并拒绝那些与其彻底追求美的主张相悖的东西。另一位英国伟大诗人斯温伯恩——他的诗作多姿多彩、音韵优美动听——曾说：艺术就是生命本身；艺术不知道什么是死亡。我们不应该轻视古的东西，因为古的东西有时完美地反映了现代的东西，因为生活常常改变方式，但其实质是永恒不变的，而且在过去的事物上，看不到包裹着生活的'亲切和熟悉'这层'薄雾'，或者看不到我们当代人对生活的那种担忧，这种担忧给生活蒙上了一层阴影。然而，为纪念灵魂，光选择一个适当的主题是不够的，因为把观众的目光吸引到主题上来的不是画在画布上的东西，只有熟巧地使用色彩使灵魂升华才能吸引观众。因此，为了使作品高尚、持久，诗人必须掌握那种手法，那种能使他的诗歌具有令人陶醉的精神香气的技巧。批评家们的议论有什么关系！只能充当批评家的人不可能成为艺术家；只有艺术家才能认识经得住时间考验的艺术家的全部价值。我们的济慈说过，他只崇拜上帝、伟人和美。我们唯美主义派要做的就是这个：向人们揭示爱美的意义，激励大家向培育美的人学习，鼓励人们热爱完美、憎恨丑恶；使颂扬、认识和实践人们敬为美的一切东西的行为重新成为风尚。但是，我们渴望给我们的诗人雪莱——一位在一片不爱他的土地上发疯地热爱天空的诗人——所追求的诗剧形式戴上桂冠的心情有什么意义呢？我们热切地追求改善我们因袭守旧的诗歌和苍白无力的艺术，美化我们的住宅，增加我们服装的优雅和特色的努力，有什么价值呢？如果没有一个全民族的美好生活，就不可能产生伟大的艺术，而英国的重商精神扼杀了民族的美好生活。如果没有一种崇高的民族生活，就不可能有伟大的戏剧，而这种生活也被英国人的商业精神扼杀了。"这段激昂慷慨的讲话博得了听众的热烈掌声，这清楚地显示听众对我们杰出的演讲者怀有一种亲切的好奇和敬意。

接着，奥斯卡·王尔德针对美国人民谈了他的看法："你们，新生的人民的儿子，没准也许能在美国获得我们在英国做了很大的努力才获得的东西。你们没有陈旧的体制，这是幸运，因为它意味着没有任何羁绊。你们没有束缚你们手脚的传统，也没有批评家们作为依据来指责你们的那种千年陋习和虚伪清规。你们没有遭受饥饿时代的蹂躏。你们不必永远模仿某种形式的美，而构成这种美的要素早已死亡。一种新的想象力的光辉，一种新的自由的奇观，可能从你们这儿产生。在你们的城市以及你们的文学中缺少对美的敏感性所必须的灵活性和风趣性。你们应该爱一切美的东西，从爱美中获得快乐。任何平静和幸福都产生于对美的追求。追求美和创造美的东西是比任何文明都要优越的文明：它使每个人的生活成为一部圣典，而不是一种商业丛书。美是时间不能加以磨灭的唯一东西。各种哲学会死亡，宗教教义会灭亡，唯有美的东西将永世长存，成为所有时代的珍宝、每个人的食粮和永恒的华饰。当每个人都同样强烈地热爱同样的东西时，当共同的文化环境把所有的人联系在一起时，战争也将变得弱小无力的。依靠战争的力量，英国至今还是一个强大的主权国家。但是，我们的文艺复兴将要为英国创建这样的主权，一种永远不会丧失的，即使她的黄色豹子对战争的轰鸣已经感到厌倦时也不会丧失的主权，不会用战争中流淌的鲜血染红其国徽的主权。当把能使生活变得完美和愉快的艺术精神注入美国人民的心中时，你们美国人也将为你们自己创造出这样的财富，这种财富将使你们忘掉现在享有的财富，因为尽管你们的土地变成了纵横交错的铁路网，你们的海湾变成了在人们熟悉的大海中航行的所有船只的庇护港，但相比之下，你们现在享有的财富太渺小了。"

那个留着长发、穿着短裤的英国年轻诗人，在奇克林会堂说的就是这些既高尚又理智的话。但这是什么福音，竟然在福音传播者周围引起这么大的反响？这些是我们共同的思想：我们都要以这种虔敬的态度观赏艺术奇迹；我们的商业精神不是多了，而是少得可怜。衣着奇怪的奥斯卡·王尔德在英国和美国到处游说的这些真理——美好的，但是一般性的和显而易见的——中有什么特别的伟大之处呢？对我们来说是被遗忘的法规，而对别人就成了赞叹不已的东西？那个无畏的年轻人是可敬还是可笑呢？他是可敬的！是的，由于他怕显得自负，或者因为他喜欢从观赏美的东西中获得快乐胜于从观赏美的精神力量和巨大目标中获得快乐，所以我们概述的这次演讲的确缺乏能使思想家感到高兴的那种深度和广度。是的，他的这身打扮不能给人体增添高尚的气质和苗条的美感，只能是对一般流行的习俗感到憎恶的胆怯表露，在如此奇怪的衣着打扮下如此泛泛地谈论改革，的确显得有点儿可笑。

是的，唯美主义者们的确怀着一种特殊的爱心，试图通过尊古，崇仰过去时代的稀奇东西来揭示未来精神财富的奥秘。是的，富有朝气的改革派应该从引起疾病的根源上入手改除病痛，而这个根源不是对艺术的嫌弃，而是对物质福利的过于爱慕，嫌弃艺术仅仅是过分爱慕物质福利的结果。是的，现在作为令人惊讶的大胆改革向英国人宣传的那些东西，在我们这些阳光灿烂、鸟语花香的国家里已是重大的真理。但是，那个年轻人显得多么苦闷：为什么在他人民的子女身上那种热烈地崇尚美好东西的精神好像处于昏睡之中呢！这种精神是难以言喻的快乐之源，能安慰最痛苦的心。看到他出生的祖国，那个崇拜非持久偶像的国家沉湎于平稳不变的生活时，他感到多么的痛苦！需要多大的毅力和勇气才能抵制靠奉迎公众的趣味为生的蹩脚画家和卑劣讽刺家的非难，而这个公众嫌弃一切指出他们缺点的人！需要多大的勇气和多大的魄力才能面对一个冷冰冰的、虚伪的、善于盘算的人民可怕的怒气和满怀怨恨的蔑视！不管他的长发和短裤，那个潇洒的年轻人值得大赞特赞，他试图把给忧郁的英国人照明的那个没有光泽的胭脂色球体变成能冲破大气层并给它涂上金色的光芒四射的太阳！热爱艺术能陶冶情操，使心灵增辉：一幅优美的图画，一尊清澈透明的雕像，一件艺术玩具或一株插在漂亮杯子里的普通鲜花，使得也许刚刚抹去眼泪的嘴唇上露出微笑。认识美的东西是一种能强身壮魄的乐趣；在这种乐趣之上的是拥有美的东西的乐趣，它能使我们自我满足。装饰居室，在墙上悬挂图画，欣赏这些图画，鉴赏其价值，谈论它们的美，乃是高尚的享受，能使生活有意义，使思想放松，使精神高尚。当你观赏一件新的艺术品时，你就会感到一股新的活力在你血管中流动。好像未来就在你的眼前。好像在用切里尼①制作的金杯

---

① 切里尼（Benvenuto Cellini，1500—1571），意大利雕刻家、金饰匠。

为理想的生活干杯。

　　那个杀害拜伦的人民，是多么粗野的人民！那个封住多产的济慈的年轻嘴巴、不让他吟诗的人民，是愚蠢得像用石头做的人民！英国人的蔑视，冷得像从雪山上下来的寒流，使英国的江湖冰冻。这种蔑视像发自冰冷、发紫嘴唇的利箭。他爱讨人欢喜的聪明人，但不爱气势逼人的天才。太强的光线会刺伤他，所以只爱温和的光。他爱逗乐的风雅诗人，却不爱发人深省、令人痛苦的天才诗人。他总是用习惯作盾牌，抵挡一切打扰他精神睡眠的强烈呼声。年轻的唯美主义者把他们的投枪投向这面坚韧的盾牌；批评家们企图用这面盾牌封住唯美主义者热烈的嘴，压制他们激昂慷慨的声音。这面盾封住了济慈的嘴。产生于济慈的这股充满活力的诗气，替诗歌要求音乐和精神，为美化生活要求崇尚艺术。从济慈产生了英国诗人那种对形式的细腻和执著追求。从济慈产生了英国诗人那种痛苦斗争的精神，他们像面对一支强大无比的军队那样艰苦战斗，以便唤起人民对触摸不到的美的热爱和对精神上的甜蜜闲适的追求，因为这个人民拒绝一切会刺伤其感情、不能迎合或不能麻痹其感情的东西。在那个国家，诗人除了进入自己的内心还能到哪儿去呢？像被马蹄踢出了发紫的伤痕，除了在心里忍着疼痛，还能干什么呢？济慈的诗篇，轻快而动听，洋溢着如同未被玷污的海水那样清澈的思想。与莎士比亚一样，济慈的想象匆促、奔放，不同的是莎士比亚能驾驭想象，与想象玩耍，而济慈有时被自己的想象冲倒。那个内在的太阳烧焦了躯体。热爱美的济慈来到美的圣殿——罗马，并在那里逝世。他的热诚的弟子有可能向他的审查官挑战，证明他的严正无私，并用崇高的诗歌邀请他的灵魂放弃品德的市场，在忧伤的静默中耕耘，在其忧心忡忡、态度傲慢的国家培育对艺术的爱心，这种爱心是受生活带来的痛苦折磨的精神得到真正快乐和安慰的源泉！

　　　　　　　　　　　　　　　　（毛金里　译）

爱 默 生[①]

爱默生的死。——伟大的美国哲学家逝世了。——爱默生是
哲学家和诗人。——他纯洁的一生。——他的外貌。——
他的思想，他的温情，他的愤怒。——在康库德的家。——
陶醉。——集优点之大成。——他的方法。——他的哲学。——
他的非凡著作：《论自然》。——什么是生活？——什么是
科学？——大自然教导什么？——超人类的和人类的哲学。——
德行，宇宙的最后客体。——他的写作方式。——他的绝
妙的诗歌。

　　手中的笔有时发颤，如同亦能犯罪的神甫，自感不具备履行其
职责的资格。骚动不安的灵魂飞上天空。需要的是使其腾空飞升的
翅膀，而不是作为錾子将他雕塑的笔。笔塑是一种痛苦、一种贬低
性的工作，如同将神鹰套在马车上。当一个伟人从地球上消失时，
在他后面留下的是纯洁的光明、对和平的向往和对喧闹的厌恶。宇
宙就是庙宇；城市中的集市、生活中的纷乱、人群的喧嚷就是亵
渎。感到好像失去双脚、长出了翅膀。仿佛生活在一颗新星的光芒
下，坐在开满白色鲜花的平原上。惨淡清新的星火充满了寂静广漠
的大气层。一切都是山巅，我们站在山巅之上，大地在我们脚下，
犹如一个遥远的、被黑暗包围的、已生活过的世界。那些辚辚滚动

---

① 爱默生（Ralph Waldo Emerson，1803—1882），美国思想家、散文作家、诗人。超验主
　义运动的代表人物。

的大车、那些喧哗的商人、那些冲天喷吐浓烟的烟囱以及人们的穿行、转悠、争论、生活活动等，犹如野蛮的军队在我们宁静安适的庇护所外而喧嚣，它爬上山坡，侵入我们的山峰，趾高气扬地冲破巨大的阴暗，出现在阴暗后面的是熙熙攘攘、宏伟灿烂的城市，它像一个广阔的战场，石头武士们一个个金盔金甲，扛着红色长矛。爱默生与世长辞了。人们眼中饱含着甜蜜的泪水，胸中充满了温情，而不是悲哀。他的死并不令人痛苦，却给人以激情。死亡是一种胜利；当一个人度过了有益的一生，灵柩就是他凯旋的战车。哭泣是因为高兴，不是由于哀伤，因为生活给死者手上和脚上留下的伤痕已由玫瑰花瓣盖没。正义之士的死是一场庆典，整个大地坐下观看天堂之门怎样开启，人们的脸上流露出希望的光辉，抱着一捆捆棕榈叶铺饰大地，并举起战斗的剑，组成拱棚，以便覆盖着栎树枝和干草的胜利的战士遗体从下面通过。把自己的一切献给了他人并为别人的利益工作了一生的人走向安息，在现世没有做好工作的人将重新工作。年轻的战士们，以羡慕的目光看着伟大胜利者的温暖尸体，带着全部荣耀，安详地过去之后，便重新投入活着的人的事业中去，建功立业，以便死后人们也会替他们建拱棚、用棕榈叶铺地！

　　死者究竟是个什么样的人？其实全世界都知道。他曾是一位充满活力、思想敏锐的人，他除去了过去时代套在人们身上的所有那些斗篷，蒙住人们眼睛的所有那些绷带，面对面地与大自然作伴，仿佛整个地球是他的家，太阳是他自己的太阳，而他就是家长。他是这样一类人中的一个：大自然向他们敞开胸怀，暴露奥秘，并伸展她无数的臂膊，似乎想遮护她儿子的整个身躯。他是这样一类人中的一个：拥有绝顶的科学和绝顶平静、绝顶快乐的内心世界。在他面前，整个大自然就像一位活泼可爱的新娘。他生活得幸福，因为他们爱心扩展到地球以外的空间。他的整个一生犹如新婚之夜的黎明。他的精神是那样的激奋！他的眼光是那样的敏锐！他的书是多好的诚碑！他的诗似天使飞舞！他小时候胆怯、瘦小，见到他的人觉得他像一只雏鹰、一棵尚未成材的青松。后来变得沉静、和蔼、神采奕奕，大人和小孩遇见他都会停下来注视他一番。他步履稳健，如同知道该往哪里走的人那样。他身材瘦高，像那些应该享受清新空气的树木。他面颊瘦瘪，像天生喜欢沉思、渴望脱离自我的人的脸；他的前额像山坡，鼻子像在山顶盘旋的飞禽的鼻子，而他的眼睛，像充满爱心的人的眼睛一样迷人，像看到了别人看不见的东西的人的眼睛那样冷静。凡见到他的人都想吻一下他的前额。决心用撒旦①的光华和力量反对尘世的英国伟大哲学家卡莱尔②认为，爱默生的来访是"一种天空幻景"。在大自然中找到了新诗的惠特曼③说，瞧着他乃是"欢度美好时光"。埃斯特曼—— 一位好的批评家——认为"在这位学者的人民中出现了一盏白炽的明灯"。奥尔科特，一位善于思索、热爱诗歌、精神年轻的高尚老翁认为"不认识他是一种不幸"。人们像前往观看一个有生命的古迹或一个非凡绝顶的人那样纷纷前去拜访他，其中有脚上沾满泥巴的山区人。爱默生不是一个不拘礼节的人，但热情和蔼，因为他的家应成为所有成员都是皇帝的帝王之家。他像爱情人似的爱他的朋友：对他来说，友谊像黎明时的森林一样庄严。在生儿育女方面，爱情高于友谊，但另一方面，友谊高于爱情，因为友谊不产生欲望，也不会在欲望得到满足之后产生疲劳，也不会因为欲望一旦得到满足便舍弃旧庙换新庙，另找新欢而感到痛苦。在他身边就会觉得快乐。他的声音如同驾着彩云向人们预示未来的信使的声音，好像有一根触摸不到的、由月光做成的纽带把共同前来听讲的人的双脚捆住了似的。学者们前去拜访他，拜访后离开时一个个都很高兴，尽管他们的观点受到了批驳。年轻人从很远的地方徒步前去看他，他微笑着迎接这些心情激动的朝拜者，请他们坐在他那坚固的、堆放着大

① 撒旦，即魔鬼。原是天使，因堕落犯罪，被谪降到人间，在世上引诱人们犯罪。见《希腊罗马神话和圣经小辞典》第 125 页。
② 卡莱尔（Thomas Carlyle, 1795—1881），英国哲学家、作家、历史学家。见《辞海》缩印本第 176 页并《中国大百科全书》外国文学卷第 508 页。
③ 惠特曼（Walt Whitman, 1819—1892），美国诗人。见《中国大百科全书》外国文学卷第 451 页。

量书籍的红木桌子周围，并像奴仆一般站着招待他们喝上等陈年雪利酒。然而，在那些读他的书，却没有读懂的人中间还有人指责他待人不热情，说他习惯于同伟人打交道，欢喜谈论宏伟的事情，对个人的事看作小事，看作偶然的和非实质性的事，因而不值得谈！这些怨声不绝的小诗人是伤心的情人！对男子汉应该说配得上男子汉并能激励男子汉的事！以萎靡不振的韵律诉说个人微小的痛苦，乃是蚁类的行为！痛苦应该是有羞耻心的。

他有神甫的思想、天使的和蔼、圣人的愤恨。当他看到沦为奴隶的人或想起他们时，便会慷慨陈词，使人感到好像摩西十诫碑在新的圣经山的山坡上重新被砸成了碎片。他的愤怒是摩西式的。他就这样抖掉了庸俗头脑中的琐碎小事，如同狮子抖掉了身上的虱虫。对他来说，争论是浪费用于发现真理的时间。当别人怀疑他说的话时，他就会生气，因为他所说的都是他亲眼所见的。他的气愤不是出于虚荣，而是出于真诚。别人不具备他那种明辨的目光，这怎么能成为他的罪过呢？难道毛毛虫应该阻挠老鹰飞翔吗？他蔑视狡辩，由于对他来说非凡的事都是普通的事，所以一定要他验证非凡性这种要求使他感到惊讶。如果别人对他的话不理解，他便耸耸肩膀：大自然已替他说明了一切，他是大自然的神甫。他不伪装感受到天启的人，他不构筑想象中的世界，不把自己头脑中的想象和意愿摆进用散文或诗歌形式写的东西中去。他的散文都是诗，然而他的诗歌和散文都像是回声。他看到在其身后跟随着富有创造力的神灵，并通过这个神灵与自然对话。他如同洞察一切、反映一切的明亮的眸子；他完全是这样的眸子。他写的东西犹如投射在他身上，照亮他的心灵使心灵陶醉于光明产生的陶醉之中，又从他身上折回的曲折光波。对那些像踩着高跷似的骑在陈规旧习上面走路的、头脑贫乏而自负的人，他能说些什么呢？对那些懒惰的或像绵羊般驯顺的、不用自己的眼睛而用别人的眼睛观看的人，他能说些什么呢？对那些由裁缝、鞋帽匠用模子制造的并由首饰匠涂上釉的、除了会走路、会说话、有感觉外，其他什么都不会的泥胎人，他能说些什么呢？对那些自负地夸夸其谈，却不懂得每一个思想都是痛苦思维的结果，是用本人生命的油点燃的灯火，是山峰的人，他又能说什么呢？

　　从未见过比他更不受人们的压迫和时代的压迫的自由人。他也不害怕未来，并大胆、清醒地走向未来。他心中藏着光明，使他安全无恙地通过了这片人生的废墟。他不知道什么是界限，也不知道何谓障碍。他不是他人民中的一分子，而是全人类中的一分子。他来到世上，感到这个世界与他格格不入；他感到痛苦，因为他要回答人们没有提出的各种问题。他待人亲切、和蔼，对自己忠贞不渝。他受到了进行传经讲道的教育，但他把牧师的长袍交给了信徒，因为他感到自己肩上披着大自然的庄严披风。他不顺从任何制度，他认为顺从某种制度是瞎子和奴隶的举动；他不轻信任何人，认为轻信人是头脑简单、贫乏、妒忌的表现。他沉浸在自然中，并神采奕奕地浮出自然。他只说他看到的事，在不能看到的地方他不说；他暴露感受不到的东西，尊重不能感受的东西。他用自己的眼睛观察世上的一切，讲自己特有的语言。他是个创造者，尽管他不想成为创造者。他感到绝顶的快乐，过着愉悦人心的、天堂般的社交生活，沉浸于不可言喻的陶醉的甜蜜中。既不出租他的头脑，也不出租他的舌头，更不出租他的良心。他像一个发光的天体，耀眼夺目。

　　他就是这样生活的：看到别人看不到的东西，并把它揭示出来。他生活在一个神圣的城市，因为那里的居民，不愿意再过奴隶的生活，决心为自由而斗争，他们跪在我们的先哲的家乡——康库德的土地上，向身穿红制服的英国人开了第一枪、用这子弹的钢铁，锻造了这个人民。他的城市康库德如同思想家、隐士和诗人们避居的图斯库卢姆①。他的家，像他的人一样，宽敞、庄严，由参天青松——主人的象征——和遮荫的栗子树围抱着。先哲的房间里，大量的书籍好像不是书，而是主人：都穿着家常便服，书页苍

---

① 意大利古城，现为弗拉斯卡蒂。古罗马哲学家、演说家、政治活动家西塞罗曾在那里避居。

老，书脊磨损。他博览群书，好像饥饿的鹰。房子中央的屋顶很高，如同不断往高处飞的人的寓所。从高耸的屋顶冒出缕缕烟雾，好像有时从善于思考的伟大脑门上冒出的思想之气。他在那栋房子里阅读用自己的眼睛观察并说真话的蒙泰涅①的书，拥有大洋般头脑的神秘主义者斯韦登堡②的书，寻找上帝并几乎找到了的普罗提诺③的书，激动、虔诚地参加自己灵魂升华的印度人的著作，勇于思考、大胆想象并取得无与伦比成果的柏拉图④的著作。或者合上书本、闭上眼睛，沉浸于用心灵观察这种最高的享受中。或者像受他人意志支配的人那样激动不安地踱来踱去，焦急地渴望为一种思想找到确切的表达方式，而那个犹如被囚禁在石壁下的思想正挣扎着想冲出地面，到广阔的天空翱翔。抑或疲倦地坐着，并像看到盛大庄严的东西的人那样，面带微笑，爱抚着自己的心灵，感谢它找到了那件东西。啊，正确思考多么快乐！理解生活中的事情是多么大的享受！——帝王的享受！一个真理的出现，如同一位美丽绝顶的少女的出现，使他满面笑容，并像在充满神秘的订婚仪式上，激动得微微发抖。生活常常是可怕的，也常常是不可言喻的。无赖之徒追求庸俗的快乐。生活能给人非常优雅的快乐，这种快乐来自爱，来自思想。天空中什么彩云能比在凝视着儿子的父亲心中汇聚、排列、升腾的彩云更美丽？一个男人该羡慕圣洁的女人什么呢？不是羡慕她遭罪，也不是羡慕她分娩，因为一种思想就是一个儿子，他出生前给人以痛苦，出生后给人以快乐。认识真理的时刻是令人陶醉、令人肃然起敬的时刻；并不令人得意忘形或趾高气扬，而是使人感到安详平和，感到父亲所能或受到的那种子女的温情和惶惑；使眼睛充满幸福的闪光，使内心平静似镜，使思维长出

---

① 蒙泰涅（Miguel Eyquen Montaigne, 1533—1592），法国思想家、伦理学家。

② 斯韦登堡（Manuel Swedenborg, 1688—1772），瑞典通神论者，一种神秘教的创始人。

③ 普罗提诺（Plotino，约205—约270），古罗马时期希腊唯心主义哲学家，新柏拉图主义的重要代表。

④ 柏拉图（Platon，前428—前347），古希腊客观唯心主义哲学家。见《辞海》缩印本第1288页。

柔韧、抚慰的翅膀。那是感到头颅布满了星星的时刻！寂静的、广漠无垠的内在苍穹，在庄严肃穆的夜晚照亮那平静的大脑。绝妙的世界！他走出这个世界，用手轻轻地推开人类创造的一切东西，并怀着对渺小之物的怜悯，恳求它们不要打扰这神圣的幽闭、隐遁之所。刚才还像大山似的书本，现在好像成了葡萄干，而人都成了需要医治的病人。树木、高山、广阔的天空、汹涌的大海，却像我们的兄弟或朋友。这时，人类感到多少是自然界的一个创造者。阅读是刺激剂、振奋剂、助燃剂，犹如向架在没有熄灭的灰烬上面的柴堆吹送新鲜空气，使篝火点燃，升起熊熊火焰。如果你阅读伟大的东西，而且原来就有干大事的能力，那么你就会具有成为伟人的更大本领。雄狮醒来，猛烈抖动身体，从它的鬣毛上纷纷掉下金子般的思想。

　　爱默生是个精细的观察者，他观察细微的气该如何在人的喉咙里变成动听的、明智审慎的话语。他是作为观察者，而不是作为思考者写作的。他所写的一切都是无与伦比的。他的笔不是用来涂抹的画笔，而是用来雕刻的錾刀。他的文句纯正而快，就像优秀的雕刻家刀下的线条，简洁而明快。他认为任何一个不必要的词都是整体轮廓上的一个皱纹。在他的錾刀下，皱纹变成了飞进的粉末，句子就显得纯洁、清澈。他厌恶拖泥带水，反对不必要的藻饰。他发表自己的见解，而且言无不尽。有时好像从一件事跳到另一件事，乍看起来似乎二者之间没有直接的联系。这是因为对他来说是自然的过渡，而对他人来说则是跳跃。他像巨人一般从一个山峰跨到另一个山峰，而不是像普通的行人，背着干粮，在羊肠小道上爬行，由于他们站在很低的地方往上看，所以把高大的巨人看成了矮子。他不作分时期的详细描述，而是作提纲式的概论。他的书是集大成，不是某个方面的论证。他的思想好像是相互孤立的，这是因为他一下子看到的东西很多并想一下子统统说出来，因为他怎样说的就是他怎样看到的：他是像借着雷电的闪光并知道这美妙的闪光将很快熄灭的情况下阅读或观察的。他把阐明和发挥的工作留给别人：他不能浪费时间；他的工作在于揭示。他的文风并不华丽，但简洁、明快。通过精炼、蒸发、提纯，去掉杂质，取其精华。他的风格不是花香草绿的小山岗，而是陡峭的玄武岩山峰。他不是语言的奴隶，却是语言的主人。语言是人创造的，因此人不应该是语言的奴隶。有人对他说的和写的不太理解，这是因为不能一寸一寸地丈量一座大山。还有人指责他写得隐晦，但伟大的思想家谁不遭到这样的指责呢？指责别人的书无法理解比公开承认自己没有能力理解，在面子上要好看一点。爱默生只建树，不争论。他觉得大自然教给他的东西比人教给他的东西更好，更正确。对他来说，一棵树比一本书知道得更多，一颗星给人的教益比一所大学还多，一座庄园就是一部福音书，庄园中的一个孩子比一个古董收藏家更接近于普遍真理。对他来说，最明亮的大蜡烛是星星，最庄严的祭坛是山峰，最好的布道师是深沉、动人的夜晚。当金黄色的早晨愉快地揭去她的面纱，赤裸裸地出现在他的面前时，他就会像天使一样激动万分。当夕阳西下时或笑逐颜开的黎明来临时，他感到他比亚述国君主或波斯国王还要强大。谁观赏美好的东西，谁就会变得品德高尚。爱默生就是在这样的激情下写作。他的思想涌向脑际，如同白色的玉石撒入闪烁的大海。多美的火花！多么壮丽的闪光！多么炽烈的灵感！他感到头昏目眩，犹如骑在飞翔的雄狮背上遨游。他从这种遨游中归来，感到浑身充满了精力。但把书紧贴在胸口上，如同紧紧拥抱着一位豪爽侠义的好友，或者温情脉脉地轻抚着书面，犹如抚摸一个忠贞女人洁净的前额。

他思考一切深奥的问题，他想揭开生命的奥秘，揭示宇宙存在的规律。造物主创造的生灵，感到已变得精壮有力，于是踏上了寻找造物主的旅途。他回来时喜气洋洋，宣布已找到造物主。他以后的生活就在这次与造物主对话之后产生的至福至悦中度过的。当他精神飞驰并与宇宙之精气汇聚时，他激动得像树叶一般索索发抖；当他回到自我，冷静下来时，就像树叶一般芬芳、清新。人们总是在新生婴儿的摇篮前设置多少世纪以来累积的一切障碍。书中充满了不易察觉的毒素，使头脑发烧，使理智患病。他把那些毒酒一杯杯地都喝了，竟然没有中毒。为了看得清楚，不仅应该成为审慎的智者，而且还要忘记自己是审慎的智者：这是做人的痛苦所在。掌握真理就是在人们的各种揭示中间拼杀。有人失败了，成了他人精神的应声虫。另一些人胜利了，给自然界增加了新的声音。爱默生胜利了。创立了他的哲学思想。《论自然》是他的杰作。在这本著作里，他完全置身于那些赏心悦目的事物中，讲述那些奇妙的游历，并以坚定的态度反对那些忘了自己的眼睛、借助别人眼睛观察的人们；把人看作主人，认为宇宙是温和、驯顺的；认为一切有生命的东西都产生于母体并回归母体；认为生命在于精神，而人本身处在精神的怀抱中。他谈论他自身，谈论他看到的事物。凡是他的眼睛看到的，他便坚持：凡是他的眼睛看不到的地方，他便承认看不见，但并不因此而否认别人看得见。他宁愿被说成是无意识的人，却不愿意被看作幻想家。如果在他看到的事物中有什么对立的东西，那么就让别人去评论，去辨别。他看到的都是相似或类同。他没有发现自然界中存在着矛盾：他看到自然界中的一切，都是人本身的象征，人本身所有的一切在自然界中都有。他看到大自然影响人，而人能随心所欲地使大自然变得快乐或悲伤，使它变得雄辩或变成哑巴，使它消失或使它出现。他认为人的思想是自然界一切物质的女主人；认为形体美能提高人的精神，进而达到内心美；认为忧伤的心灵只能评判忧伤的世界：认为大自然的景观使人产生信心，产生爱，产生尊敬。他感到世界拒绝迎合人的陈规旧习，却能启发人的感情，那种能消除忧愁、使人活得健壮、自豪、快乐的感情。认为一切事物彼此相似，一切事物的目的相同，一切都在人身上体现，人通过其头脑美化一切，自然界的各种流贯穿每个创造物，每个人本身都是造物主，而每个创造物本身都是有限的造物主，最终一切都将汇入作为造物主的精神内部，一切事物、一切思想和行动都有一个中心统一元。认为天地万物的美是为启发愿望、抚慰痛苦、激励人去寻找和发现自我创造的；"人体内存在着万物总体的灵魂、英明智慧的静默的灵魂以及各个成分、各种微粒都一样与之联系的普遍的美：永恒的世界"。生活并不令他不安，他生活得很愉快，因为他行为端正。他所关心的是做个品德高尚的人：

"高尚的品德是打开永生之门的金钥匙"。他认为：生活不是简单的交往和治理，更主要的是与大自然的力量打交道并治理自身；治理自身来自与大自然的力量打交道；世界的秩序产生个人的秩序；快乐是真实确切的东西，是最大的感受；因此，超越于一切神秘东西之上的真实东西，理所当然地应该成为产生真正的快乐的东西，而真正的快乐，即高尚的品德，则高于其他任何种类的快乐；"生活只是大自然中的一站"。他的书好像是在超人的帮助下，在高山之巅、在非人间的灯火下写成的；每一页都像亮得刺眼的钢镜，把一幅幅光辉的形象反映在读者的眼睛里。那一双双燃烧着渴望的火焰的眼睛，在这些平静的、却光芒四射的书页上快速移动，渴望看到所有这些诱人的奇观美景，看到所有这些真理。噢，当感到头脑中激情汹涌时，阅读犹如钉死一只活生生的苍鹰！如果手是闪电并能劈开头颅而又不犯罪的话，该有多好！

那么死亡呢？死亡不会使爱默生感到忧伤，因为生活高尚的人不害怕死亡，不为死亡感到悲伤。只有应该害怕的人才害怕死亡，配得上永生的人将永生。死就是从有限回到无限。抗拒是没有用的。生命是一种事物，它之所以成为生命，是有其缘故的。对愚蠢者来说，生命只是一种玩具，但对真正的人来说，则是殿堂。与其反抗，不如通过善感善思的精神的诚实活动，抓紧时间生活。

那么科学呢？科学证实精神所感知的事实：大自然的所有力量都是类同的，一切生灵都是一样的，宇宙中各种要素的构成都是相等的，人是至高无上的，只有比人低级的东西，却没有比人高级的事物。精神首先感知，信仰予以认可。精神寓于抽象之中，能看到整体；科学在具体中蠕动，只能看到细小部分。认为宇宙是按一定的程序，缓慢地、有条不紊地形成的看法，既没有预示大自然的末日，也没有否定精神世界的存在。当科学完成了它的周期时，也只能知道应该知道的东西，只能知道精神已经知道的东西，它不可能知道精神尚未感知的事。蜥蜴的爪像人的手，这是确定无疑的；人的精神进入坟墓时是年轻的，而人的躯体进入坟墓时已是老朽了，这也是千真万确的。人的精神沉浸于宇宙的精神中，感到非常强烈的、激动人心的快乐，而后感到充满了生机和活力，感到十分庄严和平静，感到迫切需要去爱、去宽恕。这是生活的法则，同人的手与蜥蜴的爪相似一样千真万确，尽管对尚未达到这一境界的人来说不是真的。

那么生活的目的是什么？生活的目的在于满足对完善的美的渴望。美德使其活动的地方变得美丽，美丽的地方使美德变得更美。自然界的所有要素都具有品德特性，因为它们都在激发人所具有的这种特性，都在产生这种特性，所以它们都具有这种特性。因此，真善美是统一的：真就是判断方面的美，善是情感方面的美，纯粹的美则是艺术方面的美。艺术就是人创造的自然。自然拜倒在人的面前，显示它的千变万化，促使人去完善他的判断；显示它的丰姿奇艳，促使上下决心去模仿；表露它的要求，促使人的精神接受劳动、困难以及能帮助人克服困难的美德教育。自然把它的万物献给人，万物反映在人的头脑中，头脑控制人的言语，在人的言语中每个事物变成了一个声音。星星是传递美的信使，是永恒的美的象征；森林使人获得理智和信心，是永远年轻的象征。大自然给人以启迪、医疗和安慰，增强人的体魄，培养人的美德。人只有当他与大自然密切联系在一起时才是完美的，才能暴露自己，才能看到看不见的东西。宇宙以多种多样的方式作用于人，就像轮辐都朝着轮子的中心，而人又通过他多种多样的行为作用于宇宙，就像轮辐都从轮毂出发伸向轮子周围。宇宙既是一个复合体，又是一个统一体：音乐可以模仿蛇的运动和颜色。火车头是人创造的大象，它像大象那样高大、有力。河里流动的水和河水冲刷的石头，只是由于温度才成为不同的东西。大自然中发生的一切都可以象征性地在人身上发生：烟雾在空气中扩散，就像思想在无限中漫游；海上汹涌翻滚的波涛，就像心中翻腾的激情；柔弱的含羞草如同多愁善感的女人。人的每一种特性都可以大自然中某个动物身上体现。树木也会说话，我们还能听懂它们的语言。夜晚在耳边低声细语，因为疑惑不安地进入夜晚的心灵，黎明时便变得十分平静。真理的出现骤然照亮了人的心田，犹如太阳照亮了大自然。黎明使小鸟歌唱，使人们说话；黄昏收起了鸟儿的翅膀和人们的话语。崇高的德行使人感到和平、安详，如同完成了任务时一样轻松，或者像两头已经衔接、形成圆圈的弧线，不必继续延伸。宇宙是奴隶，人是国王。宇宙是为了给人提供食粮、娱乐、教育等而创造的。在不断变迁的自然面前，人感到自身具有一定的稳定性，既感到永远年轻，又觉得十分古老。人清楚地知道，他明白的许多事理不是现世学的，这表明人有前世，在前世学到了带到现世来的那些知识。人把目光投向一位他所看不到的世祖，但这个世祖的存在是肯定无疑的，世祖的亲吻是无所不在的，随着夜晚充满芳香的微风，他便前来亲吻人的额头，留下柔和、暗淡的火光，模糊地照见了内部世界、外部世界和可怕而美妙的死亡世界——外部世界微缩在内部世界中，而奇妙的内部世界又存在于外部世界里。但上帝居住在地球以外的空间里吗？上帝就是地球本身吗？上帝是超自然的？大自然是造物主，而人所向往的那个至高无上的上帝是不存在的？我们生活的世界是自生的吗？它将永远像今天这样运动，还是将要汽化，而我们将在它的蒸汽中荡漾，欢快愉悦地同一种实体——大自然只是这种实体的表象——互相渗透，混合为一体？这个伟大的巨人就是这样开动他强大的头脑，睁大着眼睛在黑暗中寻找神的头脑，并在光、土、水中和自己身上找到了它，发现这是宽厚的、看不见的、单纯的、搏动的。他感到明白了不能说出来的东西，感到人最终必然要骑在金鹰的背上，将永远用手去触摸它翅膀的边缘，却又好像永远触摸不到：人将永远如此生活。他已在宇宙面前挺起胸膛，但没有矜持、逞强；他敢于分析复合化，却没有迷失方向。

　　他伸出了双臂，拥抱了生活的奥秘。他在艰辛的劳动和强烈的渴望中，脱离躯壳——是他那长着翅膀的心灵的轻便小筐——登上了那些圣洁的巅峰，万星闪烁的锦绣长袍从那儿展现，仿佛是对旅行者的奖赏。他感受到了这种神秘的心灵超脱，一种庄严、崇高的幸福感，使眼眶充满了泪水，嘴唇充满了亲吻，双手充满了抚爱，好像大自然突然变得春意盎然，令人陶醉。尔后，他感到了只有在与神灵交谈之后才能感受到的那种内心平静，以及只有意识到自己的力量的人才会有的那种帝皇般英武、威严气概。成为自己主人的人，谁不嘲笑君王呢？

印度人认为，人经过清修，精神得到了净化，于是就像一只化作火焰的蝴蝶，脱离凡尘，飞向婆罗贺摩①的怀抱。有时候，爱默生被印度人的那些耀眼的书籍所迷惑，坐下来做他反对做的事情，就是透过别人的眼睛来观察大自然，因为当时他认为那些眼睛与他自己的眼睛是一致的。结果是昏暗一片，什么也看不见，反而模糊了他自己的视觉。那是因为印度人的那种哲学，像一片柑橘树林，令人陶醉，如同观看群鸟飞上天空一样，使人产生飞翔的欲望。谁深入到那个哲学，谁就会感到自身的存在已甜蜜地结束，就会感到犹如在蓝色的火焰中，飘飘荡荡地走向上苍。于是他问自己：人是不是幻想者，大自然是不是一种幻想效应，整个宇宙是不是一种概念，上帝是否是纯粹的概念，而人是否是追求者的概念，最终将投入上帝的怀抱，就像珍珠藏在贝壳里、箭射向树干那样。他开始搭脚手架，动手营造宇宙。但他很快就把脚手架推倒了。他为他的建筑物的简陋而感到羞耻，为他的头脑的贫乏而感到难过，当他想营造世界时，他的头脑就像想搬运山脉的蚂蚁那样渺小。

他重新感到那种神秘的、捉摸不定的气息在他的血管中奔流；重新看到他心灵中的风暴怎样在森林中友好的、充满许诺的寂静中平息；重新看到预感怎样从他头脑触礁——犹如轮船撞上礁石——的地方产生，并像被囚禁的鸟儿，逃出他破碎的头脑，飞向天空；重新用石头般有棱有角、粗犷不驯的语言，表达心灵的明澈感受、羞怯的引诱、愉悦的香脂气味和富有感染力的快感。被这激动的心灵迷住的大自然，对这位大胆的情人感到惊奇的大自然，不能不与他结为夫妻。他向每个人宣布，既然宇宙无保留地直接向他敞开了胸怀，也就向他表明他有权用自己的眼睛去观察、欣赏宇宙，用自己的嘴唇去满足已唤起的强烈欲望。由于他通过这种对话懂得了纯洁的思想和纯洁的感情能产生一种非常强烈的、使灵魂在甜蜜中死

---

① 婆罗贺摩系印度古宗教婆罗门教的创造主神。

去、又在红光中复活的愉快感觉，所以他向人们宣示，只有纯洁的人才能是幸福的。

一旦他懂得了这个道理并确信天上的繁星是人的皇冠时，当他的头脑冷却下来时，他的平静的心灵就像一团火冲上天空，他的温柔的手抚慰着惊愕的人们，他的明亮、锐利的眼睛注视着地面上粗野的争斗；他的目光清除着瓦砾。他像家族成员似的坦然地坐到英雄们坐的桌子上，以荷马史诗的语言讲述各族人民的事情。他像巨人那样真诚，听从直觉的引导——直觉替他打开了云洞似的墓穴。他从星辰的参议院回来，感到浑身是劲，现在又像到自己兄弟的家里一样坐在各国人民的参议院中，讲述古的和新的历史故事，像地质学家分析化石那样分析各个民族。他的语句如同乳齿象的骨架、金光闪闪的雕像、希腊的拱门。谈别的人时可以说"是位兄弟"，谈他时应该说"是位父亲"。他写了一本集人类之大成的极好的书，是献给那些伟大人物的，他在书中分析了各代表人物的性格特征。他访问了古老的英国，他的清教徒父母就是从那儿来的。访英回国后写了另一部书，一本题为《英国人的性格》的杰作。他把生活中的事情收集起来，以魔幻般的散文形式加以研究，确立法则。他的关于生活的一切法则都围绕着这个真理旋转："整个大自然在一个孩子的意识面前颤抖"。信仰、命运、权力、财富、幻想、伟大等，都已像被化学家的手那样被他分解和化析了。他去粗存精，把美好的东西留下，把虚假的东西抛弃。他不敬重实践。卑劣的东西，即使被神化了，也还是卑劣的东西。人应开始变得天使般美好。和蔼是法则，忍耐是法则，谨慎是法则。他的散文是法典，充满了精气和活力，像高山峻岭一样雄伟、肃穆。无穷的想象力和精妙绝伦的美好含义使这些散文晶莹生辉。他认为，伟大与渺小之间，理想与实际之间没有矛盾；获得最后胜利的法则和摘取星辰华冠的权利，给世上的人们带来幸福。矛盾并不存在于大自然，而存在于人们不能发现事物之间的相似性。他并不因为科学的虚假性而轻视科学，他蔑视的是科学的缓慢性。打开他的书，就可看到里面充满了科学的真理。廷德尔①说，他的全部科学建树都归功于爱默生。全部进化学都包括在爱默生的著作中。但他不认为光靠智力就可揭示生活的奥秘、给人以和平并使人掌握生活的手段。他认为进程由智力开始，但由直觉结束；认为永恒的精神能预测出人类科学所追踪的东西。科学如同猎狗，嗅东闻西：精神如同神鹰，飞越深谷。爱默生不断观察，把看到的或读到的东西进行整理，分门别类地记在他的笔记本上并加上批语。需要宣示时，他便会把自己的意见讲出来。他有关于卡尔德隆②、柏拉图和品达罗斯③的札记，还有关于富兰克林的札记。他不像枝盛叶茂干空的竹子，而是像干粗冠大的面包树、桧树或高大的萨曼朱缨。理智、慎审的人不喜欢理想主义。理想主义蔑视在世上游荡，但它仍然在世上徘徊。爱默生把它变成一种合乎情况的东西：不等待科学，因为鸟儿登高不需要借助高跷，神鹰飞驰不需要铁轨；而是把科学抛在后面，犹如性急的将领，骑着飞马把披着沉重铁甲、行进缓慢的士兵远远抛在后面一样。爱默生的理想主义不是对死亡的模糊向往，而是对必然与在现世冷静地进行的品德实践相配的来世生活的信仰。生命与死亡一样美好，一样值得向往。想知道他是怎样想象的吗？那么请看：他想说明人在研究大自然中没有使用他的全部能力，而是只用了其中最丰富的智力的时候，却说："因为人的视觉轴与大自然的轴不一致"；他想解释一切精神的和物质的实际都互相包含，每一个实际中包含了其他所有的实际时，说道："如同一个圆周中的所有圆圈，它们互相包含，互不重叠，各自进出自由。"想听听他是怎样讲的吗？那么请听："对一个遭受痛苦的人来说，他自家壁炉散发的热也是悲哀的。""我们生来不像轮船那样遭受颠簸，却像高楼那样坚定、挺拔。""这些话遭到切割时将会流出鲜血。""有一天狮子座流星群殒灭了。""变得伟大就是变得不被理解。""博物学方而的事物，

---

① 廷德尔（John Tyndall, 1820—1893），英国物学家，从事光的扩散性研究，是一种消毒法即廷德尔消毒法的发明者。

② 卡尔德隆（Pedro Calderon de la Barca, 1600—1681），西班牙戏剧家。

③ 品达罗斯（Pindaros，约公元前518—公元前442或438），古希腊诗人。

如同单性之物，本身是不能生育的。""那个人在辩证法的泥潭中踏步。"

他的诗像佛罗伦萨城中那些用不规则的巨大毛石砌成的宫殿式建筑，像汹涌澎湃、浪涛滚滚的海水；有时又像赤身裸体的孩子手上提着的花篮。那是尊者的诗、原始人的诗、独眼巨人的诗，是歌颂这方土地上伟大斗争的独一无二的诗。他的一些诗如同鲜花盛开的栎树林，另一些诗像宝石流，像一片片彩云或像一个个闪电。至今尚难确定他的诗究竟是什么。有时候像目光炯炯、满头卷发和满脸大胡子的老翁，倚靠在白色悬岩旁一棵年轻圣栎树上歌唱；有时候又像高大的天使，展开金色的翅膀从翠绿的高山顶上飞向深谷。杰出的老翁，我把这束新鲜棕榈叶，连同我的银剑一并敬献在你的脚旁！

（毛金里 译）

尼亚加拉河的诗[①]

旅行者，请你留步！我手上拉着的这一位不是韵律的织补工，不是老资格大师们的模仿者——大师们之所以成为大师，是他们不模仿任何人——不是那种把不忠诚的意大利平底船的昏暗船舱变成魔琴的谈情说爱者，也不是那种迫使诚实的人把他们的哀悼当作罪过、把他们的悲痛当作儿戏埋在心底的职业哭丧者！跟我在一起的这一位是个戴礼帽的大公，尽管不是西班牙大公。他就是《尼亚加拉河的诗》的作者胡安·安东尼奥·佩雷斯·博纳尔德[②]。好奇的旅行者，如果你想问我关于他的其他情况，那么我将告诉你，他曾经去跟一个巨人搏斗，回来时不但没有受伤，而且肩上还稳稳地扛着抒情诗，头上顶着胜利者的光轮，因为他是一位善于用抒情诗搏斗的优秀格斗者。你无须再问了，敢于同巨人较量已充分证明了他的伟大，因为重要的不在于搏斗的成绩，而在于发起攻击的勇气，何况他在搏斗中取得了辉煌成绩。

在卑鄙的时代，人们不注重艺术，只重视如何装满家中的粮仓、坐上金椅子、过豪华生活的技巧，却不知道人的固有本性不应改变，不懂得把金子挖出来之后，内部就不再有金子！在卑鄙的时代，爱心和伟举既是优良的又是无用的品德！在这样的时代，男人

[①] 本文系为佩雷斯·博纳尔德创作的《尼亚加拉河的诗》撰写的序，1882 年在纽约首次与读者见面。1883 年在《古巴杂志》上转载。

[②] 佩雷斯·博纳尔德（Guan Antonio Pérez Bornalde，1846—1892），委内瑞拉有代表性的浪漫主义诗人，也是现代主义抒情诗的先驱，著有诗集《诗节》《韵律》《尼亚加拉河的诗》等。

们变得像某些风骚的女人，当看到贞操受到人们的赞扬或受到掷地有声的散文和展开翅膀的诗篇歌颂时，她们便拿起贞操的衣衫，但是当她们搂抱贞操时，便又恐惧地赶快把它扔掉，好像那是裹尸布，是啃噬她们脸颊上的玫瑰和接吻的快感以及她们爱佩戴的彩蝶项链的寿衣！在卑鄙的时代，神甫已不值得诗人的称颂和敬仰，诗人也没有开始变成神甫！

卑鄙的时代！但这不是对人类整体而言的（人类似昆虫一般，自己吐丝结网，然后凭借那漂亮的丝网漫步空间），而是对这些不朽的年轻人而言的，是对这些多愁善感的暴露者和观察家、和平的儿子和和平的父母而言的，是对这些可怜的诗人——狂热的信仰者，温情和仁爱的追求者，不通韵律和乡音者，充满了对云彩和翅膀的回忆、为寻找自己断裂的翅膀到处奔波的人而言的！神鹰不断在他们胸中产生，犹如玫瑰花不断释放香气，大海不断产生贝壳，太阳不断发光；从胸中放出神鹰，并坐下来一面观看它飞翔，一面用抒情诗的神秘韵律为在长空邀游的鹰伴唱，这本是他们自然的工作。然而，诗人现在改变了职业，正在做扼杀鹰的工作。这些鹰至今连归途都找不到了，试问如果一个世纪前开始的、至今尚未结束的战斗的尘土把归途掩埋了，它们还能找到归途吗？如果现在人们甚至连开采金矿、吞金饮银、用金子装饰女人的时间都不够，还有谁会观赏鹰的飞翔呢？

似乎是为了更好地操练理智，一切合乎逻辑的事物在自然中都表现为互相矛盾的东西。于是，这个辉煌创造、辉煌变革的时代，这是人们面对摆在伟大事业前面的障碍却忙着为自身享受并成为王中之王做准备的时代，由于国家和信仰的改变和政府的更迭所带来的混乱，对诗人——伟大的人——来说就成了喧闹和痛苦的时代：战斗的叫嚣掩盖了对未来好运的悦耳预言，战士们的行进碰掉了玫瑰园中的所有鲜花，厮杀的烟雾遮住了天上的星辰。但是，在宇宙这个工厂里，任何微小的事物本身都包含着一切伟大事物的胚芽，苍天带着风暴日夜不停地转动，人们带着激情、信仰和苦闷也在不停地转动和行进；当他们的眼睛已看不到天上的星星时，便把目光转向自己心灵中的星星。由此产生了那些平庸的、低声呻吟的诗人！由此产生了那种烦闷和痛苦的新诗！由此产生了那种隐秘的、个人的、吐露私情的诗！这种诗是时代的必然产物，当它从健康的、富有生机的自然中诞生时，就像兄弟之歌一样质朴而有益，但当它由一位感受力低下、具有像羽毛华丽的孔雀那样歌唱才能的人演唱时，便成了有气无力、令人可笑的东西。

现在的男人，如果戴着玫瑰花冠，在阿勒克珊德洛斯①和塞韦特斯的怀抱里喝着贺拉斯宴席上的法莱尔纳甜葡萄酒，他们就会使人觉得像女人，而且是意志薄弱的女人。异教的抒情诗，由于色情味重，现在已经过时了，而曾经是很优美的基督教抒情诗，如今也不吃香了，因为人们对基督的看法改变了，昨天他被看作诸神中最渺小的神，今天被作为众人中或许最伟大的人而受到爱戴。现在的人既不能坦然、安宁地当抒情诗人，也不能坦然、安宁地作史诗诗人。甚至除了反映每个诗人自身的抒情诗之外，再没有别的抒情诗了，好像唯一真实存在的东西是诗人本身，好像对人生这个问题已进行了非常大胆的探讨和深刻的研究，以至现在最好、最有刺激性、最能出成绩的课题就是研究自己。今天谁也没有牢固的信念，认为自己有牢固信念的人是在自己骗自己。写信念的人都会被漂亮的内心猛兽追迫得自己咬自己执笔的手。没有一个画家能够像过去那样用朦胧和透明的色彩表现圣母头上明亮的光环。没有一个颂经歌手或讲道歌手能以热沉和充满信心的声音歌唱。所有的人都是正在前进的军旅中的士兵，所有的人都接受同一个女巫的亲吻。每个人体内沸腾着新的血液即使把五脏六腑扯得稀烂，在他们最隐秘的内心深处还藏匿着不安、焦虑、犹疑、模糊的期盼和秘密的幻觉等几位怒气冲冲、怀着强烈欲望的"夫人"。一个脸色苍白、面颊瘦削、嘴唇干瘪、眼睛带着泪痕的黑衣巨人、迈着沉重的步伐，日以继夜地在全世界漫游，他走进了每一个家庭，激动地在每家的餐桌的主位上就座！头脑中的撞击多么强烈！心中的焦虑多么巨大！贪

---

① 即希腊神话中特洛伊王子帕里斯，因诱拐海伦，引起特洛伊战争。

心多么无法餍足！欲望真格闻所未闻！既愉快又恶心的精神感受是何等滋味！逝去的白天令人恶心，艳丽的黎明令人心旷神怡！

没有永久的作品，因为重新铸造、重新装配的时代的作品本质上是易变的和不稳固的；没有永恒不变的道路，高大而敞开的新祭坛几乎望不见，只能隐隐约约地望见一个森林般的模糊轮廓。各种分散的思想观念从四面八方涌向脑际，而这些思想观念像群集的珊瑚虫，像繁星的闪光，像大海中的波浪。人们不断地渴望了解能证明自己目前的信仰的东西，或者害怕知道会改变其目前的信仰的事情。设计和创造新的社会环境的工作，使得争取个人生存的斗争前景变得捉摸不定，使得日常义务变得更加艰巨而难以履行——由于找不到平坦的大道，由于害怕可能或正在濒临的贫困，日常义务每时每刻都在改变其形式和方向。这样，精神分裂成了许多互相矛盾的、不安宁的爱；每时每刻都有新的福音书使文学概念震惊；过去崇拜的一切偶像，现在已威信扫地，而新的偶像还没有出现。在这种思想混乱、生活茫然、没有明确的道路、明确的目的和明显的特色的情况下，在我们十分害怕家庭贫困和为避免贫困要进行多方面的、令人畏惧的努力这种情况下，似乎不可能产生那种耐人寻味的长篇作品，那种内容广博的宏伟史诗，那种热情模仿古罗马拉丁作家的巨著。那些宏伟巨著都是在寂寞的单人牢房里慢慢写成的，或者是在宫廷中占居闲职、利用恬静的空暇时间，坐在宽敞舒适的、做工精细、镶嵌着精美金饰的熟羊皮沙发椅上，不慌不忙地、年复一年地写成的。他们之所以有那种闲情逸致和不慌不忙的创作心境是他们确信能享受善良的印第安人制作的面包、英明的国王制定的法律和母亲般的教会提供的保护和墓葬。只有在拥有稳定的基本因素和拥有某种综括性的和具体的文学体裁、明确而显著的创作源泉以及个人安宁的心境的时代，才能产生那种宏伟巨著。或许仇恨也能自然地产生这类作品，但仇恨是逐步积累和一点一滴地汇集起来的，而爱心是奔放洋溢、四处扩散的。可是，这个时代是爱的时代，即使对有仇恨的人说也是如此。爱谱写瞬间即逝的歌曲，却不能产生平心静气、精雕细琢的作品，因为爱所激发的感情强烈得达到了顶点，以至使歌者累得很快就喘不过气来。

现在的时代好像是使人们头脑肢解的时代。过去是围墙高筑的时代，现在是围墙已被摧毁的时代。现在，人们开始毫无障碍地在全世界行走；过去人们几乎连大门都不出，只在深宅大院或在修道院的围墙内活动。现在，人们对一个无处不存、超越一切的神顶礼膜拜；把创造天地万物、芸芸众生的造物主看作人并赋予他人的形体，似乎是亵渎神灵，就像人类的一切进步在于回到原始的出发点；人心正在回归基督，回到那个赤足伸臂、钉在十字架上的宽厚仁慈和迷人的基督那里，而不是回到另一个阴险狡诈的、易怒的、记仇的、冷酷无情的、鞭笞和处决所恨之人的和不祥的基督那里。这种新的仁爱感情不是像过去那样在孤寂的单人牢房中慢慢孕育的，牢房中的孤独是可敬而崇高的孤独，它孵化出光辉的伟大思想。现在的思想也不像过去那样要有一个长达数年的痛苦孕育过程，在这个过程中，类似的印象和判断不停地向母体思想汇集——就像战争时期先锋队员向插着战旗的山包集中——给思想输送养分，使它逐渐发育成长；即使经过这样长的孕期，现在也生不出巨人般的胖大儿子。那是偃旗息鼓、不声不响撤退时代的必然结果。在那个撤退的时代，思想变成了宫廷小丑手里的铃鼓、教堂钟上的钟舌或上绞刑架前用的食物；在那样的时代，人类智力的唯一表现方式就是在寻花问柳者的佩剑护手的铿锵声中和美貌女子的圆裙飞舞中上演爱情喜剧的村镇小广场上诙谐、风趣的说笑。现在，热带雨林树上的叶子并不比城市中的舌头多。各种思想在广场上成熟，人们互相交流，手拉手、肩并肩地一起漫步。说出自己的想法不是罪过，而是风雅的炫耀；听别人想法不是异端，而是一种兴趣，一种习俗，一种时髦。人们竖起了耳朵，对一切都感兴趣，各种思想还没有发展成熟，却已花果累累，跃然于纸上，并像微小的尘埃钻进每个人的头脑。铁路摧毁了自然的森林，各种新闻日报摧毁了人的密林。阳光透过老树之间的缝隙，洒向地面。一切都在表露、交流、开花、传播。报纸抽去了伟大思想的精华，使它失去光泽。思想不像过去那样在头脑中成家立业，长命百岁。现在的思想乘飞马、驾闪电，长着翅膀。不是从一个头脑中产生，而是从所有头脑的交流中产生。一旦产生，就立即使广大读者受益，而不像过去迟迟不与读者见面，或者只与少数读者见面。人们将它压榨，把它高高举起，像皇冠一样戴在头上，把它钉在示众柱上，把它当作偶像或把它打倒在地、抛掷取乐。含金量低的思想，尽管开始时像赤金的思想一样闪亮，但经不起碰撞、敲打、锻炼，经不起流通领域中的考验；赤金的思想后来居上，经得起千锤百炼，尽管会出现伤痕，但它有自然愈合的特性，永远是密实的和完整的。我们起床时遇到一个问题，睡觉时又有新的问题。各种意象和概念在头脑中互相吞食。刚想到的东西，还来不及把它具体化，就匆忙地消失了。一些思想在脑海中产生，另一些思想在头脑中消失，如同一块石子冲破碧蓝的水面，引起层层波轮，当一些波轮产生时，另一些波轮就消失了。过去，思想像挺拔的高塔悄悄地从头脑中升起，因此，当它升起时，从远处就能望见；现在，思想从嘴唇中间蜂拥而出，像金色的种子落在沸腾的土地上；有的破裂，有的变质，有的夭折——噢，对创立思想的人来说，是多么美好的牺牲——有的变成发光的火星，有的则变成了粉末。这就是产生一闪即逝的小作品的原因，就是没有宏伟的、浓缩的、永久的盖世杰作的原因。

还有，人们伟大的共同劳动，自我检查并互相要求汇报各自的生活，以及每个人必须为一日三餐而光荣地劳作，这些都不能激励时代，也不会使只从事被看作神奇的、至高无上的工作的超人群体孤立地出现。被许多小山围抱的大山显不出它的高大，而这个时代却是小山正在超过大山的时代，是山峰正在变成平原的时代，而且即将成为所有的平原变成山峰的时代。当高山下降、平原升高时，地球上的通行就会容易得多。这时天才人物就显得不那么伟大，因为过去衬托其高大形象的周围小人物现在不见了。由于每个人都在学习收获大自然的果实和观赏大自然的花朵，老资格的大师们能观赏和收获的鲜花和果实就少了，过去只是站在一旁欣赏优秀收割者的高超技艺、对他们钦佩不已的一批新人，现在却能收获更多的果实。这好像是一种智慧分散进程。美的东西已开始被所有的人掌握。出类拔萃的杰出诗人几乎见不到，却出现了一批二等的好诗人。才智从个人转为集体所有。得天独享者的品质正在扩散和融于群众之中，这将使灵魂卑鄙的得天独厚者感到不快，但心灵高尚和慷慨的人将会感到高兴，因为他们懂得，这个世界上的任何人物，不管他如何伟大，也只是将回到美丽的金泉中的一粒金沙，只是造物主眼中的一点反光。

奥弗涅人①在欢乐的巴黎无法生存，不是因为那是个眼花缭乱的世界，而是由于当地的邪恶。无论谁驻足于斯，都会因这天堂中甜蜜的邪恶致病。现在的诗人，如同到了那个喧闹的花花世界的简单朴实的奥弗涅人，都得了思乡症，得了对英雄时代的怀念症。曾经是光荣之源泉的战争，现在成了不时髦的东西；过去是伟人的东西，现在开始变成罪恶的东西。从前宫廷是租赁诗人的地方，现在却以惊讶的眼光观察着那些新出现的诗人，这些现代诗人虽然有时也出租诗歌，但不永久出租，而且一般不出租，上帝感到惶惑；女人好像失去了理智，惊慌失措。但是，大自然永远把庄严的太阳悬挂在宇宙中间，森林诸神依然讲着祭坛上的诸神已不再说的语言。人类把他们的人面蛇妖抛入大海——这些怪物一头扎在英国荆棘丛生的悬崖断壁上，另一头挂在新生的美洲海岸上；把星辰的光华锁在一个玻璃玩具中，并把他们湿漉漉的人面鱼精抛入江河峻陵。当数千年来照亮大地的那些太阳陨灭时，人们心中的太阳仍然没有熄灭。对人的精神来说，没有西方，只有戴着光冠的北方。大山结束于峰巅，风暴卷起的巨浪结束于浪尖，树木结束于树梢，人生也应在高峰结束。诗人们，在这个更换门窗、修理人类世界的时代，在这个被狂吠的狗群迫逐着的新的生活像骏马般在大道上奔驰的时代，在这个源泉干涸——大自然、人的劳动和人的精神是滋润诗人干渴嘴唇的永不枯竭的源泉——诸神黯然失色的时代，请你们倒掉你们玉杯里原有的酸酒，让空杯装满阳光、劳动的回响和采自心底的优美质朴的珍珠，再用你们那激动得发烫的手摇动响亮的酒杯，

———————

① 指法国奥弗涅山区的居民。

使人们惊讶得目瞪口呆！

就这样，抒情诗人——在宫廷的、修道院的或流血的时代可能成为史诗诗人——把目光投向了庄严的、战斗的大自然，他们遍游还在冒烟的废墟，磨破了双脚，看痛了眼睛，并重新回到自身（总的来看，抒情诗人一直是自我诗人）。战斗在车间里，光荣在和平中，寺庙在大地上，诗歌在自然中。新一代的但丁将脱颖而出，这并不因为他们比现在这一代的但丁更有力量，而是因为时代具有更大的力量。高傲、勇敢的人难道不就是未知事物的揭示者，超自然事物的回声，反射永恒光明的镜子和大体上完美地复现他们生活的世界形象的临摹者。今天的但丁生活在自我之中并靠自身生活。乌戈利诺①啃咬他的儿子，但今天的但丁啃咬他自己。现在任何硬面包都没有像诗人的心灵被咬得那样悲惨。如果用心灵的眼睛去观察，就能看到，诗人伤残的手腕和折断的翅膀正在流血。

生活的历史突然中断；新生的制度还太年轻、太混乱，以至本身还不能为诗提供材料，因为人民闻不到新生事物的香味，如同酒一样，只有窖藏多年的陈酒才有醇厚的香味；陈旧诗歌的老根被挖了出来，在批评的压力下变成粉末，随风飞散；惊慌不安、好猜疑、爱询问、崇拜鬼神的个人生活，热烈、冲动、呼号、呻吟、不太正常的内心生活，就成了现代诗歌主要的唯一合法的主题。

然而，需要做多大的努力才能找到自我！当一个人还睡在摇篮里的时候，他的理智就被蒙暗了。当他刚开始享受理智时，就必须为真正进入自我而拼命奋斗。人在其前进的道路上会遇到许多障碍：来自自己本性的障碍，以及在卑鄙的年代，由于卑鄙的劝导和罪恶的骄傲自满而吸收的种种陈腐思想设置的障碍。克服这些障碍需要有大力神般的勇气。最艰难的工作莫过于在我们的人生旅途地区分后天获得的、不自然的生活和先天有的、自然的生活，区分与生俱来的东西和前辈用他们的教诲、遗训和法规添加在我们身上的

---

① 乌戈利诺是中世纪意大利比萨地区的一个暴君，他的敌人把他和他的儿子关在一个钟楼上，让他饥饿而死。但丁在其《神曲》中描述了这个故事。

东西。他们借口使我们变得更完美，却在使我们扭曲、变丑。一个人还没有最后生下来，哲学、宗教、父母的宠爱和政治制度等便拿着预先准备好的粗壮结实的绷带守候他的摇篮旁边了；等他生下来后，就立即把他拴住，绑紧。于是，人生世上的整个一生就成了一匹套着笼头的马，整个地球成了一所被戴假面具的人占据的大杂院。我们每个人来到这个世上时像一块蜡，运气把我们注入预制的模具里。各种常规惯例歪曲了真正的人生，使真实的生活像暗藏的河流，在表面生活的下面静悄悄地流动，就像神秘的瓜迪亚纳河在安达卢西亚的地下默默地长途奔流，甚至受它悄悄影响的人都感觉不到它的存在。确保每个人的意愿，让精神保持其固有的形态，不要通过强加外在的偏见使一个人的原始特性失去光华，让原始特性发挥其自行选择有益东西的才能，而不要迷惑一个人的本性，也不要迫使他走限定的道路：这是让朝气蓬勃、富有创造性的一代——现在尚未出现——占据这个地球的唯一方式！迄今为止，所谓的救世救难、普度众生只是理论上和形式上的东西；应该把它变成真正的实际行动。如果精神自由得不到保障，那么文学的独创性和政治自由就不复存在了。每个人的首要工作在于光复自我。必须让人回到自我中去，必须把人从常规旧习的桎梏中解救出来，因为常规旧习窒息或毒害人的感情，加速其意识观念的形成并用大量有害的、外来的、冷冰冰的和虚假的东西充塞其头脑。只有真实、纯正的东西才是有益的，也只有直接感受的东西才是强大的。别人遗传给我们的东西不过是重新加热的残羹剩饭。每个人都有重建生活的任务——只要稍许把目光转到自己身上，就能重建生活。有些人以指导年轻一代为借口，向他们宣传一大堆孤立和专横的学说，并在他们的耳朵旁喋喋不休地传布关于仇恨的野蛮福音，而不是甜蜜的爱的福音。这种人就是罪恶的杀人犯、亵渎上帝的坏蛋和人类的敌人。通过这种或那种方式阻挠他人自由、直接和自发地使用人所固有的杰出才能的人，就是背叛自然的罪犯！英勇善战的斗士、杰出的长矛手和人类自由——最高的骑士勋章——的骑士，现在该你出场了！你既无巴尔武埃纳①的渴望又无奥赫达②的迟疑，直接奔向我们时代的史诗，你拨响了苍天的午祷钟般慷慨洪亮的音阶，你赋予晚祷钟细颈大肚小底瓷瓶的音阶，它清脆响亮，充满了丰茂激昂的诗节，沐浴着奥林匹斯山的光芒。诗就在决心品尝一切苹果、吸尽桂树的全部液汁并把上帝过去锻造毁灭之剑的神火变成令人舒坦、振奋的篝火的人那里！诗就在大自然中，大自然是乳汁丰富的母亲、永远忠诚的妻子、有求必应的女神、讲千百种语言的诗人、不用言语就能使人领悟的女巫、给人带来温馨并使人坚强的安慰女神！大自然无穷无尽的赞歌、非凡的辉煌诗篇的作者，尼亚加拉河的优秀诗人！现在该你出场了！

尼亚加拉河的诗！那是尼亚加拉河的诉说，急流的吼声，人类心灵的呻吟，宇宙心灵的庄严呼唤，焦虑不安的人和轻蔑傲慢的自然之间的伟人对话，不知道自己的伟大父亲是谁、要求母亲解开其出生之谜的儿子的绝望呼喊，发自同一肺腑的所有人的呐喊，与外界各种波的强烈振荡相感应的内心骚动，使人的前额焕发出伟大光辉的美好激情；是无知不驯的人类，与具有毁灭和启示能力的自然非常柔和的、预示性的结合，与永恒订婚的仪式和与创造愉悦的汇合，当他再次回到自我时，内心充满了喜悦，感到浑身足劲，像受爱戴的国王、受过涂油礼的大自然的君主一样强大。

尼亚加拉河的诗！是笼罩在蒸气彩虹外面的精神光环；是其内部的战斗，只是轰鸣声不如人间的战斗那么响亮；是充满活力的波涛，它在无形的力量推动下奔腾跳跃，冲向不为人知的地方；是生存的法则；是不可理解的逻辑：它像饥饿的吃人魔鬼毫不讲理地把受苦受难的殉教者和老实忠厚的乡下人吞食，却让罪犯像使它心欢的张着血盆大口的害兽活在世上；是人和喧闹的瀑布相互撞击、迸发激情、挑战较量，忽而飞向空中、忽而沉入深底的合适方式；是被不可抗拒的法则冲出和裹挟的人的叫喊和天真的挣扎，他一面像

---

① 贝·德·巴尔武埃纳（1568—1627），西班牙诗人、教士，曾任波多黎各主教。著有史诗《贝尔纳多或龙塞斯瓦列斯的胜利》。
② 阿·德·奥赫达（1466？—1515？），西班牙人，参加哥伦布的第二次美洲航行。

能震撼宇宙的提坦巨人那样愤怒、谩骂和吼叫，一面退缩和死去；是受同一法则推动的瀑布的粗哑吼声，当它跌入大海时便会掀起巨浪，进入洞空时便低声呻吟；最终是包含着现今一切的眼泪和孤独的心灵痛苦欲裂的哀吟：这就是代表他时代的那个人在尼亚加拉河看到的宏伟壮丽的诗。

这里讲述的全部历史就是这部诗作的历史。因为是代表作，所以谈论它，就是谈论它所代表的时代。优质火镰迸发出高高的火星；微小低贱的东西则是相对之物，不能产生绝对的思想。应该尽力把注意力引向普遍的和伟大的事物。哲学只不过是揭示各种生存方式之间关系的秘诀。触动这位诗人心灵的是渴望、孤独、苦闷和天才歌手的抱负。他全副武装，来到一个竞技场，却看不到与之格斗的勇士和情绪激动的观众，也没有奖赏。于是，他带着沉甸甸的全部武器，四处寻找斗士。突然，一座水山挡住了他的去路；由于他心中充满了战斗的激情，便毅然向水山挑战！

佩雷斯·博纳尔德刚把目光转向自身及其周围，就看到自己孤身一人生活在一个混乱的时代和非常寒冷的世界。他是一种尚未创立的宗教的热情新教徒，他的心需要有崇拜的偶像，他的理智却拒绝崇拜任何东西：他是本能上的信徒，理性上的无神论者。他徒劳地试图寻找一块值得男子汉跪拜的净土；徒劳地试图在这个风云变幻、互相争斗、一片混乱的时代找到自己的位子；徒劳地追求人类的伟大事业——他有追求英雄业绩的天生劣根性，同时具有压抑——纵然不禁止或不嘲笑——伟业的分析能力。但现在的人并不把建立伟大功勋当作风雅、刚勇的标志，却满足于从事非常轻微的、可行的和有利可图的工作。他嘴上洋溢着健壮的诗句，手中拿着光芒四射的自由之剑——他也许确实应该永远不带剑；精神上感到十分焦虑和苦闷，因为他有过分充沛的精力而又无处使用，就像把一株大树的液汁注入一只小蚂蚁的体内。时代之风拍打着他的太阳穴，时代的干渴压迫着他的咽喉。过去的一切，只剩荒废的城堡的空荡的甲胄！现在的一切，便是疑问、否定、愤怒、失败的谩骂和胜利的吼叫！未来的一切，都被战斗的尘烟所笼罩！我们的诗人，由于在人间找不到英雄业绩而感到了厌倦，便向大自然的英雄伟绩致敬。

他与大自然一拍即合，和睦相处。湍急的洪流把它的嗓音赋予诗人，诗人把他的痛苦呻吟赋予那个咆哮的奇观。一种质朴的精神与一种令人惊叹的奇观的突然撞击，产生了这跳动的、热烈的、丰茂的、华丽的诗章。这边萎靡气馁，因为嘴巴在切割思想，而不是在凝聚思想；那边趾高气扬，因为有这样的思想，它们像跳越苇子篱笆似的跳过嘴巴。这诗有品达罗斯①式的炫耀、埃雷迪亚②式的腾飞、不驯的曲折、潇洒的跌宕、华丽的扬升、英勇的愤怒。诗人只是爱恋，并不惊讶；只是呼喊，并不害怕。洒尽心中所有的泪水。咒骂、挥拳、哀求。竖立起胸中所有的傲慢和自尊。毫不害怕地握住黑暗的权杖，抓住黑暗，把它撕裂，把它刺穿。呼唤洞穴之神，钻进泥泞、潮湿的山洞——空气在他周围冷却、凝结；戴着光环，重新出现，唱起了和撒那③颂歌！光明是人类的最高享受。诗人画下了那湍急咆哮的河流，它从悬崖飞泻而下，破裂成银粉，变成雾气，形成彩虹。诗篇就是图画：时而暴风雪，时而火柱，时而闪电；或明亮之星④，或普罗米修斯⑤，或伊卡洛斯⑥。这是我们时代与我们本性的碰撞；少数人能够写出这样的诗。它是在向大自然诉说现代人的痛苦；因为是真挚、坦率的，所以是强大无比的。它乘上了黄金打造的彩车。

这诗是感想、是撞击、是翅膀的拍击，是突然的冲动，是真正的作品。还可以间断地看到用功的读书人，他是一个在这种诗人与大自然的碰撞中不合时宜的角色，但幸好诗人潇洒大胆地跳过了

---

① 品达罗斯（Pindaros，约公元前 518～公元前 442 或 438），古希腊合唱琴歌的职业诗人。欧洲古典主义时代的诗人把它看作"崇高的颂歌"的典范。

② 埃雷迪亚（José mavia Heredia，1803—1839），古巴浪漫主义诗人。

③ 赞美上帝之歌。

④ 又称早晨之子。早期基督教教父著作中对堕落以前的撒旦的称呼。

⑤ 造福于人类之神。

⑥ 希腊神话中人物。他用羽毛和蜡制成双翼，飞离被幽禁的克里特迷宫。由于飞得离太阳太近，蜡翼融化，遂坠海而死。

他。呻吟者显露其身，感觉者满怀激情地夺取胜利。急流似乎什么也没有对他说，但实际上在向他诉说一切；只要细心听并不顾像城墙一样的各种疑问典籍，就能听到它诉说的一切。强有力的思想争先恐后，你追我赶，互相推进，相互交织，相互渗透。辅音在这边挤压——辅音总是起挤压作用——又在那边把它们拉长，使它们受到损伤；一般来说，丰富、炽烈的思想都高尚地镶嵌在光芒闪烁的诗句中。诗人全身心地投入这些诗句中。庄严性产生联想并使一切庄严的东西挺起胸来。这一次，他的诗句像骚动的大海掀起的波浪，在前进中与其他波浪汇合，不断壮大，不断升高，翻腾，展开，咆哮着在泡沫和不规则的、没有形状和长度限制的圆圈中逝去。这边，它占据了沙滩，躺倒在上面，犹如伸手扑到为之倾倒的美貌女俘身上的胜利者；那边，它轻柔地吻着海水中形状奇特的、边缘似经过雕琢的石块；另一边，它在挺拔的岩石棱角上撞得粉身碎骨，变成团团水珠。它的不规则性来自它的力量。形式上的完美几乎总是以思想的完美为代价取得的。难道闪电必须正确地按照规定的路线行进吗？拉套的小马什么时候变得比草原上的骏马更美？暴风雨就比火车头更壮观。直接从伟大心灵深处升起的作品是通过其炽烈奔放的激情向人们展示其风韵的。

佩雷斯·博纳尔德热爱他的语言，抚摸它，又折磨它。任何快乐都比不上由于知道所用的每个词的来历和意义而感受到快乐，任何事情都不会比细心研究和正确使用语言更能强健头脑。创作完成之后，作者就会有一种雕刻家和画家的自豪感。这部诗作音韵圆润、优美，笔力豪健，画面宽广，颜色经得起阳光的考验。笔调似描绘的急流，始自深谷，攀上悬崖，跌下时破裂成五彩水花，或形成庄严、轰鸣的波涛。有时候，因为急于追赶在逃的意象，诗句没有结尾或仓促结束，但高贵和崇高是贯穿始终的。有波浪，也有翅膀。佩雷斯·博纳尔德宠爱自己写的东西，但他不是，也不想成为一个拿着錾刀雕凿的诗人。不用说，他自然喜欢在他的笔下产生出铸造精细、锃光发亮、声音悦耳的诗篇，但他不会像另一类诗人那样拿着金锤银凿和其他砍削工具，面对着诗，像雕琢宝饰那样这里刻一条缝，那里凿个接口，把它抛光，使之完美，却不管钻石不能雕刻，不管珍珠雕刻后就会失去光泽。诗是珍珠。诗不应该像多瓣多叶的玫瑰，应该像香气扑鼻的素馨花。花瓣应该是透明的、芳香的、坚挺和光润的；每个花冠应该是一只盛满香气的杯子。诗，不管它从哪儿折断，都应发出光和放出香气。对诗的语言应该像对树木一样进行修剪，剪去所有病枝、枯枝、疯枝或长得不好的枝杈，只留下健壮的枝杈，这样可以少长叶子，枝条就显得更加清秀、优雅，也就更加透风，就可结出更好更多的果实。修饰是应该的，但必须在头脑中进行，在诗探身嘴边之前进行。诗是在头脑中酝酿的，就像鲜葡萄汁在大木桶中发酵一般。酒一旦酿成，再加酒精和丹宁，也不会提高它的质量了；诗诞生之后，再加修饰或增添作料，也不能提高它的品级了。应该用一块整料，通过一次创作冲动或灵感来完成，因为这不是手工艺人的作品，而是心中栖息着神鹰的人的作品，他应该利用神鹰翅膀的扑扇。这部诗作就是这样从博纳尔德的头脑中产生的，是他力量的象征，是用整块材料制成的。

噢，那种剪裁的工作，那种阉割我们儿子的行为，那种用解剖者的手术刀调换诗人灵感的做法！经过如此加工、修饰的诗，变成了畸形和没有生命。由于每个词都应有它自己独特的精神并把它的精神财富带给诗，所以砍削词就是砍削精神，更换词就是重新煮沸葡萄汁，而葡萄汁跟咖啡一样，是不能煮第二次的。诗魂抱怨錾子的这种敲击，因为这是对它的虐待。总之，这样一来，诗就不像达·芬奇①的画，而像庞贝城②建筑物上的镶嵌图案。骑着兜风的马，不能冲锋陷阵。医治婚姻病痛的良药不是离婚，而是要选择合适的姑娘并要及时明确两人结合的真实原因。诗的温厚贤淑不是出于修饰，而在于使它生下来就长着翅膀和具有悦耳动听的歌喉。写

① 达·芬奇（Leonardo da Vinci，1452—1519），意大利美术家、自然科学家、工程师。绘画方面的代表作有《最后的晚餐》《蒙娜丽莎》等。
② 意大那不勒斯附近的古城，约建于公元前7世纪，距维苏威火山约10公里。公元79年8月火山爆发，全城湮没。自18世纪中叶起开始发掘其遗址，已获大量建筑物、手工艺品及其他许多珍贵遗迹。

出后尚待加工的诗不能算作成熟的诗，并将永远是未成熟之作，因为再加工只是一种表面功夫。通过加工看上去似乎最后成熟了，但实际上并没有成熟，因为再加工的东西失去了未经加工变动的诗所具有的那种原始状态的魅力。小麦比诗更坚实，但如果一次又一次地换仓，也会破损的。真正成熟的诗，它必然是全副武装、身披铿然有声的坚甲、头戴闪闪发光的钢盔。

即使是这样成熟的诗，也会有一些不够严谨的地方。这些不严谨的地方自然是完全可以弥补的，但它们就像打开香料箱子时掉下来的一些零碎小物件，由于扑鼻的香气把开箱的人迷住了，就没有想到要把它们捡起来。比如说：这儿多了个形容词；那边冒出了一个不适当的协韵；那边有个重音落在第三个音节上的词在大胆地炫耀它怪僻的涡旋；这句或那句诗的翅膀似乎短了一些，而实际上在这个长着充足有余大翅膀的诗句的组合体中，个别诗句的翅膀不够长算不得什么重要事情；在这段或那段诗之中出现了传染性的呻吟和失望，然而这如同繁星密布的天空中出现了桅顶和塔尖电光这种天气变化造成的自然现象。哎，如果能十全十美就好了！但是，只有卖弄学识的迂腐之辈才会注意这些微不足道的东西。寻找高山峻岭的人不会停下来捡路上的石子。太阳尊重大山并向大山致敬。这些话只是饭后私语；这些事只能咬着耳朵私下议论。因为谁不知道语言是思想的骑士，却不是它的坐骑。然而，人类的语言不能完美地彻底表达人的思想、感情和见解，这就绝对充分地证明必须有一个后续的生命。

借此机会，我想对这位非常潇洒的诗人说几句激励的话，使他有时惶恐和沮丧的心灵振作起来；我要把孩童的最初目光（这是像从辉煌宫殿来到简陋小屋的人那样愤怒的目光）和垂死者的最后目光（这是约会的目光而不是告别的目光）灌输给我的学识输送给他；我要让他知道他所渴望知道的东西。博纳尔德不否定未来，而是调查未来。他对未来生活没有绝对的信心，却也不绝对地怀疑。当他绝望地问自己他将来会是什么样时，内心便平静下来，似乎他已听到没有说出的回答。他从这种自问自答的激烈对话中获得对永生的信念。如果他最终要头枕黄土，那么现在害怕死亡有什么用呢！如果他必将一死，那么玩弄语词的回声（因为大自然与造物主一样妒忌自己最优秀的创造物并喜欢使这些创造物的理智受到迷惑）告诉他在我们的最后时刻来到时一切将不复存在了，这又有什么意义呢？心灵的回声比激流的回声表达的事理更深刻。任何激流都不能与我们的心灵相比。不，人的生命不是生活的全部！坟墓是道路，不是终点。人的头脑不可能产生出不能实现的东西；生命不可能是危险的疯子手中一个令人恶心的玩具。生命像一幅卷着的、急于寻找画框以炫耀其色彩的图画，像一艘渴望周游世界、最终驶入大海的优美航船。人离开生命，走向死亡，而死亡就是快乐，它意味着重新开始和新的任务。如果人的生命仅限于生活在地球上，那么这生命就是一种可憎而野蛮的发明。试问我们的头脑是什么？是播种英雄业绩的苗床，还是预告在某地必然建立英雄业绩的预报器？树木扎根于土壤并有伸展其枝干的环境，水诞生于深泉并有从中奔流的河床，正义的思想、对未尽的牺牲的愉快渴望、精神方面的英雄业绩的完美计划、对一种在这世上不可能实现的纯洁、正直生活的幻想和伴随这种幻想的快乐等，都产生于头脑，可是这个金色的树林有供它伸展枝叶的空间吗？一个人不管一生中做了多少工作，死的时候不就像被迫终生替大山雀和朱顶雀编织大巢和小巢的巨人死时一样吗？稚嫩的、生气蓬勃的精神又能怎样呢？由于找不到卓有成效的使用之地，它只好把自己封闭起来，最终原封不动地、完整地离开人世。这位幸运的诗人迄今尚未进入辛酸的生活内部、尚未经历足够的苦难。如同光坏产生于光，对未来生活的信念产生于苦难。他一直用思想生活，而思想使人晕头转向；他一直用爱心生活，而爱心有时使人醒悟。总之，他还缺少使人振奋、令人清醒、磨炼意志的痛苦生活。什么是诗人？诗人不就是给人以光明的火焰所需的柴薪吗？诗人把自己的身心投入篝火，烟雾直上云霄，美妙的火光带着温暖普照大地！

祝福你，从自身吸取养分的正直、诚恳的诗人。噢，一个热情奔放的诗才！一个真正的男子汉，杰出的艺术奇才，这片人类沃土结出了稀罕硕果！一个心弦颤动、手擎蓝天、昂首傲视的诗人！一匹前蹄高抬的雄壮战马，它头脑清醒、目光犀利而冷静，稳健地踩着倒塌的庙宇、断裂的墙壁、镀金的尸体和残存的枷锁（奸诈的强徒企图利用这些废墟废物给现代人重新建造牢狱）！他不追求像从深海中浮起、转瞬即逝的泡沫那样的诗，不追求像反复无常、不分对象地卖弄风骚的女人那样的诗。他偃旗息鼓，等待时机，等待身体长得巨人般魁伟、眼睛充满泪水、胸中充满陶醉的激情、生活之帆像船帆一样满兜着陌生的风鼓张起的伟大时刻。暴风雨的旋律是属于他的，他从中看到光明、看到半开半闭着的绣着火焰的深邃和神秘的许诺。在这部诗中，他向纯洁的空气敞开痛苦的胸怀，向慈悲之神伸出颤抖的手臂，向神圣的大自然舒展发烧的前额以接受它的抚爱。在这部诗中，他是自身的主人，精神的骑士，他无拘无束、谦恭朴实，爱询问。那些妄自尊大、僭越权力、扼杀生来自由的事物、扑灭大自然燃起的火焰和剥夺像人类这样尊贵的生灵自由地施展其才能的人是谁？那些看守初生婴儿的摇篮却偷吃其金灯中生命之油的雕鸮是什么东西？那些把潇洒的城堡主——灵魂关在双层铁栅牢房里的思想典狱长是什么人？有比借口了解上帝却贸然修改《圣经》的行为更大的亵渎行为吗？啊，自由！永远不要玷污你那洁白的长袍，以便使初生的婴儿不害怕你！祝福你，急流的诗人，你敢于在这虚狂自负的奴隶时代成为自由的战士，而人们由于已习惯于当奴隶的地位，所以在他们不再是帝王的奴隶时，却更加卑躬屈节地开始成为自由的奴隶！祝福你，卓越的歌手，你清楚地知道我明了对你说的这个词的含义！祝福你，火焰之剑的主人，飞马行空的骑士，抒情的游唱歌手，向大自然敞开胸怀的伟人！你应该种植伟大的东西，因为你已经为培育硕果作好了一切准备。你应该把俗事留给平庸之辈。愿庄严的暴风永远鼓舞你前进！愿你把装饰着假花假珠的空洞的常规诗抛在一边，因为那是清闲无聊诗人的玩物和消遣，却不是心灵的火焰和思想巨子值得追求的丰功伟业；

愿你把传染性的忧伤、古罗马式的温情、自负式的韵律、外来的疑虑、书本中的恶疾、陈旧的信念集中起来，扔进火堆，让健康的火焰驱走我们时代的寒气，温暖你的身体。在这痛苦的时代，头脑中昏睡的婴儿已经苏醒，所有的人都站在地上，袒露着强壮的胸膛、闭着嘴唇、攥紧拳头，向老天、向生活本身询问其秘密。

（毛金里 译）

诗人沃尔特·惠特曼[①]

自由党报社社长先生：

"昨天晚上，他端坐在他的红色丝绒沙发椅上，满头银发，长髯垂胸，眉似森林，握着手杖，俨然似一尊天神。"这是今天一份报纸对七旬老翁、诗人沃尔特·惠特曼的写照。真知灼见的评论家——他们总是少数——确认他在美国及其时代的文学中，占有非常重要的地位。他那预示性的语言和健美的诗篇喷吐着宏伟的、一道道白光似的警世箴言，只有古老的《圣经》才能提供可以与之相比的教诲和启迪。然而，他那令人惊异的诗集成了禁书。

如果是一部自然质朴、毫不做作的书，它怎么会不受冷遇呢？大学和拉丁学校使得人们互相视同陌路，不是因为基本的和永恒的美德而互相吸引、互相拥抱，却像无所事事的女人互相恭维并为了一些纯粹偶然的小事或分歧而互相疏远。如同用模具制作点心，人按照偶然接触到的或者时代风尚使之接触到的书本或有影响力的导师的模式塑造自身。各种哲学、宗教和文学流派给所有的人穿上仆役的号衣或制服。人们像牛马一般被烫上烙印，并到处炫耀其印记。当他们站在光明磊落、纯洁、热情、诚实和强健的人面前时，当他们面对在前进、在爱、在奋斗、在受苦受累的人时，当他们面对不因为生活的不幸而失去理智，而是从世界的和谐和优美中看到最后幸福的保证的人时，当他们看到强健的、天使般的、父亲般的

---

① 惠特曼（Walt Whitman, 1819—1892），美国著名诗人。见《中国大百科书全》外国文学卷第 451 页。

人——沃尔特·惠特曼时，就会像逃避自己良心的谴责似的转身逃跑，却不肯承认自己的真实形象：在这些神采奕奕、高尚的人面前，他们如同一批没有生气、穿上制服的布娃娃。

据报纸报道，另一位可敬的老人格莱斯顿①，当他昨天在议会驳斥其对手，为允许爱尔兰建立自己政府的正义性进行辩护时，他在混乱中表现得像一只傲视一切、勇猛无敌的猎犬。惠特曼似乎就是这样的人，他拥有他的"自然质朴的人"、他的"具有无限原始精力的自然"、他的"无数魁梧漂亮的青年"、他的"最弱小的幼芽证明死亡实际上是不存在的"信念；惠特曼似乎就是这样的人：一个"不是为了一个铜子而写诗的人"，一个"感到满足，有说有笑、能歌善舞的人"；如果与那些病弱变态的诗人和哲学家相比，与同一面孔或同一相貌的哲学家和在蜜糖水中长大的、用模子塑的或按照本本写作的诗人相比，总之，如果与那些哲学模型或文学模型相比，他是一个"没有学校、没有教室、没有讲道台"的人。

应该研究惠特曼，因为如果说他不是一位很高雅的诗人，却是那个时代最大胆、视野最宽阔、最无拘无束的诗人。在他简陋的小本屋里，靠窗口挂着一幅镶着黑边的雨果肖像画。爱默生——他的作品能陶冶情操，振奋精神——与他勾肩搭背，称他为朋友；丁尼生——一位能洞察事物根本的诗人——坐在他的栎木椅上从英国给"伟大的老翁"寄来一封封热情洋溢的书信；言语激烈的英国人罗伯特·布坎南大声责问美国人："如果让你们的巨人沃尔特·惠特曼的晚年默默无闻地流逝，得不到他应该享有的殊荣，那么你们还懂得什么文学？"

"事实上，他的诗尽管乍一看令人惊骇，却使受共同的变小病折磨的心灵产生一种康复的愉悦感。他创造自己的语法和自己的逻辑。他从叶子的液汁中和牛的眼睛里看出它们的所感所思。""他是给你们打扫屋子、清除垃圾的人，这个人是我的兄弟！"他的诗表

---

① 格莱斯顿（William Ewart Gladstone, 1809—1898），英国政治人物，自由党领袖，四次任首相，曾为改善爱尔兰的地位而努力。

面上似乎无规则，开始时令人摸不着头脑，但随后就显示出——除了短暂的奇异偏离之外——如同照映在无际画面上的高山峻岭那样优美有序的结构。

他不住在纽约，不住在他"亲爱的曼哈顿""长着一副傲慢的脸和百万只脚的曼哈顿"，当他想"歌唱从自由之神那里看到的东西"时才在那儿露面；他在其"亲爱的朋友们"的照顾下——因为从写作和做报告获得的收入几乎不够他买面包吃的——住在一所偏僻的乡间小屋里。那是个景色秀丽的地方，从那儿坐上他的老人马车，由他心爱的马拉着去看"精力充沛的年轻人"进行充满阳刚之气的娱乐活动，去看望那些敢于同这个反对崇拜偶像、嘲弄传统观念的人亲密交往的"同志们"——惠特曼希望建立一种同志关系制度；去看种植庄稼、哺育牲畜的田园，去看挽着手臂、唱着歌一起散步的情投意合的男性朋友和像鹡鸰般活泼欢快的一对对情侣。他在一本十分奇怪的、歌颂男子之间友爱的组诗《菖蒲》中说："使我高兴的不是酒神节的狂欢、大街上热闹的集会、不断的宗教游行、堆满商品的橱窗，不是与博学之士的谈话，而是经过我的曼哈顿时我所看到的、向我奉献爱的眼睛；唯一能使我高兴的是情人，连续不断的情人。"他像老年人一样在他的禁书《草叶集》的末尾宣告："我宣告有无数魁梧的、漂亮的、血统纯净的少年；我宣告有一个不开化的、高贵的老人种族。"

他住在乡下，自然质朴的人在那里与其温顺的马匹相伴，头顶烈日在自由的土地上耕作，太阳晒黑了他的皮肤。但是，他并没有远离可爱、热闹的城市，没有远离城市嘈杂的生活及其多种多样的工作和伟业；没有远离工厂喷吐的烟雾，马车扬起的尘土，光明普照的太阳，"饭后坐在砖堆上聊天的小工，载着刚从脚手架上掉下来的英雄飞驰的救护车，突然在混乱的人群中晕倒的令人肃然起敬的孕妇"。然而，昨天惠特曼从乡下上来，在忠诚的朋友们组织的一个集会上发表演说，悼念另一个自然质朴的人，那个伟大、甜柔的灵魂，"那颗陨落的西方巨星"，那位亚伯拉罕·林肯。纽约文化界的所有人士都默默地参加了这个肃穆的追悼会。惠特曼的讲话时而悲哀，时而激昂，时而傲慢，时而亲切，时而像优美的赞歌，时而像星星在窃窃私语。喝拉丁奶、学院奶或法国奶长大的人也许不能理解那篇英雄史诗般辉煌的悼词。在一个新的大陆上，自由、尊严的生活创造了一种健康、强壮的哲学，它正以一种健美的没有统一格律的诗体形式走向社会。这是一种适合广大自由的劳动者——地球上从未见过有这么多的自由人——的诗，是一种整体诗，一种信念诗，一种庄严的、使人心绪安宁的诗，它像从大海中升起的太阳，使云彩燃烧，使浪尖升起火苗，使疲惫的花朵和鸟巢在岸边肥沃的密林中苏醒。花粉在飞舞；鸟儿在接吻；树枝在梳妆；太阳在寻找绿叶；万物奏起乐曲。惠特曼就是用这光芒四射的语言悼念林肯的。

惠特曼为林肯之死写的神秘主义色彩的挽歌，也许是当代诗歌中最优美的作品之一。护送灵柩的人们在哭泣；整个大自然为他送行，一直送到墓地。日月星辰早已预言：一个月前天空就布满了乌云；一只灰鸟在沼泽中哀鸣。诗人在悲哀的原野上漫游，在对死神的怀疑和肯定中徘徊。诗结束时，整个大地好像披上了黑纱，好像是亡灵给它披上了这从海洋到海洋的无边无际的黑纱。看得见的只有天空中的云彩，预示灾祸的惨淡月亮和那只灰鸟的长翅膀。这首诗比爱伦·坡[①]的《乌鸦》要美丽得多、古怪得多、深刻得多。诗人给灵柩献上了一串丁香花。

坟上的柳树不再呻吟；死亡是"收获"，是"开门者"，是"伟大的启示者"，一种事物，现在是它，过去是它，将来还会是它；在庄重、浅蓝的春季里，各种表面上的矛盾和痛苦混淆不清；一块骨头就是一枝花朵；附近传来了太阳的声音，太阳在庄严的运动中寻找自己在宇宙中的永久位置；生命是一支颂歌；死亡是生命的一种隐蔽形式；汗水是神圣的，内寄生动物是神圣的；人们相遇时应该互相亲吻脸颊；活着的人应在无法形容的情爱中拥抱；应该

---

① 爱伦·坡（Edgar Allan Poe，1809—1849），美国诗人、小说家、批评家。《乌鸦》是他一首有代表性的诗。

爱花卉，爱动物，爱空气，爱海洋，爱痛苦，爱死亡；爱能减轻心灵上的痛苦；对能及时理解生活之意义的人来说，生活是没有痛苦的；蜜、光和吻诞生于同一胚胎；一棵高大、安详的丁香树挺立在漫漫黑夜中，天上的星星在黑暗的苍穹闪烁，世界像狗似的蜷缩着睡在它的脚下！

这就是他的作品。

各种社会状态都在文学中得到体现；所以，某个时期的文学能比简短的编年史更真实地反映这个时期人民的历史。大自然中不可能有矛盾；人们渴望活着时从爱情中、死后从未知中找到一种完善的美和雅，这证明在我们目前生活的片段上是敌对的和不一致的事物，在整个生活的长河中应该是愉快地协调一致的。揭示和宣传事物表面上的矛盾性和最终愉快的一致性的文学，在人们惴惴不安的心灵上培育对彻底的正义和完善的美的牢固信念——不会因生活的贫和丑而动摇或减弱——的文学，不仅应该为人类揭示一种比一切已知的社会状态接近于完美的社会状态，而且还应该把理智和美和谐地结合起来，给渴望奇迹和诗情画意的人类提供一种宗教，一种自从人类知道一切古老的宗教都是空洞、乏味的之后就模糊地期盼着的宗教。

谁无知地认为诗歌不是人民必不可少的东西？诗歌能使人们的心灵会聚或分离，康健或痛苦，振作或萎靡，使人产生或失去信心和勇气；与产业相比，诗歌是人民更需要的东西，因为前者提供生活资料，后者提供生活的欲望和力量。一个在考虑自己活动的目的和意义时总是缺乏信心的人民能走多远呢？大自然把对未来的神圣希望寄托于那些优秀分子，但他们得不到任何鼓励，无法忍受人间的丑恶，将在痛苦中默默地消亡；大量普通平庸之辈和贪婪的人，他们将大量繁殖，创作一些空洞乏味的东西，把低级趣味吹捧为高尚的美德，造成一种永远是不完美的表面繁荣，在这表面繁荣的喧闹声中，心灵在痛苦地呻吟，因为只有美的和伟大的东西才能使心灵感到快慰。

自由应该受到赞颂，原因之一是现代人来到这个世界时便被剥夺了生活中的平静、鼓励和诗情画意，而享受自由能给人以最高的和平和宗教的安逸——在这世界秩序中，只有按照自己的意愿潇洒、沉着地生活的人才能享受这种和平和安逸。用你们天真的泪水浇灌荒凉祭坛的诗人们，请你们站到大山顶上观察吧！

你们一直相信那种没落的宗教，因为它在你们的头脑中不断变换着形式。诗人们，站起来吧，因为你们是传教的神甫。自由是最终的宗教，关于自由的诗是新的信仰，它使现实变得安详和美丽，它推断和照亮未来，解释宇宙难以言喻的意图及其诱人的和蔼和慈祥。

请听这个勤劳、愉快的人民的歌声；请听沃尔特·惠特曼的歌声。自我锻炼使他达到庄严的境界，使忍耐成为美德，秩序成为幸福。生活在专制的信仰中的人如同牡蛎生活在它的贝壳中，所能看到的就是关押它的那个牢房，而且在黑暗中认为那就是世界。自由给牡蛎安上翅膀。在贝壳内部听来好像是非凡的战斗声，在外部听来却是在世界强有力的血管中液体的自然流动的声音。

对惠特曼来说，世界一直是现在这个世界。一事物只要现在存在，那么过去也一定存在；当它不应该存在时，就不再存在了。存在证明不存在，看见证明看不见。一切存在于一切之中，一事物解释另一事物。当时存在证明现在存在和将来的不存在。无限小与无限大相配合；一切都有自己的位置，龟、牛、鸟、长着翅膀的意图等，都在各自的位置上。死和生一样幸福，因为死去的人依然活着。谁也不能说，除了上帝和死亡，他活得最安宁。惠特曼嘲笑人们称之为失望的东西，他知道时间具有的广度，并对时间给予完全的认可。他自身包含着一切，又寓于一切之中；他是潮汐，是涨潮，又是落潮。他感到自己是大自然有生命、有理智的一部分，这怎么能不使他感到自豪呢？回到他原来出发的地方并在湿润的土地的爱抚下变成有用的植物、变成美丽的花朵，这对他有什么不可以的呢?！在他把爱心献给人民之后，他将给人民提供养分。他的职责是创造；他创造的微粒是绝顶的精美之作；他的创造活动是高雅和神圣的活动。在他与宇宙认同之后，便创作《自己之歌》。他用一切东西来编织《自己之歌》；用互相争斗并正在走向过去的各种信仰，用繁殖和劳作的人，用帮助他的动物，啊，那些动物！它们之间"谁也不向谁下跪，谁也不在谁之上，谁也不哀怨"。他感到自己是世界的继承人。

他对任何东西都不觉得陌生。他重视一切，如爬着的蜗牛、瞪着神秘的眼睛瞧着他的牛、把部分真理作为全部真理来捍卫的神甫等。大丈夫应张开双臂，拥抱一切，不管是德行还是罪行，肮脏还是洁净，愚昧还是智慧。他的心应该像一只熔炉那样熔化一切。但是，他谴责怀疑论者，谴责诡辩家，谴责说空话的人。是的，"已过分暴露自己；愚话说得太多"。不要抱怨，应该繁殖，应该给世界增加内容！应该以亲吻祭坛台阶的虔诚女信徒所怀有的崇敬心情进行创造！

他属于所有阶层、所有信仰和所有职业的人，并能从所有这些方面找到正义和诗歌。他心平气和地权衡各种宗教的利弊；认为十全十美的宗教在大自然中。宗教和生活都寓于大自然中。有人生病时，他会对医生和牧师说："你们走开，我来照顾他。我将打开所有的窗户，给他爱，低声与他说话，你们将看到他怎样渐渐康复；你们只有空话和药草，但我比你们更能干，因为我有爱心。"造物主是"真正的情人，完美的同志"；所有的人都是"同志"；爱得越深，信心越足，就越有价值，尽管占据一个人的时间和空间的一切事物同样有价值。但是，所有的人都应该用自己的眼睛来观察世界，因为沃尔特·惠特曼知道，从太阳和自由的空气给他的启示中知道，一次日出要比一本最好的书给他更多的知识。自从上帝创造世界的那天起，他就与世界息息相通。他向往日月星辰，喜欢女人，内心充满了那种普遍而狂热的爱。他听到了从人们的创作和工作舞台上奏起的协奏曲，一支使他心旷神怡、充满幸福之感的协奏曲。当车间结束了一天的工作，夕阳映照水面时，他来到河边，感到是在与上帝约会，觉得人是绝顶善良的，并看到从他自己倒映在水中的头部放射出无数的光芒。

那么，惠特曼的这种广泛而炽热的爱究竟是什么概念？他以萨福①火焰般的热情爱这个世界。他认为世界就像一张巨大的床，而床就像一座祭坛。他说："我要把由于人们隐秘和虚伪的羞耻心而被糟蹋的词语和思想变得优美而高尚；我歌颂埃及尊为神圣的东西并向它祭献。"他的独创性的源泉之一是他亲吻思想时的那股巨大力量，他像大力神似的扑向思想，如同想强奸它那样把它按倒，以圣徒般的激情亲吻它。另一个源泉是那种形体性的、粗犷的、赤裸裸的表达方式，他用这种方式来表达他最完美的思想。但是，在那些不能理解其伟大的人看来，这种语言和表达方式似乎是淫荡色情的。当他在《芦笛》中用人类语言最热烈的意象颂扬朋友之间的情谊时，一些愚昧无知的人竟然忸怩作态地认为又回到维吉尔②对塞韦特斯、贺拉斯③对古赫斯和利西斯科那种卑鄙的欲望中去了。当他在《亚当的子孙》中以艳丽的画卷——在其面前，连最热烈的《雅歌》④画卷也会黯然失色——歌颂美好的罪孽时，他激动得发抖，高兴得发疯、膨胀、发泄，为得到满足的男性感到骄傲，并联想到穿越密林和河流，在土地上播撒生命的种子的亚马逊河之神。他在《亚当的子孙》中说："我的职责是创造！""我歌颂导电的肉体"。必须读过希伯来语《创世记》⑤的宗族系谱并在原始密林中跟踪过赤身裸体的、食肉的原始人群体，才能作如此恰当的充满活力的描写：像一个饥饿的英雄以魔王撒旦般巨大力量舔着女性肉体的红唇。你能说这个人粗俗野蛮吗？请看这首诗《漂亮的女人》，与他的许多诗一样只有两句："女人们坐着或来回走动；有的年轻，有的年老，年轻的漂亮，但年老的比年轻的更漂亮。"请看这另一首诗《母亲和孩子》。孩子睡在母亲的怀里。母亲睡着，而孩子：

---

①　萨福（Sappho），古希腊女诗人。生在公元前612年左右。

②　维吉尔（Publius Vergilius Maro，公元前70—公元前19），古罗马诗人。

③　贺拉斯（Quintus Horatius Flaccus，公元前65—公元前8），古罗马诗人。

④　《雅歌》（Cantar de los Cantares）系古希伯米诗歌，《旧约全书》的一卷，又名《所罗门之歌》，叙述所罗门王与牧女书拉密之间的爱情。

⑤　《创世记》系狱太教、基督教《圣经》的第一卷，记述上帝创造世界和人类世祖以及犹太人远祖的传说。

默默地瞧着！他长时间地研究着母子俩。他预见到，就像温柔和阳刚之气在天资高的人身上完美地结合那样，为了继续履行其创造任务而必须分离的两种精气必将在生命的安息中庄严、快乐地结合在一起。

他说，当他进入草丛时，就感到小草在抚摸他的身体，"感到在活动他的关节"；这时，他心情像海浪一样激荡，就是最焦急的新手也不可能用如此热情的语言来描绘他身体的快感。他生活中的一切：土地、夜晚、大海等都爱他；"噢，大海，请用你那充满了爱的潮气浸透我的肌体！"他咂着嘴品尝空气的滋味，像一个激动的情郎向大气敞开胸怀。他喜欢没有锁的门和展示其自然美的赤裸的身体；认为他所触摸的或触摸他的一切都是神圣的，认为所有的肉体和物体都是贞洁的；他是"沃尔特·惠特曼，一个激越的、有血有肉、富有感情的宇宙，长岛的儿子"像所有其他人一样"吃、喝和生殖"。他把真理描绘成一个狂热的情妇，她搂住他的身躯，脱光他的衣服，急切地想占有他。但是，在明亮的子夜，当他结束工作、摆脱书本时，他的灵魂就会完完整整地、静悄悄地显现，并带着因高尚地度过了一天而感到满意的表情，开始考虑灵魂最感兴趣的问题：夜、梦和死；考虑为普通人的利益谱写普遍的赞歌；考虑"在前进中死去"和手执板斧被林中最后一条毒蛇咬伤而倒在原始树下是"非常甜美的事"。

请你想象一下，在他歌颂把人们连接在一起的这种强烈感情时所使用的这种充满了傲慢的兽性的语言将产生多么新奇的效果。请你回忆一下《菖蒲》中的一首诗，他在这首诗中表达了他从自然和祖国得到的强烈快感和享受。然而，他认为只有大洋的浪涛值得歌唱，只有在月光下看到心爱的朋友睡在自己身边时才是他真正的快乐。他爱卑微的普通人，爱被打倒的人、受伤的人，甚至爱坏人；蔑视大人物，因为他觉得只有有益于人民的人才是伟大人物。他与马车夫、海员、农民勾肩搭背、称兄道弟，与他们一起打猎、捕鱼，收割季节中与他们一起坐在装得高高的马车顶上。在他看来，坐在由佩尔切隆马①拉着的马车上，沉着地赶着马儿在热闹的百老汇大街上行驶的身强力壮的黑人车夫，比胜利的皇帝还要优美。他懂得一切美德，接受一切奖赏，干过各种工作，吃过各种苦。当他站在铁匠铺的门口，看着小伙子们赤膊、挥动铁锤、轮番敲打着烧红的铁块时，他感到一种英勇无比的快乐。他是奴隶、囚犯、乞丐，是搏斗者，是倒下的人。当被追捕的奴隶气喘吁吁、汗流浃背地跑到他家里时，他在浴缸里放满了水请逃亡者洗澡、请他坐到餐桌上一起吃饭，并把子弹上膛的猎枪摆在一旁，随时准备保卫他的安全；如果追捕者前来袭击，他将毫不犹豫地射杀来犯者，并重新回到餐桌上，好像杀死的只是一条毒蛇！

沃尔特·惠特曼活得愉快、过得满足。如果他知道自己将成为一棵草或一朵花，他怎么能不感到自豪呢？瞧，一株麝香石竹、一片鼠尾草叶、一棵忍冬，它们有多么骄傲?! 如果他知道一种永不止息的、等待着在大自然中隐没的生物是超越于人类痛苦之上的，那么他怎么会不坦然自若地面对这种痛苦呢？如果他懂得各种事物都有其自身的规律，而人的意志不可能改变地球的轨道，那么他有什么好着急的呢？他有烦恼，也有痛苦，这是真的，但他知道宇宙的伟大。他对自己的现状感到满意，冷漠而愉快地看待自己静悄悄的、有时响亮的生活进程。他像对待无用的多余之物那样把浪漫的哀怨一脚踢开："我不会请求上帝下到人间来实现我的意愿！"他说他之所以爱各种动物，是"因为动物不会抱怨"。多么庄严的话！事实是，令人泄气之辈太多了。应该看看世界究竟是怎么样的，以免把蚂蚁当作高山；应该给人们以力量，而不应用哀怨使他们失去仅剩的一点点力量，痛苦已经把他们折磨得没有多少力气了。难道身上长疮的人要跑到街上去展示他们的疮痂吗？疑问不能折磨他、科学不能捆住他的手脚，他对科学家们说："你们是先行者，但科学只占据我寓所的一个房间，并不占据整个寓所。在雄辩的事实面前，诡辩显得多么无力！向科学致敬，同时向灵魂致敬，它高于一

---

① 一种法国良种挽马。

切科学。"他说："我为什么要妒忌比我能干的兄弟呢？""他在我面前显示其比我的更宽的胸膛，这正好说明我的胸膛也不窄。"这些话带着失败者的忧郁，饱含着使仇恨彻底驯服的哲理，把一切妒忌的理由连根拔除。"愿阳光照透大地，使整个地球充满光明，变得像我的鲜血一样甜！愿所有的人都能幸福和快乐！我歌颂生命的永恒、我们生活的幸福和宇宙绝顶的美。我使用小牛皮做的鞋，一条宽大的围巾和一根树枝做的手杖！"

所有这些都是以启示录式的语句说的。是韵律，还是语调？啊，不！他的音律寓于诗节之中，激动的诗句表面上杂乱地重叠排列在一起，但诗节与诗节之间通过一种英明的结构巧妙地互相衔接，把要表达的思想分散在许多巨大的音律群中。这是用巨大的石料而不是用小砖碎石垒筑大厦的人民的自然诗体。

惠特曼的表达方式与诗人们迄今使用的表达方式截然不同。他的诗体形式独特，气势磅礴，是一种与其史诗般的组诗相适应的新诗体，适合于表现在一个富饶的、充满奇人奇事的大陆形成的新的人情；传统的矫揉造作的抒情诗和讽喻诗实际上是无法表现这些新奇事物的。所要描写的已不是偷偷摸摸的情爱，不是不断更换情夫的贵妇，不是缺乏驾驭生活的必要勇气之辈的徒劳哀怨，也不是怯懦之辈的小心谨慎。不是写抒情小诗，表现卧房中的苦痛；而是歌颂一个时代的诞生、最终的宗教的曙光和人的面貌的更新；是表现一种新的信念，它从获得新生的人的明亮、洒脱、平静的心中产生并必将代替已经死亡的旧的信念；是书写冲破旧世界、把大自然中所有原始的自由力量集中起来的人民的《圣经》；是用语言反映无数安家落户的人群、忙碌的城市、驯服的大海和成为奴隶的河流的喧闹。商品堆积成山，芒刺形成林，船只排成村，千百万人为权利英勇战斗、流血牺牲，统治一切的太阳把它纯洁的光辉洒满广阔的大地，惠特曼会把所有这些变成温顺的对句吗？他会把谐音配成双吗？

啊，不！惠特曼用自由诗体表达思想，无明显的音律，尽管过不一会儿你就能听出他的诗具有得胜的军旅那雄赳赳、气昂昂、赤足经过时大地发出的那种富有节奏的声响。惠特曼的语言有时像挂满鲜肉的肉铺，有时像傍晚时唱诗班唱的圣歌，有时像急促的接吻声、破门的撞击声、在太阳的曝晒下皮革的破裂声，但他的语句从没有停止其有节奏的波浪运动。惠特曼本人在谈到其表达方式时说："以预言家的哀叫方式"；"这是一些预示未来的话"。这就是他的诗，他的标志：一致性充满了全书，使他的诗在表面的混乱中具有一种宏伟的整体规律性。但是，他的不完整的、松散的、互相脱节的句子不是在表述，而是在发射。"我向白发苍苍的丛莽山林发射我的想象。""大地，山岭起伏的古老结块，说吧，你究竟希望我怎样？""我使我的不协调的奏鸣曲在世界屋脊上回响。"

有些人传播穿着豪华的显眼的外衣跌跌撞撞爬着行乞的思想。但惠特曼不是这种人，他不是用充气的办法，使山雀膨胀成鹰的那种人，他像农民播撒种子一样一把把播撒着鹰。一句诗有五个音节，接着的一句有四十个音节，而第三句有十个音节。他不愿在对照、比较上下功夫；实际上他不作对比，而是把自己看到的或想到的东西按其原始状态说出来，并加上一个形象的、尖锐的补语。对自己准备创造的整体形象总是成竹在胸，并运用其深藏不露的艺术技巧，按照他在自然中看到的那种零乱秩序，把他的形象素材复现于画布上。如果说他胡言乱语，那也不失为是一种和谐的胡言乱语，因为思想就是这样不受束缚地无秩序地从一些事类推到另一些事，就是这样奔腾跳跃的。他的诗像一辆驷马高车，他有时放松缰绳——没有完全撒手——一会儿又以驯马者的手腕抓紧缓绳，稳稳地驾驭着车辆在车道上奔驰，扬起阵阵尘土；有时像精力充沛的种马渴望地昂首嘶鸣；有时吐着白沫，踏着彩云腾空飞行；有时又无畏地陷入泥潭，而其声响久久不息。他勾画的是草图，但人们说他是用火焰描绘的。在五行诗句中，像一堆刚被啃光的白骨，集中了战争的全部恐怖。对他来说，一个副词足以使句子延伸或收缩；一个形容词足以使句子升华。他的方法一定是伟大的，因为他的效果是伟大的；但也可以认为，他没有一定的创作方法，尤其是在运用词语方面，他无比大胆地把一个个词混乱地排列在一起，把庄严的、几乎是神圣的词与不太适当的、不太雅致的词摆在一起。有些画面不是用对他来说总是非常生动和深刻的性质形容词画的，而是由音响构成的；他以极其熟练的技巧不断变换调色，音律时起时伏，忽隐忽现，吸引着读者的注意力，而毫无变化的单词的音律有可能使人感到乏味。删削、断接显得非常突然，变化不定，无任何规律可循，尽管在其发展、停顿、转折中可以感到有一种英明的规律。他认为积累法是最好的表述方法。他的推理从不采取俗气的论证方式和演说中夸张的高调形式，而是采取神秘的暗示、热烈的肯定和火一般的预言方式。在他的作品中经常出现这些西班牙语词：viva，camarada，libertad，americanos①。然而，什么东西能比镶嵌在他诗句中的这些法语语词：ami，exalté，accoucheur，nonchalant，ensemble② 更能刻画他的性格特征呢？他着迷地经常使用这些词，好像想用它们来延伸其诗句的含意，尤其 ensemble 这个词使他心醉神迷，因为他从中看到了人民生活的天国，看到了人间的天国。他从意大利语中只借用了一个词：bravura!③

　　沃尔特·惠特曼就是以这种方式赞美肌肉和勇猛；邀请路过的行人大胆地触摸他的肌体；摊着双手品赏各种事物的歌声；赞叹和欢呼巨人的生殖力；把种子、战斗和日月星辰收集在他史诗般的自由诗中；向惊讶的时代展示人民光明的蜂巢，它们连绵起伏于美洲的山岭盆地并用其蜂翼轻抚着警惕的自由之神的边饰；牧放友爱的世纪，把它们赶向永远平静的缓流。就这样，当朋友们摊开田野的桌布，请他品尝春天第一次捕获的、洒着香槟酒的海鲜时，他已在等待幸福时刻的到来，那时有形的肉体在完成向世界展示一个响亮的、充满爱心的、真正的人的任务之后将离他而去，他将在净化的天空，随着气流飘荡、萌发、显现，那时他将是"自由自在的，胜利的，离开了人间的"！

1887 年 4 月 19 日于纽约

（毛金里 译）

---

① 　其含义分别为：万岁，同志，自由，美洲人或美国人。
② 　分别意为：朋友，狂热（者），助产士，漫不经心，总体或协调一致。
③ 　意为：勇敢。

埃雷迪亚①

女士们，先生们：

我怀着骄傲和崇敬的心情站在这个岗位上开始讲话。受祖国的委托，我们至今一直坚持在这个任务十分艰巨的岗位上。如果不是受祖国的委托，如果不是因为担心那位曾面对面地歌颂太阳，在我的心中和全体古巴人民的心中燃起了对自由不可扑灭的激情，现在肩并肩地与太阳一起坐在天国里的人，从其光辉的椅子上站起来指责我背信弃义的话，我早已愉快地把此岗位让给比我更有雄心壮志、更大胆并有意占据我的位子的人。人们用各种难以相信的卑鄙手段，尽力追求世界上许许多多的荣誉和奢华。我不要更多的荣誉，因为被确认为有资格在此讲话，向那位杰出的古巴人敬献由女人的温情和男人的感激组成的颂歌并把大家的想法一起送到他的不朽的精神所在的山巅，是我的最高荣誉。他在那高山之巅，手握雷电，足蹬急流，身披迎着宇宙的原始狂风抖动的暴雨斗篷，脸上还流淌着古巴的眼泪。

如果认为我是个谨慎而有节制的人，那么谁也不会指望我为了获得精细和敏锐评论家的声誉，会利用这个表示感激和敬仰的场合去分析——与这次集会和我们现在的心情是不相称的——其纯文学方面的渊源和因素，因为凡熟悉埃雷迪亚所经历的各种遭遇和他所生活的世界的革新变化的人，对这些都能一目了然。我也不想占用

---

① 本文系 1889 年 11 月 30 日在纽约哈德曼会堂发表的演说。埃雷迪亚（José nlaria Here-clia, 1803—1839）是古巴早期浪漫主义诗人，尽管他的作品有时具有新古典主义色彩。见《中国大百科全书》外国文学卷第 42 页。

时间来显示我的教育学，这应该由他的诗本身来做；他那一首首像用鲜花装饰的投枪一般的诗应该到这里来，热情而有礼貌地向忠于天才、忠于不幸的古巴妇女躬身致意，并愤怒地突然把玫瑰花扔在地上，向在这个缺少美德、没有任何吸引力的时代感到茫然不知所措的男人们重新宣读下面这些像使人清醒的耳光一样响亮的绝妙诗句：

> 如果一个人民不敢亲自动手
> 砸烂自己身上坚固的锁链，
> 那么这个人民只能更换暴君
> 却永远不能获得自由。

我不是作为法官到这里来审查古典主义的教育和法国的教育、他心灵中的火焰、他生活的时代、地点和各种遭遇是怎样在他身上汇合并产生影响的，不是来分析他父亲的教诲和他儿童时期的历险如何加速其品性的形成，也不是来无情地指责那个时期，那时他被剥夺了崇高的工作，精神无所寄托，出于创作的习惯或抒发感情的需要，或者为了向款待他的人民表示感激，抑或为了履行政治义务，他以不太成功的诗歌反复表达其最初的思想。我是作为一个失望的、充满爱心的儿子到这里来的，仅想对这位以罕见的庄严声音歌颂妇女、歌颂危险、歌颂棕榈的人的一生作一概括的回顾。

埃雷迪亚出生于古巴圣地亚哥，那里的棕榈长得最高。据说好像从他童年时期起，那个已经消灭的种族的灵魂就在向他倾诉哀怨，把狂暴的激情输入他的心灵，好像祖国最后一块被掠夺的黄金已在他的血管中熔化，好像热带的阳光根据某种超自然的意志已在向他揭示生活的奥秘，所以从那时起，人们就从这个"神童"的嘴里听到男子气的强烈谴责、精辟的言论和响亮的颂歌。他父亲以其博学的知识和对儿子的慈爱，有条理地给他讲述世界的要素、人类的动因和人民的历史，并用法官的长袍[①]保护着那个早熟的儿子。教育他爱西

---

① 埃雷迪亚的父亲曾是加拉加斯法院的法官。

塞罗①，但由于他的和谐的艺术天性，他更喜欢马拉②和富基耶·坦维尔③。他跟科雷亚老师学习拉丁文，但不是学塞内加④噜里噜苏的拉丁文和卢卡努斯⑤废话多的拉丁文，也不学昆提利安⑥充满穗状和片状装饰的拉丁文，而是学贺拉斯⑦的清新、优美的拉丁文，这是一种比希腊作家讲得还要优美的拉丁文，优雅而无生硬、做作之感，像新鲜葡萄酿的美酒，具有在生活中成长的少数玫瑰花的芬香。他跟另一位导师堂·何塞·弗朗西斯科学习的课程，上午是卢克莱修⑧，下午是洪堡⑨。他使父亲及其饭后一起聊天的朋友们感到惊讶。他是谁，怎么什么都知道？孩子，你原先是国王吗？是莪相⑩，是布鲁图⑪

---

① 西塞罗（Marcus Tullius Cicero，公元前103—公元前43），古罗马政治家和哲学家。反对独裁者恺撒，主张恢复共和政体。哲学上属于折中主义派。主要贡献在于将希腊哲学思想通俗化。著述很广，现存《论善与恶之定义》《论神之本性》《论国家》《论法律》等哲学和政治论文多篇和大量书简。文体流畅，被誉为拉丁文的典范。

② 马拉（Jean Paul Marat，1743—1793），18世纪法国资产阶级革命的著名活动家、政论家和学者。

③ 富基耶·坦维尔（Antoine Fouquier Tinville，1764—1795），法国革命法庭法官，以其铁面无私而著称。

④ 塞内加（Lucius Annaeus Seneca，约公元前54—约公元39）古罗马诗人。主要著作有《诉讼辞》和《劝训辞》，还编有《演说家修辞学家名录》。

⑤ 卢卡努斯（Marcus Annaeus Lucanus，39—65）古罗马诗人。学过修辞学、哲学、现在作品只有史诗《法尔萨利亚》（亦称《内战记》），描写恺撒与庞培之间的内战。史诗修辞色彩浓厚。

⑥ 昆提利安（Marcus Fabius Quintilianus，约35—约95），古罗马演说家、修辞学家。主要著作为《演说术原理》（共12卷）。

⑦ 贺拉斯（Quintus Horatius Flaocus，公元前65—前8），古罗马著名诗人。他的作品形式完美，音调和谐，风格庄重。

⑧ 卢克莱修（Titus Lucretius Carus，约公元前98—公元前55），古罗马诗人、唯物主义哲学家和思想家。认为一切物质都由原子构成，原子是永恒的，宇宙是无限的，世界不是由神创造的。认为感知是认识外部世界的源泉。他的唯物主义思想和认识论都包括在他的唯一作品——长诗《物性论》中。

⑨ 洪堡（AIexander von Humboldt，1769—1859），德国自然科学家、自然地理学家，近代气候学、植物地理学、地球物理学的创始人之一。

⑩ 莪相（Osián）是公元3世纪苏格兰一位传奇式的说唱诗人。苏格兰诗人麦克菲森把他的传说综合起来写成史诗《莪相作品集》。法国女作家斯塔尔夫称莪相是欧洲北方文学的鼻祖。

⑪ 布鲁图（Marcus junicus Brutus，约公元前85—公元前42），古罗马政治家。与卡西乌等刺杀独裁者恺撒，以恢复共和政体。

吗？那孩子犹如在观看星星大战，因为他满面生辉。在那个天才的贪婪头脑中有暴风雨的闪光和火山的能量。从那九岁孩童嘴里说出的精辟和斩钉截铁的语言似喷涌的泉水，时而分析光的原理，时而评论特洛伊战斗故事。他的诗成了家里的信条和骄傲。母亲干什么都是轻手轻脚的，以免弄出声响，打断儿子的思路。父亲替他修改不太合适的韵脚。家里总是门窗敞开，以便他写作时屋子里有充足的光线。其他人不得不在鞭子和嘲骂声中，借着不安的萤火虫的微光和惨淡的月光练习写诗！……埃雷迪亚的初作是在母亲的亲吻、父亲和朋友们的拥抱中完成的。有些人从严厉的父母的不断训斥中汲取力量，埃雷迪亚却从家庭的温暖中获得力量和信心，而他的永垂不朽正是从这种力量和信心开始的。

埃雷迪亚的父亲是法官，是个心地善良并劝人为善的好人；因此美德，还因为他是在美洲出生的，遂被选中去委内瑞拉实现和平。当时在委内瑞拉，蒙特韦德①凭借有利的自然条件，侥幸战胜非常善战的米兰达②，因为在战争中，意外的事件有时比智慧更能赢得战斗；当时在委内瑞拉，初露锋芒的玻利瓦尔头发蓬乱地站在圣哈辛托神庙的废墟上，向世界显示他就是上帝。美洲开始怒吼，报仇雪耻的人物在燃烧的瓦砾中诞生了。越过崇山峻岭，从南方结束了解放者圣马丁的马蹄声。英雄儿女登上大山之巅，瞭望未来，在白雪的洁净光辉照映下起草时代的预言书。那位不幸的英雄不仅被孝心，更主要的是被年龄捆住了手脚，因为他当时只有八岁，不忠诚的双脚够不着战马的鞍镫。他为自己的这种不幸而偷偷哭泣。他听人家说：骨瘦如柴的犯人走出牢房时一个个被暗杀了；白胡须的使者被那个可怕的阿斯图里亚斯人用长矛钉在墙上；玻利瓦尔胜利地进入加拉加斯城时忍不住放声痛哭。他亲睹加拉加斯的妇女身披白纱、头戴花冠，纷纷走上街头迎接玻利瓦尔。他还听说：一个

---

① 西班牙保皇军将领。
② 米兰达（Francisco Miranda，1750—1816），委内瑞拉独立战争将领和美洲解放运动的先驱。参加过北美独立战争和法国大革命。组织和领导委内瑞拉的独立战争，1812 年被任命为独立军总司令，同年被俘，四年后死于西班牙的一所监狱。

叫帕埃斯①的人自己砸开脚镣并用脚镣打倒看守他的士兵；英雄们像节日一般打着旗，把英勇的希拉尔多②的心装在一只骨灰盒内带进城内；为了不让火药库落到博维斯③手里，里卡乌特④坐在火药库上引爆自毙。委内瑞拉在流血，在博维斯的长矛下呻吟……埃雷迪亚后来去了墨西哥，他在那里听说，一位神父的头被西班牙人钉在示众柱上示众，这颗头颅在晚上放射出明亮的光，犹如从那颗灵魂升起的太阳，由那个金刚石冲模铸造的美好的、摧毁性的太阳！

埃雷迪亚回到古巴。他感到面包含有卑劣行径的味道，舒适散发着盗窃的气味，豪华充满了血腥味。他父亲使用镶着玳瑁壳的手杖，他也使用这样的手杖，那是用他们在一个卑鄙的社会里当法官和律师所得的钱买的。以卑鄙行径为生或与卑鄙行为和平共处的人，就是卑鄙的小人。自己不干卑鄙的事，这还不够；还应该与卑劣的行为作斗争。青春诱使他寻欢作乐，他父亲的优越条件以及他自己所享有的非凡青年的声誉，给他的律师事务所带来许多顾客。在有钱人的家里，人们常常惊讶地听他即席吟咏。"那个人就是埃雷迪亚！"人们在街上看见他时这样说。漂亮的姑娘们站在窗口，当他经过时便像获得了一种最美的奖品似的兴奋地低声说："他就是埃雷迪亚！"然而，当荣誉必须以与卑劣行径同流合污为代价购得时，这种荣誉便会给生活增添苦恼。使灵魂得以安宁、没有丝毫内疚感的荣誉，是唯一真正的荣誉。在优美的清晨，当世界呈现出它刚创造时的本色，当太阳从自然中升起、小鸟练习它们的歌喉的时候，在芒果树下漫步是多么的快乐。但是，在古巴的田野上一只多么沉重的"铁手"压迫着人们的胸膛！在天空，一只沾满鲜血的手遮住了阳光！在窗下，他接受热烈的亲吻；在有钱人的家里，他

① 帕埃斯（José Antonio Páez, 1790—1873），玻利瓦尔的战友。1830年出任委内瑞拉第一任总统，至1835年，后又两次（1839—1843和1861—1863）担任总统。死于纽约。

② 希拉尔多（Atanasio Girardo, 1791—1813），哥伦比亚爱国者，玻利瓦尔的战友。当他把共和国的旗帜插在现今委内瑞拉境内的巴布拉山顶时壮烈牺牲。

③ 博维斯，西班牙保皇军头目之一。

④ 里卡乌特（Antonio Ricaurte, 1786—1814），哥伦比亚独立战争中的英雄。

受到热烈的鼓掌；律师职业为他产生金钱。但是，当他离开胜利的宴席，走出雄辩的法庭，结束幸福的约会时，有人不是还在挥动鞭子、母亲不是还在呻吟吗？他们企图用鞭子阻止母亲对心爱的儿子的呼唤。卑鄙的人不是奴隶，也不是昨天的奴隶，而是目睹这种罪行，但不能在法庭上宣誓主持正义，直至把奴隶制度及其痕迹在地球上消灭干净的人。美洲已获得自由，整个欧洲正戴上自由的桂冠，希腊正在复兴，但与希腊一般美丽的古巴难道还要继续戴着枷锁在水牢里呻吟？难道要变成世界的污点、美洲的绊脚石吗？如果在活着的古巴人之间没有足够的士兵去争取荣誉，那么海滩上的海螺是干什么的？为什么不号召死去的印第安人投入战斗？岛上的棕榈是干什么的？难道只会徒劳地呻吟，不会去指挥作战吗？那些大山是干什么的？难道不会把山坡合拢，切断追杀英雄们的刽子手的道路吗？只要还有一寸土地，就要在陆地上战斗；当没有土地可守时，就要站在海水中战斗，利奥尼扎斯①从特莫皮拉斯给古巴人指明了道路。"我们走吧，埃尔南德斯！"埃雷迪亚的声音在四处回响，从祭坛到祭坛，从埃斯特兰佩斯到阿古埃罗，从普拉西多到贝纳维德斯，直至在一个漆黑的夜晚像响雷般传到了雅拉河谷，随后便低沉下来，还有人说，将在见不到太阳的地方消失。是古巴人中间如此严重的堕落和不幸，以及一个用自己双手扼杀人民的悲痛，窒息了埃雷迪亚的声音？

那是他来到纽约，来接受刺骨的寒冷之时。但是，当匕首般的寒气刺入他腋下时，他并无感觉，因为尽管那些已经生气蓬勃的城市永远不能使他忘记祖国的道德沉沦，却给了他某种慰藉，因为在那块应该享有自由的土地上，自由已占据支配的地位。他的思想沉浸在深邃的历史中：他惊奇地研究着那些巨大的骨骼；坐在壁炉旁，一边烘烤冻僵的手脚，一边思考着有时光辉灿烂、有时暗淡无光的时代；在孤独中，他的思想得到升华，变得崇高；当他看到那

---

① 利奥尼孔斯（Leonidas，公元前490—公元前480在位），古希腊斯巴达国王。曾率领三百名勇士在特莫皮拉斯山口阻击入侵之敌。

古老的洪水，日复一日、年复一年地从悬崖上飞泻而下，变成彩虹时，他好像找到了自我。奇异的尼亚加拉瀑布驯顺地向他揭示自己的奥秘，受蔑视的人民的年轻诗人突然领悟到大自然的含义，而世世代代居住在那里的人一直未能理解它的无限庄严。

墨西哥是个避难藏身之地，每一个来自异国他乡的人都在那里找到了兄弟。谨慎的奥塞斯就是墨西哥人，埃雷迪亚给他寄去一封封年轻人史诗般的书信；在墨西哥人的家庭里，人们坐在桌子旁，阅读着他歌颂"女人品德"的诗篇；维多利亚总统从墨西哥向他发出召唤，叫他去分享自由宪章的胜利，这位墨西哥总统不愿意看着那朵像火山口那样炽热的鲜花在冰雪的坟墓中凋零。什么东西能把埃雷迪亚留在尼亚加拉河畔呢？在那儿，他那预言式的真挚诗歌找不到祈请自由的韵律。墨西哥开始了最艰苦、最勇敢的攀登高峰的事业，任何处于宗教沦亡并背负着一个没有生气的种族的人民都没有完成过这样伟大的事业。然而墨西哥，它在没有向导、没有经验可循、除了祖国的精神就没有别的保护人的情况下开始向山顶进发，每一场浴血战斗就是一个里程碑，而一个新的里程碑就是一个新的高度！虽然自由之树还很幼小，在教会的阴影下显得没有生气，但一代新人唱着颂歌走来，把他们的满腔热血洒在那干渴的树下。埃雷迪亚动身去墨西哥，金塔纳·鲁①在那里使西班牙语抒情诗歌开出栎树的花朵。他再次看到了那些好客的、富有战斗精神的海滩；看到了那些山谷盆地，它们像奥林匹斯山上荒芜的、正等待收复的诸神寓所；看到了那些像由于诸神不在而被翻倒的钱罐一般的高山峻岭；看到了那些被太阳染成洁净的银白色、亲切的紫红色和鲜艳的金黄色的山头，似乎造物主想表示他特别宠爱大自然。当埃雷迪亚再次看到这些时，他便确信就是在墨西哥而不是在自私的北方，他能找到你由火守卫的平原一般秩序井然的庄严的自由。在"光明的源泉"开始冲开昏暗的苍穹时，他以恋人般的步履登上寂

---

① 金塔纳·鲁（Andrés Quintana Roo，1787—1851），墨西哥诗人，他的《赞1821年9月16日》是歌颂独立战争的著名诗篇。

寞的祭坛，已经死去的国王曾在那里徒劳地祈求苍天开恩，帮助他们打败科尔特斯①；在富有感染力的明亮月光下，他不去朝拜世上的伟人，却去朝拜大山，它们像耸立的鬼怪，但他丝毫不感到害怕。

墨西哥像他所预料的那样款待他，用最好的咖啡招待他，把金子般的心掏给他，让他这个既懂法律又精通历史的外人坐到法官的位子上。在连空气都是十分透明和宁静的地方，法官必然是真正的法官。虽然他还很年轻，但墨西哥并没有因此而看轻他，却像兄弟一般请他坐到审判官的席位上。演讲台上有许多显要人物，但各地的演说家都很尊敬他，把演讲的机会让给他。诗坛有许多权威，但所有的人都找他讨教。那儿同样不乏美女，当我们的诗人经过时，她们激动地向他递送秋波。他与自由党的"约克王朝拥护者"作斗争，以阻止弑兄杀牛的"苏格兰人"使共和国倒退。他写、他唱，他争论，发表演说，呕心沥血，以报答墨西哥人民对他的款待。但是，他感到脚下的土地并不像自己出生的土地那样稳固，因为自己出生的土地是一个人唯一完整的财富，是大家均占的、使每个人富裕的共同宝库，因此，为了自身的幸福和公众的利益，是绝对不能转让、不能抵押、不能典当给别人的。也感觉不到他出生的土地所具有的那种力量，感觉不到在祖国感到的那种自豪，也不能指望获得这样的荣誉：在第一个赎罪日，贞洁的妇女和坚强的男子到英雄的墓地，在他的坟上哭泣并在埋葬他的松土上面摆上一枝祖国的棕榈叶。还有他的诗？只有当他想念古巴时，只有在表达祖国的苦难、描写大海或风暴——大海将把他带回古巴海岸，他要用飓风般的勇猛打倒暴君——的时候，才能听到他的真正的歌声，他的诗才会迸发出明亮的火花；当他描写其他题材时，他的诗便是古怪的、懒洋洋的，没有生气，没有色彩。

埃雷迪亚不追求个人的虚荣和浮华。有人把自己的优点像胸饰

---

① 科尔特斯（Hernán Cortes；1485—1547），西班牙殖民者。1519 年率远征军入侵今日的墨西哥，打败阿兹特克人并于 1521 年建立西班牙在墨西哥的殖民统治。

一样别在胸前，到处炫耀并租借空气替他宣传，租用大海替他歌功颂德，以为天空应该是他的午餐，永恒应该是他的美酒。埃雷迪亚不是这种人；他是崇高的共和国的骄子，只有当愤怒使他颤抖，或者当他激动地谴责世界上和他祖国奴性十足的小人时，才显示出他君王般伟大和高尚的本色。世界是有两种人：一种人挺着胸膛走路，不求恩赐，只求老老实实地生活和劳作，把节操看得比钻石戒指还宝贵；另一种人跪着行走，吻大人物的披风。当他创作悲剧《混乱》、以辛辣的语言讽刺费尔南多七世①时，他想的是他的祖国；当他以简洁的语言、典型的场景描写"最后一代罗马人"的死时，他想的是他的祖国。为了他的祖国，也为了我们美洲大祖国，他希望那些自由的共和国向这个已获得解放的家庭中唯一还在狂怒的主人脚下呻吟的人民伸出援助的手。"啊，自由的美洲，请你去解救那个由大自然建起的门廊和屏障保护的岛屿！"圣马丁和玻利瓦尔举着太阳般光明的大旗，已跑遍整个南美大陆，战马满口白沫，浑身汗湿，眼睛喷发着火焰，它前蹄刨地，对着大海嘶鸣。解放者的战马，下海吧，用你的胸膛去撞击在古巴的摇摇欲坠的暴君！正当玻利瓦尔脚踏马镫准备翻身上马时，一个从北方来的、讲英语的人，带着政府的文书来到了他的面前，抓住他战马的缰绳，对他说："我自由了，你也自由了；但那个人民不能自由，他应该是我的，因为我想占有它！"当埃雷迪亚看到自由和专制一样凶残、一样野心勃勃时，他就用暴风雨的披风捂住脸面，开始结束自己的生命。

他自己已做好了死去的准备，因为当伟大的才资不能用于慈善和创造事业时，就会把拥有它的人吞没。流放中的日常工作和生活显得枯燥乏味，而他那狂热、豪放的心灵渴望伟大的事业。当他发现他第一个女友的虚伪和人们的奴颜媚骨，看到精神沦丧、道德败坏、英雄主义灭绝的时候，他问自己的太阳穴为什么还在跳动，甚

---

① 费尔南多七世（1784—1833），西班牙国王。在他统治时期，政治腐败，内部混乱，美洲殖民地纷纷宣布独立。

至想把它从头骨牢笼中解救出来。在他青年时期的诗歌中闪烁着理想人性的火花；当这种火花熄灭时，他已面容憔悴、病魔缠身，只有憎恶暴政、仇恨"卑鄙阴谋"，或者写些反思性的诗和矫揉造作的戏的力气了。只有当他思念古巴，心情激动时，脸上才会露出光华。他是个光明正大，在阳光下生活的人，他憎恶那些卑躬屈膝，在阴暗的角落地磨尖舌头，向纯洁的胸膛发起攻击的小人。如果为了活下去必须面带温顺的微笑，同那些马屁精、伪君子、阴谋家和狂妄之徒同流合污的话，那么他宁愿不活，也不愿强作欢笑。如果人不能在地球上自由活动，就像彗星在宇宙中自由飞行那样，那么活着有什么意义呢？他感到自己像赤裸的海滩，他的心像猛烈的风暴，却又像女人的心那样温柔，受自吹自擂、骄横暴戾的人摧残，就像鲜花遭马蹄践踏一般。他很同情和怜悯他的马，几乎哭着请求它原谅，因为他常常骑着它在原野狂奔，马刺把它的两胁刺得鲜血淋漓。可是，人们同情他、怜悯他吗？美德何用？情操何在？人们只要见到美德和情操，就会羞辱它们，见得越多，对它们的羞辱越厉害。人们好像在合谋算计他，企图夺走他口中的面包和脚下的土地。一个奸诈而凶狠、像有毒的利箭射向他的目光，一封措辞生硬的书信，或者一个不冷不热的问候，都会使他产生天昏地暗的感觉。他所需要的只是"普遍的温情"。贫困而单调的家庭生活不仅不能安慰他那忧伤的心，反而使他的心更加痛苦。他只能在痛苦中寻找快乐。他甚至连祖国都不敢思念，因为在他的祖国，暴君还在挥舞鞭子，向所有跪在地上的古巴人耀武扬威！无用武之地的伟大才智和闲置的激情，在那可耻的生活和巨大的悲痛中渐渐死去，艰难地编织着临终前的诗歌。在这个世界上，除了诗歌这位忠贞不渝的朋友外，我们的诗人已找不到别的安慰了。所有卑躬屈膝的人的膝盖沉重地压在那个忠厚诚实的天才的心头！

在米勒瓦和德利勒时代，诗歌都要梳妆打扮一番，但埃雷迪亚的诗，甚至他的那些刻意打扮的诗，也没有失去其火热的和朴素的特色，这种特色与诗歌天生的奢华和富丽性形成绝妙的反差。过分奢华、过分富丽的诗往往内容空洞、主题不鲜明、缺乏思想性，尽管在一段时期内显得光彩夺目，令读者着迷。埃雷迪亚的英雄气概使诗歌具有一种永恒的崇高品质，他敏捷的感受力，通过十分巧妙的剪接，使诗歌感慨万千。从他初试锋芒的时候起，他就使用这种既充满激情又很自然朴素的语言，这是他诗歌最显著的特点。他爱马是学拜伦的，但歌颂尼亚加拉瀑布、歌颂暴风雨、歌颂乔卢拉神坛、致埃米莉亚的信，以及赞埃尔皮诺的诗和赞筵席的诗，是向谁学的呢？只有萨福能与他相比，因为只有萨福跟他一样放纵和炽热。一个感染力强的音符便能收到比华丽的修辞更大的效果，一个转折就能使诗从痛苦——他的那些痛苦是不应该用直截了当的语言予以亵渎的——回到尊严，并产生言而未尽的巨大效果。他不用看不见的东西，而是用所有的人都能像他一样感到和看到的自然景物做比喻；他的想象不是那种小玻璃珠般的，毫无价值、令人气恼，虚妄而无创造力的想象，而是耐久的、富有创造力的想象，通过独特的比喻或隐喻使画面更加鲜明，产生立体感，展示大自然的和谐。在他自由的、铿锵有力的散文中，他的想象继续展开宽大的翅膀，有节奏地任意飞翔。跟他所处的时代一样，他的散文中常常出现法语词汇；他的许多诗篇本来可以写得更好，但这犹如靠近太阳高飞的神鹰长着一两根不太整齐的羽毛一样。想做装饰痣，请上美容所。但是，当对一个令人惊叹、充满焦虑的作品实际上连欣赏和同情的时间都没有时，谁还会去注意那些微不足道的缺陷呢？

当他在《在他的生日》中以庄重和真挚的诗句表述他内心的痛苦时，谁也不能比他描述得更深刻的了：

> 残酷的情状——
> 一颗得不到爱的火热的心。

从他爱女人的那种方式可以看出，大自然因为缺少血液而给那位古巴人的血管中注入了熔岩。他爱自由、爱祖国，并以同样的热情爱莱斯比亚，爱洛拉，爱"痛苦的美人"，爱安达卢西亚出生的玛丽亚·保特雷。这是一种纯洁、正直的爱，他以崇高的诗歌向其情人敬献羞怯的玫瑰和清新的芦苇，以敬仰的心情带她们到雌斑鸠咕咕欢叫的地方散步。那个不幸的恋人有点儿像弹着吉他跪在心爱的女人面前，向她敬献情歌的农民。他为固定他的心和奉献其火热的青春而爱。16 岁时，他便像一个成熟的潇洒情郎陪着莱斯比亚散步，当友好的微风拂动那金色的发卷，轻抚他的前额时，他激动得浑身颤抖，他对着很懂得男女爱情的明白长叹，向它倾诉衷肠，因为他找不到一个多情善感的女人。他爱得发狂；他将因爱而死。他无法抑制他那凝情心灵的骚动。在爱情方面，谁都比不上他。他以壮丽的诗篇歌颂爱情中最天真、最甜美的方面：相爱、分离、重新相爱；无言相对，突然又坦诚倾诉。舞会上，他像一位头戴皇冠的君主，因为他看到他心爱的女人成了舞会上的王后。除了他，谁也配不上与他心爱的女人跳舞。古巴为他热恋的女人鼓掌，卡图卢斯①给她送去维纳斯的腰带，奥林匹斯山上的诸神对她感到嫉妒。在那些浪漫的日子里，当他在古巴追求埃米莉亚时，当他与埃米莉亚待在一起时，他心情激动，无法克制自己的感情。在那朵"我们田野中的玫瑰"旁边，他忘乎所以，而那朵可怜的玫瑰低着头。在我们这位诗人面前，她感到犹如在太阳面前一般眼花目眩。她难过得形容憔悴，同时又感到自豪，她为因爱情而变得苍白的前额感到自豪。谁不知道，他心爱的女人就是整个宇宙！他已经不喜欢漂亮的女人，因为从一位美女的背叛中，他看到了世界的卑鄙面目；但是，他没有美女又无法生活。他不仅外表美，而且内心更美：殷勤、大胆、豪爽、热情、忠诚，总之，他具有吸引和俘虏女人最高傲的心的一切优点。这样的男人，女人怎么会不爱呢？他有时跪倒在女人脚下，显得既温顺又不幸，突然又像一位发怒的君王在她们面前昂首挺胸，趾高气扬。这样的男人，哪个女人不爱呢？生命力的源泉，它的唯一的根是什么？不就是女人的爱吗？

这种爱带来疲劳，这种爱又产生力量；新生的思想从这种爱的

---

① 卡图卢斯（Gaius Valerius Catullus，约公元前87—约公元前54），古罗马抒情诗人。他的抒情诗主要歌颂友谊和爱情，更杰出的是描写对其情人克洛狄亚的诗，克洛狄亚在诗中化名为莱斯比亚，与埃雷迪亚的初恋情人莱斯比亚同名。

疲劳中升起，带着这种爱所产生的力量飞向奇妙的自然。他用玫瑰花瓣包着赞歌献给洛拉，一小时之后他又在鞲他的快马，望着乌云翻滚的天空，借着雷电的闪光，冲进莽莽的黑夜中。当瞭望员在耀眼的闪光下，在折断的桅杆上宣布放弃向暴风雨挑战时，埃雷迪亚却目光炯炯，幸福地挺立在船头上，观看乌云在天空扩散，浪涛在准备投入战斗。当傍晚邀请人们沉思时，他却以稳健的脚步开始攀登即将被夜的黑袍包裹起来的山峰；满天星斗在闪烁，他站在山顶上，遥望前进中的人民，惆怅满怀。当没有可攀登的山峰时，他就从自己的内心观察，他看到万物在他的脚下生生息息，看到人海在铺展它的无垠。

　　一天，一个心地善良、慈悲为怀的朋友独自走进哈瓦那一位小官吏的房间，向坐在板凳上正在那里等待他的埃雷迪亚伸出双臂。诗人站起来与朋友拥抱在一起。诗人高贵而纤小的手苍白得几乎透明，眼睛里只剩下最后一点儿闪光，他无所畏惧，但在再次见到他母亲和棕榈树之前，却没有勇气离开人间。他挽着朋友的胳膊，异常激动地离开了那里。母亲的亲吻使他恢复了勇气，当他在海上重新获得自由时，又找到了在他青少年时期曾使他惊叹的宇宙之韵律，他要以此向尘世告别。在一个寂静的夜晚，他像一盏暗淡的油灯，终于在波波卡特佩特山和伊斯塔西瓦特尔山①威严地守护着的山谷中熄灭。他在那儿与世长辞了；为了成为他祖国的完整象征，他应该死在那里，因为从出生到死亡，在他生命的整个旅途中，他把我们同其他人民——我们的天然兄弟和同伴——连接在一起：由于他父亲，我们与英雄的苗床多米尼加连接在一起，在那里，瓜罗库雅的心脏好像还在跳动，还在鲜血淋漓的桃花心木林中，在低声呻吟的甘蔗园中，在不可战胜的热带雨林中喷射教诲和法令；由于他的童年，我们与委内瑞拉连接在一起，那里连绵起伏的山峦像大地的折缝，更像英雄们去天国报告他们为自由而进行的战斗情况时

────────────

① 波波卡特佩特山（Popocatepetl）和伊斯塔西瓦特尔山（Iztaccihuatl）系墨西哥东南部内瓦达山脉的两大山峰。

留下的斗篷；他的死把我们同墨西哥连接在一起，那是大自然建造的巨大神庙，以便在高山垒成的最高台阶上进行美洲独立的可怕的最后审判，就像在其古老的庙堂里进行祭献仪式那样。

他死后连尸骨都找不到。如果诗人尸骨的失踪意味着他的祖国将来可能会消失，那么，啊，永恒的尼亚加拉瀑布！你的宏伟壮丽的诗篇还缺少有用的一章。啊，尼亚加拉瀑布！请你恳求上苍，让地球上所有的人民都获得自由，并都能公正地相互对待；任何人民都不要利用在获得自由后壮大的实力去剥夺其他人民的自由；当一人民胆敢压迫和掠夺另一人民时，其他人民，作为被压迫人民的兄弟，不要帮助掠夺者，而你，尼亚加拉瀑布，也不能泛滥肆虐。

不是我的讲话，而是急流的咆哮、瀑布的帷幕、从瀑布内部产生的羽冠状彩色泡沫和夹着瀑布太阳穴的彩虹组成了在坟墓中安息的伟大诗人的独特仪仗。人们都到那儿去，面对失败的奇观，向胜利的天才致敬。不到一个月前，美洲人民派遣的参加美洲国际会议的特使们，应邀去那儿观赏奇观的庄严和思考它的轰鸣。当他们听到宏伟瀑布的巨响时，蒙得维的亚的儿子站起来说："埃雷迪亚！"尼加拉瓜的儿子取下头上的帽子赞叹道："埃雷迪亚！"委内瑞拉的儿子说："埃雷迪亚！"并回忆起诗人光荣的童年；其中的古巴人都说："埃雷迪亚！"……他们好像自惭形秽，不如诗人；整个美洲都感叹地说："埃雷迪亚！"墨西哥历代君王的雕像以它们的石头盔甲向他致敬，中美洲以它的火山、巴西以它的棕榈林、阿根廷以它的潘帕斯草原、遥远的阿劳科族用他们的大矛向他致敬。那么我们呢？我们这些应受谴责的人将用什么来向他致敬？啊，父亲，请你赐予我们足够的美德，以使我们时代的妇女为我们抛洒热泪，就像你时代的妇女为你抛洒热泪；或者让我们在你所喜爱的某种灾变中死去，如果我们不能成为无愧于你的人！

（毛金里 译）

何塞·德拉卢斯①

　　他是父亲；他是不声不响的奠基人；他独自燃烧，独自发光，并用英勇无畏的手窒息自己的心脏，以便让肩负着争取自由使命的年轻一代有时间吮吸他的心血，尽快成长——自由之光将在他的枯骨上面闪烁；他注重实实在在的工作，不喜欢浮夸和奢华，把实际工作置于个人荣耀之上，甘愿默默无闻地殒灭，但敏锐的眼睛都会看到，他为祖国的荣耀奠定了基础；他永远活在我们心中，他的灵魂在祖国的土地上巡游，传播其反抗的火种和仁爱的精神；他用瘦小、颤抖的手把着温顺的胡安·佩奥利的肩膀，深沉的眼睛注视着他的心，对他说，他不能"坐下来做容易做的事——写书，因为焦虑折磨着他，使他心绪不宁，但又没有时间做最难做的事——培养人才"；他从坟墓中以其生前播下的仁慈，在古巴最纯洁的儿子中间创造了一种自然朴素的美好宗教，它的形式符合人类新的理性，它的芳香的精神适合医治古巴社会的烂疮和专横；他是父亲，但那些有眼无珠的人不了解他，他自己的儿子有时甚至也不承认他。

　　如果看到光明不退避三舍，站在远处颂扬它，这能说是看到了光明和颂扬光明吗？当光明仅以温和的光线无力地装点懒洋洋的大自然时有人向它致敬，当光明带着太阳般的、既烤人又使肌体康健的炽热从混沌中出现时就急忙拉上门帘，这叫什么欢迎光明？只想不干，只说不做，只向往不争取，这算什么事？大声或低声鼓吹革

---

① 何塞·德拉卢斯（José de la Luz y Caballero, 1800—1860），古巴教育家和思想家，反对贩卖黑奴和专制制度。著有《箴言集》等。后代人尊称他为"导师"。

命，却不去整治混乱的国家，进行所鼓吹的革命，这又算什么？没有奋不顾身、自我牺牲的精神，不能默默无闻地工作，为燃起熊熊火堆积柴草，为火势蔓延开通沟渠，为光明的到来准备广阔的天空，这叫什么光荣和伟大？

一个人最伟大、最美好的品德往往就是那些具有跟他一样遭遇和热望的人正直地从他身上看到的东西——因为今天，就像在希腊"必须自身是火焰才能懂得火焰"——或者那些在阴暗的角落里听到他的脚步声就吓得要命的人应该从他身上看到的东西。何塞·德拉卢斯的伟大在于他的预示性的深刻思想；他看到他那受折磨的、在人类新鲜事物的包围下正在成长的人民，同那个遥远的、杀人的、衰败无能和已经解体的国家，同那个将毫无方向地与新世界进行剧烈的、不完全的关系调整的国家之间格格不入；他默默地把他的心献给同胞，用他的全部生命来培养身心健康、富有造反精神的人，以便他们及时地把中断了发展的祖国从那个折磨它、腐蚀它、吮吸它的灵魂和钉住它的翅膀的国家手里解放出来。人民，在狂怒或饥饿时会失去正义感，在欲望产生时会听信谗言，但它最终是公正无误、不受欺骗的。人民能读没有写出来的东西，能听没有说出来的话语。人民能像嗅觉灵敏的猎犬一样，把狡猾的敌人找出来，能发现那种为了更好地发挥作用往往隐藏在谨慎的沉默或默默的牺牲之中的美德和激情。在互相蔑视和仇视的国家，那里的人民以对儿子的温情热爱那些富有正义感和爱心的人，热爱那些不愿意为迫害准备为国捐躯的兄弟和为保持暴君的统治出力卖命的人。他的祖国古巴就是这样以对儿子的温情热爱何塞·德拉卢斯。

（毛金里 译）

《委内瑞拉杂志》的性质

这是《委内瑞拉杂志》的第 2 期。第 1 期与读者见面后，一部分人发表了热情洋溢的赞语，另一部分人自然地表示惊讶。任何新加入的旅游者都会遇到鼓舞其情绪的灿烂阳光，以及在路上刮他脸的枝叶。那些旨在迎合低级趣味和满足轻浮欲望的论说与读者无关；只有那些旨在确保杂志取得成就的言辞，确保它健康地、朝气蓬勃地、以子女般的热忱通过爱心和劳动把一切涉及这些人民声誉和幸福的东西公之于世的言辞，才应归于读者。

我们不会列举《委内瑞拉杂志》收到的那些热烈的赞语，而是默默地表示感谢。但是，不应该追求渺小，尽管追求渺小比追求伟大能带来更大的好处；也不能因为怕影响取得伟大而对企图进行歪曲和破坏的言论不予回击。《委内瑞拉杂志》的领导富有爱心，勤奋、诚实、自信，在赞扬面前不糊涂，在别有用心的意见面前不退缩。崇高的事业总有许多敌人。

一些人认为《委内瑞拉杂志》很合适，很正确，因为它致力于用倒塌的碎砖残柱营造一个新的、坚固的、富丽的、勤劳的、令人惊讶的伟大美洲。他们为创办这样的杂志而感到高兴：它的目的不是利用空闲时间消遣娱乐，而是利用空余时间振奋精神、陶冶情操、崇尚美好的和自身特有的东西。他们向我们保证，热情地向委内瑞拉人宣扬委内瑞拉和美洲的伟大和优点的工作，在这片美好的、重视自身利益、热爱自己英雄业绩的土地上，一定会受到欢迎和支持。谁也不会厌倦拥有光荣的父母！也不会厌烦听其子女讲述成家立业的计划！但是，另一些人认为《委内瑞拉杂志》题材不够广泛，趣味性不强，认为如果没有下列必不可少的内容，就不能称之为杂志：如安徒生的童话、模仿乌兰德的诗歌、翻译的小说、辞藻华丽的文章、胡言乱语、胡思乱想的作品，以及所有那种软绵绵的、窃窃私语的、作者不必做有益的努力，读者不需做健康的思考，因而没有用处也没有意义的文章。《委内瑞拉杂志》赞赏这种指责，并把它高高举起，作为一面迎风招展的旗帜。

到底怎么回事？当在过去时代的崎岖不平和温暖废墟上雕塑由这个人民中杰出天才和优秀分子所预示的辉煌壮丽的时代时；当必须以稳健的双手，在一切障碍物的后面和一切存在朝气蓬勃地出现的新事物前面工作时，当我们处在一个孵化和重新发芽的时代，正在失去旧台阶，摸索着寻找新台阶时；当必须推倒旧建筑，清除瓦砾、插上从原始林中取来的嫩枝，开始重新建设时；当我们拥有从懒惰的殖民地时代继承下来的过多的文学遗产，却完全像陌生人似的面对着这些大海、这些热带雨林和这些金山时——大海预示着我们未来的实力和声誉，热带雨林宽厚仁慈地保管着我们遗忘的财富，金山在大火中变成了秃山，愤怒地在我们脚下颤抖，似乎对它这种被迫无所事事的状态已感到厌倦，对我们如此冷漠地对待它感到愤慨；当林中挺拔的树木，像准备投入战斗的武士，等待这些潇洒而傲慢的人民去发动，去摘取人与大自然伟大搏斗的果实时；当在茂密的森林里住着不为世人知晓的、讲奇怪语言的民族，在隐蔽的林间小道两旁遍地是腐烂的水果，而这些水果本来可以装上我们的轮船，漂洋过海，成为市场上的畅销货时；当那些伟大的死魂昂起头、站起身，像显灵的保护神在我们之间游荡，要求每一个活着的儿子为建设新的祖国抢起铁锤时；当必须彻底摧毁那三个世纪的东西，因为它的盘根错节还在影响我们走路，同时必须使一个朝气蓬勃的、令人羡慕的民族站起来时；在这样的时候，卑躬屈膝地钦佩外国诗人，简单、有害地应用其他国家的发明创造，危险地单纯考虑微不足道的个人痛苦，这样做能满足一个强壮的、无愧于它伟大祖国和美好前途的人民的需要吗？反映一般微小病痛的苍白无力的诗歌，思想不健康的、扰乱人心的空洞故事，以及由贫乏的、骗人的想象力创造的，看上去光彩夺目却似昙花一现的作品，这些难道是足以满足这个人民所需的食粮吗？不，这不是作品。想象力是火力的侧翼，但不是人类智慧的健壮胸腔。简便是弱者的警报器，但对强者是轻蔑的理由，对人民是松劲和巨大损害的原因。任何智力作品都必须深深扎根于地下，生长于广阔的空间。应该抑制自己的眼泪，投身于民族的伟大事业。必须昂首阔步，手把着犁，翻土、拔草、锄地，坚定地走向未来。必须考虑种什么，要熟悉我们将要播种的土地。应邀请文学挽着历史和学习的臂膊到爱国的路上走。文学和历史是好兄弟，最受人们的欢迎；学习是有生殖力的父亲、诚实的丈夫、慷慨的情人。总之，面对宏伟的工程，必须抑制个人私欲，投入工作。

我们确实与其他人一样，是人类航船上的旅客，受大浪的颠簸和推动。由于我们是在一个探究、呐喊、分解的时代来到世上的，所以对这个纷争的世界上一切呼喊、利害和工作的确并不陌生。由于我们投胎人类，所以的确遭受着特殊的，就像老鹰被迫囚禁于鸽子孵窝的小蛋中所受的那种痛苦。但是，如果不能激起我们的战斗热情，促使我们用自己非凡才能赶上先进的、努力奋斗的人民，那么努力学习奇妙的世界行动也不会有什么好处，反而会给我们带来苦涩的妒忌和痛苦。我们决不能以儿子的眼光观察别人，用叛教育的眼光看待自己；也决不能屈从于从我们心灵深处发出的疲倦和挣扎的呼声，因为我们的心灵已经受不住人们喧闹的惊吓。我们有时间在深沉的夜晚、在寂静的卧室里对着自己哭泣；但在白天，共同的工作、子孙的福利和建设祖国的任务在向我们召唤。

在这些思想的激励下，怀着进行一种最有益工作的强烈愿望，我们创刊了《委内瑞拉杂志》。它不是为了刊载纯文学性作品，尽管笔者以痛苦的隐秘的爱心从事于文学创作并从中获得了非常好的报酬，但已开始坚决地把诞生于欧洲襁褓中或眼泪的襁褓中的亲生女儿从这份杂志中赶走；也不是为了随便用一些杂乱的、不协调的、互相没有关联的、无共同目标的、除了孕育它们的想象力类同外无其他类比性可言的文章来填满各期的版面；也不是为了给孤立的、无确切的计划和目标的、无密切联系的、无明确的祖国目的的作品提供住所。它的创刊是为了给所有与委内瑞拉的历史、诗歌、艺术、风俗习惯、家庭、语言、传统、农作物、手工艺和工业等有直接、明显和健康联系的作品提供一个园地。谈委内瑞拉就是谈美洲：它们遭受着相同的病痛，食用相同的果实；共同的抱负激励着从格兰德河到阿帕奇湖，从拉普拉塔河到阿劳科湾各地区的人民。由世界各地都会出版的那些伟大著作简要和有益地概括的普遍运动，是我们生活的有益要素，将成为旧大陆观察我们这个新大陆的窗口。这份杂志将用它自己的韵律永得光泽；它是谦卑的，只有当它必须以巨大的气魄捍卫所追求的事业时才是高傲的，因为人民的诗人所表达的真挚感情、纯洁的痛苦和高尚的激情，是正确衡量这个善良人民的尺度。与其从事卑贱的工作，不如坐着什么也不干；与其不说真话，不如闭上嘴巴。然而，面对事业，工作就是我们的义务，不正义就是罪证，沉默即是罪过。我们的这一志向一旦确定之后，任何违背或不符合这一志向的言行都要受到谴责。

有人批评我们上一期刊载的某些简短文章的文风，认为过于雕琢和文雅。我们在这里不是要进行辩护，而是想作一说明。一种是内阁语言，另一种是吵吵嚷嚷的议会语言；一种是粗俗的辩论用语，另一种是平缓文静的传记用语。风格各异，所能产生的快感效果也不同，一种是观赏晚霞、沉思过去所产生的快感，另一种是观赏朝霞、以热切、激动的心情迎接未来的产生的快感；一种行文欢快、优雅、飘逸，另一种像迅猛急骤的奔袭，行文如盾牌碰击，刀剑砍劈，长矛挑刺；一种的基本特性是文静和耐心，另一种的基本特性是渴望和刚毅。这就说明了为什么同一个人有不同的语言风格：当他以深邃的目光观察逝去的时代时使用一种表达方式；当他以战士的焦急和愤怒心情，挥动新的武器，投入当前时代的激烈搏斗中时，则采用另一种表达方式。此外，每个时代有其独特的语言风格，用以表达每个时代发生的事情。当你还没有十分了解一个时代时，就不应该动手去写它，即使对这个时代的事情已了如指掌，也需要使用其自然的表达方式，否则很可能达不到艺术上的统一，也就失去了艺术魅力。这就是色彩、环境、优美和风格的多样性问题。不能用伦敦的雾来画埃及的天空，也不能用阿卡迪亚的淡绿或埃林的暗绿来画我们山谷盆地上的青绿。文句像服装一样，也有奢侈品。有的人穿毛料，有的人穿丝绸；有人因为自己穿的是毛料就不喜欢别人穿丝绸，并因此火冒三丈。试问从什么时候开始，精心修饰成了一种不好的品行？三是随着岁月的流逝，真理变得越来越明。现在必须为关于文体风格这一真理鸣锣开道：作家应该像画家一样作画。有人可以使用多种颜色，而别的人就不能用，这是没有道理的。气候环境和语言风格随地区而变化。说朴素是值得提倡的美德，但不等于说，服装上不能有漂亮的饰物。人们有时会指责《委内瑞拉杂志》的主编用词陈旧古怪，有时会指责他随意创造新词。如果古的东西好，他将使用古的；如果需要创新，他就会创造新的。没有理由废弃有用的词语，也没有理由放弃创造新词语来表达新思想的工作。

通过上面这些话，我们对许多热情关心、爱护我们的人亲切地表示了感谢，对另一些对我的杂志表示惊异的人毫不犹豫地作了回答，并明确地阐明了《委内瑞拉杂志》的性质。而学习，即是它的手段。它只要求一种权利：争取伟大的权利。

(毛金里 译)

学校中的体力劳动

　　美国的农业学校最近提出了它们上年度的工作报告。从中可以看出，这些学校的教学内容不完全是关于耕作的理论原则，更多的却是耕种土地的直接操作知识。这种直接操作课程具有极大的趣味性，使学生获得明确无误的第一手知识，而书本或老师在课堂上讲的东西往往模糊不清或难以理解。

　　体力劳动具有体育、智育和德育诸方面的优点。这种体力劳动在我们这些国家尤其需要，因为幻想以其黄金马刺驱使我们在冲动、焦虑和迷茫中狂奔，而体力劳动正是这种心态的平衡物。人就是在用其双手进行的劳动中成长壮大的。我们可以清楚地看到，游手好闲的家族在短短几代人的时间内就完全衰弱和堕落了，变成四肢细小、穿着高腰皮鞋、涂着高级脂粉的干瘪皮囊。相反，自食其力，用自己的劳动为自己谋福利，或者使用自己的体力进行创造和改造的人，具有活泼愉快的眼睛、优美深刻的语言、宽阔的肩膀和有力的双手。这样的人是世界的创造者。他们在运用自己的创造力进行创造的同时，不知不觉地变得高大而健壮，如同幸福的巨人，令人敬爱。在二月里寒冷的清晨，灵魂丝毫不想进入庙堂，却千百次希望登上载着衣衫褴褛、手臂粗壮、脸色黝黑而健康的手工工人从贫民区驶向工厂的车辆。劳动者——一位伟大的神甫，一个活生生的神甫。

　　密歇根农业学校的校长热烈地赞扬在学校中进行体力劳动的好处。阿博特校长认为，他学校的体力劳动课程对掌握各方面的农业知识均有帮助。耕作者需要熟悉各种作物的特性、疾病、癖好和它们顽皮的恶作剧，以便指导作物健康生长，避免它们走入歧途；必须热爱自己的工作，把它看作比任何其他工作都要高尚，尽管表面上看似乎不是！但实际上就是最高尚的，因为它使头脑的使用变得最直接，并产生持续不断的巨大效果，给人提供一种自由而固定的收益，确保人们体面和独立地生活。此外，农民还必须掌握能促进作物加快生长的现代科学，深入了解这些科学的功效及其产生作用的方式。由于大自然像所有真正的情人一样不是温文尔雅的，所以耕作者还必须具备经得起烈日烤晒和风雨吹打的健壮身体，而这样的体质只有在烈日下和风雨中进行长期锻炼才能获得。

通过学校中的劳动课程，学生将逐渐学会做他以后在自己的土地上必须做的各种活计；将像父亲对其子女那样逐渐发现和熟悉土地的各种癖性和爱好；将像医生爱病人那样爱他的土地，将以医生对病人的方式或非常相似的方式照顾他的土地，了解它、给它喂食，让它静养休闲，替它精心治疗。另外，由于他看到，为了把田种好，必须掌握多方面的科学知识，不是简单的，而是比较深奥的知识，这样他就不会轻视自己的工作，因为这种工作不仅使他成为创造者，使他精神愉快并变得高尚，而且使他成为一个有文化、熟悉书本、与其时代相称的人。使生活安逸的奥秘就在于避免追求和职业之间发生冲突。

如果把农业学校工作报告中谈到的体力劳动的种种优点列举出来，需要写好几页。

为了使农业学校中的劳动实践取得双重效果，不仅要让学生亲自实践现存的耕作方法，还要进行各种创造性的或经验性的改革试验，这样，农业学校就将成为种田人的伟大施主和恩人；把经过证明是行之有效的革新方法交给农民；农民不必自己进行革新试验，从而避免了在这方面花费资金和时间。此外，革新试验可使学生保持活跃的头脑、养成向往、考察和实践新鲜东西的良好习惯。今天，巨大的人该聪明地在各条生活的道路上你追我赶；如果你想活下去，就不能坐下来休息；也不能让旅途中的向导休息，因为只要休息一小时，等你站起来继续赶路时，向导已变成了石头。世界永远是那样的伟大和优美，只是理解它并达到它那样伟大的高度是十分困难的，因此许多人不想努力，却宁愿说它的坏话，在抱怨中虚度一生。最好的办法是工作，在工作中努力去理解奇观，并使奇观更加完美和壮丽。

在诺思·卡罗莱娜学校，已对肥料、矿物、矿泉水、饮用水、种子的萌芽能力、化学物对种子的作用和昆虫对作物的影响等进行了多种分析和研究。

总的来看，学校中进行的劳动实践旨在研究和改良谷物及食用块茎，采用有关整理土地、播种和收割等方面的多种先进方法，对各种肥料进行比较并试制新肥料，试验施肥和饲养牲畜的方法以及灌溉和保护森林的方法。

还设有机械技术课程，不是采用零碎或孤立的方式，让机灵、聪敏的学生意外地或匆忙地了解少量的机构知识，而是采用有计划的系统方式，使学生掌握机械原理，知道各种知识是互相补充、互相促进的，以达到灵活运用的目的。人的头脑像车轮，像语言：越使用，越熟练，滚动得越快，说得越流利。当我们按照一个好的计划，进行系统学习时，就会欣喜地看到，最不同的论据都是相似的，各种分散的资料会自行归类，从许多互不相关的事情会产生出相同的思想，形成一个普遍的、高级的中心概念。如果一个人能有时间对他眼睛所看到的和内心所向往的一切进行研究，他将达到一种独一无二的最高的思想认识境界，到那时他将含笑安息了。

这种直接和健康的教育方式，这种要求大自然予以回报的运用智力的方式，这种无所顾忌和冷静地使用头脑，对出现于头脑、刺激它并促使它活动的一切进行研究的方式，这种充分和平衡的体力、脑力锻炼，使每个人根据自身的特点而不是按其他人的模式进行发展的方式，总之，我们希望美洲所有新生共和国采用的正是这种自然的教育方式。

当一个人学了某些东西、掌握了某种东西或做了某件好事时，他便是进一步成长了。这种成长是有形的、看得见的。

只有愚蠢的人或利己主义者才喋喋不休地谈论不幸。幸福存在于整个大地；只有通过谨慎地运用理智、认识宇宙的和谐性并坚持慷慨爽直的行为举止才能获得幸福。除此之外，就不可能找到幸福：当你品尝了生活的各种酒之后，就会知道还是上述三种酒够味。在拉美各国，传说古代酒杯的底部都有一个基督的画像，所以当人们干杯时就说："直至见到你，我的基督！"可是，在上述三种酒杯的底部却是一个平静、馥郁、温柔、和蔼的无垠天空！

做好人是成为幸福之人的唯一方式。

做知书达理的人是成为自由之人的唯一方式。

但是，从人类的共同本性看，必须富裕也能当好人。

通向富裕的永恒和简便的路是认识、培植和利用大自然无穷无尽的成分。大自然与人类不同，它没有妒忌心，没有仇恨心，无所畏惧。它不会阻挡任何人，因为它谁也不怕。人永远需要大自然的产物。由于每个地区只生产某些产品，所以产品交换将永远保持积极活跃的势头，以便所有的人民都能过上安逸、富足的生活。

因此，现在没有必要发动十字军东征，去争夺圣墓。耶稣并非死在巴勒斯坦，而是活在我们每个人的心中。世上大部分人是在睡眠中虚度了一生。他们能吃能喝，但毫无知觉。今天，应该派遣十字军去向人们揭示其固有的本性，使他们掌握朴素和实用的科学知识，从而获得个人的独立性，这种独立性将激发和增强作为广漠的宇宙中一个有生命的可爱生物的人所应有的善心、廉耻和自尊心。

这就是教师们应该带给农村的东西；不仅是农业知识和耕作机构，更主要的是人们非常需要、对他们非常有益的温情和爱心。

农民不能放下工作，长途跋涉去看不可理解的几何图形，去学习非洲半岛上的岬角和河流，去听那些空洞的教学术语。农民的儿子不能长期远离他们父亲的庄园，去学习拉丁语的词尾变化和简化的除法。但是，农民构成了全民族最好、最健康、最重要的群众，因为他们与土地交往，直接和充分地接受大地的气息及其可爱的回报。城市是国家的头脑，但输送血液的跳动的心脏在农村。迄今为止，人还是吃饭的机器和众多忧虑的圣盒，应该使每个人变成火炬。

我们提倡的是新的宗教和新型的神甫！我们描绘的是新的时代即将开始的布道工作！世界在变化；人类虔诚地信奉神灵的神秘时代所需要的主教红袍和神甫的十字裰，现在躺在了弥留之际的床上。宗教没有消失，只是改变了面貌。

如果对人类历史的缓慢发展进行深入仔细地研究，我们就可看到人类在进步——尽管这种进步令观察家们感到伤心——并已爬到雅各梦见的梯子①中间。《圣经》中有多么优美的诗！如果登上山顶，放眼观看人类的行进，我们就将看到各族人民从来没有像现在这样相亲相爱，人们从来没有像现在这样关注每个人的善意和热情，尽管暂时失去了对上帝和永生的真实性的坚定信念，并因此陷入了精神紊乱和利己主义之中。人民已经站了起来，他们渴望相互了解，成为知心朋友并共同奔向幸福的未来。

我们在波浪中前进，在浪涛中翻滚，巨浪把我们打得晕头转向，因此看不见，也不能停下来观察那些掀起波涛的力量。然而可以肯定，当大海平静下来时，星星将停留在离大地最近的地方。人们最终将收起作战的长剑，抛入太阳！

我们希望这些话能成为巡回教师的主导思想。当农民看到有好人经常到他们中间去，向他们传授他们不知道的知识，并通过与他们的热情交往使他们感受到一个正直无邪、充满爱心的人所具有的那种安宁和崇高精神时，他们将感到多么高兴！农民们常常谈论饲养和收获，但最后总要把话题转到老师教授的东西上面，议论老师给他们带去的奇怪的机器和简单的种植方法，谈论老师的伟大和善心，询问老师什么时候再来，因为他们急于向他请教，因为自从他们开始学习新知识之后，他们的头脑日渐壮大，开始提出和思考问题了！农民们将放下铲子和锄头，怀着无比喜悦的心情拥向老师的营帐，那里充满了令他们惊奇的东西！

不可能进行长期的系统教学，这是显而易见的。但是，完全可

---

① 《圣经》故事。雅各系犹太人祖先之一。一天他梦见一架梯子，天使们在那儿爬上爬下，他与天使摔跤获胜，神遂赐名以色列并预言他将多子多孙，后来他共生 12 个儿子，形成以色列的 12 个部族，分布在各地。

以传播或灌输一些经过传播者精心研究和挑选的胚芽思想；可以激发求知的欲望和激情。

这将是一种根据潜藏于人们灵魂深处的兴趣和愿望进行的甜蜜入侵，因为当教师以温和、诱导的方式，从他们感兴趣的、利害相关的问题入手，向他们传授有用的实践知识时，科学思想就丝毫不费力地、在他们自觉自愿的情况下侵入他们的头脑。谁想改良人们的头脑，谁就不应该鄙弃他们不良的情感，而是应该把那种情感作为十分重要的因素加以利用；不能鲁莽反对，只能因势利导。

我们不应该派教育家到农村去，而是应该派善于交谈的人去。不应该派拉丁文教授去，而应派有知识、有文化的人去，他们应该能解答无知者提出的疑问或预先准备好了专等他们去时提的各种问题，还应善于观察和发现农民耕作中存在的错误和未被认识和利用的可开发资源，并以示范的方式使农民知道错误在哪里和怎样开发那些资源。

总之，需要开展一项送温暖、送科学的运动，并为实现这项任务建立一支传教士式的教师队伍。现在还没有这样的教师队伍。

流动学校是唯一能改变农民的愚昧无知状态的学校。

无论在农村还是在城市，急需做的是用直接和丰富的自然知识来替代间接和贫乏的书本知识。

急需开设培养有实践经验师资的师范学校，尔后把这些教师撒播到山谷、平川和每一个角落，就像亚马孙河流域印第安人的传说那样：为了创造男人和女人，圣父亚马利瓦卡把甜棕树的种子撒向了整个大地！

不要在基础文学教育上浪费时间，不要创造精神空虚、思想邪恶的人民。更需要的不是太阳，而是基础科学教育。

（毛金里 译）

三位英雄

据说，有个旅行者有一天傍晚来到加拉加斯。他还没抖落旅途的尘土，不问在哪儿食宿，只问到玻利瓦尔塑像那儿去该怎么走。据说，那个旅行者一来到广场芬芳的高树下，就在塑像前哭了起来，而塑像也好似在走动，像父亲走近他的儿子似的。那个旅行者做得对，因为所有美洲人都应该像爱父亲似的爱玻利瓦尔，爱玻利瓦尔和所有同他一样为使美洲成为美洲人的美洲而战斗过的人。热爱他们：热爱这位著名的英雄和属于无名英雄之列的最后一个士兵。为使自己的祖国得到自由而战斗的人，甚至形体也是美的。

自由是人人都应该有的做一个正直的人、毫不虚伪地思想和说话的权利。在美洲，人们过去是不能做正直的人，不能思想也不能说的。一个隐藏自己的思想，不敢想什么就说什么的人，不是个正直的人。一个屈从于邪恶的政府而不去努力使政府成为好政府的人，不是个正直的人。一个甘心服从不公正的法律、容忍他人践踏自己的祖国的人，不是个正直的人。一个孩子从会思想起，就该想想他所看到一切，就该为所有不能正直地生活的人感到痛苦，就该力争使所有的人都成为正直的人，就该做个正直的人。一个孩子要是对自己周围所发生的一切都不加思考、满足于活下去而不知道自己是不是过着正直的生活，那他就像个不务正业的人似的，走上了学坏的道路。有的人比畜生还糟，因为畜生都需要有自由才能过得幸福；大象不愿在过囚禁的生活中生养第二代；秘鲁的羊驼在印第安人粗暴地斥责它或者强加给它它驮不起的重负时，就躺倒在地上死去。人至少应该像大象和羊驼似的知道自尊。解放前，美洲人像驮着很重的东西的羊驼那样生活。他们得摆脱那种重负，要不就宁可死去。

有的人过着丧失了尊严的生活还是感到满足，有的人却为看到他周围有人过着丧失了尊严的生活而感到非常痛苦。世界上应该有些尊严，正像应该有些光一样。当许多人丧失了尊严的时候，就一定会有人关心着他们的尊严。这是些奋起同剥夺人民的自由——也就是使人们丧失尊严的人进行殊死战斗的人。这些人体现了千百万人的心愿，体现了整个人民的意志，体现了人类的尊严。这些人是神圣的。委内瑞拉的玻利瓦尔、拉普拉塔河的圣马丁、墨西哥的伊达尔哥①——这三个人是神圣的。应该原谅他们的错误，因为他们做下的好事比他们的失误要多。人不可能比太阳更完美。太阳光给人以温暖，可同样也晒伤人。太阳有黑子。忘恩负义的人只谈论黑子。知道感恩的人则谈论光芒。

玻利瓦尔身材矮小。他目光炯炯如电，说起话来口若悬河。他就像一直在等待着上马出击的时刻似的。是他的祖国，是他那受压迫的祖国压在他的心头，让他不得安生。整个美洲似乎都在觉醒。单个儿一个人不会比整个一个民族更有价值；但是有的人在他的人民疲惫了的时候自己并不疲倦，他决心投入战斗比人民群众早，因为他只需要叩问自己而不需要找谁商量，而人民群众人数众多，不可能那么快就相互商量妥帖。当委内瑞拉似乎已经疲惫不堪的时候，玻利瓦尔却仍然不知疲倦地为争取委内瑞拉的解放而战斗，这就是他的长处的所在。西班牙人打败了他，把他赶出国外。他到一个岛上去就近观察他的故土，思念着他的故土。

一个慷慨的黑人在谁也不愿帮助他的时候帮助了他。有一天，他率领着三百个英雄、三百个解放者重新投入战斗。他解放了新格拉纳达，解放了厄瓜多尔，解放了秘鲁。他创建了玻利维亚这个新

---

① 19世纪初拉丁美洲独立战争时期反抗西班牙殖民统治的三位民族英雄。西蒙·玻利瓦尔（1783—1830），委内瑞拉人，号称"美洲的解放者"。何塞·德·圣马丁（1778—1850），阿根廷人，智利和秘鲁的解放者。米盖尔·伊达尔哥（1753—1811），1810年在墨西哥发难反对西班牙殖民统治，翌年就义。

国家。他带领着赤脚与半裸的士兵，多次光荣地打了大胜仗。在他四周一切都在动荡，到处都充满光明。他周围的将领以超自然的英勇气概进行战斗。这是一支年轻的队伍。世界上从来没有一支队伍为争取自由进行过这么多的战斗，而且战斗得那么出色。玻利瓦尔把人民自己管理自己的权利，看成是争得自由的美洲的权利，以火一般的热情加以维护。有的人出于妒忌夸大他的缺点。玻利瓦尔在圣玛丽亚一个西班牙人的家里去世，他是伤心致死而不是由于身体上的毛病致死的。他去世的时候很穷，但留下了一个人民的大家庭。

墨西哥产生过英雄儿女，他们人数不多，但是抵得上很多很多的人：半打男人和一个妇女就准备好了解放祖国的办法。他们是些英雄的年轻人，一位自由派妇女的丈夫，和一个热爱印第安人的村镇神甫，一个60岁的神甫。伊达尔哥神甫从儿童时代起就是个优秀的苗子，是那种希望明白事理的人。不希望明白事理的孩子就是坏苗子。伊达尔哥懂法语，这是件了不起的事，因为那时懂法语的人很少。他阅读18世纪哲学家们的书，那些书阐述人过正直生活、毫不虚伪地思想和说话的权利。他看到黑人奴隶深感震惊。他看到那么温顺而慷慨的印第安人遭受虐待，于是像个兄长似的去到他们中间，把印第安人长于学习的才能传授给他们；教给他们可以安慰心灵的音乐，养蚕缫丝，养蜂酿蜜。他心里有一团火，喜欢生产：他建起砖窑来烧砖。人们看到他的绿眼睛时不时闪烁着光芒。大家都说这位多洛雷斯镇的神甫先生很会说话，懂得很多的新事物，给过许多施舍。说他时常到克雷塔罗城去同一些英雄的人谈话，同一位很好的夫人的丈夫谈话。一个叛徒向一个西班牙司令官告发说，克雷塔罗城的那伙朋友想要解放墨西哥。神甫骑上骏马，他那整个镇子的人跟随着他，他们像爱自己的心脏一般爱他；各庄园里的工头和仆役加入他们的行列成了骑兵；印第安人操起棍棒和长矛，带上弓箭和投石器，步行相随。他们组成了一支军队，拿下了一列为西班牙人运送军火的车队。他们在音乐和欢呼声中胜利地进入塞拉亚市。第二天，他们在市政厅聚会，拥戴他做了将军，一个民族国家就这样开始形成。他制造长矛和手榴弹。就像一个庄园的工头说的那样，他的演说词中爆发着火花，听起来让人热血沸腾。他宣布解放黑人。他把土地归还给印第安人。他出版了一份名为《美洲晨钟》的报纸。他打过胜仗也打过败仗。今天有七千个拿着弓箭的印第安人参加他的队伍，到明天就只剩下他孤身一人。坏人想跟着他到村镇里去抢劫，去找西班牙人报仇。他通知西班牙的将领说，如果他来日在向他们挑战的战场上把他们打败了，那他会像接待朋友似的在他家接待他们。真是个伟大的人物！他敢于表示宽大，不怕希望他残酷无情的不守纪律的士兵抛弃他。他的朋友阿连德嫉妒他，他就把部队的指挥权让给了阿连德。他们在吃了败仗一道去找隐蔽处所的时候，遭到西班牙人的突袭而被捕。西班牙人好似为了要侮辱他一样，把他的法衣一件件剥下来，再把他带到一堵土坯墙后面，朝他的头部开了几枪。他活着倒在血泊里，西班牙人这才在地上把他枪杀。他们把他的头割下来，盛在笼子里就悬在格拉纳迪亚他曾经设立政府的谷物市场上。他们把砍了头的尸体埋葬了，但墨西哥却得到了解放。

圣马丁是南方的解放者，阿根廷共和国的国父和智利的国父。他的父母是西班牙人。他们派他到西班牙去为国王服军役。当拿破仑率军入侵西班牙，要来剥夺西班牙人的自由的时候，所有西班牙人都起来反抗拿破仑；老人、妇女和儿童都投入战斗；卡塔卢尼亚一个勇敢的孩子，有个晚上在一个山角里朝一连法国军队频频射击，打退了那一连人。人们发现那个孩子死了，他是冻饿而死的，可是他脸上闪着光芒，嘴角含着微笑，好像是很高兴似的。圣马丁在巴伊伦的战斗中作战非常勇敢，从而升任中校。他说话很少；像是钢铁铸成；目光锐利得像头鹰似的；谁也不敢不服从他；他的马像行空的闪电，在战场上奔驰来往。当他得悉美洲在为争取解放而战斗时，他就回到美洲来了。他要回来完成自己的使命，这么做误了自己的事业对他来说又有什么关系呢？他抵达布宜诺斯艾利斯，没有发表什么讲话。他组织了一队骑兵，在圣洛伦索进行了初次战斗。圣马丁手执军刀尾随西班牙人。西班牙人敲着军鼓蛮有把握地前进，结果却丢了军鼓，丢了大炮，丢了旗帜。在美洲其他地方，西班牙人正在取得胜利；委内瑞拉绰号残暴者的莫里略，把玻利瓦尔赶出了国门；伊达尔哥已经去世；奥希金斯①逃离了智利：但是圣马丁所到之处，美洲依然在获得解放。世界上有这样的人，他们不能容忍奴役。圣马丁就不能，他跑去解放智利和秘鲁。他率领军队18天越过高耸严寒的安第斯山。那些又饥又渴的士兵，宛似从天而降；俯望山下远处，高树像是丛生的野草，滚滚激流像一群狮子在怒吼。圣马丁同西班牙军队遭遇，在迈普之战中把他们打散，并终于在普卡布科一仗把他们彻底打败。他解放了智利，率领军队乘船去解放秘鲁。但是玻利瓦尔已经在秘鲁，圣马丁便把荣誉让给了他。他伤心地去了欧洲，在他女儿梅塞德丝的怀抱里去世。他在一页纸上写下了他的遗嘱，就像那是一份战报似的。人家把征服者皮萨罗四个世纪之前带到美洲的旗帜赠给了他，他在遗嘱里又把这面旗帜赠给了秘鲁。雕塑家是可敬的，因为他能把粗糙的石头琢成一尊塑像；但是那些开国元勋却做了一般人所做不到的事。他们有时候也爱他们所不该爱的事物；但是为什么儿子不能原谅他们的父亲呢？一想到这些开创基业的巨人，我们的心头就会充满柔情。他们是英雄，为人民的解放而战的人，为维护伟大的真理而甘于遭受贫困和不幸的人是英雄。为满足自己的野心，为奴役其他国家的人民，为取得更多的权势，为掠取其他国家的人民的土地而战的人，不是英雄而是罪犯。

（吴健恒 译）

---

① 贝尔纳多·奥希金斯（1776—1842），智利开国元勋，于1818年打败西班牙殖民军之后宣布智利独立。

何塞·马蒂诞生地

何塞·马蒂第一张照片，1862 年

马蒂被关在监狱中，1870 年

马蒂与他的儿子何塞·弗朗西斯科合影，1879 年

马蒂与他的儿子合影，1880 年

马蒂的父亲马里阿诺·马蒂、母亲莱奥诺尔·佩雷斯

牙买加，1892 年

马蒂与戈麦斯，1894 年，纽约

马蒂与爱国者委员会成员合影，纽约

马蒂写给梅尔卡多的信（手稿）

JOSÉ MARTÍ

ISMAELILLO

Nueva York

IMPRENTA DE THOMPSON Y MOREAU

N. 83 MAIDEN LANE

MDCCCLXXXII

《伊斯马埃利约》，纽约，1882 年出版

哈瓦那中央公园马蒂塑像

美洲古代人类及其原始艺术

　　第四世纪时，原始人类流浪于美洲林莽之中，靠渔猎为生，用石块驱赶虎豹狼虫，藏身于野兽的獠牙利齿所不能及的高山大岭上，他们的生活漂泊无定，尽在相爱和自卫中度过，直至第四纪的动物消失殆尽，于是人类从游牧转为定居。定居伊始，击杀野鹿的石块又被用来磨砺鹿的坚硬的犄角，于是便有了斧、叉、刀和其他用木、骨或石块制成的工具。人类一旦发现自己在思维，就产生了对装饰的追求和永存的欲念：这二者的形式一是艺术，一是历史。人类几乎刚刚摆脱了野兽便勃发了创造的欲望，这欲望是如此强烈，使得人们把自己的创造当成了唯一的挚爱或偏爱。在复杂化了的后世，艺术也许确是对美的一种炽烈的爱的结晶，但在最初的岁月里，它只不过是人们创造欲和征服欲的一种表现。人类对造物主创造万物心生嫉妒，而以用石头表现生命的形象与活力为享受。每次用双手打制好一件石器，对他们说来都仿佛是一位天神拜倒在他们脚下。他们心满意足地观看自己的艺术作品，飘飘然一只脚已经踏上了云端——显示自己的力量，使自己流芳百世，这是人类的热望。

　　法国威塞尔山洞的穴居人类用尖利的硅石在象牙、熊齿、驯鹿的肩胛骨和鹿的胫骨上刻下了可怖的猛犸象、狡猾的海豹、受人尊重的鳄鱼和友善的马。粗犷的线条象或奔跑，或撕咬，或相逼。若想加工成浮雕，他们便将刀痕刻画得更深更宽一些。人类对真实的渴望永远是热烈的，而艺术品中的真实是才华的尊严。

　　威塞尔的穴居人类在他们动物画面的空白处画满了鱼，而洛热利巴斯人则在一架鹿角上表现了动人心魄的狩猎场景：一位毛发粗硬、表情生动、赤身露体的青年正满心欢喜地将箭射向一头惊恐的鹿，他身后是一群胸脯高耸、臀部丰腴的妇女。而就在同一时代，美洲的定居人类也在他们瓦罐的软泥坯上印上了葡萄叶和甘蔗秆的花纹，或用贝壳的尖在他们陶器上刻下了粗糙的线条，有时还嵌进五颜六色的贝壳，再放在阳光下晒干。

　　美洲人类的这些最初遗迹，被发现于鸟粪层中，上面还复盖着密密的丛林和深深的土层，尽管并没能同时找到第四纪的动物遗骨和金属制品。如同桀骜不驯而又讲究奢华的马雅潘人富丽堂皇的宫殿而今只是在丛林中偶露面目一样，这些可怜幼稚的艺术品上也覆盖着深深的土墩和交织成片的灌木林，人们无法推断说当时的美洲人类缺乏艺术本能，而只能从我们所看到的得出这样的结论：在那个时代，历史悠久，高雅富庶与低级野蛮并行不悖。即使是在今天，蒸汽机已经飞上了天空，妨碍人类的巨石可以像抛向高空的一杯龙舌兰酒一样被炸得粉身碎骨，而在若干野蛮部落里，难道不仍有人在磨砺硅石、挖掘石块、崇拜偶像、书写象形文字、树立太阳神祭司的雕像吗？人类精神的发展并不为严格的地域所限，不囿于发源于何时何地，也不是得益于地质之精华。即令是在今天发达的地质年代中，出生在丛林里的人们仍在同野兽搏斗，以渔猎为生，悬卵石以为项链，磨石木骨材而成工具，裸行而蓬发，如洛热利巴斯的猎手，如阿非利加洲诸角不顾体面的野人，如一切原始年代的人类。人的精神中，每一个人的精神中，都包含着造化的各个年龄阶段。

　　先有石块，而后才有秘鲁人的结绳记事，才有阿劳科人的瓷质项链，也才有墨西哥的染色羊皮纸和玛雅人镌字的石碣。肃穆的森林之中，高耸的石块最早记录了印第安民族的大事、惊恐、荣耀和信仰。他们总是选择宏伟壮丽的场所，选择大自然中庄严的所在绘制图画或是镌刻符记，他们将一切都浓缩为动作和象征。每逢大地震撼、湖水泛滥、种族迁徙或是外族入侵，他们便寻一块洁净的大石，将事件或雕刻、或绘画、或书写于花岗石正长石之上；不牢固的石料他们是不屑一顾的——在诸多原始民族的艺术中，凡显示出与美洲艺术相类似的幼稚阶段者，无一能及它数量大、感染力强、手法果断、讲求新意、富于装饰。如果说在雕刻艺术上美洲人如旭日初升，那么在建筑艺术上，他们则如日当午。初时，当他们还不得不打制石器时，他们还只不过是在刻画一些线条，然而，刚达到在刻画和上色上得心应手，他们便广泛地使用了浮雕、重叠、镶嵌、饰边和装饰的手段。至于建造房屋，如果屋上屋下不雕上点什么，他们便觉得不顺眼。这雕刻或见于石上，或突起椽头，或为鬈曲的羽毛，或为武士的羽饰，或为须发浓密的老者，或月，或日，或蛇，或鳄，或似鹦鹉，或类虎豹，或如叶大且疏的花朵，或呈火炬之形。纪念碑般宏伟的石砌墙壁工程比精美细密的草席还要华贵丰富。这是一个高贵的种族，却又很性急，就像那些看书总是先翻到最后一页的人一样。他们超越了细小，径直走向了宏伟。对装饰的喜好始终是美洲儿女的天性，他们因此而光照人间，也因此而铸成美洲国家浮躁动荡的特性，他们不成熟的政治结构和枝繁叶茂的文学。

　　同特兹孔琴戈、科潘①和基利瓜②的精美相比，同乌斯玛尔③和米特拉④的丰富相比，高卢的基石相形见绌，挪威人描绘他们出游的图画流于粗糙，就是正当全盛时期的意大利诸多开化民族刻画人类之初的那些线条也不免显得模糊不定，羞羞答答。美洲人类的智慧不是独得天地精华向阳而开的花萼又能是什么呢？有些民族肯探求，如日耳曼人；有些民族会建造，如萨克逊人；有些民族能理解，如法兰西人；有些民族善辩论，如意大利人；而唯有美洲人能有坚定的信念，这信念如生而有之的衣服，自有一段得之甚易的奇风异彩。逞强的征服者老谋深算，他们侵犯并用铁蹄践踏的正是这

---

①　洪都拉斯的村子，曾是一座美丽的城池，为玛雅人的发祥地。

②　为玛雅考古地点，位于危地马拉伊萨瓦湖和莫塔瓜河之间，古迹极多，其中一块玛雅人镌刻的巨碑，重65吨，完成于公元771年。

③　为玛雅文明的古城，其著名废墟位于现今墨西哥尤卡坦州圣埃伦娜市内。

④　是哥伦布发现美洲前的墨西卡人城池，位于墨西哥瓦哈卡州。

样一些孕育中的民族，一些处于开花期的民族——并不是所有的民族都以同样的方式定型，也不是几个世纪的时间就足以使一个民族成型——这是一场历史的浩劫，是一桩弥天大罪。纤细的嫩芽本当让它挺直，这样才有可能在以后显露出无限美妙的、完美无缺的、锦绣般灿烂的成果——征服者们将宇宙万物中的这一扉页撕去了！这里的民族把银河称为"灵魂之路"，对他们来说，宇宙间充满了巨大的精灵，它怀抱着天下所有的光亮。充满了在群雉环绕之中头戴羽饰的彩虹，充满了在沉睡的太阳和肃立的群山之间展现群星灵魂的洋洋自得的彗星；这些民族不像希伯来人那样想象女人是用骨制成、男人是泥造就，在他们的想象中，男人和女人是从棕榈的种子中同时诞生的！

（陶玉平 译）

印第安人的遗迹

从美洲历史中能提炼出比任何诗歌都要悲伤和优美的诗篇。有许多描写印第安人的美洲、他们的城市、节庆活动、艺术成就和有趣的风俗习惯的好书；阅读这些羊皮纸封面的古老书籍时，我们必然备感亲切，必然会产生一种犹如看到鲜花和羽毛在空中飞舞那样的感觉。有的印第安人还处在与世隔绝的状态中，像一些刚刚诞生的民族，生活简单，不穿衣服，没有需求，但开始在密林深处，在河流两岸的岩石上画一些奇怪的图像。另一些是年龄稍大的民族，形成了部落，建立了村庄，住在用苇子或土坯搭的小屋里；他们以渔猎为生，常与邻居发生争斗。还有一些已是成年民族，建起了城市、宫殿和庙宇。城中房舍多达十四万所，大街和广场上集市繁华，买卖兴隆；宫殿中装饰着金色彩画；庙宇中供奉着他们诸神的高大雕像。他们的建筑像人与人那样大同小异，跟其他民族的建筑不一样。他们天真无邪、迷信、大胆无畏。他们设想了自己的政府、宗教、艺术、战争、建筑、工业、诗歌等；他们的一切都是有趣的、大胆的、新颖的。那是一个富有艺术创造力的种族，一个聪明的、纯净的种族。墨西哥的纳瓦特尔人和玛雅人，哥伦比亚的奇勃恰人，委内瑞拉的库马纳戈托人，秘鲁的克丘亚人、玻利维亚的艾马拉人，乌拉圭的恰卢亚人，智利的阿劳科人：所有这些民族的历史读起来就像一部部小说。

格查尔是危地马拉一种美丽的鸟，一种绿色长翎闪光鸟。当它被关进笼子或尾翎被折断或受伤时，便会痛心而死。在阳光下，这种鸟会闪现不同的颜色，像蜂鸟的头，像宝石或闪光的首饰，一面呈蛋白玉色，另一面呈黄玉色，第三面呈紫石色。在勒普隆热翁的游记中，可以读到玛雅族公主阿拉的爱情故事，她不愿意爱阿克王子，因为这位王子为得到阿拉的爱情而杀害了他的兄弟查克；在伊斯特利索切特人的历史中，可以看到墨西哥雄伟、壮丽的城市特诺奇蒂特兰和特斯科科；在富恩特斯船长的《绚丽的回忆》、华罗斯的《记事》、征服者贝尔纳尔·迪亚斯·德尔卡斯蒂略的《征服新西班牙的真实历史》或英国人托马斯·盖奇的《游记》中，我们可以看到当时的城市及其居民，可以看到奇钦——伊特萨城中那些学者，乌斯马尔城中的候君，图兰城中的商贾，特诺奇蒂特兰城中的手工艺人，乔卢拉城中的祭司和乌塔特兰城中那些富有爱心的教师和温顺的孩子。他们仿佛就在我们的而前，穿着白色的衣服，手拉着他们的子女，朗诵着诗篇，建筑他们的楼房和大殿。那是一个温文尔雅的种族；他们向阳而居，石砌的房屋没有门扇，总是洞开着。阅读上述那些书时，我们并不觉得是在阅读一本纸张发黄、用词拘谨、字母 S 像 5 一样的书籍，我们的感觉好像是在看一只格查尔鸟的死亡，看到它是怎样因尾羽被折断，最后哀鸣而亡的。用我们的想象力，可以看到用眼睛看不到的东西。

谁阅读了那些古老的书，谁就会变成那些民族的朋友。书中有英雄，有圣徒，有恋人，有诗人，还有传教的使徒。书中描写的事物有：比埃及金字塔还要宏伟的金字塔，那些巨人战胜猛兽的英雄事迹，巨人与人之间的战争，驾着长风、在世界上播撒民族种子的神明，造成人民之间互相残杀的抢夺公主事件，以超乎常人所有的凶猛进行的肉搏格斗，抗击来自北方强大民族的入侵、保卫其繁华城市的战斗，他们和睦、勤劳、丰富多彩的生活，他们的竞技场和庙宇，他们的运河和工场，他们的法庭和市场。有像奇奇梅卡族君主内特萨瓦尔比伊那样的国王，他们处死自己违法的子女，就像罗马人布鲁托让人杀死其亲生儿子一样；还有如特拉斯卡尔特卡人西科顿卡特尔那样的演说家，他们痛哭流涕地奋起号召人民阻止西班牙人的入侵，就像德莫斯特内斯奋起号召希腊人阻止菲利波的入侵；也有如奇奇梅卡人的伟大诗人和君主内特萨瓦尔科约特尔那样的国王，他们像希伯来人所罗门那样知道为造物主建造壮丽的庙宇，并以慈父般的心为人民主持正义。他们像古希腊人那样，向无形无踪的天神祭献美貌少女，有时候作为祭品而牺牲的少女很多很多，以至在进行新的祭献仪式时不需要搭建祭坛，因为焚烧祭品形成的灰堆很高，祭献者只要把将牺牲的少女抬上灰堆就行了。也有用男人作祭品的，像希伯来人亚伯拉罕那样，把自己的儿子伊萨克捆绑在柴堆上，并亲手把他杀死，因为亚伯拉罕觉得听到了老天爷的声音，命令他把刀子刺入儿子的胸膛，用鲜血使他的上帝息怒。也有像在大广场上当着国王和大主教们的面进行的集体屠杀，当时西班牙的宗教裁判所举行盛大仪式，用大量的木柴焚烧活人，而马德里城的夫人、太太们则站在阳台上观看这种杀人仪式。在所有民族中，迷符和愚昧使人变得野蛮。但是，作为胜利者的西班牙人，对印第安人的上述迷信活动的评说是不公正的，他们夸大或编造被征服种族的缺点，以掩饰他们对待印第安人的残暴行径，似他们的暴虐是合情合理的。应该同时读一读西班牙士兵贝尔纳尔·迪亚斯和教士巴托洛梅·德·拉斯卡萨斯对于屠杀印第安人的记述。对贝尔纳尔·迪亚斯这个名字，应该像对一位兄弟的名字那样牢记在心，巴拉洛梅·德·拉斯卡萨斯长得又瘦又丑，大鼻子，言语急促，含混不清；但是，从他那清澈透亮、炯炯有神的眼睛中，可以看出他具有一颗崇高的心。

我们今天要谈的是墨西哥，因为所有的插图都是涉及墨西哥的。最初居住在墨西哥的是托尔特卡人，他们高举着用藤条制作的盾牌，跟随手执金轮盾牌的首领来到这片土地上。后来，托尔特卡人开始沉湎于奢侈腐化的生活。那时，野蛮的奇奇梅卡人，穿着兽皮，以不可阻挡之势从北方卷土而来，在墨西哥定居下来。奇奇梅卡人有过许多智慧出众的君主，但他们后来也腐化堕落起来。于是，周围各自由民族，以机智的阿斯特卡人为首，开始联合起来，终于击败了麻痹大意、腐化堕落的奇奇梅卡人。阿斯特卡人取得了统治权，他们像商人一样，搜刮财富，欺压国内其他民族。当科尔特斯率领西班牙人到达墨西哥时，他在沿途的被压迫民族中征集了十多万印第安战士，并依靠他们的帮助打败了阿斯特卡人。

西班牙人的火枪和铁甲是吓不倒那些印第安英雄的；但是，狂热迷信的人民已经不愿意服从他们的英雄了，因为他们认为，那些西班牙人就是祭司们所说的克特萨科尔亚特尔神率领的、将把他们从暴政中解放出来的天兵。科尔特斯熟知印第安人之间的争斗，他使妒忌的人互相敌视，使首领脱离他们胆怯的人民，对弱者进行威逼利诱，把敢于反抗的强者和智者关进牢房或加以杀害；随士兵接踵而至的西班牙传教士把印第安人的神庙折毁、在上面建起了供奉他们的神灵的殿堂。

科尔特斯到达墨西哥时，阿斯特克人的首都特诺奇蒂特兰城是多么的美丽！整天都像早晨一样热闹，整个城市，像个永久的交易市场。街道有的是水巷，有的是陆路；广场既众多又宽敞；周围绿树成林。河道上小舟穿梭疾驰，它们是那样的灵敏，仿佛具有善解人意的智力；有时船多得可以在上面行走，如履平地。有的装载着水果，有的装载着鲜花，有的运载陶罐、陶杯及其他陶制器皿。市场上人山人海，亲切地互相问候，溜达于摊点、铺位之间，浏览打探，买进卖出，有的称赞国王，有的说他坏话。房屋是用土坯即没有烧过的砖垒的，但有钱人的房屋则是灰石结构。城中最高的建筑是金字塔，塔身共有五层，顶层耸立着用鸟檀木、雪松木、玉石和云彩斑纹大理石建筑的维齐洛波奇特利大庙，顶端有六百个火盆，盆中的熊熊圣火永不熄灭；金字塔的四周还建有四十个小庙。街道上行人川流不息，他们身着白布、花布或白底绣花无袖短衫，脚穿宽松的像高腰凉鞋一样的鞋子。一群群孩子，转过街口，朝学校走去。他们一边走，一边用吹箭筒吹射果核或用陶哨吹奏行进的节拍。他们在学校中学习手工、舞蹈、音乐、练习射箭和使用长矛，以及播种、耕作技术，因为每个人都要学会种地，掌握手工技术和自卫的技能。一个身穿带羽饰长袍的大老爷来到街上，身边跟随着他的秘书，秘书的工作在于替他翻展一本折叠式的书，边页上画着各种图案和符号，以免当书本合上时，书写的文字留在折缝处。跟在大老爷后面的是三位武士，他们戴着外包兽皮的木制头盔，分别呈蛇头、狼头和虎头状，耳朵上方都有三条标志勇猛的饰纹。一个仆人提着一只大鸟笼，里面关着一只献给国王的金丝鸟。在国王迷宫似的花园中，有许多鸟舍和大理石鱼池，里面养着众多的鸟和银白色、洋红色的鱼。另一个人在大街上一边走，一边哄喝，为使者开道，使者们左臂上绑着盾牌和头向下的箭，他们去向纳贡的民族催讨应进贡的俘虏。一位木匠在自己的家门口哼着小曲，同时熟练地在修理一只老鹰浮雕的鹿皮椅子，鹿皮上的黄金和丝绒饰物已经脱落。还有一些人背着画有各种图案的皮张，挨门挨户地推销他们的商品；那些画着图案的皮张，就像现代的图画，是挂在厅堂里做装饰用的。寡妇从集市上返回家去，身后的仆人拿着一大堆刚买来的东西：乔卢拉和危地马拉的陶罐，一把薄如纸的墨绿曜玉刀，一面比玻璃镜子还要照得清楚的光洁石镜，一块永不褪色的细纹布，一条用金银制作的、一个个鳞片好像是可以分离的鱼，一只喙和尾巴能活动的铜胎珐琅鹦鹉。有的行人站在街道两旁，观看从他们面前经过的新婚夫妇，新郎的长袍与新娘的长裙缝在了一起，似乎在向人们宣告，他们在世上将至死不分离；在新郎新娘的后面，一个小孩，拉着他的玩具车紧紧相随。有的人围在旅行者的身旁，听他讲述从萨波特卡人居住的荒野土地上看到的情景，那儿也有国王，他在神庙和王宫中发号施令，出行时从不走路，而是骑在祭司们的脖子上，听取人民的请求；人民希望通过国王向从天上主宰世界、指挥住在宫殿中和骑在祭司脖子上的所有国王的上帝祈求恩典。在旁边的其他人群在议论昨天下葬的武士，说祭司的悼词做得很好，葬礼很隆重，那面旗帜标志着他赢得的历次战斗，奴仆们用八种不同金属做的托盘盛的食物都是武士生前欢喜吃的东西。除了人们的交谈声外，还能听到街道两旁院子中树叶的簌簌声和锉刀、锤子的响声。关于那个宏伟、繁华的城市，现在博物馆中保存的只有几只金杯，几块抛光的像枷锁一样的黑曜石，几只戒指！特诺奇蒂特兰不存在了；繁荣的高城图兰不存在了；宫殿市乡特斯科科不存在了。现今的印第安人，每当经过那些废墟时，总要低下头去，嚅动嘴唇，仿佛在说些什么。他们在离开废墟之前，是不会戴上帽子的。在所有那些同一语言、同一种族的人民居住的地方——墨西哥靠大西洋这边的土地和逐步从纳瓦特尔人手中夺取的靠太平洋那边的整个中央地区，在被征服之后，原来的城市和庙宇中没有一个完整地保存下来的。

那个庙宇林立的乔卢拉城，曾使科尔特斯惊叹不已，现今只剩下比著名的凯奥普斯金字塔大一倍的那个四层金字塔的废墟了。在索奇卡尔科，只有那座用花岗岩石料建筑的神庙还屹立在充满坑道和拱门的高地顶上，它的一块块巨石叠得十分紧密，根本看不出接缝，石质是那样的坚硬，至今无人知晓当时是用什么工具开凿的和用什么机械把它们升高的。在森特拉，只能看到已倒塌的城防工事遗迹。法国人沙尔奈最近在图拉地下发掘出一栋共有二十四个房间、十五个非常优美、奇巧楼梯的房屋，沙尔奈称这些楼梯为"令人入迷的杰作"。在克马达，楼山被城堡的废墟，包括粮食、帘幔、巨大的斑纹石柱的碎块覆盖着。米特拉原是萨波特卡人建筑的城市，那时王宫的墙壁依然完美地屹立着；当时，王子殿下总是骑在臣仆的肩膀上去朝见国王，向国王转达自我创造的皮塔奥·科萨亚纳神从天上下达的命令。支撑屋顶的那些雕梁画柱，既无柱座，亦无柱架，至今尚未倾倒，孤单单地傲然挺立在郁郁苍苍的米特拉山谷，看上去比四周的山峰还要庄严、肃穆。那些优美的墙壁，在与树木一般高的草丛中探身傲视四方；每一面墙上都布满了最精美的花纹和图画，看不到任何的弧形或曲线，全部是直线和角形，体现了优美和庄重的艺术风格。

但是，墨西哥最美的遗迹不在那儿，而是在玛雅人定居的地方。玛雅人是个尚武、好斗的民族，势力强大，沿海各族人民都要派使者前往朝贡。著名的帕伦克城是居住在瓦哈卡地区的玛雅人的首府。宫殿的围墙用巨石砌成，上面雕刻着一个个人像：尖头、噘嘴、头顶羽冠，衣服上挂满了各种饰物。宫殿的入口宏伟壮丽，共有十四个门，门与门之间站立着高大石人。内外的墙壁都抹上了一层用石灰和大理石碎粒烧制的灰泥，上面画着红蓝黑白图画。大门里面即是院子，周围柱子林立。还有个庙，叫十字庙，因为在一块巨石上刻着两个状似祭司的人像，人像中间有个跟人像一般高的十字，但不是基督教的十字，而是信奉佛教者的十字，佛教也有它的十字徽标。然而，最奇、最美的遗迹不是帕伦克，而是尤卡坦半岛地区玛雅人的遗迹。

玛雅诸侯的帝国在尤卡坦。那些人的颧骨很宽，前额与现代白人的前额相似。萨伊尔废墟就在尤卡坦，它的大殿是座三层大楼，楼梯有八点五米宽。还有拉布纳遗迹，那里的建筑十分奇特，靠近屋顶处装饰着一排石雕头颅。另一处遗迹是两个石人共同扛着一个大球，石人中一个直立，一个跪着。伊萨马尔也在尤卡坦，那个称之为"巨人脸"——一个足有二米宽的石雕脸——原先就在那儿。卡瓦城的遗址也在那里，如今只剩一个上端断裂的拱门，凡看到它的人无不认为优雅和庄严。但是，美国人斯蒂芬斯、法国人纳达耶克、布拉琴尔·德·布尔布克、沙尔奈以及勒普隆热翁和他勇敢的夫人在他们的书中称颂的城市，是乌斯马尔和奇钦伊特萨。那里有五彩缤纷、到处是画的宫殿，宏伟美观的修道院，修建得像镶嵌细工一样的房屋以及深不见底的水井。乌斯马尔距现今的梅里达城大约二英里。梅里达以其周围的龙舌兰田园而闻名于世，还因为那儿的人十分好客，对待外国人如同对待自家兄弟一样而著名。在乌斯马尔有许多壮观的古迹，而且像整个墨西哥境内的其他古迹一样，都保存在金字塔的顶上，当结构不太坚固的房舍纷纷倒塌时，那些似乎比较有价值的建筑还坚持挺立着。最杰出的建筑是在各种书籍中称之为"督府"的那栋屋宇，全部是用未经雕琢的石块砌成，大约宽九十米，进深十多米，所有的木头门框做得十分精细。另一栋房子称作"龟屋"，它确实很奇特，因为一些石块上有乌龟浮雕，并间隔排列着，组成栅栏图案。修女院堪称美的杰作。它由建在金字塔顶上的四栋房屋组成，其中一栋称作"蛇屋"，因为它的外墙石壁上雕成一条巨蛇，绕屋子数周；另一栋的每面墙壁上部有个用偶像头组成的轮环，每个偶像头都富有表情，但各不相同，且组合得十分巧妙，看上去犹如任意排列的，是真正艺术的体现；另一建筑物的顶上原有十七座塔，现在仅剩四座，其余的已经倒塌，只能看到像蛀空的大牙一样的塔基，在乌斯马尔的遗迹中，还有一处称作"占卜者之家"的五颜六色的建筑，以及一处称作"矮人之家"的小屋。"矮人之家"非常小，四面雕刻着精美的图案，好像一只有数百雕像的中国木箱，它是那样的优美，以至一位旅游者称之为"艺术和美的杰作"，另一位旅游者说"矮人之家美得像一件宝饰"。

整个奇钦伊特萨城像"矮人之家"一般优美。它似同一本石书，一本被捣毁的石书，书页掉落在地上，埋在山头的草丛中，沾满了淤泥，变成了碎片。它的五百根柱子都躺在了地上；雕像没有了头颅，倒在快倾塌的墙根下；街道埋在几百年来不断生长的青草垫下。然而，一切还直立着的、看得见或摸得到的东西上面，都有曲线优美的精致图画或鼻直、须长、端庄严肃的雕像。城墙上的彩画，有的描述疯狂的两兄弟为争夺阿拉公主而发动的战争故事，有的反映神甫们、武士们列队游行的场景，有的是仿佛在观望和相互认识的动物，还有有两个船头、没有船尾的船，黑胡须的人物，头发卷曲的黑人等。所有的画都线条刚健、轮廓清晰、色彩鲜艳，好像用象形文字和图画书写其民族历史的艺术家的热血还在他们的血管中流动，那个民族的船只曾在整个中美洲的江湖和海域航行，知道太平洋的那边是亚洲，大西洋那边是非洲。有座石雕，上面刻着一个站着的人，半张着嘴，正在向另一个坐着的人吐送白光射线。有些群像和象征性符号似乎在用一种根据兰达主教发现的不完全的印第安字母表示不可理解的语言，讲述曾建造了那个竞技场、城堡、修女院、蜗牛楼、祭献井的人民的秘史。那口祭献井的底部堆积着大量的沉淀物，看下去犹如一块白色巨石，也许是作为牺牲品的美貌少女已硬结的骨灰，她们唱着歌，含笑把自己献给了自己的神，就像在罗马竞技场献身于希伯来神的那些信奉基督的少女，以及头戴花冠，在人民相送下，为埃及神牺牲于尼罗河中的那个最美丽的少女。是谁如此精雕细刻地创作了奇钦伊特萨城的那些雕像？在乌斯马尔城设计并建造了那个圆形蜗牛楼、那所雕刻精美的矮人之家和修女院中那条壮观的巨蛇的民族，那个强大的、有趣的民族到哪儿去了？美洲的历史是一部多么优美的小说！

（毛金里 译）

拉斯卡萨斯神父

　　四个世纪即四百年，是一段很长的时期。拉斯卡萨斯神父生活在四百年前，但好像依然活着，因为他是个好人。人们只要看到百合花，就会联想到拉斯卡萨斯神父，由于他和善慈祥，他的脸色变得像一朵百合花。他写作时的情状，看了令人神往。他身穿白色长衫，坐在钉着一排排大头钉的沙发椅上，常常因为写不快而同他的羽毛笔怄气。有时突然站起来，好像座椅在烧灼他的屁股。他双手按着太阳穴，在那单间监房似的小屋里大步走来走去，仿佛头痛欲裂。原来他正在写著名的《西印度的毁灭》一书，书中记述了他亲眼目睹的、在西班牙人征服美洲时发生的种种恐怖事件。随后，他眼睛发红，重新坐下，双臂撑在桌子上，泪流满面。他就是这样为保护印第安人度过了一生。

　　拉斯卡萨斯在西班牙攻读法律，是一名律师，这在当时是很重要的职业，后来随哥伦布乘一艘像半个核桃壳一样的帆船、来到伊斯帕尼奥拉岛。在船上，他很健谈，夹杂着许多拉丁词语。同船的海员们说，对一个 24 岁的年轻人来说，他的知识堪称渊博。每天日出之前，他总是已经走上甲板；一路上，他像一位前往观赏世界奇迹的人那样，显得十分愉快。然而，自到达岛上的那天起，就开始变得沉默寡言。伊斯帕尼奥拉岛确实美丽，像一朵盛开的鲜花。但是，那些屠杀印第安人的征服者大概来自地狱，而不可能来自西班牙！他也是西班牙人，他的父母都是西班牙人，但他从不伤害印第安人。自从那些人到达伊斯帕尼奥拉岛之后不到十年，岛上原有的三百多万印第安人中没有一个还活着！当岛上的土著人死光之后，他不去巴哈马群岛掠夺那里自由的印第安人；他不愿带着饿狗去捕捉他们，不愿意让他们在矿井下劳累而死；当他们走不动了坐下来时，或者因为已精疲力竭而拿不动铁镐时，他不会烧他们的脚，也不会烫他们的手；当他们无法告诉其主人哪儿有更多的黄金时，他不会动手鞭打他们，更不会把他们打得昏迷不醒；也不会像别的人那样在吃饭时与朋友们拿在饭桌旁侍候的印第安人取乐：命令他扛起从矿上带回的重物，当他扛不动时，便叫人割下他的耳朵；也不会穿着华贵的紧身上衣和当时很时髦的短披风，潇洒地赶往广场，观看中午十二点按照总督的命令活活焚烧五个印第安人的情景。他曾经看过如何烧死印第安人的，他看到那些印第安人在熊熊火堆中以蔑视的目光瞧着刽子手们。从那以后，他只穿朴素的黑色短衫，不再像其他富裕的、大腹便便的律师那样怀揣金币；从那以后，他依靠唯一的帮手——一根树枝手杖，到山区去安慰那里的印第安人。

伊斯帕尼奥拉岛上少数有身份的印第安人逃进了深山，凭险据守。他们曾经像兄弟一样接待了蓄着胡子的白人，把他们的蜂蜜和玉米赠送给客人，贝埃西奥国王亲自把他的女儿伊格莫塔交给一位美貌的西班牙人做妻子，而伊格莫塔公主就像一只美丽的花鸽，一棵苗条挺拔的棕榈树；他们还把金山和金水河指给白人，展示他们精美的黄金饰物，把他们的金手镯、金脚镯、金项链挂在那些白人的盔甲上和武器的护手上。但是，那些残暴的白人却给他们套上枷锁，抢夺他们的女人和子女，把他们置于矿井底下，驱使他们像牲口一样拖曳矿石；把他们当作奴隶，并在分到的奴隶身上打上烙印！岛上鸟语果香，居民亲切和蔼、心地善良，但不是强者；他们的思想像蔚蓝的天空，似清澈的小溪，但他们不懂得穿上铁甲、使用火枪拼杀。用果核和坚果是穿不透盔甲的，他们射出去的果核和坚果，遇到盔甲时就像羽毛和树叶一般，纷纷落地。印第安人悲恸欲绝，愤恨终天，有的累死或饿死，有的被狗咬死。最好还是跟随勇敢的瓜卢亚和孩童瓜卢库亚到山里去，凭借岩石和激流自卫，以拯救英雄的小王瓜卢库亚！小王他跳涧越溪，跑东跑西；他像武士一样能把长矛掷得很远；行进时，他总是走在前面；晚上，常能听到他的笑声，他的笑声如同歌唱一样动听。他最不喜欢让别人扛在肩上走。他们在山里突然遇上了武装的西班牙人，其中就有拉斯卡萨斯神父。那个穿着紧身衣裤和披风，眼睛充满了忧愁的神父没有向他们开枪，却向他们伸出了双臂，还亲吻了瓜卢库亚。

岛上所有的人都认识拉斯卡萨斯神父；在西班牙，人们都在谈论他。他瘦小，鼻子很长，无权无势，唯有一颗心。但是，他挨家挨户地找上门去，谴责委托监护主们杀害受其监护的印第安人；他一次又一次地走进总督府，要求总督下令执行国王的谕旨；他在法院的门厅里，背着双手，焦急地踱来踱去，等候法官们召见。他要告诉法官，他深感不安，因为他在三个月中看到有六千名印第安儿童死去。可法官们对他说："放心吧，律师，会伸张正义的。"说罢，法官们披上无帽斗篷，跟委托监护主们一起吃午饭去了。委托监护主是国内的豪富，有的是佳酿美酒和阿尔卡里亚地区盛产的上等蜂蜜。但拉斯卡萨斯既饿又困，他感到托管领主们豢养的饥饿的牧犬正在撕咬他的皮肉，主人让那些狗饿着，以便它们更有胃口、更积极地去寻找逃亡的印第安人；当获悉某个印第安人由于精疲力竭、拿不动铲子而被砍掉手时，他觉得是他自己的手正在流血。觉得他自己应为所有那些残暴行径承担罪责，因为他没能改变那种状况；感到他自己正在长大成熟，变得心明眼亮；觉得美洲所有的印第安人都是他的子女。作为律师，他毫无权力，孤单无援；作为神甫，他将拥有教会的势力；应该回西班牙，转达上帝的口谕；如果朝廷不制止屠杀、不禁止酷刑、不结束奴隶制度、不封闭那些矿井，他将使朝廷震悚。当他穿着教士的服饰回来时，全岛的人都为一个大有前途的律师改行当教士而感到惊讶，纷纷前去看他，印第安妇女领着各自的孩子，等他经过时扑上去让孩子吻他的法衣。

从此开始了他长达半个世纪的斗争生活：为印第安人不当奴隶而斗争，在美洲进行斗争，在马德里进行斗争，与国王本人作斗争，他一个人与整个西班牙作斗争。哥伦布是第一个把印第安人送往西班牙当奴隶的人，他用印第安人来支付西班牙船只运到美洲的衣服和粮食。美洲的印第安人已全部被分给了征服者，每个征服者都分到一部分印第安人，作为奴隶供他役用，为他而死，替他采金——山中和河底全是黄金。

居住在西班牙的女王——据说她是个好女王——派遣一位总督，命令他把印第安人从奴隶制中解放出来。委托监护主们向总督赠送美酒、大量的礼品以及部分搜刮来的钱财，于是被扔人矿井的死尸、砍下的手臂和受委托监护的奴隶比以往任何时候还要多。"我看到这些可爱的生灵成百上千地一起捆缚着双手，像一群绵羊似的被牵出来集体惨遭杀害。"他作为牧师随迭戈·贝拉斯克斯来到古巴，离开时内心充满了憎恶，因为征服者大量砍伐树木，但不是为了盖房，而是用作焚烧泰诺族人的木柴。在那个原有五十万土著人的海岛上，他"亲眼目睹"剩下的印第安人只有十一个。那些征服者是些野蛮的士兵，他们目无法纪，把印第安人变为奴隶，用鞭打和狗咬的方式，向他们传播基督教义！拉斯卡萨斯忧愁、焦急，常常失眠，睡不着时就与另一个有金子般心肠的西班牙人、他朋友伦特里亚谈心。应该去见国王，即阿拉贡的费尔南多二世国王，求他支持正义！于是他登上三桅帆船，去求见国王。

那位"不吃肉"的神父，以其高尚的品德赋予他的力量，曾六次前往西班牙。他不怕国王，也不怕暴风大浪。天气不好时，他站在甲板上；风和日丽时，他待在船桥上，把他要申述的理由记在亚麻布纸上，总是叫人替他的牛角墨斗灌满墨水，"因为卑劣行径只有把它说出来才能医治，而要说的恶行很多很多。我正在用拉丁文和西班牙文把那些恶行写下来，使得任何人都无法否认"。如果国王在马德里，他就不去旅店休息，直接赶去王宫。如果国王在维也纳——当西班牙的卡洛斯国王当上德意志的皇帝时——他便换上一件新的教士长袍，赶往维也纳。如果国王为处理美洲事务而建立的律师和教士委员会的头头是他的敌人丰塞卡，他就去见那个敌人，并到西印度委员会控告他。当新闻记者奥维埃多按照委托监护主们的旨意，在其《西印度的真实历史》中歪曲事实，诬蔑美洲人时，他便指责奥维埃多是说谎的骗子，尽管那个骗子因为说谎而得到国王的赏赐。当费利佩国王的老师塞普尔维达在他的《结论》中为王权辩护，声称印第安人不是基督徒，所以朝廷有权把他们作为奴隶分给臣民并有权把他们处死时，他对塞普尔维达说不知者无罪，因为印第安人根本不知道有基督，也不懂信奉基督的各族人民的语言，除了火枪手们带去的信息外，就不知道关于基督的其他事情了，因此他们不信基督是无罪的。当国王皱起眉头，想打断他的陈述时，他的身体会挺得更直，声音变得更粗、更响，手里的帽子微微颤动，直言不讳地对国王说，统治人民的人应该懂得爱护人民，如果不懂得爱护他们，就不能统治他们，国王应该心平气和地听他讲，因为他洁白的教士服上没有任何黄金污痕，因为除了十字架他没有任何其他自卫的武器。

他不停地演说和写作。多米尼加的修士们给了他帮助，他在修道院中待了八年，写了八年。他通晓宗教、法律和拉丁文献，这些都是他那个时代人们学习的东西。他把所有这些知识巧妙地用来捍卫人的自由权利，指出统治者有义务尊重人的这种权利。应该为人的自由权利大声疾呼，因为当时把人活活烧死。干这种事的是宗教裁判所。《拉斯卡萨斯的生平》一书的作者略伦特还写了一本题为《宗教裁判所的历史》的书。他写道：国王穿着华丽的服装，带着王后和宫中骑士，前去观看火刑；主教们打着绿色旗帜，走在被判处火刑者的前面；从火堆中升起一股黑烟。丰塞卡和塞普尔维达希望"牧师"拉斯卡萨斯在辩论中认一些冒犯教会权威的话，以便宗教法庭的法官宣判他为异教徒。"牧师"对丰塞卡说："我只是重复了伊莎贝尔女王在她遗嘱中说过的话，你之所以诽谤我，希望我遭殃，是因为我不让你吃那用鲜血做成的面包，是因为我谴责你在美洲搞的委托监护印第安人制度！"他对已成为费利佩二世忏悔牧师的塞普尔维达说："你是有名的争论家，由于你的那些故事，人们称你为西班牙的利维奥；但是，我并不害怕背着自己的良心说话、替卑劣行径辩护的雄辩家，我向你挑战，与你进行公开辩论，要你向我证明，那些像白天的阳光一样美好的明朗、像蝴蝶一般单纯和不会伤害人的印第安人如何成了坏蛋和魔鬼。"他与塞普尔维达的辩论整整进行了五天，后者开始时趾高气扬，结束时垂头丧气，惊慌失措。拉斯卡萨斯神父低头静听，他的嘴唇微微颤动，前额突出。当塞普尔维达像刺中了别人要害似的满意地坐下来时，神父立即站起身来，神采奕奕，以斥责的口气，激动地、不假思索地回答："说墨西哥的印第安人每年祭神杀死五万人不是事实，为祭神牺牲的人不超过二十，少于西班牙每年绞死的人！""说印第安人是有可怕恶习的野蛮人不符合事实，因为他们的任何恶习，我们欧洲人都有，而且超过了他们；我们用我们的大炮和贪婪是不能同他们的温良和友善相比的；不应该像对待野兽一样对待一个品德高尚、有诗人、从事各种行业、有政府、有艺术的民族！""说国王使臣民服从的最好方式是消灭他们，使印第安人信教的最好办法是以教会的名义迫使他们当牛做马，剥夺他们的子女和口粮，让他们像牛一样拉车，这是不对的，是残酷的、不公正的！"他整段整段地引用《圣经》经文、法律条款、历史事例、拉丁文献，气势磅礴，像山洪倾泻，冲走了石头，卷走了害兽。

斗争中，他一直单枪匹马，孤立无援。在费尔南多时期是这样，在卡洛斯五世时期和费利佩二世时期也是这样。费尔南多国王怯懦无能，不想得罪美洲的征服者，因为他们给朝廷送来大量的黄金。卡洛斯五世，当他还是孩子的时候，还能尊重拉斯卡萨斯神父的意见，但当他野心勃勃、大量挥霍钱财时，就欺骗神父，不愿意为了"神父的事"去反对在美洲的那些人，因为那些人用三桅帆船不断向他进贡黄金、珍宝。费利佩二世为了占领别的王国而使自己的王国彻底衰败，在他死后，整个王国就像毒蛇睡过的洞穴一样冰冷，充满了毒气。当他去见国王的时候，前厅里总是挤满了委托监护主们的朋友，他们一个个身穿绫罗绸缎，头戴羽翎礼帽，脖颈上挂着美洲印第安人的黄金项链。他跟大臣根本说不上话，因为大臣们在美洲也有托管的领地，也有矿井，或坐享托管领地和矿井生产的果实。那些在美洲没有利益的人也不愿帮助他，因为他们害怕失去朝廷的恩宠。那些最敬重他的人，那些钦佩他勇敢、正直、机智和雄辩的人，也不愿意与他交谈，或者在不会被别人听到的地方才肯与他交谈。人们往往钦佩清廉正直的人，只要他的廉正不使他们感到羞惭，也不影响他们的利益；但是，如果妨碍他们的利益，那么见了他时就会低下头去，装作没有看见，或者说他的坏话或听任何人说他的坏话，抑或稍许掀动礼帽，打一下招呼，并从背后捅他一刀。清廉正直的人应该是精神振奋、意志坚强的人，不害怕孤独，不指望别人的帮助，因为他将永远孤立无援。但是，他从做好事中得到快乐，他像早晨晴朗的天空一样快乐！

他非常机敏，不说不做任何可能触怒国王和宗教裁判所的话或事，而是为了国王的利益，为了使更多的人成为真正的基督徒，请求以仁慈的方式对待印第安人。因此，朝廷没有办法公开拒绝他的请求，还假惺惺地对他的努力表示钦佩，有一次还给了他由费尔南多签署的"印第安人的共同保护者"这一头衔，但只是一个空头衔，根本不尊重他作为印第安人保护者的权威。另一次，在他做了四十年的说理之后，却叫他把他认为印第安人不应该是奴隶的理由写下来。还有一次，授权他招募西班牙劳工，把他们带到库马那、在那里建立一个将善待印第安人的垦殖区。他在全西班牙只找到五十名志愿去那里工作的人。他们穿着胸前有十字图案的衣服到了库马那，但无法建立垦殖区，因为在他们之前早有"先遣者"带着武器到了那里，被激怒的印第安人用毒箭袭击所有戴十字徽标的人。最后为了戏弄他，朝廷让他负责起草他认为有利于印第安人的法律。"您要多少法律就起草多少法律，我们不应该为多一个或少一个法律而争吵！"他开始起草法律，并呈送国王颁布执行。法律和抵制它的方法一起被送上了海船。国王接见他，装出听取他意见的样子，但不一会儿，塞普尔维达轻轻地走了进来，一对狐狸眼睛直转悠。他给国王带来了大帆船船长们的口信。实际上执行的是塞普尔维达说的话。拉斯卡萨斯清楚地知道这一点，但他没有改变调子，没有停止谴责，继续把是罪行的事称作罪行，继续揭露残暴行径，以促使国王至少下令减少那种罪恶行径，因为国王害怕天下人都知道美洲有这么多的暴行。他一概不提坏人的名字，因为人的名字是崇高的，因为他富有同情心。他怎么说就怎么写，笔画刚健，字体似龙飞凤舞，墨迸火花，犹似急于到达目的地的骑手驾驭的骏马，踩得尘土飞扬，石头火花四迸。

拉斯卡萨斯神父最后当上了主教，但不是富裕教区库斯科的主教，而是恰帕斯的主教。恰帕斯离总督所在地很远，所以那里的印第安人处于最深重的奴隶制下。他到了恰帕斯，与印第安人一起哭泣，但不光是哭泣，因为眼泪和呻吟是不能战胜坏蛋的。他还毫不畏惧地谴责那些坏蛋；不允许违抗新的法律，不给印第安人自由的西班牙人进入教堂；到市政委员会发表演说，他的演说既温和又可怕，使那些胆大妄为的委托监护主们一个个变得像风暴过后的树木，狼狈不堪。可是委托监护主们比他更有势力，因为政府同他们站在一起。他们给主教编小曲，骂他是叛徒，是西班牙人的败类；到了晚上，让他听牲口的铃铛声，全副武装地包围他的住宅，朝大门开枪，企图吓唬他。甚至在通往雷阿尔城的路上拦截他，阻止他进城。他撑着手杖步行，陪伴他的只有两个善良的西班牙人和一个像爱自己父亲一样爱他的黑人。在占领初期，拉斯卡萨斯出于他对印第安人的爱护，确实曾建议继续输入黑人奴隶，因为黑人更能忍受炎热。但是，当他后来目睹黑人奴隶遭受的痛苦时，便顿足捶胸地说："我愿意用我的鲜血来补偿我的罪过，我当时出于对印第安人的爱护而提了那个建议。"他同那个亲热的黑人和两个善良的西班牙人朝雷阿尔城走去。他进城去的目的可能是要设法拯救那位在其墨西哥庙宇门口痛不欲生地抱住他双膝的印第安妇女，她亲爱的丈夫因为晚上到庙中向诸神祈祷而被西班牙人杀害了。拉斯卡萨斯突然发现，西班牙人为阻止他进城而设的岗哨是印第安人！他把一生献给了印第安人，而印第安人却受鞭笞奴役他们的人的指使，前来袭击他们的救星！但他没有抱怨，只是说："我的孩子们，因此我必须更加保护他们，因为他们被折磨得连感恩的勇气都没有了。"

那些印第安人听了痛哭流涕，跪倒在他的脚下，请求他原谅。他进了雷阿尔城，委托监护主们在城中等他。他们带着火枪和大炮，似临大敌。他们想杀害拉斯卡萨斯神父。总督几乎是偷偷地把他送上了开往西班牙的船。他住进了他的修道院，继续斗争，继续辩护，继续哭泣，继续写作。他不停地一直工作到92岁，才离开人间。

（毛金里 译）

伊斯马埃利约①

儿子：

　　我害怕一切，躲到你这里。

　　我对人类的进步、对未来的生活、对美德的效用和对你抱有信心。

　　如果有人对你说，这些诗篇与别的诗篇相似，你就告诉他们，是我太爱你才如此亵渎你。我的眼睛怎样看你，我在这里就怎样描绘你。你就是带着那些华丽装饰出现在我的眼前。当我停止以某种方式观看你，我也就停止了对你的描绘。那些小溪已经流过我的心坎。

　　但愿它们到达你的心田！

（毛金里　译）

小王子

　　　　为了一位小王子
　　　　举行此庆典。
　　　　他的头发
　　　　金黄而柔软，

---

①　这部诗集中的译诗，除署名者外，其余均为毛金里译。

长长的，
垂于白嫩肩。
他的眼睛
像乌黑的星星，
翻转、闪烁、颤动，
光芒四射！
对我而言，
他是王冠，
是骑士的马刺、
御赐的坐垫。
我的手，能驯服
烈马和鬣狗，
却温顺、驯服地
任他牵东牵西。
他皱起眉头，
我惶恐不安；
他喊叫呻吟，
我像女人一般，
脸色变得刷白：
他的血液，
激励着我瘦小的血管；
他的情绪，
使我的血液奔腾或干涸！
为了小王子，
举行此庆典。

我的小骑士
小径这边行！
我的小暴君
岩洞这头进！

他的身影
映入我的眼帘，
犹如平淡的星星
在黑暗的洞穴中闪现，
给一切披上
蛋白石的霓衣。
他经过时，
黑暗变成光明，
如同阳光
刺破乌云。
我必须披挂上阵！
小王子要我
重新投入战斗。
对我而言，
他是王冠，
是骑士的马刺，
御赐的坐垫。
如同阳光，
冲破乌云，
把黑暗变成彩带，
用密实的光波，
给我织绣
紫色和红色的
战斗绶带。
这么说我的主人
要我重新生活？
我的小骑士
小径这边行！
我的小暴君
岩洞这头进！

让我把生命
向他奉献！
为了小王子
举行此庆典。

芳香的臂膀

我熟悉粗壮的，
柔软和芳香的臂膀。
当它们把脆弱的脖颈搂抱，
我感到心花怒放，
你接受亲吻的玫瑰，
在自身的香气中
郁郁渴望。
跳动的太阳穴
充满了新鲜的血液；
内心的小鸟
抖动着红色的羽毛；
不安的蝴蝶
扇动它的翅翼，
轻轻抚摸着
历尽沧桑的肌肤；
玫瑰的液汁
使没有生气的肉体激奋！
但我愿意
用这些圆润芳香的臂膀，
换两条纤细的胳膊——
它们懂得拉我前进，
懂得紧紧地
勾住我苍白的脖颈，

用神秘的百合花
替我编织漂亮的项链！
让芳香的臂膀，
永远抱紧我！

我的小骑士

每天清晨
我的小宝贝儿
用热吻
将我唤醒。
叉开双腿
骑在我前胸，
将我的头发
编作马缰绳
他如梦如痴
我如痴如梦。
我的小骑士
刺马向前行：
脚丫儿作马刺
情意多么浓！
我的小骑士
笑得真高兴！
他的小嫩脚儿
我吻个不停，

虽说有两只，
一次就吻成！

（赵振江　译）

清醒时的梦

我睁着眼睛做梦，
不管白天还是黑夜
经常做着同一个梦：
辽阔的大海
白浪滔天，
浩瀚的荒漠
沙丘鳞比，
一头猛狮——
我心中的君主，
它温顺的脖颈上
骑着一个愉快的孩子；
孩子在白浪中飘荡，
在沙丘间沉浮，
我听见他在对我呼唤！

调皮的缪斯

我的缪斯？一个小淘气，
长着天使般的双翼。
啊，调皮的小缪斯
飞得多快捷！

在深沉的梦中
我常把骑士当，
策马飞腾
长时间遨游天空。

入彩云，
下深海，
在永恒的怀抱中
尽情畅游。
那儿的婚礼
盛大无比，
那儿的工作间
由原始光照明，
使黑暗的生活
变得光辉艳丽。
放眼看星星，
星星是天使的小巢！
低头观尘世，
尘世是多么的脆弱！
那么自己的责任
难道人们不知道？
撕裂雄壮的胸膛，
抛洒满腔的热血，
走遍平川山谷，
衣衫褴褛，
遍体鳞伤，
脚丫儿皮肉绽开，
微笑着，坚持着，
直至精疲力竭！
于是，光明敞开了
通向他们工作间的大门，
他们看到了我看到的现实：
尘世是多么的脆弱！
芸芸众生，

有的在山岭，
有的在平川，
有的在沼泽，
有的在泥潭。

我策马飞降，
从梦中归来。
摊开黄纸，
记述我的见闻。
巨大的喜悦
涌上心头：
如快乐的高山，
在情意绵绵的黎明
纵情欢笑，
引吭高歌；
如敞开闸门的溪流，
奔腾直泻
陡壁飞溅
织成白釉帷幔，
乐呵呵奔向
山麓和山村，
笑吟吟滋润着
干渴的河床——
在灵魂的黎明时刻
我心情激荡
欣喜若狂，
温柔的泪水
如急流奔泻
滋润着我干瘦的面颊。
我感到，好像在雄伟的神殿

支持祭典，
好像我的灵魂随香烟
升入了空间，
好像我的肩膀
长出了巨人般力气，
好像太阳在我心中
锻造光明：
我爆裂、沸腾、振荡，
我长出了翅膀！

房间的门扇
轻轻开启，
喜洋洋进来了
光明、笑声、空气。
阳光透过玻璃，
同时透过我的心扉：
从门口进来了
我调皮的天使！
怎么样，那些梦，
那些旅行，
那些黄纸，
那些温柔的泪？
记述我见闻的纸
一张张如蝶儿翩翩，
经受了战斗的洗礼，
展开金色的翼翅，
在地面，在空中
上下翻飞。
调皮的缪斯
时而拉我的衣角，

时而爬上
一册古本书背；
用我的羽笔
制成箭囊，束于腰间；
为了一块燧石
翻倒了一只书架，
贫乏腐朽的诗文，
烟雾遮目的思想家，
风流倜傥的剧作家，
统统滚落在地上！
空中布满了
纤小的老鹰——
思想冲破牢笼
飞腾云霄！

从墙上摘下
印第安人的羽冠，
从丝匣取出
我那金光闪闪
朋友惠赠的羽笔；
羽冠当头盔，
羽笔作利剑；
阳光碎乱，
羽饰斑斓，
金光映照
你无畏的脸蛋。
突然撒腿奔来
扑到我的怀里，
金黄色的头发
高高飘起；

亲呀，吻呀，
爬上了我简陋的桌子。
啊，雅各，金丝雀，
伊斯马埃利约，阿拉伯人！
看到你神采奕奕
站在沾满尘土的书堆里，
看到你不是挥舞钢刀
而是挥舞羽笔，
看到你这样
我怎能不感到欣慰?!
来吧，伊斯马埃利约：
向这书桌攻击，
把我的书籍
扔向宽褶的帘幔
让它们可耻地
摔得粉身碎骨；
雄赳赳坐到
战斗的废墟上，
笑吟吟给我看
撕破的花边
——战斗中什么花边
　　不会被撕裂! ——
以及裂着大口
长笑扬帆的衣领。
来吧，夺下我手中
破旧的翎笔，
倒掉这杯中
污浊的墨汁，
让我的生命
流入新的河床！

纯洁的螺钿杯啊，
请你用纯洁的清泉
滋润我渴望纯洁的嘴唇！
但包裹着你的
是肉，还是螺钿？
从你完美的内心
发出了胜利的笑声：
是洁白、鲜艳，
坚硬、耐久的骨片！
我是我儿子的儿子！
是儿子把我再造！

亲爱的儿子
我能打破常规
把我垂死的暮年给你，
使你骤然变老，
使你生命缩短！
可是不行：因为那样做，
你在危难的时刻
你将看不到
阳光透过玻璃
照亮你的心田！
愿你纯洁的内心
不时发出响亮的笑声！
贫血的书本
滚你一边去！
快乐的雅各
爬上那软梯！
来吧，亲呀，吻呀，
向我的书桌攻击！

这就是我的缪斯，
我淘气的天使！
啊，调皮的小缪斯，
飞得多快捷！

我的小国王

波斯人
有个忧郁的国王，
粗鲁的匈奴人
有个傲慢的国王，
伊比利亚人
有个风趣的国王，
人类
有个昏庸的国王，
在他的统治下
人民受尽煎熬！
但我臣服另一个国王，
一个赤身裸体、白白胖胖
聪敏活泼的小国王：
他的权杖——一个亲吻！
他的奖赏——一次撒娇！
消亡的国家，
昔日的人民，
曾经有过，
辉煌卓绝的国王；
啊，儿子，
当你像他们那样离去时
也要把我带上！
用你专制的权杖

触摸我的前额，
给你恭顺的奴隶
施行涂油礼：
涂上千百回，
我也不厌烦！
啊，我的小国王，
我宣誓永远对你忠诚！
我的脊背
是你的盾牌，
我要把你扛在肩上
越过阴森的海洋。
当我把你安全无恙送上彼岸，
我将瞑目而死！
但是，如果你甘心充当
昏庸的统治者的奴仆，
那就跟我一起死吧！
卑贱地活着？
不，儿子，不能苟且偷生！

心爱的儿子

心爱的儿子，
你到处飘浮！
在风雨交加的夜晚
我赤裸的胸怀
波涛澎湃，
你在波涛中
迎接黎明的到来。
白天的浮沫
浑浊而苦涩，

夜晚的潮水
把你卷入大海
我深邃的心扉
永不关闭，
因为你是忠厚的看守
情人般守卫在它的门口；
我有无数的悲伤，
贪婪和忌妒我的平静，
悄悄地趁着黑暗
前来向我挑衅；
而你，凶神般昂首挺立，
用洁白的翅膀
把它们挡在门外！
黎明驱散了黑暗，
送来了鲜花和光波，
这灿烂长波
是你的坐骑。
不，唤醒我的
不是白天的阳光，
而是我枕边的
属于你的那双小手。
他们说你不在我身旁，
——尽说蠢话！
他们拥有你的影子，
我却拥有你的灵魂！
我的这些事理
奇怪又新鲜，
但我知道
在遥远的地方
你的眼睛在闪烁；

长风似波浪，金灿灿
拍打着我苍白的前额，
一伸手我能收割
你眼睛放射的光束？
如同收割星星的光波。
我心爱的儿子，
你到处飘浮！

坐在我肩上

瞧，他坐在我肩上，
我肩上扛着他；
他隐身藏形，
只让我看到！
当我向残忍的悲痛
屈膝求饶，
他用圆润的臂膊
搂住我的太阳穴。
当粗硬的毛发猛然竖立
凶悍地表示它内在的激愤，
我感到好像有个吻
在我粗俗的头上滑动：
你的小手在安抚
这匹疯狂的烈马！
在艰险阴森的路上
我会心微笑，
罕有的快乐感
使我眩晕，
我伸手触摸
寻找友好的支撑，

因为漂亮的孩子
坐在我的肩上，
他给了我
一个看不见的热吻。

残忍的牛虻

来吧，残忍的牛虻，
来吧，凶恶的胡狼，
伸长你们的吸管，
龇露你们的獠牙，
向我进攻吧，
成群结队
像老虎对付野牛
把我包围，向我袭击！
这边，淫秽的忌妒！
你，美丽的肉，
咬我吧，用两片唇，
使我枯萎，把我玷污！
那边，不辨是非
贪婪的妒忌！
你，金币，
何处没有你！
贩卖我吧，
贩卖美德的贩子！
享受杀死了正直和贞操：
来吧，向我开刀！

各用各的武器
一道出阵厮杀：

享乐，
用它的酒杯：
灵活的美女，
用她抹着香水
殷勤可爱的玉手；
魔鬼，
用他闪亮的长剑。
剑光多么耀眼，
也不能使我目眩！

那好斗的一伙
喊声震耳欲聋。
饰着羽毛的头盔
光辉夺目
如同金山上的白雪
灿烂闪耀。
旌旗无数，
刀剑林立，
犹如乌云蔽日
雨柱直泻；
好像大地
在战斗中崩裂，
降下金甲巨人
布满了它翠绿的脊背。
我们不是在
和熙的阳光下战斗，
我们是在
利刃的寒光下拼杀！
红色的闪光
砍削着浓雾，

自由的大树
摇撼着它的根茎，
高山把它的山坡
变成了灵巧的翅膀；
哀声四起，
好像以往的监狱
在同一时间炸飞，
所有的鬼魂
看到生前的死囚衣
滚落在他们的脚边；
给我的肉体
套上了
布满威胁性尖刺的紧身衣，
一缕缕鲜血
如同一条条红色毒蛇
在我的皮肤上蠕动。
棕褐色的胡狼
在磨利它们的牙齿，
顽固的牛虻
在锉光它们的翅翼。
美丽的肉，
咬我吧，用两片唇！
因为我有护符辟邪，
我的保护神即将降临！
那些庞然大物
如乌云飞来，
将如乌云飞散！

掉了牙的忌妒
将逃往荒山野谷，

又饥又渴
啃那光溜瘦小的趾骨：
可怕的魔鬼
金甲披挂，
但疲劳的手上
将是折断的屠刀；
娇媚的美女
将以泪洗面，
哀号着
悼念她那无用的装饰；
我将走向可爱的小溪
喜滋滋用它的清泉
洗净身上的
缕缕血迹。

我已经看到
那些闪亮的
鳞状铠甲
正在飞扬的尘土中消失；
盔檐盔舌
在摇晃挣扎，
那个逃遁的金盔
已在空中隐没；
波动的三角旗
像五颜六色的蛇
随着神秘的风
在草地上爬动；
刹那间大地闭合了
它巨大的裂缝，
掀起翠绿的脊背

把金甲巨人压在下面；
牛虻与胡狼
飞奔逃窜，
原野充满了
芳香的薄雾。
突然的失败
引起惊叫悲鸣，
呼唤着
噤若寒蝉的队长；
傲慢躲进山谷，
如垂死的秃鹫
揪着羽毛
气绝身亡；
这时的我，
在清凉可爱的小溪旁
笑逐颜开
止血疗伤。

顽强的军队
耳聋的诱惑
贪婪的美女
我都不怕，也不放在心上！
他在我周围飞翔，
他盘旋、悬停、扑杀。
举起盾牌
舞动大棒
左冲右突
狠击猛打；
盾牌接住
雨点般射来的投枪，

把它们震落在地
迎向新的攻击。
要飞遁，那些牛虻！
要逃跑，那些胡狼！
火星四迸
金光耀目
噼噼啪啪
刀断枪折，
地上铺满了
戟剑刀枪。
飞走了，那些牛虻！
匿迹了，那些胡狼！
他扇动羽翼
如蜜蜂飞舞、悬停，
振动空气
发出嗡嗡的声响；
忽而轻蹭我的头发，
忽而停在我的肩上，
时而穿过我的腋下，
时而扑向我的怀抱。
敌人溃不成军
狼狈逃窜！
疲惫的父亲，
强壮的儿子——
坚固的盾！
来吧，我的空中骑士！
走吧，我的赤身长翼的战士！
随我去那可爱的小溪，
用它的清泉
洗净我身上的血迹！

我的小骑士，
飞行的斗士！

艳丽的羽饰

慷慨的灵魂，
沸腾的心灵，
如一杯透明的美酒
泛着金黄的泡沫；
像年轻不安的大海
在新的流域澎湃，
掀起波涛奔向海滩
平静地在那里消失；
像一群雄壮的骏马
在旭阳初升的早晨
忽而撒腿狂奔，
忽而昂首嘶鸣，
忽而抖动漂亮的鬃毛，
向大自然显示它们的喜悦。
我的活跃的思想
也像大海汹涌澎湃，
以其金色的波浪
亲吻你的双脚
或者像艳丽的羽饰
摆动、点头，
当你经过时
我的儿子！

洁白的雌斑鸠

空气浑浊，
灯光炽烈，
地毯满是污渍，
室内一片狼藉。
沙发与沙发之间，
长椅与长椅之间，
到处是薄纱的碎片
或者翅膀的残骸，
如同一场精疲力竭的
高脚杯舞会！
醒着的是躯体，
睡着的是灵魂，
音乐多么热烈！
舞步多么轻快！
待到舞会结束时
什么野兽在睡眠?!

金黄的香槟
爆破，闪烁，
冒泡沫，喷涌而出，
幸福地气断而绝。
眼睛闪亮，
手心发烫，
老鹰吞食
鲜嫩的鸽子，
风流的唐璜
以姣美的罗莎乌拉充饥。

不安分的语言
发酵，四溢；
燃烧的生命
在其狭小的牢房
爆发出阵阵笑声，
变成熔岩烈焰；
百合花遭摧残，
紫罗兰被玷污，
人们在旋转、摇摆，
跳着华尔兹舞。
红色的蝴蝶
充满了大厅，
洁白的雌斑鸠
在地毯上死去。

我义愤填膺
拒绝金樽玉液，
把令人愉快的香槟
让给干渴的来宾；
我脸色铁青
拾起惨遭蹂躏的斑鸠，
离开那些寻欢作乐
人面兽心的家伙。
两只洁白的小翅膀
在阳台上扑扇，
你充满了恐惧
颤抖着向我呼唤。

我的布施者

你给我什么？塞普路斯？
不，我不要！
无论是财界巨子
还是饭店老板
都没有我喝的美酒，
任何玻璃器皿商
都没有我用的酒杯。
可我的布施者不在，
而别的酒我一滴不沾。

新生的玫瑰

叛徒！你用什么黄金武器
企图把我俘获？
我拥有坚固的
钢盔铁甲。
痛苦结成坚冰，
胸膛变成巨石。
在和熙的阳光下
冰雪脱去
它那银色斗篷，
变成涓涓细流
欢快地奔向谷地
无比慷慨地
灌溉新生的玫瑰；
光辉的战士，
在你的脚下

巨石破裂
谦恭而愉快地
滚下山坡，
像一只驯顺的猎犬
奔向荒芜的谷地
寻找那新生的玫瑰。

生气蓬勃的山村

我亲爱的农夫，
在漆黑的夜晚
你走遍了这深沉的田园，
请问究竟为什么？
这芬芳的土地
散发着晚香玉的香气，
请问你用什么鲜花
涂抹你的犁铧？
昔日凄凉的山村
如今变得生气蓬勃，
请问你用什么河水
浇灌了这片草原？
他们用巨大的匕首
犁我的胸膛和脊背，
请问你使的什么武器
怎么不会把人伤害？
我的话音刚落，
我的孩子笑了，
用他两只白嫩的手
捧给我一个纯洁的吻。

纯朴的诗[①]

献给墨西哥的曼努埃尔·梅尔卡多
献给乌拉圭的恩里克·埃斯特拉苏拉斯

　　我的朋友们知道，这些诗是怎样从我心中产生的。事情发生在那个痛苦、烦闷的冬天，由于无知或狂热的信任，由于害怕或出于礼貌，当时拉美各国人民来华盛顿，在那只可怕的老鹰下面参加会议。我们中间有谁忘记过那个国徽和它上面的那只把美洲所有国旗都抓在爪中的蒙特雷鹰或查普特佩克鹰、洛佩斯鹰或沃克鹰？在我可以确信拉美各国人民的警惕性和胆识之前，我一直生活在绝望之中；我还担心我们古巴人可能用弑兄杀弟之手帮助实现那愚蠢的、只对藏在幕后的新主人有利的计划：使古巴脱离她的祖国，她的拉丁美洲祖国。祖国正在召唤她；有了她，祖国才是完整的。这种正当的担心使我感到恐惧和羞耻。种种不公正的痛苦遭遇销蚀了我的精力，而上述的绝望、恐惧和羞耻感夺走了我最后的一点儿力气。医生打发我上山休养。泉水淙淙，乌云蔽日。我开始写诗。有时，在漆黑的夜晚，大海怒吼，浪涛冲击着血迹斑斑的城堡下面的岩石；有时蜂儿嗡嗡飞舞，在花丛中转悠。
　　为什么发表这些玩耍般写成的简朴的东西，却不发表那些激动的《自由的诗》呢？我的那些充满激情的十一音节诗产生于巨大的

---

① 这部诗集中的译诗，除署名者外，其余均为毛金里译。

恐惧和巨大的期盼，产生于对自由不可抑制的爱和对美的痛苦的追求，它们像在沙子、浑浊的泥水和植物的根之间穿行的天然金溪，像嘶嘶作响、火花四迸的通红钢锭，或像炽热的喷泉。为什么不出版那些《古巴的诗》？它们充满了愤怒，以至最好待在谁也看不见的地方。为什么不公开我藏起来的许多是罪过的作品，许多天真幼稚的、叛逆性的习作呢？为什么现在不利用展览这些野花的机会，展示我的诗论，说明为什么我故意重复某个韵脚，或者怎样将谐音按其强弱分类排列，以便通过视觉和听觉进入感觉，或者当纷乱的思想不要求押韵或经受不起敲打琢磨，我怎样跳过去不押韵的？之所以付印这些诗，是因为在一个诗歌和友谊的晚会上，这些诗受到了一些好心肠的人热烈欢迎，因此它们早已公布于众了，同时也因为我喜爱纯朴，以及我相信必须用朴实和真挚的形式来表达感情。

何塞·马蒂

1891 年于纽约

（毛金里 译）

我是老实人

我是老实人
来自棕榈国，
趁我活着时
倾诉心中诗。

我来自四方，
并走向四方；
我是群山中的山，
艺术中的艺术。

各种花卉，
致命的欺骗，
高尚的痛苦，
我知道它们的怪名。

在漆黑的夜晚
我看到纯洁的灯光——
绝代佳人的灯光
洒在我的头顶上。

我看到从美女肩上
长出了翅膀，
从瓦砾中间
飞出了蝴蝶。

我看见一个男人
肋部插着匕首生活，
杀他的女人是谁
他永远不肯说。

我两次看见灵魂
快如电光闪现：
当可怜的老人逝世，
当她与我永别。

我颤抖过一次——在栅栏，
在葡萄园的入口处：
当野蛮的蜜蜂
蜇我女孩的前额。

我高兴过一次，
前所未有的一次：
当典狱长流着泪
宣布我的死刑。

通过大地和海洋
我听到一声叹息：
不是叹息，
是我儿子将醒。

有人对我说：
最好的珠宝首饰任你取用；
我选择一位真诚的朋友，
把爱情抛在了一旁。

我看见受伤的老鹰
飞上蔚蓝的晴空，
看见剧毒的蝰蛇
在它的巢穴中死去。

我很清醒，当世界
紫涨着脸向休息让步，
深沉的寂静中
温顺的小溪在窃窃私语。

有明星陨落
掉在我门前，
我惊喜发呆的手
大胆地贴在它上面。

我把钻心的悲痛
藏在勇敢的胸中：
受奴役人民的儿子
默默地为它而生，为它而死。

一切是美丽和持久，
一切是音乐和理智，
但一切像金刚钻，
本质是碳，表面是光泽。

我知道愚蠢者的葬礼
铺张奢华，哀号不绝；
我知道阳间和阴间
一样没有鲜果美酒。

我闭嘴，我明白，
自我免去诗人的排场：
我把我学者的披肩
挂在了枯萎的树梢。

我知道埃及和尼格里西亚

我知道埃及和尼格里西亚，
知道波斯和色诺芬特，
但我更喜欢
山上清鲜空气的抚爱。

我熟悉人类古老的
历史和纷争，
但我更喜欢

在花丛中飞舞的蜜蜂。

我熟悉风的歌声，
它在爱喧闹的树枝中歌唱；
我特别喜欢它的歌声，
谁能说这话不是真的。

我知道一只受惊吓的鹿
回到栏内就会毙命；
一颗疲倦的心
会无声无息、无怨无恨地死去。

我讨厌旅店的走廊

我讨厌旅店的走廊，
讨厌它的虚伪和邪恶；
我情愿回到月桂山上，
欣赏它的轻柔歌调。

普天下的穷人
我愿与他们共命，
山谷中的小溪
比大海更令我欣喜。

把柔软的金子给他，
它在坩埚中燃烧闪耀；
把永恒的森林给我，
那里阳光和熙斑斓。

我看见金子变成泥土

在大肚烧瓶中咕哝；
我宁愿住在山区，
那里有鸽子飞翔。

西班牙的主教
为他的祭坛寻求支柱；
高山是我的庙宇，
白杨当立柱！

纯洁的绿蕨当地毯，
欧洲白桦做墙壁，
阳光来自屋顶，
屋顶就是蓝天。

晚上，主教出门，
缓慢地，哼着小曲，
悄悄地，登上他的小车——
小车是松林中的松果。

拉车的小马
是两只蓝鸟；
风在歌唱嬉闹，
白桦在嬉闹歌唱。

我在石板床上
睡得又甜又香；
蜜蜂轻抚我的嘴唇，
世界在我体内成长。

早晨阳光灿烂，

照得巨大的窗框内闪发亮，
把帘幔染成了
玫瑰色、紫色和暗红色。

山巅，单独的号手
迎着第一片朝霞吹响了号角：
太阳，呵一口气，
点燃了无际的薄纱。

告诉那位瞎眼老人——
那位西班牙主教，
请他快到山上来，
到我的庙宇中来！

我渴望回到

我渴望回到
浪涛翻滚的天涯海角，
我和我的情人，单独地，
曾在那里欢度良辰。

单独地，只有我和她，
单独地，与我们作伴的
是两只小鸟——
它们飞进了阴暗的岩洞。

她的眼睛盯着
那对轻巧的小鸟，
手上折毁着
女园丁给的红百合。

她伸手摘下
一朵馨香的金银花，
一朵妩媚的凤仙花，
一朵星星似的茉莉花。

我风流潇洒，
熟练地给她打开阳伞；
她说："真勤快！
今天我想沐浴阳光！"

"这些华贵的栎树，
我从未见过这么高：
基督应该住在这里，
因为这儿教堂林立。"

"我已知道，我女儿
应到哪儿领圣体；
我要她穿上洁白的新衣，
戴上很大的宽沿帽子。"

后来，炎热又困倦，
我们取道进岩洞，
正当我们接吻时，
传来一声啼啭。

我将无牵无挂
回到那寂静的冰湖；
我将钉死龙骨，
抛弃橹桨！

当你看到白浪滔天

当你看到白浪滔天，
那就是我的诗篇：
它像一座高山
又像一把羽扇。

我的诗像一把短剑
从剑柄放射光焰：
我的诗像一眼喷泉
喷出银珠儿串串。

它有时碧绿晶莹
有时炽热火红，
像一只受伤的小鹿
在山中寻求庇护。

我的诗使勇士高兴，
我的诗简洁、赤诚，
宝剑的锐气钢锋
铸就它的魂灵。

（赵振江 译）

如果要我带走一件礼品

如果要我带走一件礼品
作为对这世界的纪念，

那么，深沉的父亲，
我将带走你的银发。

如果坚持要我
带走更多的东西，
那么，亲爱的妹妹，
我将带走你的画像。

如果一定要我
带一件稀世珍宝去阴间，
那么我将带上那条发辫，
它收藏在我的金盒里。

西班牙的阿拉贡

西班牙的阿拉贡
在我心中占有一块地方——
它完全像阿拉贡：直爽，
粗犷，忠诚，从不狂躁。

如果有个傻瓜想知道
为什么我心中有阿拉贡，
我回答：那儿我曾有位朋友，
那儿我曾爱过一个女人。

那儿，开满鲜花的沃野，
英勇抗敌的战场，
为了捍卫自己的思想
人民不怕流血牺牲。

如果遭到恶吏欺压，
或者受到暴君践踏，
庄稼汉就会披上斗篷
拿起武器誓死反抗。

我爱那片黄色的沃土，
浑浊的埃布罗河把它浇灌；
我爱那蓝色的高大石柱——
拉努萨和帕迪利亚的丰碑。

我尊敬反手一击
就把暴君打倒的好汉，
不管他来自古巴，还是生在阿拉贡，
我钦佩这样的英雄。

我喜欢那些阴深的院落
和那些雕花的扶梯，
我喜欢那些寂静的教堂
和那些空荡的修道院。

我爱那块开满鲜花的土地，
那片穆斯林的①或西班牙的沃野，
我生命的小花
曾在那里开放②。

---

① 公元 8 世纪初，阿拉伯—摩尔人便征服了伊比利亚半岛，直至 15 世纪末才被彻底赶
出半岛。
② 1871—1874 年流放西班牙期间，马蒂曾在阿拉贡地区生活过 6 个月。

我有一位已故的朋友

我有一位已故的朋友，
经常前来看望我：
他坐下，开始唱歌；
歌声凄切，令人悲痛。

"我骑着双翼鸟
在蓝天中遨游：
它的一只翅膀是黑色，
另一只翅膀呈金黄。

"心脏是个疯子，
是个完全的色盲：
他说他爱双色，
又说这不是爱情。

"有个女性疯子，
比不幸的心脏更可怕：
吸干他的鲜血，
而后放声大笑。

心脏像只迷航的船，
载着断裂的，
忠实的家庭之锚，
随波漂荡，不知驶向何方。"

唱罢这悲伤的歌谣，
已故的朋友抱怨道：

我让这骷髅安静，
让这死魂躺下睡觉。

忧郁笼罩着我的心

忧郁笼罩着我的心，
我要讲的故事多么动人：
危地马拉的姑娘①
为爱情献出了青春。

百合的花枝装点，
木樨和茉莉的花环；
我们将她安葬；
用衬着丝绸的木棺。

……对那负心的男子
她送了一个香囊；
他携妻而归，
她为爱情而亡。

大使和主教们抬着她，
惋惜而又惊讶；
后面是成群的人们
手里拿着鲜花。

……姑娘跑到阳台，
为了与他重逢；

---

① 马蒂在危地马拉结识了马利娅·加西亚·格拉纳多斯，她是一位将军的女儿。这首诗
就是献给她的。

他娶别人为妻，
她以生命殉情。

在诀别的时刻
亲吻她的前额——
炽热的青铜铸就，
我平生爱得最多！

……傍晚跳入河中，
救上岸已经丧生；
都说她死于寒冷，
我知她死于爱情。

在两条长凳上安歇，
葬进冰冷的墓穴；
我吻她纤细的手
又吻她洁白的鞋。

黑夜垂下幕帐，
掘墓人叫我前往；
今后再不能见到
为爱情献身的姑娘！

（赵振江 译）

夜幕降落

夜幕降落，
颤抖的灵魂感到孤独：

有舞会，我们去瞧瞧
那位西班牙舞蹈家。

他们做得很好，
已把路边的大幡撤掉；
如果那面旗子还在，
我进去就有困难。

舞蹈家来了——
雍容华贵，有点儿花白。
怎么说她来自加利西亚？
不对，一定是仙女下凡。

头戴一顶斗牛士帽子，
身披一件红绸斗篷：
活像一株麝香石竹
如果给它戴上帽子。

远看她的眉毛
像不忠的摩尔女人的眉毛；
她的目光，像摩尔女人的目光；
她的耳朵，像雪一样洁白。

乐声骤起，灯光变暗，
从天而降的圣母，
身着华服和披肩
跳起安达卢西亚的土风舞。

昂起额头欲挑战，
举起玉臂似弯弓，

披巾斜搭香肩，
玉步轻移销魂。

鞋跟急促踢踏，
敲击谄媚的地板，
好像那地板
是由众心铺成。

流苏鲜红的披肩
在空中不停地摇曳，
炽热似焰的目光
发出愈益强烈的邀请。

突然叉腿跳跃，
闪身，屈体，旋转；
敞开开司米罩衫，
露出洁白衬衣。

鞋跟轻敲慢踏，
全身松弛波动，
朱唇玫瑰一朵，
含笑撩拨人心。

轻身弯腰捡起
鲜红流苏披巾；
微闭双眸下场
引起一声叹息……

西班牙舞蹈家跳得真棒，
鲜红洁白的披巾还在飘扬；

颤抖的孤独的灵魂,
忧郁地回到它的角落!

我有一位忠心的随从

我有一位忠心的随从,
服侍我,朝我嘟哝;
每当我出门,
总把我桂冠擦得锃亮。

我有一个模范随从,
他不吃不喝又不睡觉,
总是蜷缩一旁
瞧我工作,瞧我抽搐。

我出门,那奴才悄悄地
溜进了我的口袋;
我回来,那奴仆固执地
给我端来一杯骨灰。

我睡觉,他在我床边
一直坐到天亮;
我写作,他把鲜血
洒满我的文具匣。

我的随从——可敬的人,
走路时关节喀喀响,
僵直,磷光闪烁;
我随从原来是个骷髅。

我划着小船

我划着小船
在诱人的湖上游览；
骄阳似赤金灿烂，
我心中不止一个太阳。

忽觉臭味刺鼻，
低头四处寻找：
一条死鱼，一条臭鱼，
就在我的脚下。

锦葵茂盛

锦葵茂盛
道路曲折；
一位可爱的少女，
同一个秃子散步。

亲密的情侣
钻进了旁边的栗园；
秃头闪亮，
犹如一顶银盔。

伐木声声
惊起一只飞禽；
但谁也不会知道
情侣们何时开始接吻。

少女金发飘拂，
似深情的攀援植物；
秃子头顶发亮，
似爬蔓缠绕的树干。

我永远不能忘怀

我永远不能忘怀
那个秋天的早晨：
可怜的断枝上
长出了一个新芽。

那个秋天的早晨，
一位热恋中的少女，
徒劳地，在熄灭的火炉旁
把玉手伸向老头。

昏庸的医生

昏庸的医生
送药上我门，
一只手似枸橼，
另一只手伸向钱袋。

在那幽静的角落，
我有一位手臂不残的医生，
一只手洁白似玉，
另一只手伸向心坎！

严肃的酒店老板

身着短褂软帽，
前来问我要什么：
马拉加，还是帕哈雷特。①

告诉酒店老板娘，
我已许久不见她，
待到春天来临时，
为我准备一个吻！

摩尔式的窗台上

摩尔式的窗台上
倚着一位恋人，
他在凝神沉思，
脸色苍白似月。

红色丝绒沙发上
倚着苍白的埃娃，
默默地摘下香堇叶
片片投入茶杯中。

她秀发金黄

她秀发金黄，披散着
使摩尔人般的眼睛更明亮；
从此，我的身心
被金光笼罩。

––––––––––––––––

① 马拉加和帕哈雷特系两种名酒。

夏天的蜂儿嗡嗡飞舞，
刚开放的花朵使它更加矫捷，
从此，它不再说"顿巴"，
而是说"埃娃""埃娃"。

瀑布飞泻，急流扬威，
我下到阴暗的山谷：
只见银树上空
一条彩虹飞架！

我在林中闲逛，
走向邻近的湖泊：
透过枝叶空隙
望见她在湖边取水。

园中蛇在洞内蠕动，
吐着芯子，吹着口哨；
百灵鸟唱着动听的歌曲，
向我展开优美的翅膀。

我是竖琴，我是长笛，
弹奏宇宙的乐曲；
我来自太阳并回归太阳，
我是诗歌，我是爱情。

傻埃娃的饰针

傻埃娃的饰针
发乌的赤金打成：
一位心地纯洁的人

从岩石的心脏取得。

一只诱人的俊鸟
昨天给她叼来一只新针：
一只金灿灿
光辉夺目的假金针。

埃娃把那只假冒钻石针
别在她平庸的胸脯上，
把那只赤金饰针
丢进了她的针盒。

你眼睛布满血丝

你眼睛布满血丝，
饰针东倒西歪：
我猜想，昨儿晚上
你在玩不该玩的游戏。

我恨你卑贱放荡，
我恨你，恨得要死：
你多么卑劣，多么美丽，
我见了感到恶心。

不知如何，不知何时，
我见到了那只小铃：
我明白，整个晚上
你都在为我哭泣。

我的爱情在风中惴惴不安

我的爱情在风中惴惴不安，
因为金发的埃娃虚伪不忠；
乌云飞来，卷走我的爱情——
它在呻吟，它在哭泣。

远去的乌云
带走了我悲咽的爱情；
埃娃对我不忠，
埃娃给我安慰！

昨天在画家沙龙

昨天在画家沙龙
我见到了她的倩影；
在那个女人面前，
我的心跳个不停。

她——画中的她
坐在荒凉的土地上，
脚边睡着疲惫的丈夫，
怀里抱着赤裸的孩子。

几根麦秸，
几块脱皮的面包；
披肩两边垂挂，
如同裹尸布蔽体。

狠心的土地，
不长香堇，不长禾苗；
温暖的家遥远渺茫
天空一片阴沉凄怆！……

昨天在庄严的画家沙龙
我看到了她的倩影；
就是那个美貌女子，
她夺走了我的心！

我参加一个奇怪的舞会

我参加一个奇怪的舞会，
由猎奇者年终举办；
身穿宫廷制服，
腿上脚着护腿。

一位紫脸公爵夫人，
着一件彩色燕尾礼服；
一个涂脂抹粉的子爵
手持小鼓打着节拍。

紫衣红衫起舞，
薄纱飘扬似火，
从我面前经过，
我似睁眼瞎子。

当我离开这世界

当我离开这世界

要从自然之门：
绿叶围成的彩车
引我去见死神。

别将我放在黑暗的地方
如同将一个叛徒埋葬；
我是好人，作为好人而死，
我要面向太阳！

（赵振江 译）

我认识一位大胆的画家

我认识一位大胆的画家，
他兴冲冲出门作画：
长风当画布，
忘却作颜料。

我认识一位高大的画家，
他用神奇的色彩
绘一艘远洋商船
描绘艳丽的鲜花。

我认识一位可怜的画家，
他作画时望着潮水，
望着咆哮的大海，
心中怀着深挚的爱。

我多么高兴

我多么高兴
像个朴实的学生，
想起那金丝鸟——
一双乌黑的眼睛！

当我长眠在异地，
没有祖国，但也不是奴隶，
只愿我的坟墓上
放着一束花、一面旗。

（赵振江 译）

我虽死犹生

我虽死犹生；
我是伟大的发现者，
因为昨晚我发现了
爱心这门医学。

当一个人下定决心
背着沉重的十字架逝世，
就会出门行善并身体力行，
回归时阳光沐浴心田。

野蛮的敌人

野蛮的敌人
焚烧我们的家园；
在热带的月光下，
马刀霍霍，血洗长街。

西班牙人刀砍马踏，
幸存者疏星寥落；
待到旭日东升时，
街上脑浆流成河。

子弹呼啸，驶来一辆马车，
呜咽着，装进一具女尸；
夜色朦胧，一只手
在门口朝我们召唤

没有穿不透门板的子弹，
在门后招手的妇女
就是赐予我生命
前来找我的母亲。

死神张着大嘴，
哈瓦那人英雄无畏，
向这位坚强的主妇
肃然脱帽致敬。

我们欣喜若狂，
母子拥抱亲吻；

她说："儿子，快走，
那女孩孤独无伴，咱们快去！"

庄园的墓地

庄园的墓地
埋着父亲的尸体；
儿子——入侵者的走卒
从他的坟前经过。

父亲——勇猛的战士，
裹着他的战旗
从墓中跃起，一个耳光
把儿子打死在地。

雷电闪耀，
暴风呼啸；
父亲抱起儿子，
一同进入坟墓。

根据法律

根据法律，国王的肖像，
国家权力的象征；
一个孩子惨遭枪杀，
死在国王的枪口下。

根据国王的法令，
人们庆祝圣诞节：
在国王的肖像前，

歌者是孩子的姊妹！

雷电划破乌云

雷电划破乌云，
天空一片血红；
船上卸下
成千上百的黑奴。

飓风施暴
腰斩茂盛的黄连木；
一溜儿奴隶，
踉踉跄跄，赤身裸体。

狂风灌满茅屋
摇撼简陋的窝棚；
母亲抱着婴儿
惊叫着无处躲藏。

太阳露出了地平线，
通红通红，如在沙漠；
山上的木棉树上
吊着一个死去的奴隶。

一个孩子看到了尸体，
他震惊，同情受奴役的人民；
肃立在死者脚下
发誓用生命洗雪罪孽！

画家想画天神

画家想画天神，
请他去当模特；
不，不能干这个！
我们俩要为祖国效力！

我为心爱的儿子祝福，
他在画中一定十分英武；
不，当他横眉冷对敌人，
才显英雄本色！

他头发金黄，
年轻、强壮、高尚；
奋斗吧，儿子，
为了光明，为了国旗！

勇敢的儿子，咱俩并肩前进！
如果我战死，你要与我吻别；
如果你……我宁愿见你死，
不愿看你跪着生！

黑暗的小巷

黑暗的小巷
我在黑暗中游逛；
抬头张望，
忽见教堂耸立一旁。

是圣迹？是神力？
是神的启示？
试问究竟是什么？
膝盖，你应该下跪？

夜在索索颤抖，
毛虫在啃食葡萄新芽，
腹空的蝉在树上鸣叫，
声嘶力竭，预示秋天将至。

二蝉共鸣，
我侧耳倾听二重唱；
抬眼再看教堂，
发现它形似鸱鸮。

我的不幸多么可怕

我的不幸多么可怕，
星星啊，我感到死神逼近；
我想活，我想生，
我要见一个漂亮的女人。

一个云鬟高耸，
似装饰美丽脸蛋的钢盔；
一个乌发长垂，
似闪亮的大马士革钢刀。

那一位？……请你收集
全世界的苦胆，
雕一个身躯，

做一个完整的灵魂!

这一位?……不幸的女人
脚穿粉红薄底浅口鞋,
嘴上涂着唇膏,
脸上抹着油彩。

悲伤的灵魂叫道:
娘们儿,该诅咒的女人!
不知两人之中
谁是婊子养的!

悲　痛

悲痛!谁敢说
我感到悲痛?
雷电火光过后
我才有时间悲痛。

一切无名的悲痛中
有一种刻骨铭心之痛:
人民的奴隶地位
是世上的最大悲痛!

山有高低大小,
应该攀登最高峰;
灵魂,咱们走着瞧,
到底谁死后把你托付我!

纵然匕首刺进我的心脏

纵然匕首刺进我的心脏，
又能将我怎样？
我有自己的诗句
比你的匕首更强！

纵然大海干涸、苍天无光，
这痛苦又能将我怎样？
诗歌是我甜蜜的安慰，
痛苦会使它生出翅膀！

（赵振江 译）

我已知晓

我已知晓：
肉体可以变成花朵，
爱的力量
可以造就天空和儿童！

我已知晓：
肉体也能变成蛇蝎，
变成玫瑰的蛀虫，
变成可怕的短耳鸮。

女人，我向你敞开胸膛

女人，我向你敞开胸膛，
因为你要将它刺伤；
这胸膛应该更加宽广，
以便你给它留下更多伤痕！

扭曲的灵魂，因为我知道
我有一个神奇的胸膛：
它上面的伤口越深，
我心中的歌儿越美。

关于暴君

关于暴君？你要控诉，
详尽控诉他的一切罪行，
用你受奴役的愤怒之手
把他钉在耻辱柱上。

关于错误？你要揭露，
揭露它的洞穴，
暴露其阴暗的途径，
决不能对暴君和错误留情。

至于女人？你有可能
死于女人的欺诈，
但千万不要说她坏话
以免玷污你的生活！

真挚的朋友

真挚的朋友
向我伸出坦诚的手；
我为他培育了一株白玫瑰，
七月和正月都开花。

残忍的朋友
夺走了维系我生命的心；
既不栽刺蓟也不栽南芥
我为他也栽了一株玫瑰。

我的画家朋友

我的画家朋友
善画光辉高大的天使，
云雾脚下跪伏，
太阳四边护卫。

请用你的画笔
给我画胆怯矮小的天使；
他们无法仁慈，
给我带来两束康乃馨花。

当慷慨的战争

当慷慨的战争
给我带上荣誉的桂冠，
我想到的不是布兰卡和罗莎，

也不是赏赐的伟大或微小。

我想到了舰上的炮手，
他在坟墓中沉默；
我想到了我的父亲，

他是战士，又是工人。
当我看到豪华的信封
和夸大其词的赞誉，
我想到的是那个荒凉的坟丘，
不是布兰卡，也不是罗莎。

大海岸边

大海岸边
有个奇怪的爱情集市；
一颗世间无双忧郁的珍珠，
碰巧落到了阿加手中。

他把珍珠挂在胸前
日夜观赏抚摸；
朝夕相处，渐感厌倦，
终于把它抛入海中。

阿加追悔莫及，
哭丧着脸
求大海归还美珠。
愤怒的大海言道：

"在你拥有它时，

蠢猪，你对它干了些什么？
你摧残它，将它抛入我的怀抱，
现在我要把这忧郁的珍珠收藏。"

夫人，我多么愿意

夫人，我多么愿意
梳理你那桀骜不驯
木樨草色的头发，
使它平服地披在你的肩上：
　　慢慢地将它舒展，
　　默默地把它亲吻。

浓密的头发
如丝帘垂挂，
贴着漂亮的耳朵，
直至玉颈香肩。
　　耳朵玲珑秀美
　　犹如中国瓷器。

夫人，我多么愿意
梳理你那发红的
乱成团的头发，
让它顺直地披在你的肩上：
　　很慢很慢地梳理
　　一根一根地解开。

在干旱灰褐的山上

在干旱灰褐的山上，

豹子有件美丽的长袍；
我拥有更好的东西：
一位真正的朋友。

伯爵享有祖业，
乞丐享有曙光，
飞禽拥有翅膀，
我在墨西哥有位朋友！

总统有喷泉花园，
无数金玉珠宝；
我有更珍贵的财富——
一位知心朋友。

我梦见许多大理石像

我梦见许多大理石像，
英雄们昂首挺胸，
一片肃穆寂静；
魂魄闪烁，
我与他们夜话！
队列齐整，
我在队列中穿行；
我吻石手，
石眼自开，
石唇掀动，
石颏颤抖，
石手紧握石剑，
英雄泪流石脸，
石剑在石鞘中振动，

我默默地把石手亲吻！

我与他们夜话！
队列齐整，
我在队列中穿行，
抱着一个石像哭诉：
"啊，大理石像，
大家都说你的子孙
用主人有毒的杯子
喝着自身的鲜血！
说他们是流氓无赖
口吐脏话淫语
在血淋淋的餐桌上
共尝耻辱的面包！
说他们花天酒地
失去了最后的激情！
啊，睡着的大理石像，
人们都在说，
你的种族已经消亡！"

我抱着的英雄石像
抬腿把我踹翻在地，
抓住我的脖颈，
用我的头清扫尘埃；
举起手臂似太阳
光芒万丈！
石头隆隆作响，
石人在石座上跳跃！

心灵，请你倾吐悲愤

心灵，请你倾吐悲愤
在人们看不见的地方，
出于自尊，也为了
不引起别人哀伤。

友好的诗，我爱你，
当我义愤填膺
痛心疾首时，
你与我分担苦闷。

你为我忍受悲痛，
你那博大的胸怀
收存我所有的耻辱，
所有的苦痛，所有的爱憎。

你用你的清泉
洗净我心中的烦恼，
使我宁静地工作，
安心地去爱。

诗——我亲爱的朋友，
你艰难地在前面开路，
以便我无怨无恨，
勇猛地穿越故国大地。

这样，我的生命
洁净而平静地走向天堂，

而你，以极大的耐心
载负着我的痛苦。

因为投入你的怀抱
是我残忍的习惯，
破坏了你幸福的和谐，
改变了你天生的温顺。

因为我把悲痛
抛入你的怀中，
搅乱了你的泉流，
激起紫色、红色的浪花。

忽而怒吼进击，
忽而无力地呻吟，
因为你背负的痛苦
超越了你的能力。

难道应该忘却
永远跟随我的朋友？
一颗天生卑鄙的心
曾经劝我这样做。

诗啊，有人告诉我们
有个统率死者的神；
诗啊，你我不是一起下地狱，
就是一起上天堂！

自由的诗①

我 的 诗

这些是我的诗。它们原本就是这个样子。绝对不是向别人借来的。当我不能把自己的想象完整地囚于一种适当的形式中时，就让想象插翅飞翔。啊，有多少珍贵的朋友一去不复返了！但诗歌具有坦诚的品性，而我本人一直希望成为一个坦诚的人。削剪诗的工作我不是不会干，而是不想干。正如每个人都有其独特的容貌，每一个想象或灵感都有其自身的语言。我喜爱难得的铿锵的音调，喜爱雕塑般的诗，喜爱像瓷器那样清脆、洪亮，像鸟儿那样飞翔，像流动的熔岩那样灼热、那样气势磅礴的诗。诗歌应该像一把寒光闪闪的宝剑，给读者留下这样一位斗士的形象：他腾空飞奔太阳，在那里把剑入鞘，化成翩翩翅膀。

这些诗都出自我的肺腑，是我战士们的锋镝。我的这些诗，从我的脑海中喷涌而出，没有重新加热、重新加工或重新组合，就像夺眶而出的眼泪和从伤口中噗噗流出的鲜血。

我没有织补过任何一首诗，只是切割我自己。这些诗不是用专业墨水写的，而是用我自己的鲜血写成。读者从中看到的一切，都是我过去亲眼目睹的事实；我看到的要比这更多，但我还来不及把其面貌描绘下来，就给溜走了。奇特、古怪、匆促、堆积、冲动，

---

① 这部诗集中的译诗，除署名者外，其余均为毛金里译。

这些都是我的罪过，因为我让我所看到的东西以原始的面貌重现在我的面前。我对这里所作的描绘承担责任。我已发现有的衣服是破的，有的没有破；我知道这些不是惯用的颜色，但我用了。我喜欢古怪的音调，喜欢坦诚，尽管可能显得有些粗犷。我知道人们会说些什么；对人们可能表达的意见，我已进行全面的考虑，并作出了回答。

我一直希望成为一个忠实、坦诚的人；如果我做得不对，我也不会因此而感到羞惭。

（毛金里 译）

致好心的佩德罗

好心的佩德罗，听说你在议论我，
你批评我邋里邋遢，不修边幅，
卷曲的头发又长又蓬乱。
啊，你这无赖，我要你讲给大家听：
在狡猾的北方，你无忧无虑，
每天山珍海味，佳酿鲜果，
还有情妇陪伴，但所有这些
都是用你的奴隶们的血汗换得；
而我，独自空对清冷的餐桌，
默默无言，思潮起伏，
苍白的脸额烙得发烫
一边割着面包，一边向耳聋的空气请教：
怎样才能使奴隶摆脱倒霉的命运，
怎样使你改变花天酒地的无耻生活。
佩德罗呀，我常常身无分文。
从我扁扁的钱包里实在掏不出铜子

交到理发师伸出的湿乎乎的手中。

钢　铁

我挣得了充饥的面包；
诗人啊，现在你要创作诗歌，
训练你的手，让它熟悉你甜蜜的职业，
因为你像躲入丛林的逃犯，
或者像拉着沉重货包的苦力
但不久前还在摆弄账本，计算盈亏。
诗人呀，要不要听听我的忠告？
从血淋淋苍白的背上取下竖琴，
把像大海怒涛涌向喉咙的悲泣平息，
在那硬木上削尖书写的翎笔，
再把折断的琴弦抛向易变的天空。

灵魂啊，善良的灵魂！
你的行为不好！你屈膝下跪，
沉默不言，事事退让，
阿谀奉承，舔权贵的手脚，
姑息缺点——你把缺点拿去吧，
因为这是姑息缺点的最好办法——
驯顺、胆怯，称赞恶习，颂扬虚荣。
灵魂啊，于是你将看到，
你那精光赤裸的穷碟，
怎样变成盛满佳肴的金碟！
但是，灵魂，你就等着吧，
因为如今人们使用的
是已经玷污、没有光泽的金子！
你也不必因此而着急，

因为无赖和花花公子用黄金打造首饰，
却不打造武器，武器是用钢铁铸成。

我的病很重：城市使它加剧，
广阔的乡间使它变轻，
无边无际的原野将使它继续好转！
阴暗的黄昏令我心醉，
好像我的祖国就是漫漫黑夜，
友好的诗啊，我渴望得到爱，
我感到非常非常的孤独！

我渴望的爱不是庸俗的爱情，
它毒化心灵，模糊眼睛；
真正的美不是女人的鲜果，
而是天上的星星。
大地应该是光辉的明灯，
每个活着的人应该是发光的星辰，
向其周围放射灿烂光芒。
啊，这些高脚肉杯，这些女奴，
这些充当摆饰和玩物的情妇！
主人用珠宝首饰将她们打扮，
把她们按在床上发泄欲火。
诗歌啊，我要告诉你：
这种肉吃了会牙痛！
我渴望的爱难以形容，
我渴望的爱非常甜蜜，
我渴望把亲眼目睹的
一切美好和悲伤抱在怀里，
就像小心地怀抱一个可爱的婴儿。

阳光照进房间，我从梦中惊醒。
睡眠只能恢复快乐者的体力，
却只能增加悲伤者的疲劳，
使他不安的心情更加烦躁。
我像醉汉，使劲搓揉额头，
惺忪的眼睛充满了泪水！
阳光多么明媚，卧室一片凄凉，
我的德才无所作为，
我的精力如一群暴躁的猛兽
在我体内奔腾，寻找用武的场所；
我摇摇晃晃倚着冰冷光滑的墙壁，
举手能摸虚无缥缈的空气，
头脑嗡嗡发涨，思想起伏漂浮，
如同四分五裂的木舟残骸
被怒涛冲向炎热的海滩！

只有父亲的牧场花香扑鼻，
只有祖国的木棉树遮阳避暑！
流放者如浮云在异乡飘零：
一个个投向我们的目光，
好似一句句侮辱性的谩骂；
太阳好像是在愤怒中燃烧，
不是在给我们抛撒舒心的温暖；
空气中没有亲切话语回响，
密林中没有可爱的精灵飞翔；
人们以鲜肉水果为食，
但流放者吃的是自己的五脏六腑！
暴君，那些有幸被你憎恨的人，
你不应该处死，应该把他们流放！
因为最残酷的刑罚是剥夺他们的家园，

不是你那嗜血成性的刽子手
用他最锋利的钢刀，深深地，
刺入他们坦诚、正直的胸膛！

死亡是令人愉快的事，
行尸走肉般活着才可怕。
但是，不！但是，不！
对不善于掌握命运的忧愁者来说，
幸运是命运对他表示怜悯的信物：
大自然把不幸留给她最优秀的儿子。
钢铁使平原受孕，锤打使钢铁受精！

秋天之歌

啊，幸福之神，我已知道：
死亡之神已经生在我的门槛上。
她小心翼翼，轻手轻脚地到来，
因为当父母远离儿子时
她的泪和爱不能给我及时的保卫。
每天下午，当我结束无效的工作
皱着眉头回到我躲避严冬的寓所，
她已在我的门口等候。
我瞧着她，激动得浑身颤抖！
她身穿黑衣，头戴宽檐顶饰黑帽，
致命的手上拿着催眠之花，
妩媚的脸上露着贪婪之色。
灼烈的爱在我心中燃烧！
但我想念儿子，无力地逃避黑衣美女。
啊，没有比死神更美丽的女儿！
为了获得她的一个热吻

我愿意献出我所有的一切：
心爱的夹竹桃，茂密的月桂林，
以及对我童年的愉快回忆！
……我呜咽着，避开了情人伸出的臂膀，
因为我一直想念着他——
是我错误的爱情把他带到这世上。
但是，我已经享受过
经久不息的黎明带来的幸福和光明。
啊，永别了，生活！
走向死亡的人，实际上已是死魂。

啊，黑暗中的葬礼；
啊，太空中隐藏的居民！
啊，凶狂可怕的巨人！
——他们领导、控制、驱使着
胆战心惊的生灵。
啊，铁面无私，冷酷无情，
只有对贞操心慈手软的法官！
——他们披着金色斗篷，隐于黑色云层，
凶狠狠等待征战归来的将士
向他们汇报执行和平使命的成绩！……
种植的幼树新苗，
擦去的悲伤眼泪，
给猛兽毒蛇开挖的陷阱，
给爱心建造的高耸城堡。
这是王后，这是国王，
这是祖国，这是渴望的奖赏，
这是女俘——高傲的摩尔女郎，
她在凄凉的外堡上
哭泣着，等待她粗暴的主人。

这是圣萨利姆，
这是现代人的圣墓。
宁愿牺牲自己，
不要再让他人流血！
不要打击无辜，
只能攻击憎恨爱心的坏种！
所有的人都要争当爱心的战士，
为博得这位掌管天堂的
君主或上帝的欢心，
人人都要奋勇前进！
卑鄙的小人呀，背叛自己义务的人
终将死于自己闲置的刀剑之下，
落一个叛徒的可耻下场！
你们要明白：在阴暗的这一边，
人生这出戏还没有演完！
你们要看到：在烟幕后面，
在大理石板地或草坪后面，
这出奇特的戏将继续发展！
啊，卑鄙的小人，你们要知道：
善良、忧伤、被戏弄的人，
在戏的后半部将变成戏弄者！

其他人吃百合，喝鲜血；
我不吃百合！我不喝鲜血！
我从童年起就用悲哀深邃的眼睛
扫刷着周围阴郁的空间，
也许在幸福的幻想时刻
法官们才有如此玄妙的举动，
我热爱生活，因为生活
将使我摆脱再活一次的痛苦；

我愉快地把沉重的不幸背在肩上，
因为终日无所事事，寻欢作乐，
逃避困苦，和甜美而艰辛的贞操，
将会像放下手中精良的武器
让其闲置生锈的怯懦的战士，
羞惭地接受无情的法官的严厉审判。
对于这样的懦夫，
法官们的华盖不会予以保护，
他们的臂膊不会将他抬举，
而是威严地把他赶回
硝烟弥漫的沙场，
让他去恨，去爱，重新投入战斗！
啊，品尝过生活滋味的凡人，
谁愿意死后再生？……
死神，在每个秋天阴郁的午后，
你可以站在枯黄的落叶上
焦急地在我的门口等候，
你可以用冰冷的雪花
悄悄地替我织制随葬的斗篷。
但是，我没有放下爱心的武器，
我不穿别的紫衣红袍，除了自己的血衣
啊，死亡之母，我已作好准备，
赶快动手，把我送交法官！

儿子！……在我面前的是什么幻象？
是什么悲哀的幻觉
像星星的光芒，打破黑暗，
模糊地照见了你的形象？
儿子！……你为什么向我张开臂膊？
你为什么敞开忧伤的胸膛？

为什么伸着白嫩的小手？
为什么赤着没有受伤的脚丫？
为什么如此伤心地对着我哭泣？
别这样！不要哭！要镇静！要活下去！
爸爸在离开人间之前
要用各种武器把儿子武装，
亲眼看着你走向残酷的战场。
过来，我幼小的儿子，拥抱我吧，
用你洁白的翅膀替我阻挡
黑色的死神和她那送葬的斗篷！

巨 杯

太阳光芒四射：我在空中
注视着那只苦酒巨杯！
我的嘴唇开始颤抖——
不是由于使人萎靡的恐惧，
而是由于令人激昂的愤慨！……
清晨，刚从美梦中醒来的宇宙
把懒惰的大地——永存的巨杯举起，
阳光下生命的活力在里面激荡翻腾！
欢蹦乱跳的孩子，
涂脂抹粉的妇女，
庸庸碌碌的幸运儿，
在他们迷茫昏眩的眼里
天空开出了奇异的玫瑰，
大地是五颜六色破碎的彩虹；
急流滚滚，奔向四面八方，
它欢跳，气喘，最后徐步慢行，
把青春带给芬芳的平原。

我热爱人民，从不关心
个人的爱好和利益，
因此在我眼里，忧郁的大地
是一副色调凄暗的巨大枷锁
套住我饱受生活折磨的脖子！
我屈颈垂头，咬着嘴唇死去。

子　夜

啊，多么无耻！
太阳已照亮大地，
浩瀚的海洋在其深底
为它的红色殿宇
竖起了新的圆柱，
巍巍高山在其庄严的一天
为它的玉石悬岩
积聚了新的颗粒，
飞禽走兽在其腹中
为它们的新生子女
孕育了只是形式的生命，
树上枝头的果实在成熟，
整个大川世界在成长，
而我，一个卖苦力的奴仆，
一文不名，家无隔夜粮！

天啊，我是个卑鄙的人！
我疲惫的眼睛遭睡眠拒绝；
我用苦酒浇愁
醉醺醺在街道上蹒跚，
如同罪犯寻找隐秘的洞穴藏身，

从此销声匿迹，谁也不知
他巨大的罪状和可耻的行径！
我的心灵在焦虑地颤抖，
就像一个坏蛋内心永不平静——
我的这一切都是咎由自取！

老天爷睁着火眼金睛，
我像一个悲哀的疯子
逃避就在背上的监视者的监视；
老天爷发现了我的胆怯，
把我逃亡的躯体抛入黑暗！
大地孤寂！光明开始冷却！
哪儿是这座火山熄灭的地方？
哪儿是这个监视者睡眠的场所？
啊，我应该走向何方？

啊，对爱的渴望！啊，灵魂，
你热爱世上的一切生物，
热爱树叶变成的青虫，
热爱海波凝结成的皱纹碧玉，
热爱赤着脚在泥泞残雪中
叫卖报纸或鲜花的殷勤美少年。
啊，灵魂，你藏在内衣里面
不看铸造金币的器械，
也不瞅贪婪淫荡的丰厚的嘴唇，
却注视着战斗中披挂的铁甲，
以及冶炼万众生命的熔炉！

啊，我多么不幸！
被关在我的囚笼里，

眼睁睁瞧着人们
投身火热的伟大斗争！

大城市的爱情

日月似梭，兴高采烈，
声音飞逝，像光一样快捷；
生命短暂，似驾轻舟插翅飞渡；
闪电在高耸的避雷针上消失
就像船只在可怕的沙洲沉没。
爱情就是这样，既无奢华，
又不神秘，刚生即餍足而死！
城镇是樊笼，里面居住着
贪婪的猎手和遭捕猎的鸽子！
肢解人们的肉体，
剖开他们的胸腹，
里面只有变成稀浆的草莓。

在烟雾弥漫的沙龙，
在尘土飞扬的大街和广场，
情侣们站着搂抱亲热；
早晨开放的鲜花，
傍晚即已凋谢。
心情激动的处女
宁愿把她纯洁的贞操
献给不相识的公子哥儿，
却不愿带着它进入坟墓。
担惊受怕的享受，
胆战心惊的愉悦，
难以言喻的应享的快感！

怀着多么紧张而愉快的心情，
急匆匆奔向情妇的宅院，
像幸福的孩子在其门口痛哭流涕！
目光炽烈，欲火中烧，
把玫瑰花染得更红更艳！
嘿，这些都是过眼云烟！
谁是经得起时间考验的君子？
在权贵富豪之家，窈窕淑女
如同一只光辉的金樽，
一幅明丽华贵的油画！
或者像一只斟满佳酿
任人品尝的高脚酒杯，
干渴的人一伸臂膊
便把玉液喝尽！
被玷污的杯子滚落尘埃，
精明的品尝家快乐地扬长而去，
他戴上了爱神的桂冠，
胸前却沾满了看不见的斑斑血迹！
肉体被撕成了碎片，
变成了糟粕，变成了化粪池！
灵魂不像树上成熟的鲜果
柔软的表皮充溢着甜美的液汁，
而是像广场上叫卖的水果
在农夫的野蛮拍击下才显成熟！

年龄就是这干渴的嘴唇
不眠的长夜和尚未成熟
即被压榨的生命！
什么叫命运不济？
精神在我们的胸中藏匿，

就像受惊的野兔逃进密林
躲避含笑追逐它的猎人；
欲望就像狂热健壮的猎手，
他穷追不舍，在密林中四处搜寻。
啊，城市令我恐惧，
到处是琼浆漫溢的酒杯或空杯！
我多么可怜！我害怕酒中有毒，
一旦喝下肚去，全像复仇的精怪
折磨我的脏腑，啃咬我的血管！
我口渴，但我渴望的美酒
在这世上没有人懂得品尝！
我口渴，但还能忍受，
不至于推倒围墙
离开我的葡萄园！
卑鄙的肉体品尝家们，
毫无怜悯，毫不畏惧，
开怀畅饮着那些杯子中的百合鲜液！
你们喝吧！但我不喝，
因为我诚直，因为我害怕！

硬马鬃

我破碎的诗句
就像受惊的马
在干枯的林中
看到恶狼的利爪尖牙，
鬃毛直立？
是的，然而它更像匕首刺进马颈，
血柱冲天而起。

只有爱情才会产生悦耳的旋律。

我已经活过，我已经死去

我已经活过，我已经死去，
我继续活在我那行走的墓穴——
一副八世纪的粗俗铁甲，
它很轻，是的，比我的脸面还轻。
我把不安的头颅固定，
以免它滚落尘埃，惊吓滔滔泪水。
我既不呻吟，也不抱怨，
因为那是奴才和女人的行为，
是行吟诗的学徒
和旧抒情诗的新手们的表现。
但是，我活得艰辛，
好像我的整个身心
都在痛苦地剧烈抽泣。
每天，我从地上捡起自己的尸骨，
尽快把它们安装连接在一起
并在严酷的阳光下，
在贪婪的众人面前，
拖着它们到处展示，
似乎我的尸骨还有生命。
然而，假如我在光天化日之下，
像在黑暗中睡眠时那样
把我的全部伪装脱光，
人们就会立即看到

一具冰冷的尸体倒向地面，
就像秃山崩塌
倾倒在自己无生命的山坡。

我已经活过，我曾经宣誓：
我的武器要忠于职守，
太阳每天落山之前
都会看到我的战斗和胜利。
现在我什么都不想说，也不想看，
无牵无挂，无忧无虑！
愿似褐色的云朵袖手闲游，
在死寂的安宁中消失。
当夜幕降落，生活吹响号角
召唤它的士兵到漆黑的营帐中安息，
我面对墙壁，
背对一切活着的人们，
眼睛瞧着地上的影子：
一个女孩的金发，
一位老翁的白头。
那金发好像是我的战斗丰果！
那白头好像是我的战斗写照！

棕榈在沙地上生长①

棕榈在沙地上生长，
玫瑰在苦咸的海边扎根，
我的诗从我的痛苦中诞生——

---

① 马蒂的一些诗本来无题或原题与内容不符。对于这类诗，1992 年由古巴社会科学出版社出版、古巴马蒂研究中心编的《马蒂选集》（三卷本）中都用第一行诗做标题，并标上方括号。

激扬、炽烈、芬芳。
它像蓝色大海中的航船，
与狂风恶浪展开激烈的搏斗，
帆破桅折，侧舷裂口，
但激战过后，它继续胜利向前。

多么可怕！多么可怖！
浓雾笼罩着陆地和海洋，
只有愤怒、眼泪和吱吱咯咯的声响！
高山崩裂，江河泛滥，
白浪滚滚，平川变成汪洋；
日月无光，星星隐匿，
狂风在黑暗中肆虐——
呼啸、奔腾、撞冲、撕裂，
响雷隆隆，星辰躲在乌云中
疯狂地喷吐火舌！

随后，太阳露出了笑脸，
陆地和海洋呈现出
一片明静的喜庆气氛——
纯洁和孕育风暴的婚礼！
蔚蓝的天空，长风漫卷，
似巨大无比的薄纱帷幔，
在优美悦耳的破裂声中撕碎。
伤口愈合后，在一段时期
其周围总是呈现红润的玫瑰色！
而那航船，像小孩在波浪中
戏耍、摇摆、穿洋过海。

夜晚是诗歌宽厚仁慈的朋友

夜晚是诗歌宽厚仁慈的朋友。
如同打谷机下只有粉碎的麦秸,
喧闹中只能产生破碎的诗歌。
黑暗宜于创作,
因为白昼魔鬼缠着思想睡觉,
光天化日之下卑鄙行径更加可恶。
寂静产生崇高的感想,
使心灵展开诚直的翅膀
在世界上自由翱翔。
啊!友善的夜晚,创作的夜晚,
你比大海和天空更优美,
比火山喷发和大地震动更壮丽,
你的美貌使天地万物尽折腰!
日落黄昏,高傲的大自然
庄严地走进你的铁门,
万籁俱寂,世界披上了无边的黑纱;
雾气从芬芳的泥土中升起,
鸟巢在发蓝的枝头颤抖,
疲倦的叶子将其裙边卷合。
粗野的意念害怕见人,
白天在珊瑚藤篓中藏匿,
伤痕累累,鲜血淋淋;
天鹅在痛苦的脑颅杯中呻吟,
因自己的洁白而悲泣,
翅断膀折,忧闷而死。
啊,多么不幸!这些鸟儿,
这些花儿,这些丧葬之花,

心灵之花，可怜的诗歌的羽花！
它们在忧伤的心灵中成长，
还没有飞翔就此夭殇！
哪儿洁白能展翅飞翔？
哪儿美丽不是罪恶？

夜幕降落，寂静来临，
太阳穴涂上了教士的圣油。
人的尊严，白日惊惶畏缩，
现在像端坐在宝座上的皇后，
珠光宝气，雍容华贵。
凉爽邀请诗神，纯洁的孤独——
诗歌之母将世界拥抱；
爱心激荡，花儿欢笑，
一个创作者穿过甘美的思想
与诗歌热烈接吻。

开始工作之前

投入战斗之前，出征的骑士
向心爱的美人致敬！
开始工作之前，我手心发烫，
拿起当代的长矛——尊严的翎笔，
拉住狂暴的烈马——激情的笼头，
跪地向诗——苍白的驯兽者致敬！
然后，我像斗牛士进入格斗场，
让狂怒的斗牛把尖角埋入我的胸膛。
可爱的世界对激烈的搏斗十分赞赏，
当我气绝身亡僵卧沙场时，
她将享用红色的美酒和洁白的面包，

新婚夫妇将用目光使双方激奋，
初生的雏鸟将急切地
从温暖的蛋壳中伸出翅膀，
猛虎的幼崽将长生利牙，
园中怀孕的果树将长出翠绿的新叶，
我的诗将发育壮大，
我自己也将在荒丘野草下成长。
谁对美好的世界嘀嘀咕咕，
谁就是瞎了眼的懦夫！

两个祖国

我有两个祖国：古巴和黑夜。
两个，或者就是一个！
太阳陛下刚一离开
古巴就像个伤心的寡妇
凄凉寂寞，
蒙着长长的黑纱，
拿着石竹花朵朵。
我知道那使她颤抖的
血红的石竹花
究竟是什么！
因为我失去了心灵，
胸中一片空阔。
死神已经开始降临，
对于与世长辞
黑夜更适合。
阳光和话语都是干扰，
宇宙无声
却比人类的语言好得多。

像鼓舞斗志的战旗，
红烛的光焰闪烁。
我敞开心灵的窗口，
它已在胸中紧缩。
古巴——这伤心的寡妇
将石竹花的叶子打破，
像扰乱天空的云朵
默默地闪过……

（赵振江 译）

悲哀的礼拜日

我感到一切充满了悲哀：
钟声、太阳、晴朗的天空。
我的眼神充满了痛苦，
它桀骜不驯，引人注目，
它冲破诗的束缚，
大海呀，它是过路的海鸥，
从你的浪涛上面飞向古巴！

一位朋友前来看我，
向我本人询问我的住处。
我形容憔悴，瘦成了皮包骨，
就像海边的贝壳，
只保存一点儿苦涩的盐水。
我是我自身破裂的空壳，
受孤僻的风的支配
独自去异国他乡飘零。

我瞧人们，人们如同高山；
我看周围热烈的生活舞台，
台上好像是阴间的情景：
横冲直撞，狂呼乱叫。
没有比我更不幸的蠕虫，
空气是它们的空气，
葬身的泥土是它们的泥土。
我感到了马儿在踢我的后背，
我感到车轮在碾我的身躯，
触摸我四分五裂的肉体，
我感到我已失去生命。
当致命的海轮升起铁锚
强迫我离开祖国的土地
我感到我已变成一具死尸！

献给外国

1

我在消耗白纸，一张接着一张。
劝告，愤怒，花草的文字，
刚劲的笔画，似利剑投枪。
写了撕，撕了写，出于怜悯，
因为说到底是我同胞兄弟的罪过。
我逃避自己，惧怕阳光；
我想知道鼹鼠在哪儿做窝，
毒蛇在哪里隐藏它的鳞皮，
叛徒在哪儿卸下赃物，
哪儿没有尊严而只有灰烬。
那边，只有那边他们才能说，

才能活！才能说出这样的话：
我的祖国想并入那个野蛮的外国！

2

我将保持沉默，我将闭上嘴巴，
但愿谁也不知我还活着，
但愿我的祖国永远不知
我将在孤独中为她而死。
如果人民召唤我，我将挺身而出，
因为我活着就是希望为祖国效力。
为祖国服务，死亦光荣；
图谋把她献给外国，生亦可耻！

多么惊骇

多么惊骇！多么惊愕！
多么愉快的享受！
它散发出浓郁的馨香
充满了心田这窄小的牢房！
什么是翎笔拒绝思想！
什么叫思想展开翅膀！
一首有生命力的诗
就是一个失去容颜死去的天使，
它奇特的精神实质的香气随风飘溢。
这惊骇，这令人愉快的恐惧，
这难以表达的温情，这就是诗！
它眼睛闪烁着爱抚的光辉，
女奴般的手似翅膀轻拂，
前额似激情烈焰辉映，
又似一杯香脂馨透肺腑

我从形式中来到形式中去

我从形式中来到形式中去，
我从天体上来到天体上去，
我生下就是一个老头。
我是谁？我知道，我是一切：
动物，人类，牲口，
囚禁的树，会飞的鸟，
传播福音的使者。
我觉得自我牺牲，
比庸俗的享受更愉快，
凭此我知道了自己究竟是谁。
我感到天堂辉煌的大门
已经在我的手下退让。

心中的树

我心中的树
像鸟儿在天空飞翔，
你的形象展开翅膀
要将巢儿筑在我的心房。
我心中的树鲜花盛开，
它的枝条颤抖
就像小伙子鲜红的嘴唇，
他第一次拥抱美丽的姑娘；
树叶儿窃窃私语，
像嫉妒的女仆们喋喋不休，
忙着为富户的千金准备洞房。
我的心胸宽广，而且完全属于你，

容得下世上所有的痛苦，
悲伤、哭泣和死亡！
我要将枯枝落叶和灰尘除净，
小心翼翼地使青枝绿叶闪光；
我要将害虫和蛀蚀的花瓣去掉，
让周围的草地散发出芳香。
为了迎接你，纯洁无瑕的小鸟啊，
我的心如痴如狂！

（赵振江 译）

长翅膀的杯子

一只长翅膀的杯子，
谁先于我见过？
我于昨天亲眼目睹！
她庄严地徐徐升起，
好像有人在灌注圣油。
我舒畅的嘴唇紧贴她的边沿，
她吻中所有的香露
我没有漏掉一点一滴！

你头上乌黑的秀发，
记得吗？催促我们手去抚摩，
因为你我慷慨的嘴唇难解难分。
四周的空气轻柔而温馨
如同我向你输送的吻，
我感到搂抱着你
如同搂抱整个生命！

啊，这时世界，它的喧哗，
它的忌妒和野蛮的争斗全都消失！
一只杯子缓缓升上天空，
我倚在看不见的臂膊上，
抓着她甜润的边沿，
跟随她飞向蓝天！

爱情呀，你是伟大杰出的艺术家！
铁匠可以铸造车轮和钢轨，
首饰匠可以用黄金和白银
打造花朵、老鹰、天使和女人，
但是你，只有你知道
怎样把宇宙变成一个吻！

我要掏出胸中的愤怒和恐惧

我要掏出藏在胸中的
所有愤怒和恐惧。
我像一个麻风病患者
惶恐地逃避每一个活人，
在生活的航船上
遭受恶心、呕吐
和一切海上不适的折磨。
可憎的焦虑烧灼着我的心：
谁可能在一次时运变化中
丧失生活的勇气？！
这首忧伤的歌
不是在痛苦时刻写成，
悲痛时从来不搞创作！
那时世界控制着易怒的诗人，

如同巨人控制一个狂妄的蚂蚁。
我与一位老友谈心——
多么纯洁的享受，
使脆弱的灵魂变得坚强！
我这时才开始挥笔作歌。
然而，像贵重木材做的酒桶，
我把痛苦的沉渣在我骨头中收藏！
唉！我的痛苦，似一具死尸
大海刚刚平静就在岸边出现！
每一个毛孔都有伤痕，
长针钉入我的手指，
贯穿全身直至脚底，
心肝已被残忍地吞食干净。
在这巨大的生活游戏中
我荣幸地用我的血
滋补了一只猫头鹰。
这样，我被啃光，被掏空，
禁闭在自己的心灵深处，
随风飘浮，挥拳大声诅咒！

不是因为女人对我背叛
或命运对我不公，
不是因为权贵巨商对我指摘抱怨，
他们不喜欢温文尔雅的生活——
谁喜欢我的生活？
而是因为经过对人的观察和了解，
我感到人类是坏种。
但是，在我掩面痛哭时
如果有个小孩来到面前，
我会抚摩他的头发并热情相送，

就像船主欢送一艘彩旗招展
出海远航的洁白巨轮。

如果你们指责我诅咒神明，
我要说亵渎神明的正是你们。
为什么让我生活在麦子地里？
为什么给我软弱的翅膀而不是利爪？
难道弱肉强食就是法则？
也许是的：奇迹将最终落在
一只长着发光的翅膀
似太阳灿烂奇目的老虎身上！
强壮的猛虎急忙露出坚硬的牙齿，
拿我充饥，用我滋补！
把利爪深深插入我的双肩，
咬下我的头颅；疼痛中，
我灼热的翅膀断落在地上！
为人类的利益而死死得快活！
刽子手沾满鲜血的手只有狗亲吻！
看到花花公子走近，
父亲便把爱女藏起；
当我为之而死的人经过时，
我把我的思想藏在冰冷的心底，
仿佛隐藏一桩不可告人的罪行！

我熟悉人，我感到人类是坏种。
为了保持火焰永不熄灭，
优秀者在火堆中毙命，
穷苦卑贱者为有钱有势者献身，
钉在十字架上的人
为了钉十字架者的利益！

人们把耶稣钉上木架，

现在的人自己钉自己。

在光明洁净的奇琴伊察①——

金合欢和龙舌兰的故乡，

智慧者举行隆重的仪式，

唱着优美动听的歌曲，

把他们最漂亮的处女

推下高耸的祭坛，

跌入香喷喷的蓄水深池；

于是从可怕的池口

升起一股色彩艳丽的雾气，

似黑色枝干上轻盈的玫瑰

使鲜花盛开的尤卡坦充满芳香。

造物主就是这样把好人抛入生活，

使大地充满馨香，使世界保持平衡。

啊，让猛虎的利爪

深深插入我的双肩，

让卑鄙者饱食终生，

让正直者为他人提供养分！

不要对古老的神学羊皮书低头，

应该对品德高尚者的心下拜——

这是十字架的神秘玄义。

发光的蜡烛忍受着巨大痛苦，

当人们从枝上摘下花朵，

它像走向死亡的处女满面笑容！

善良的人生世上饱经风雨，

白天显得勇敢，

晚上抱头痛哭，

---

① 历史古城，位于墨硬哥尤卡坦半岛北部，公元四世纪由伊察人建筑，现存古迹多处。

当他从曙光中
照见自己可怕发青的脸色，
使用从自己伤口流出的鲜血
掩饰惨不忍睹的面容——
以免吓坏了行人，
然后迈步出门
仿佛一个用玫瑰花瓣遮盖的骷髅！

我的诗

诗——她桀骜不驯，非常任性。
我要把这看法告诉正直的人民……
我宣布：她桀骜不驯。
我善待她，认真老实地为她服务；
当我的爱使她感到疲倦时，
便会安静地入睡，并在梦中
向老天爷请求给予我力量，
而我从不在深更半夜将她唤醒。
我不像那些诗人给她涂脂抹粉，
不用钢铸胸衣压迫她自由的胸怀，
不用修辞的绸带束缚她飘散的金发，
绝不把她置于即将消亡的
发青发紫的瓮中，而是撒向世界，
让她像种子一样随风飘落，
自由地滚动，自由地生长和繁殖。
是的，我确实十分注意
使她周围的空气保持清新，
使她睡眠时保护她的枝叶发出乐声，
使她的衣服永远整洁和芳香。
我的诗每次进城后回来，

总是精神失常，满身伤痕，
眼睛干涸，面颊深陷，
两片又厚又软的嘴唇沾满污秽，
纯洁的双手滴着污泥浊水，
撕裂的胸膛像一只荨麻篮筐，
裸露的心脏在里面燃烧。
但是，乡下的空气能治病疗伤！
在肃穆的夜晚，
一种香露从天而降，
愈合了她的伤口。
心脏呀，振作起来！谁主死亡？

我宣布：我娇宠我的诗。
她闲散游逛时我从不管束，
她长时间不归我从不着急。
有时候她的表现令人难以忍受！
抓起我的手，把烧红的炭放入掌心，
使劲推我，似乎要我攀登崇山峻岭。
另一些时候显得温顺可亲——
可惜这样的时刻太少！
抚摩梳理我蓬乱的头发，
与我谈情说爱，邀我沐浴。
我内心深处有一条曲折渠道，
藏在芳香的爬蔓植物底下，
羞怯地沟通着我和她！
我说过我从不强迫她，
从不打扮她，尽管我也懂修饰，
从不要求她，尽管在可怕的黑夜
常常哭着跪在地上等她。
她——多么妩媚风雅，

轻盈地进入我的夜空，
手托香腮观察星星怎样增长，
而后披着金色的尘埃
光灿灿飞降在我的面前。
一天，我狼狈地翻箱倒柜
寻找珍珠、蓝宝石和玛瑙，
打算她回来时装饰她的长袍。
一串串晶莹的宝石，
一排排艳丽的鲜花，
麝香石竹组成八行诗，
田园野花排成四行诗，
奔放的百合花组成三重奏，
淡雅的晚香玉配成二重唱。
多么美丽的十一行诗花环，
多么悦耳的五行诗流苏，
多么风雅的八行诗花边，
多么豪华奇特的韵脚饰针，
还有千百个服帖的谐音
巧妙地把所有的接缝掩盖，
总之，那是珠宝花饰中
一件最精美最华贵的杰作！
一道光焰突然从天而降，
颗颗宝石顿时失去光泽，
朵朵鲜花立即黯然凋落。
啊，原来是我的诗——
她观看星星诞生后悄然归来！
我把刚才组合的诗句丢弃一边
如同扔掉一筐破烂的彩色面具。
我要告诉人民，
我是我的诗的奴隶，

一切听从她的吩咐。
每当空中传来某种熟悉的
预示她即将归来的声音，
我便心花怒放，精神饱满，
头脑中骏马腾飞，
血管中热血奔流；
谢绝任何拜访，
排除一切杂念，
扫除身上不洁的尘土，
大口吸入清新的空气，
第一次呼唤男友的温良少女
都不可能比我的心灵更纯洁！
她飘然下降，
把从天上摘来的奇花撒在我手上。
那些花朵似烈焰燃烧，
我胸中似大海波涛汹涌！
休眠的思想被动听的声音唤醒，
如同喷发的熔岩夺路奔流，
啃咬着我光润的肌肤，
留下一道道痛苦的伤痕
像火山坡上纵横交叉的裂缝。
我对她百依百顺，
不躲避任何苦痛——
这是爱恋上帝的必然代价！
流着热泪狂吻她洁白的双手，
愿如此结束我的生命！
我的诗呀，你是我世上唯一的亲人，
当你久久不归，我就痛苦万分，
就像犯了什么不可饶恕的罪行；
当你生气发怒，我就惊恐不安，

如同大草原上刮起黑色风暴。
我的诗呀，我尊敬你，
愿你常露笑脸，对我友善！
我要向正直的人民诉说
你的自负，女性的傲慢；
你不能忍受痛苦，
你不能宽恕恶行，
你光芒闪耀，
你满怀希望，
你要让诗歌变成明晃晃的利剑
飞马奔驰，冲向世界；
你像一个羞怯的狂热少女，
面对雕刻大理石像的艺术家
你美丽的身躯只能裸露片刻！
鲜艳的花朵从天下飘落，
似愤怒的蝴蝶翩翩飞舞，
让冷酷残忍者永不再飞！

致法乌斯托·特奥多罗·德·阿尔德雷伊①的信

法乌斯托·特奥多罗·德·阿尔德雷伊先生
我的朋友：

　　明天我将离开委内瑞拉回纽约。这次旅行决定得很仓促②，以至走之前都没有时间去与这里的朋友们握手告别，他们给了我崇高的支持和帮助，也不能按照我的心愿，好好地答谢我在最近一段时间收到的热情洋溢的信函、真挚的献词，以及向我表示的慷慨友情。我在这个国家感受到了那些无比高尚的心的搏动，我激动地感谢他们的友爱和柔情。他们的欢乐也是我的欢乐，他们的悲痛也是我的悲痛，他们的希望是我的幸福。旅行者心中有上帝，眼睛望着苍天，就不怕旅途上的卵石和菝葜；生活中的困难不会磨灭崇高的理想和为理想而献身的热情和精神。我是美洲的儿子，对它负有义务和责任；这个美洲是我的祖国，我为它的觉醒、奋起和紧迫的建设贡献力量。对甜蜜的嘴唇来说没有苦酒，毒蛇伤害不了勇敢者的胸膛，忠诚的儿子不会背叛他的祖国，委内瑞拉，请你告诉我，我能为你做些什么，因为我是你的一个儿子。

　　《委内瑞拉杂志》当然要停刊了。在此期间，我收到了许多关心这个刊物的来信，受到来自国内新闻界和大量崇高的读者的过分

---

① 阿尔德雷伊是当时委内瑞拉《国民舆论报》报社社长。马蒂长期为该报撰稿。
② 因为马蒂在《委内瑞拉杂志》上发表了一篇由他撰写的文章，赞扬委内瑞拉法学家、作家和诗人塞西利奥·阿科斯塔，得罪了独裁者古斯曼·布兰科，被勒令立即离开委内瑞拉。

赞扬，这些赞扬主要不是由于我创办的这份杂志上的短小文章，而是由于它的倾向。请大家把我的这些话当作杂志所有来信的答复和对所受到的一切关心和赞扬的答谢。第一个月的酬金当然也停止领取：我一分钱都不要，任何人不得以我的名义领取这笔钱；已经收的钱今天或明天将全部还给提供的人，并已委托值得信赖的人办理。我像把忠厚老实的儿子过继给别人那样，愉快地把我那些不安分的想法转让给确实能鉴赏和重视它们的人。因出让自己的想法而收钱是可悲的，因出让自己所想并所爱的东西而收钱更加可悲。我以感激和忧伤的心情，谦恭地向你们告别，再见了，这个崇高而光荣的国家；再见了，把我当作兄弟一样款待的这个国家的儿子们；再见了，我的朋友，您对我的关照是多么的宽厚和仁慈。

何塞·马蒂
1881 年 7 月 27 日于加拉加斯

（毛金里 译）

给妹妹阿梅莉亚的信

我漂亮的阿梅莉亚，你亲切的来信就摆在我的面前，它像一件光泽柔和而纯净的稀世珍宝，映照着你那洁净无瑕、从不狂躁的平静心灵，散发着你那像五月里首先开放的鲜花一般娇嫩、温柔的灵魂。因此，我要你回避阴险的暴风，把自己包藏起来，等待风暴过去。暴风犹如天空中的猛禽，四处寻觅地上鲜花的香魂。阿梅莉亚，一种是像你这样年龄的人所感到的爱情躁动，另一种是至高无上的、真挚的、占支配地位的真正爱情，而这种爱情，只有在与你所爱的人长时间真诚相处，对他进行长时间的考查和非常仔细的了解之后，才能在心中开花：终身的幸福就在于把这两者区分清楚。这个世界上存在着灾难性的陋习，即把爱慕同那种把相爱的人结合成夫妻的坚贞不渝、至死不变的爱情混为一谈。男女之间有一种令人愉快的好感和亲近感，但往往产生于怒放的心花对风的渴望，产生于我们都有的性欲，因而不是真正的爱情；少男和少女尝试着谈情说爱，互吐爱慕之意，但真正的爱情是另一回事，它只是在以后，在婚后才会产生，有时根本不会产生，没有机会产生。总之，两个互不了解的人不应发生爱情关系，他们必须首先培育感情，而这种感情只有在相互深刻了解之后才能产生，在我们的国家，爱情关系是从应该结束的地方开始的。一个庄重和理智的女人应该识别两种感情：一是隐秘和强烈的愉悦感，是见到一个表面上值得敬爱的男人时所感受到的快乐感，它像是爱情却又不是爱情；二是真实的伟大的爱情，因为它是一种无法言喻的心连心的眷恋，所以只有在确信我们的心将与之连接的那颗心的忠诚、美好和殷勤并因此有权享受这种温柔而勇敢的终身奉献时才能产生。瞧，我是一个杰出的心理医生，并以我儿子的小脑瓜向你保证，我对你说的这些话是幸福的法典，谁忘了我的法典，谁就不会有幸福。这种情况，我在其他人和我自己的内心深处见得很多。你要以我为鉴，吸取我的教训。我美丽的阿梅莉亚，不要相信那些庸俗的小说所描写的爱情，几乎没有一本小说不是这样描写的，作家之所以写这种小说是因为他们没有能力写更高尚的东西，这些作品不是生活的真实反映，也不是生活的规律。年轻的女子，由于看到书中所有女主人公的爱情以及跟她一样阅读这类书的女友们的爱情都是闪电般开始的，都像摧毁性的雷电一样来势迅猛，所以当首次感到甜蜜的爱的温情时，就认为在这人所难免的游戏中轮到她玩了，并认为其情趣一定像那些庸俗的小说中描写的那样迅猛、强烈，必然以相同的方式发展。但是阿梅莉亚，请你相信我，那些书是无能之辈写的，他们以常规的、轻率的方式来描写根本不存在的或以完全不同的形式存在的激情，因而不能医治由此产生的巨大痛苦。你见过果树吗？你看到要经过多少时间粗壮的树权上才能挂满金色的橘子或红色的石榴？只要深入生活，就能看到一切事物的发展进程都是相同的。爱情与果树一样，也必然要经历从种子到小苗、到开花、到结果这样的发展过程。我的阿梅莉亚，把你心中感受的一切统统告诉我，把在你门前转悠的饿狼、嗅觉灵敏的偷香窃玉的野兽统统告诉我。为了你的幸福，你需要我的帮助。我自己不能成为幸福的人，但我知道怎样使别人获得幸福。

别以为我的信就此结束了。那是因为我早就想告诉你这一切，但现在才开始写给你听。至于我的情况，将在下周四对你说。今天我只想说，我就像掌握着自身航船的领航员，与生活的各种风浪搏斗着，使一艘高贵、优美的船，因长距离航行而开始漏水的船，继续漂浮着。你不懂的话可问爸爸，他会给你解释的，他是一位勇敢的海员。你不知道，我的阿梅莉亚，我们的父亲应该受到最亲切、最大的尊重和尊敬。你现在看到他老态龙钟，充满了怪癖，但他是个品德极好的人。只要我还活着，我就不会忘记他的勇气和精力，不会忘记他纯洁和坦率的本性所代表的全部杰出而崇高的品德。你要好好考虑我对你说的这些话。不要注意鸡毛蒜皮的小事，那是为小心眼的人准备的。那位老人是绝顶的好人。应该使他生活得愉快，应该以笑脸对待他的老年怪癖。他有一颗永不衰老的爱心。

再见，真的再见了。

给我写信，但无须认真推敲，仔细琢磨，因为我不是你的审美官，也不是你的考官，我是你的哥哥。对我来说，一封写得字迹潦草、颠三倒四，但我从中能感到你心脏的跳动，听到你无拘无束地说话的声音的信，要比一封因为害怕出丑而精心修饰的信更美。你看，亲切是一切语法中最流畅、最具感染力的语法。亲切！只要你说得亲切，你就是一位说话富有巨大感染力的女子。

拥抱你，我给你的这一拥抱比任何人给你的拥抱都要美好。

期盼能很快收到你给我的拥抱！

你的哥哥

J. 马蒂

1882 年 1 月于纽约

（毛金里 译）

致费德里科·恩里克斯－卡尔瓦哈尔^①的信

费德里科·恩里克斯－卡尔瓦哈尔先生

朋友和兄弟：

如此重任常常落在那些从不拒绝将其微薄之力贡献给世界并为世界增添意志和尊严的人的身上，任何表白都显得苍白和稚气，很难用一句干巴巴的语句来表达在同挚友拥抱时想要诉说的话。在我即将履行一项神圣的义务时，我现在答复您慷慨的来信。您的来信给我莫大的鼓舞，给了我从事伟大事业所需要的唯一的力量。我明白，有一位亲密和诚挚的人热情地关注着我的事业。能站在崇山的高度并从民族、人类深度去理解我的事业的人正如崇山一样是凤毛麟角、为数不多的。同他们中的某一个人握过手后，内心感到纯洁，好比为正义的事业打赢一仗后的感觉一样。无须赘述我们真正担忧的事，因为您完全能猜测到。我心潮澎湃，在这一幽静的寓所给您写回信。为了祖国的利益，说不定就在今天，我就将离开这里。为了对这一美德表示感谢，我起码可以履行而不是违背我的义务，同那些为了我的事业及他们自己的事业和出于对我们祖国共同的赤子之情，离开自己眷恋的幸福家庭，勇敢地踏上被敌人蹂躏的祖国国土的人一道，正视可能在陆地或海上发生的死亡。我深信，今天我回到古巴将是有益的，至少会像我在国外时一样有益。如果在危急时刻，对祖国不闻不问、漠不关心，听任那些说有必要为国

---

① 费德里科·恩里克斯－卡尔瓦哈尔（1848—1951），多米尼加人，马蒂的朋友。其弟弗朗西斯科·恩里克斯－卡拉瓦哈尔（1859—1935），曾任多米尼加共和国代总统（1915—1916）。

捐躯但却不准备拿自己的生命去冒险的人摆布国家，而不予以蔑视和冷落，我会感到羞愧万分，无地自容。无论在国内还是在国外，哪里最需要我尽义务，我就去哪里。时至今日看来，也许对我来说，履行国内国外两边的义务，是可以做到的，也是应该做到的。也许我能为满足这样的根本需要做出贡献：赋予我们重新燃起的战争一种形式，使之在可见的萌芽状态时就具备所有对革命的信念和共和国的安全来说所必须的原则，尽管不必过细。我们独立战争的困难、成效慢和不完美的原因，与其说是在于领导人缺乏互相尊重以及人类固有的竞争，不如说是在于缺乏某种形式，从而既遇到了拯救和尊严的精神（这种精神以锐不可当之势，推动并维持着这一战争），又遇到了战争的实践和参与战争的人。我国统治者和文人未能摆脱的另一困难是：在解放之后，如何协调统治方式，既不会使本国的知识界不满意，又能控制人数更多的没有文化的人（使他们得到自然和向上的发展），对这些没有文化的人，一个人为的即使是美好和慷慨的国家也会导致无政府状态或专制统治。我乞灵战争：我的责任始于战争，而不是随战争而结束。对我来说，祖国尚未胜利，需要历尽磨难和承担责任。我的热血在沸腾。现在应该给牺牲以尊敬和仁慈的感情；应该使战争可以进行下去并坚不可摧。若战争按照我的唯一的愿望命令我留下来，我就留下来。若战争刺伤我的心，命令我远离那些像我那样不怕牺牲、正在作出牺牲的人，我就离去。谁为自己着想，就不会爱祖国。尽管常常巧妙地加以掩饰，人民的灾祸就在于其代表出自自己的利益阻碍或催促事件的自然进程。人们期待我作出绝对的、不断的安排。我将使大家起来。但是，我唯一的愿望是靠着最后一棵树干、最后一名战士静悄悄地死去。对我来说，是时候了。但是，我还可以为我们美洲唯一的心脏地区服务。自由的安的列斯群岛将拯救我们美洲的独立，拯救英语美洲令人怀疑的、受伤害的荣誉，也许将加速和确定世界的平衡。请看我们是怎么做的：你已少年白头，而我，历尽艰辛，心力交瘁。

为什么我必须要同您谈谈圣多明各①？是不是因为那里的事情同古巴不同？您虽然不是古巴人，但有谁比您更像是古巴人？难道戈麦斯②不能算古巴人吗？而我，又是哪国人呢？在友人协会令人难忘的、充满男子气概的夜晚，不正是您的声音使我心潮起伏、思绪万千、为之自豪吗？事情就是这样。我像服从最高的豁免和美洲的法律一样，甘心情愿地服从需要。在圣多明各的保护下，去参加争取古巴自由的战争。让我们像安第斯火山在海洋深处爆发一样，用鲜血和热情在海面上进行斗争。

我向您告辞，紧紧地拥抱您，并以我的名义，并以我祖国的名义，感谢您现在和将来对古巴伸张正义和恩赐。谁热爱我的祖国，我就大声称呼他：兄弟。凡是热爱我祖国的人都是我的兄弟。

再见，我尊敬的、宽宏大量的朋友。在这充斥粗暴和丑恶的人世间，我从您那里领略了高尚和纯洁的感情。我要高声说：如果我牺牲，同样也是为了您的祖国的独立。

您的何塞·马蒂

1895 年 3 月 25 日于蒙特克里斯蒂③

（徐世澄 译）

---

① 指多米尼加。

② 即马克西莫·戈麦斯（1836—1905），古巴独立战争领导人之一。生于今多米尼加共和国巴尼市。

③ 多米尼加北部城市。

致曼努埃尔·梅尔卡多①的信

我亲爱的兄长：

您已很久很久没有看到我的信了；但是，您是我灵魂最活跃的伴侣和最亲密的知己。我干一切事都要与您商量，我在做每一件事、写每一个字之前都要考虑一下，假如你看到了会不会高兴。请您绝对相信，如果我认为哪件事做了您一定不会高兴，那我就坚决不做。但至今我想到的和进行的一切，无一不是确信会得到您的赞同。如果是积极的事业，您一定会赞成；如果是罪过，您也会原谅我的，因为您是那样的宽厚和仁慈。对我来说，这种待遇犹如甘露一样甜美，我内心对您的感激是无法用言语表达的。您的家是我精神的庇护所。我每天默默无语地坐在您的餐桌上，却没有想到过您可能会因为我这种这表面上沉默而生气，也没有想到过您可能因此而冷待我。我觉得我有得到您帮助的特权，因此我不断地，而且越来越依赖您，日益想念您。这不仅表现为我在大白天常常想起您，更主要的是我知道，如果您在我身旁看到我的忧伤，您就会安慰我，解除我的悲痛，即使现在，我都感受到您在那遥远的地方用您对我的情谊抚慰我忧伤的心灵。想念能解除病痛，使感到疼痛的部位不再疼痛的人，乃是人类的软弱性，抑或也许是人类的坚强性的一种表现。因此，我像一个累倒在某个港口的旅行者，一个被逐出祖国的流放者，一个被自己心爱的、曾经忠实于他的女人抛弃的失

---

① 梅尔卡多是马蒂在墨西哥避难期间（1875—1877）结识的好友，曾给马蒂以多方面的帮助。

恋者，经常不断地想念着您。有时我想应该把所有这些事情写成诗，因为用诗歌形式来表达将是很优美的，因为它们本身就是诗。可是现在就不这么想了，因为我心中充满了悲痛，在这种心情下写的一切东西将充满了泪水，而我又憎恨令人忧伤、使人胆怯的作品。加固和拓展道路是写作者的任务；耶利米①的哀歌太好了，因此在他之后，任何哀叹都没有意义了。所以我既不给我母亲写信，也不给您写信，也不为自己写，什么也不写，因为想起痛心的事，就会失去忍受痛苦的勇气；如果给您写信，我就不能不忠不诚地向您隐瞒我的痛苦，同时我也不能写信去向您倾诉哀怨，因为我憎恶女人般的哀叹，并害怕向您诉说悲痛会使我的悲痛变得更加强烈。此外，两年前我就有事求您帮助，可现在我又不想求您了，因为如果求您帮忙，这信也就到不了您的手里了。由于事情对我很重要，又很紧迫，所以在给您写的几封信中不知不觉地谈到了它，但我又觉得只是在有急事相求时才提笔给您写信的做法很不好，于是这些信都没有寄出去，还留在我的手头。其中一封向您汇报我这几年的生活情况，并向您解释由于什么样的社会原因我没有去墨西哥这个亲爱的国家避难。在另一封信中，我征求您对一种古怪的反叛性的诗体的意见，我现在经常写这种诗，这不是由于我的思想意图，而是因为这样的诗，就像原野上的骏马，无拘无束，任意驰骋——但愿它能如此优雅、洒脱！——它发自我的内心，而我的心灵完完全全地倾注于您。您那宁静的灵魂到处陪伴着我，给我以力量。

　　另一封也没有发出的信是他们从我手里取走我的诗稿《伊斯马埃利约》并予以发表时给您写的。几个月来，这部诗集的全部印本都堆放在我的书架上，因为迄今生活还没有给我充分的机会来证明我是个见之于行动的诗人，所以我担心如果人们在看到我的行动之前看到我的诗，就可能认为我跟其他许多人一样是一个只写不做的诗人，还因为我对这本诗集感到十分羞愧，尽管我早已看到书中有

---

① 耶利米（Seremias，公元前约 650—公元前约 580），古代四大预言家之一，留下预言集《耶利米书》（见《圣经》）和哀叹耶路撒冷被毁的《哀歌》。

许多不着边际的废话，但我现在觉得那是一些出自一个初学者之手的残缺不全的诗歌，觉得每一个词都是一种罪过。这下您就知道了，我不是因为谦虚，而是因为高傲才把书藏起来的。

这个国家的人以下流、奸诈、可怕和明显的咨啬态度对待墨西哥，我在所有这些信中都表露了我像一个儿子那样对这种态度所感到的气愤。为了避嫌，不让别人说我多管闲事或者想沽名钓誉，我多少次放下了在我手中颤动的、发烫的、战斗的长矛般的笔！

但如今我通过忠心耿耿的埃维尔托的信知道奥卡兰萨已经去世；于是，埋藏在我心中的全部的爱，以诗歌的形式从我嘴中喷涌而出。我现在就把这些诗寄给您，其中充满了我的妹妹、您、您的家和您的国家的影子，尽管这些不是诗中直接描述的对象。非常奇怪，我竟然写了这些诗歌！其实，这些诗不是我创造的，而是现成的，来时就已经是成品了。我不应该向您诉说我所感受的痛苦，但我的感觉好像是有人在抢劫属于我的东西，因此我决心与盗贼作斗争。一个非常好的好人现在去世了，他爱的东西，也就是我所爱的。我能写诗颂扬他，这至少能给我一些安慰。我现在寄给您的这些诗是想象力的可怕泛滥，缺乏完美的结构，我都不知道是否有些价值，或者根本毫无价值，我收到埃维尔托来信后，心情激动，马上放下正在进行的紧迫工作，日以继夜地写了这些东西。正因为是在这种情况下写成的，所以我才寄给您。如果您认为还可以，就予以发表；如果认为不行，就请您为我创作时的那种热情而高兴，同时请您为我这些拙劣的作品狠狠地骂我吧。死去的他是多么的善良和伟大！他通过我朋友博纳尔德寄给我的关于您的短笺是多么的美好！我现在带着多么忧伤的亲切感观赏他那幅关于查波尔特佩克森林公园的素描！它已随我跑了许多地方，向人们展示我的忠诚和墨西哥最大胆、最潇洒、最有独创性的画家的才华。还有我曾经在您房间里见到的那幅关于我漂亮的安娜全身裸体素描，梅尔卡多，现在它怎么样了？除了您之外，还有谁能像我那样珍惜它呢？请您告诉我那幅画现在怎样了，我能否得到它。要是我能经常不断地看到那个苗条的和令人爱慕的形象，那将是我眼睛的巨大享受！我将感到拥有了巨大的财富。

　　我今天要对您说的最重要的事都已说了，这是在我的商行职员办公桌上匆忙写的，我之所以从事这一新的职业，是为了在这可鄙的流放者职业中不至于无所事事，并对西班牙语文学耕耘者的苦涩职业提供支持。紧紧拥抱洛拉，她仁慈的手在我病房中插的那些圣胡安鲜花的香气还在抚爱着我；紧紧拥抱曼努埃尔，他肯定是一个高尚、豪爽的孩子。亲吻窈窕文雅的路易莎和她的妹妹们的手。对您，献上您兄弟整个的心。

J. 马蒂

〔1882 年〕8 月 11 日于纽约

　　还用说请您把我的情况告诉佩翁、桑切斯·索利斯及其他尚未忘记我的人吗？

　　我的地址：J. M.

　　　　　324. Classon Av. —

　　　　　Brooklyn

　　　　　L. I.

（毛金里　译）

给母亲的信

妈妈：

今天是 3 月 25 日，我马上要进行一次长途旅行。此时此刻，我在想念您。我不停地想您。出于您强烈的爱心，您为我颠沛流离的生活而痛苦。可是，为什么您给了我一个热爱这种生活的生命呢？说实话，我不能不这样，男儿的责任就是到最有用的地方去。但是，在我日益严重的和必要的受苦受难中，对母亲的思念永远陪伴着我。

请代我拥抱我的姊妹们和她们的伴侣。但愿有一天我能看到他们都围在我的身旁并对我感到满意和高兴。到那时，我将殷勤和骄傲地悉心照顾您。现在，请您祝福我，并请相信，从我的心中永远不会生出不仁不义、不洁不净的事来。

祝您幸福

> 您的何塞·马蒂
> 1895 年 3 月 25 日于蒙特克里斯蒂

我有理由活得比您可能想象到的要更愉快和更有信心。真理和爱心不是没有意义的。不要悲伤。

（毛金里 译）

给玛丽亚·曼蒂利亚的信

写给我的玛丽亚：

　　我的小女儿，她现在在遥远的北方做什么呢？她在想关于世界的真理吗？她在想关于知识、关于爱吗？她知道懂得然后才能爱吗？她在想如何真心诚意地去爱吗？她是怀着爱心坐在她悲伤的母亲身旁吗？她是在准备迎接生活、准备以体面、独立的劳动为生吗？她在想，只有这样，当她将来长成一个女人的时候，才能与那些来求爱的男人平起平坐，或者超过他们吗？那些男人将把她带向陌生，或许，用他们的甜言蜜语、和蔼可亲的外表欺骗她，把她引向不幸。我的玛丽亚，她在考虑怎样以自由、体面的劳动博得好男人的爱、赢得坏男人的敬重吗？她在想，只有这样，她才能不为吃穿出卖心灵的自由和美貌吗？那些由于无知和缺少独立性而充满奴性的女人把出卖自由和美貌称作人世间的"爱情"。爱情是伟大的；但那不是爱情。我爱我的小女儿。谁不像我这样爱她谁就不爱她。爱是细腻的爱情、纯洁的希望，是互敬互爱。我的小女儿在想什么呢？她在想念我吗？

　　我现在在海地角，但我本不应当在这里。很多日子以来，我以为我无法给你写信，可我现在正在给你写信。今天我又开始上路，又一次对你说再见。当有人对我好，对古巴好的时候，我就把你的画像拿出来给他看。我的愿望是你们和你们的母亲紧密地生活在一起，是你能过上干净的好日子。只要有我活着的消息，你就等着我。先了解社会，然后再投身其中。通过思考和工作提高自己。你想知道我怎样想念你，想念你和小卡尔曼吗？任何事都能引起我谈论你，听钢琴曲，看书，读报，都会引起我关于你的话题。我给你寄去一张写在绿纸上的德隆德替你订的法国报纸的通知。你没有读过 Harper's Young People，但这不是你的错，而是报纸的错，这报纸上充满了编造的内容，没有感受，无中生有，语言啰嗦。这篇 Petit Francais（小法国人）写得既明白又有用，你读一读，然后再教给别人。教课的过程就是成长。我还通过邮局寄去两本书，并交给你一个任务。你如果爱我，就开始干；如果你不爱我，就不用干。你要是着手做这件工作，那么，每当我痛苦的时候，就会感觉肩上有你的手，额上有你的亲切，我就会感觉到你在理解我、安慰我时经常露出的微笑：那时候你一定在努力做这件工作，并且在想念我。

一本书叫 L'Histoire générale（通史）。这本书很短。作者用简洁、易懂的语言生动地讲述了整个世界历史，从最远古的时代一直讲到当代人思考的问题和创造的事物。书一共有 180 页，我希望你在冬天或夏天里每天译一页，译成你和别人能够看懂的文章，因为我的目的是由你将这本历史书译成好的西班牙文，让它成为一本印刷出来的能卖的书，同时，你和小卡尔曼也可以通过这本薄薄的小书全面理解历史的运动并讲给别人听。因此，你得全文翻译这本书，包括每一章后面的总结和每一页下面的问题。这些问题是为了帮助读者记住所读的内容，帮助老师提问的，所以，你应该使每页下面的问题与这一页的内容相符。总结译在每一章的结尾。你的译文应该很自然，让人们读起来觉得它是用译文的语言写成的，人们所说的好译文就是这样的。法文里有许多词在西班牙语里没有用。你已知道，法语里的 il est 根本不含有“他”的意思，il 只是为了就着 est，因为在法语里，动词不单独出现。但是在西班牙语里，在动词前面反复出现“我”“他”“我们”“他们”这些人称不仅没有必要，而且也不优美。你最好在翻译的同时看一本用简洁、实用的西班牙文写成的书，当然不是说要真的在同一个时间里看；这样你就可以在听力和思维上进入你所使用的翻译语言。我想不起来你手头有哪本语言简练的西班牙文书。我写《黄金时代》① 时就想使用这种孩子们能读懂的，既有意义又有音乐感的语言。也许你在翻译的同时应该读一读《黄金时代》。L Histoire générale 使用的是一种简明、直接的法语，我希望你译成的西班牙文也有这种风格。因此你在译的时候应该模仿这种语言，尽量使用同样的词汇，除非"法语的表达方式""法语句式"与西班牙文不同。比如，第一页第六段有这样一个句子：Les Grecs Ont les premiers cherché à se rendrecompte des choses du monde. 你当然不会把它逐字逐句译成"希腊人寻找最早的人意识世界万物"，因为这种表达在西班牙语里没有意义。要是我，我会译成"希腊人是最早试图理解世界的人"。如果我译成"希腊人试图最早的人"，就不是好的译文，因为这不是西班牙文；如果我这么接着译成"意识"，也不是好的译文，因为这也不是西班牙语的表达。瞧。这就是你必须在翻译中注意的问题，这样你的译文才能既好懂又优美，而不像某些译著那样语言古怪。你会觉得这是本有趣的书，特别是当你读到诗歌、歌剧里的人物生活的年代时，如果你不了解一部歌剧所描述的历史进程，你就无法深刻理解这部歌剧；如果你不知道希尔德德贡达是谁，他是什么地方、哪个年代的人，他做了些什么，那么你就无法真正理解他的浪漫曲。这只是个例子。我的玛丽亚，你的音乐不是这样的，你的音乐是有悟性有感性的。我的玛丽亚，好好学习，好好工作，并等着我。

如果你认认真真地译完了 L Histoire générale，译文字迹清楚，整整齐齐，留出边幅，看上去优雅、整洁，还怕没有人愿意为你和你的家印刷、出售这本书吗？在所有的西班牙文历史课本中，这是一本关于人的历史的最清楚、最全面、最有趣、可读性最强的书。我亲爱的小女儿，干吧，每天一页。你要向我学习。在我的桌子的

① 《黄金时代》是马蒂 1889 年为美洲儿童编写的一种月刊，内容包括拉丁美洲历史人物的英雄事迹。

这边是生命，在我的桌子的那边是死亡，我的身后还有人民——可是你看我给你写了多少页信。

　　另一本书是供你阅读和教课的。这是一本带插图的 300 页的书。玛丽亚，这肯定是迄今为止最好的自然书。你已经读过阿普尔顿的《手册》，可能小卡尔曼比你读得更早。我寄去的这本书比《手册》写得更短，更活泼，更紧凑，更清楚，描写栩栩如生。你读一读最后一章"Physiologie végétale（植物生理学）"，它讲的是植物的生命，你一定会觉得那是非常富有诗意的有趣的历史。这本书我读过，我又读了一遍，每次都像读新书一样新鲜。我很少读诗，因为差不多所有的诗不是造作就是夸张，这些诗用艰涩的语言表达虚假的感情，表达没有力度没有诚意的感情，是对有真情实感的诗人的低劣抄袭。相反，在关于科学的书里，在世界上的生命里，在世界运行的秩序中，在海底，在树木的真理和音乐中，在树木的力量和爱情里，在高空，在高空上的星族中——总之，在世界的统一中，我读到了更多的诗；世界包容了那么多不同的事物，它是一个整体，它在夜光里休息，而夜又属于进行生产性劳动的白昼。攀着屋檐看看世界怎样生活，这是件多么美妙的事啊！看万物怎样诞生，怎样成长，怎样变化，怎样改进，向这个生生不息的宏伟世界学习热爱真理，学习它如何蔑视用牺牲它换来的财富和傲慢——低劣无用的人们牺牲一切。玛丽亚，这就跟关于优雅的道理一样。优雅来自高尚的趣味，而不是东西的造价。服装的优美，那种真的、深沉的优美埋藏在高贵、坚强的心灵中。比起服装中最昂贵的时装来，诚实、聪颖、自由的心灵会给女人的身体带来更多的优美和魅力。谁买的越多，心里存的就越少。谁心里的东西越多，对外在的需要就越少。谁外面的装饰越多，内心的东西就越少，就越想掩盖内心的贫乏。谁能感觉自己的美貌、内在的美貌，就不会向外部寻找借来的美貌；当一个人知道自己美的时候，美是会放射光芒的。在人们面前，你要尽量快活、可爱。因为给人快活不给人悲伤是人的职责；认识了美的人会尊重美，保护别人和自身的美。但是你要注意，不要把茉莉花插在一只中国的瓷瓶里，你把它轻轻地插在一只装着清水的玻璃瓶里。这才是真正的优美：不要让花瓶超过了花。我们可以从大地万物的历史中愉快地学习这种朴实无华，这种真实的生活方式，这种对于虚荣的怜悯。你和小卡尔曼可以读一读保罗·贝尔①的书，两三个月后再读一遍，以后再读它一遍，没事的时候，经常翻翻它。这样，你们就真的可以成为老师，把这些真实的故事讲给学生们听，再不要喋喋不休地讲那么多分数、小数，讲那么多岬角、河流的无用名称，这些名称是可以通过偶尔指着地图教给学生的。讲故事时要在地图上查一个地名，讲历史时也常常要找某个人物生活过的国家。你可以在黑板上少讲一点，也不一定天天讲。要让女孩子们热爱学校，在学校里学到有趣有用的东西。

　　这个冬天我将看见你和小卡尔曼坐在你们的学校里。假使女孩子的年龄不同，你们会把她们分成两个班，你们俩同时从早晨九点工作到下午一点，或者由你们俩轮着给大家教不同的课。你已经能够教钢琴和阅读，再读一点书，你也许还可以教西班牙语。小卡尔曼可以同时教一节新的拼读和作文，这也就是一节语法课。先用听写的方式让女孩们写在她们的小黑板上，然后把听写的内容写在大黑板上，监督女孩们改正她们的错误。还可以教一节地理课。要教形象化的地理，不要只灌输名称。要让学生们感觉到大地是怎样构成的，并了解与此有关的其他因素。还要教另一种地理，那就是大的地理区分，这是应该教的，不要教太多美国佬的琐碎细节。一节科学课也是必要的。如果小卡尔曼已经真正理解了保罗·贝尔的书，可以由小卡尔曼按照这本书的顺序用对话的方式来教，好像讲一个真的故事。如果还不能完全理解，她可以根据从《手册》上学到的知识，加上对保罗·贝尔理解的部分以及天文学知识自己构思一种最好的讲课方式。有几本书对这堂科学课非常有用，这就是阿拉贝拉·巴克利的 The Fairy – Land of Science（《科学仙境》），还有

---

① 保罗·贝尔，法国生理学家。

约翰·卢伯克①的书，特别是其中的两本：*Fruits, flowers and leaves*（《水果、花卉和叶子》）和 *Ants, bees and wasps*（《蚂蚁、蜜蜂和黄蜂》）。你想象一下小卡尔曼如何给女孩们讲课吧。她将讲蜜蜂和花朵的友谊，讲鲜花如何向蜜蜂献媚，讲聪明的树叶如何睡觉、表示爱情和自我防御，讲星星的来访和旅行，讲蚂蚁的家。不要看太多书。我来接着讲。女孩子们对历史这门课可能还比较陌生。星期五呢，可以上一堂玩娃娃的课，在课上可以给娃娃剪裁衣服。还可以上一点钢琴复习课、时间长一点的书写课以及一堂素描课。你们可以先找两个、三个、四个女孩教起来。其他女孩就会跟着来的。当人们知道了有这么一个活泼有用的、用英语上课的学校，就会把在其他学校学习的孩子送到这儿来。如果来的是我们的人，那么你们就应该把课教得更可爱一点。可以给他们开一门精读课，讲解词汇的意义。就讲西班牙语，不要讲什么别的语法。孩子会在读、听的过程中自己慢慢发现语法。这样学来的语法才是对他们有用的语法。你要是努一把力的话，是不是还可以教点法语呢？像我过去教你那样，通过翻译轻松的自然书籍来教语言。如果我到了一个让你见不到的地方，或者一个没有办法回来的地方，只要想到你坐在你将用心灵教出的女孩儿中间，歪着你闪着光芒的小脑袋，我就会感到无比自豪和无限快乐。我想象着你坐在那儿，摆脱了世界的缠绕，依靠自己的独立劳动生活。夏天就试试，冬天就可以开始教课了。孩子，悄悄地穿过虚荣的人群。你的心灵就是你的丝绸。用你心灵的丝绸包裹你的母亲，爱抚她。被这样一个女人带到世界上来，这是你无上的荣耀。我祝福你：当你审视自己的心灵和自己的所作所为时，我希望你自己感觉如早晨的大地沐浴着阳光。感觉自己像光芒一样轻轻纯纯吧。把轻浮的世界留给其他的女孩——你比她们更有价值。微笑吧，就这样穿过人群。如果你再也见不到我的话，你要像埋葬弗兰克·索尔萨诺时那个小男孩所表现的一样：在我的

---

① 约翰·卢伯克，英国自然学者。

墓穴上放上一本书，那本我要求你写的书。或者把那本书放在你的胸口上，如果人们找不到我死的地方，我将被埋藏在你的胸口上。工作吧。吻你。等着我。你的。

马蒂

1895 年 4 月 9 日于海地角

（索飒 译）

给卡门·米耶雷斯及其子女的信

亲爱的卡米塔①、我的姑娘们、曼努埃尔和埃内斯托:

我在古巴一间盖着棕榈叶的茅屋里给你们写信。我们划着小船来到了古巴海滩,手上磨出了水泡,现在水泡已经干瘪。那是一个荆棘丛生的乱石滩。我们一行六人,上岸后在一片棕榈树和香蕉树林中宿营,人都睡在地上,身旁放着来福枪。我在路上给母亲摘了一株鲜花,是我见到的第一株花,给玛丽亚和卡米塔摘了几根欧洲蕨,给埃内斯托捡了一块彩色石。我给你们采集了这些东西,好像是要去看望你们,好像前面等着我的不是岩洞或山冈,而是家,是温暖而亲切的家——它永远显现在我的眼前。

卡米塔,我感到非常非常幸福,我的感官没有发生任何错觉,没有过多地考虑我自己,也没有天真幼稚而自私的欢乐,我可以告诉你,我终于完全回到了我的本性,我们的勇气赋予了我们回到本性的权利,我从我同胞们的身上,从我们的本性中看到的崇高品德使我陶醉,陶醉于甜蜜的幸福之中。但每时每刻,每当天亮和天黑的时候,每当有鲜花出现在我眼前的时候,每当我从这些河流和山岭上发现某种美境的时候,每当我趴在地上饱喝清凉溪水的时候,每当我空下来高兴地闭上眼睛的时候,我都在看着你那仁慈和平静的脸,在使姑娘们的前额贴近我的嘴唇。你们一直陪伴着我,围绕着我,我感觉到你们在我的周围,默默地守护着我。我唯一缺少的是她们。她们将缺少什么呢?她们能从新的痛苦中解脱出来吗?她

---

① 卡门的昵称。

们怎样弥补我原先给她们的微薄帮助呢？古巴已经用我的眼睛把她们的名字写在天上许多云彩上，写在许多树叶上。

我为自己成为有用的人而感到幸福，又因为你们不能目睹我现在的一切而忧伤。越感到幸福，忧伤也就越强。你们会这么忠诚、这么热烈地想念你们的朋友吗？

啊，玛丽亚，如果你能看到我高兴地行进在这些山道上，心里想着你，并以无比温柔的爱心想给你采集——尽管没有邮局替你寄去——这里山上生长的星星般的紫花和白花，那该多好呀！

我的玛丽亚，我身上的装备很多：肩上扛着来福枪，腰带上别着砍刀和左轮手枪，一只肩上挎着一百发子弹的子弹袋，另一只肩上挎着一大卷古巴地图，背上是我的背包，包括药品、衣服、吊床、毯子和书本，有二阿罗瓦①重，怀里是你的照片。

纸快要用光了，而信封也不能装得太鼓。全部阳光都洒在了这信纸上。你们瞧我还活着，很健康地活着，而且比以往任何时候都更爱你们——我孤独的同伴，医治我苦痛的良药。不要担心这里。困难是很大，但将去克服困难的人的勇气也很大。曼努埃尔是个好小伙子，好好工作。卡米塔，给妈妈写信。亲爱的卡米塔和玛丽亚，你们正在为当教师而学习。昨天到达这里时，我望见山头上有一棵棕榈树和一颗明星，这怎么能不使我想念卡米塔和玛丽亚呢？当我抬头仰望古巴晴朗的夜空时，我怎么能不思念你们母亲的友情呢？

要爱你们的

马蒂

1895 年 4 月 16 日于巴拉科阿区

十二天前我在一位农民的茅屋里写了第一封信，叙述了我们一行六人乘小船顺利到达并上了岸，我本人在漆黑的雨夜还当上了划桨手，以及来迎接我们的起义者的兄弟情义和他们的欢乐心情。

---

① 重量单位，合 11.5 公斤。

现在我在关塔那摩地区一个安全和快乐的营地给你们写信，这里有马塞奥和加尔松领导的三百名弟兄，他们是从另一地方到这里来迎接我们的。你们猜是谁骑着飞驰的骏马，身上还能闻到战斗的硝烟味，第一个前来拥抱我的？是拉法埃尔·波图翁多，他从昨天起就一直在我的身边。他的勇敢和理智博得了大家的爱戴和尊敬，而我爱他和尊重他还由于他远见卓识和奋不顾身的精神。请把这告诉里蒂卡。他的亲密朋友就是乌尔瓦诺·桑切斯的儿子。西班牙军队追得我们很紧。一位名叫路易斯·贡萨莱斯的杰出黑人，带着他的儿子和十七个亲属，加入了我们的行列。他是旅长，是个心地纯洁的有钱人。我们在四名狙击手和这位黑人的保护下徒步前进，大家很高兴。走着走着，突然在我们附近响起了密集的枪声，第一排子弹在我们的耳边飞过。战斗持续了一小时。后来，当敌人被击退后，我们与前来接应的自己人拥抱在一起：兴高采烈，战马嘶鸣，接着继续前进。这是一次值得赞叹的行军。两小时战斗之前，我们已经走了四个小时，接着又在黑夜中，举着火炬和点燃的树枝徒步走了八个小时，吃东西的时候都没有停下休息。宿营后我替伤员治疗包扎，直至凌晨三点才躺下。五点钟又出发了，大家都很愉快；再次宿营，有的睡觉，有的在一起闲谈，有的在张罗食品和牛肉，有人给我牵来了一匹马，配上了新鞍具；今天会有战斗吗？我们组织和举行了一次欢庆活动，主题是一个：从敌人那里缴获的一些武器。

我在吊床上写东西，膝盖旁边点着蜡，蜡烛是用一根插在地上的树枝支撑的。我有很多东西要写……昨天晚上帮助伤员治疗时，我感到我的手在向他们表示怜悯和同情……我没有告诉他们，昨天这英勇的一天是最初的六个人在巴拉科阿贫瘠或富饶的崇山峻岭中连续徒步行军十三天的最后一天，他们在那陌生的地区，没有向导，摸着黑，胜利地为反抗西班牙的统治而奋勇前进。

当我们拥抱何塞·马塞奥时，我们有三十个人。我们忘了一切，无论是在精神上，还是在肉体上，都感觉不到那令人痛苦的疲劳，忘了齐腰深的乱石滩，没到大腿根的水流，饥肠辘辘的白天，顶着斗篷度过的风雨交加的寒夜和磨烂的双脚。我们人人笑容满面，兄弟情谊越来越浓。戈麦斯对我的照顾殷勤周到，无微不至。我经过就近密切观察，发现他具有谨慎、吃苦耐劳和宽宏大量的品德。我们的步枪手行动迅速，在他们前进的道路上没有遇到任何障碍。响起了就寝号，但我的工作不允许我休息；拉法埃尔在我的身旁低声向我报告奥连特地区革命力量的情况，那里的革命力量确实很强大。参加过以前革命战争的人对人民群众的大无畏精神及其对革命的贡献感到惊讶……我通过自由的天空为我们的祖国——她是那样的美，不仅人民美，自然环境也美——向他们致以骄傲的问候……我不是无用之人，在我们古巴的这些山里也不觉得陌生；但是，任何感到不被他人所爱的人，在这个世界上是不会有所作为的。

马蒂

1895 年 4 月 26 日于关塔那摩附近

晚上 9 点，营地吹起了就寝号，经过一天的愉快而紧张的工作之后，我开始写信，以此休息。马塞奥、戈麦斯、邦内和博雷戈躺在门厅里各自的吊床上议论战斗情况。拉法埃尔·波图翁也许要跟我一起走，他与乌尔瓦诺·桑切斯·埃切瓦里亚的勇敢、机智的儿子今天一直在帮助我工作。看着这些特权家庭的青年充当那位黑人首领手下的队长，而那位豪爽、温和的首领像对待自己儿子一样拥抱和宠爱他们，是多么令人愉快的事呀！在茅屋的一角，就在我的旁边，躺着一个受痨病折磨的人，他手握武器，参加了过去的整个战争，这次又随队参战，他身体枯瘦，脸色苍白，像女人那样侧身骑着他的那匹头马。屋外是宁静的黑夜，整个白天都是阴沉沉的，只有当集会的队伍希望听他们亲昵地称之为"总统"的人讲话时，我才见到太阳。我当即予以拒绝。我的灵魂是单纯的，在我高尚的思想深处不接受这一称呼。从我来到这里的第一天起，人们就用这个衔称呼我，我把它撇在了一边，我已公开予以拒绝，并将正式申明拒绝接受，因为这个称号，无论是对我，还是对其他任何人，都不符合革命目前的利益和形势。革命在自然和健康地发展，在情感上像女孩一样优雅，她是那样的纯洁，世界上只有自由的空气能与之相比。在乡村和城镇，革命的热情是无可争辩的：没有任何相互敌视的消息，传来的都是团结和奉献的消息。洋溢着一片英勇气氛：一个可敬的朋友，一位年迈病弱的妇女的来信，指引和搭救了亲似手足的军队；两个疯狂的骑士，欢呼着扑向我们的脖颈，一个村镇的全体居民想逃出来，请求支援；一支小分队，骑着从宪警那儿夺来的马匹，去取老乡收藏起来的枪支。他们也送给我一匹白马。两天后我们又要出发了，将像在这里所做的那样继续发布命令，把这些健康的意志引上协调一致的道路，我们将跑遍奥连特的整个地区，那儿到处都是我们的人，将向他们的代表授权，让他们组织共和国的自己的政府。我感到自己既纯洁，又轻微，感到内心像孩子一样和平。

在勇敢和纯朴的何塞·马塞奥用胜利的战斗迎接我们之后进行的行军，是我的第一次战斗行军，为什么我现在又回忆起那次长征呢？

因它太美了，我真希望你们当时能与我们一起亲眼看到它。或许天空有阳台，而我所爱的人当时就站在其中的一个阳台上？上午，我们巴拉科阿远征队的六个人以及陆续加入我们队伍的其他人员在荆棘丛生的山里行动，手执武器在每一条小道上等待着敌人。突然响起了枪声，好像就在离我们几步远的地方。战斗持续了两个小时。我们的人胜利了。一百名刚入伍的古巴人击退了关塔那摩的三十名敌人。我们有三百人，但投入战斗的只有一百人。

他们流着鲜血，扔下武器，架着尸体，狼狈逃进村庄。得胜的古巴人在发生战斗的路上等待我们：他们跳下坐骑、互相拥抱，向我们欢呼；把我们扶上马背，给我们脚系上马刺。路上有一摊摊鲜血，还有一个血糊半干的埋在书包里的人头，这书包是我们的一名骑兵给他当枕头用的。我见了怎么能不害怕呢？我们在下午的阳光下，开始朝营地的方向胜利前进。晚上十二点他们就已离开营地前来接应我们，越过河流，穿过甘蔗园和灌木丛，当快要到达或已经靠近我们的时候，西班牙人向他们开火了；他们没有吃午饭，忍着饥饿战斗了两个小时；只能用饼干来哄骗胜利后感到的饥饿；开始8西里①的行军，开头是风和日丽的下午，随后是漫漫黑夜，在长刺的灌木丛中穿行。队伍成单行前进，拉得很长。副官们跑前跑后，大声喊叫。我们不时地调转马头，来回跑动，有时下马步行；在原地作短暂休息。队伍进入甘蔗田，出来时每人拿着一根甘蔗。"队伍停一下，有个伤员掉队了。"一名士兵拖着一条被子弹打穿的伤腿，戈麦斯把他拉上马，坐在鞍后。另一个伤员不肯上马："不，朋友，我还没有死。"他继续往前走，子弹还留在他的肩膀里。可怜的脚，太累了！大家在路边坐下，来福枪搁在一旁，光荣而自豪地又说又笑。有人"哎哟！"了一声，大家笑得更欢了。"开路！"强壮的中校卡塔赫纳——他是在十年战争②中获得中校头衔的——立即手执火炬骑马过来，那火炬绑在一株插在马镫皮套里的顶果仙人掌上。其他火炬间隔分散在队列中。燃烧的树枝，火花飞迸，噼啪作响，朝天空喷吐着火苗和烟羽。

河流把我们的队伍切断了。我们等候疲劳不堪、落在后面的人。扇叶矮棕林就在我们附近的黑暗处。这是最后一条河，对岸是梦乡。吊床、烛台、锅炉。整个营地已经睡下。我要等一会儿再睡，同我的砍刀和手枪一起睡到一棵大树下，帆布斗篷将是我的枕头；现在我把手伸进背包，从中取出药品，替伤员疗伤。凌晨三点钟，天上的星星多么亲切……！五点钟，睁开眼睛，翻身上马。

你们一定要知道，我增长了新的本领，我不时地收起笔，放下我用来写东西的棕榈皮，离开凳子，去猜测某个病人得了什么病。出于仁爱或由于偶然，在我背包里装的药品比衣服还多，不是为我自己准备的，我的身体比任何时候都要健康。这是因为我有这方面的本领：知道人体是怎样构成的和我带的神奇的碘酒。就靠这些，我已经赢得了小小的声誉。还有爱心，它是另一种神奇的药。我通

---

① 西里，即西班牙里，约等于5.5公里。
② 指1868年至1878年的战争。

过直接的接触和严格的约束培植爱心，使博爱不至于成为可耻的阿谀奉承，尽管纯洁透彻的灵魂是少有的，而是成为感情上最优美的东西，透过下流的脏话、争吵、油炸食品和其他菜肴来美化这种军营生活。

如果你们能看到我们开饭时的情境就好了！我们把凳子放倒，以便一张凳上坐两人。我们用椰子果壳和少量的碟子盛香蕉炖肉，盐很少；有时简直是盛宴，有炸香蕉、鸡蛋腌肉条、茄汁鸡，还有点心：一根青香蕉或一点点蜂蜜。吃的肉通常是劣质肉或死畜肉。其他营地的厨子手艺比较好，饭菜做得精细；但是，这个司令部和西班牙顾问所在的营地，工作非常忙。我的衣着怎样？长裤、肥大的蓝布上衣、黑色的帽子和草鞋。

送信的人要走了……

马蒂

1895 年 4 月 28 日于关塔那摩附近

（毛金里 译）

我擎着大卫的投石器

——致梅尔卡多的信

多斯·里奥斯军营，1895 年 5 月 18 日

曼努埃尔·梅尔卡多先生

我最亲爱的弟兄：

现在我终于能写信，终于能向你表示我对你和你家庭的深情、感激和尊敬了，我把你的家庭当作自己的一样，认为是我的骄傲和义务所在。现在我每天都可能为我的国家和责任而献出生命——我了解这一点，并且有决心把它实现——我的责任是通过古巴的独立，及时防止美国在安的列斯群岛的扩张，防止它挟持这一新的力量扑向我们的美洲。我到目前为止所做的一切，以及今后要做的一切，都为了这个目的。以前我们对这一点不得不保持沉默并采用暗示，因为有些事必须隐蔽些，如实公布的话，可能引起过分巨大的困难，从而不易实现。

鄙视我们的、嚣张而残暴的北方①企图并吞我们美洲的国家，这条通路必须堵塞，我们也正在用鲜血来堵塞。有些国家——例如你的和我的——密切关心的是防止北方帝国主义者和西班牙人在古巴开辟并吞的道路，可是同样性质的琐事和公共的义务妨碍了他们，使他们没有显著地支持和明确地帮助我们所做的、同他们自己也有切身利害关系的牺牲。

---

① 北方，指美国。

我曾在恶魔的心脏生活过，因此熟知它的五脏六腑：我擎着大卫的投石器①。不久前，我们一行六人在山里走了十四天，面临古巴人以胜利来迎接我们顺利出山的时候，那个把我从茅屋里的吊床上拖出来的《先驱报》的记者，同我谈起教会人士的拥护并吞主义的活动，那些人不会有所作为，因此没有什么可以害怕的，他们既挺不直腰板，又没有头脑，只为了掩饰他们对西班牙的奉承和屈从，毫无廉耻地向西班牙乞求古巴的自治，不管美国佬也好，西班牙人也好，只希望有一个主子赏赐给他们教会中的职务，维持或给予他们超人一等的地位，他们全然不把国内广大群众放在眼里——由白人和黑人组成的，聪明、能干、富有创造性、奋发有为的群众。

　　《先驱报》记者尤金·勃里逊还和我谈起一个美国工会，幸好由于海关的保证（海关对贪婪的西班牙银行负债累累，以至美国的银行无法掌握），并且不受那套麻烦复杂的政治结构的限制，所以能对这个想法像政府活动那样加以倡导或支持。勃里逊和我谈话的精髓，只有充分理会我们进行革命的胆识的人才能了解，他说起西班牙新募军队中的混乱、厌战情绪和恶劣待遇，以及西班牙不能像上次那样在古巴或古巴以外的地方收集作战资源。勃里逊把他和马丁纳斯·坎波斯谈话的内容告诉了我，那次谈话结束时，坎波斯向他说明，到一定时候，西班牙无疑宁肯和美国取得协议，把古巴交给古巴人。此外，勃里逊还提到我们的一个熟人，说是当墨西哥现任总统去世后，美国准备把他提出来，作为美国的墨西哥总统候选人。

　　我的责任就在于此。古巴战争的现实超越了那些拥护合并的古巴人和西班牙人的模糊而分散的愿望，那些人同西班牙政府的联盟只能给他们带来相对的权力。在美洲，古巴战争的时机已经成熟了，即便对方公开使用一切力量，这场战争也将防止美国并吞古

---

① 《圣经》传说：大卫是个年轻牧人，当犹太人的强敌非利士人侵犯时，大卫用投石器击杀了非利士勇士歌利亚。

巴，因为美国永远不能并吞一个在进行战争的国家，再则由于战争和归并不是相容的，美国也不能进行那种可憎而荒谬的调停，由它出面、依靠它的武力来扑灭一场美洲的独立战争。

至于墨西哥，它是不是能找到一个明智、有效、直接的办法，及时帮助维护它的人呢？找得到的——不然我将替它找到。这是生死攸关的问题，不能马虎。唯一需要注意的只是找一个审慎的办法而已。这个办法，我原可以找到和建议。但是在采取行动或提供建议之前，我自己必须有更大的权力，或者知道谁有这份权力。我刚到这里，我们成立一个有效而简单的政府，如果要达到真实和稳固，也许还需要两个月的时间。我明白，我们的理想，我们国家的意志是一致的；但是这一类事情总牵涉到关系、时机和条件。作为代表，我不愿意做什么仿佛越出代表职权的事。我和马克西莫·戈麦斯将军以及另外四个人乘一条小船，我在船头操桨，冒着风暴来到古巴海滩一个陌生的沙砾地，我背着背包和步枪在荆棘丛生的山地走了十四天——我们一路上发动群众；我在人们善良的灵魂中深深感到我对人们苦难的同情和解除他们苦难的渴望；毫无疑问，农村已经在我们控制之下，在一个月里，我只听到一次枪声；在城市附近，我们要么就是打胜仗，要么就是检阅三千个热情高涨的武装人员；我们继续向岛中心挺进，在我发动的革命面前，我将交出流亡志士授予我的、受到尊重的权力，然后根据新的情况召开一次真正的古巴人民的代表大会——武装的革命者的代表大会。革命希望在军队中享有充分的自由，不要以前那种未经真正批准的败事有余的议院，不要那种热衷于共和主义的多疑的青年人，也不要那种害怕将来过分突出的患得患失的领袖；革命希望共和国能得到既质朴又可尊敬的代表——共和国的代表应该具有那种在战争中鼓舞和支持革命者的人道和正直的精神，充满对个人尊严的热望。在我说来，我懂得人民不可能被引导来反对那个推动他的灵魂，也不能没有那个灵魂；我知道人们的心灵是怎么激发起来的，怎么利用人心热烈的状况来展开不断的运动和进攻。至于形式，可以包含许多内容，人的事情将由人来完成。您了解我。我只维护一切保证革命、为革命服务的事情。我知道自己总有一死。但是我的思想不会死灭，我的默默无闻也不会使我愤懑。只要我们的肉体存在，我们就要行动，由我，或者由别人来完成。

上面已经谈过公众关心的事情，现在我不妨对您谈谈我个人的情况吧，只有责任感才能从他想望的死亡中唤起这个人，既然纳赫拉已经见不到了，那这个人唯有您最了解，他在内心万分珍惜您使他感到骄傲的友情。

在我旅行之后，我料想得到你们暗地里一定在责怪：我们把一片心意全给了他，他却毫无反应！这个人多么负心，多么冷漠，我们对他的一番情意竟然不能使他在信纸或者甚至报纸上写一封信！

有些感情是这样真诚微妙……①

（王仲年 译）

---

① 这封信没有结束，据说当时巴托洛梅·马索将军来到马蒂的营帐，马蒂搁下笔打算以后再写，可是第二天就在战场上牺牲了。

战地日记^①（节选）

4 月 9 日。洛拉^②在阳台上哭泣。我们起航。

10 日。我们离开海地角。拂晓抵达伊纳瓜。我们扬起风帆。

11 日。我们乘小艇。早上 11 点钟出发。经过迈西时，看见了灯塔。我到甲板观望。晚上 7 点半，天变黑。又登上小艇。上尉激动不已。下船。起航时下起瓢泼大雨。我们迷失方向。小艇上意见不一，众说纷纭。雨越下越大。方向舵失灵。我们自己确定航向。我在船头划桨。萨拉斯^③在我后面划桨。帕基托·博雷罗^④和将军^⑤在船尾帮忙。我们系好左轮手枪，向小港湾划去。月亮从云里出来，红红的。我们抵达一个碎石滩（拉普拉伊塔海滩，在卡霍巴博山下）。我最后一个离开小船，把船里的水掏净。跳上岸。无比幸福。我们将船转过来，取出大肚罐，喝马拉加甜葡萄酒。越过石头、荆棘和沼泽地。我们听见有声音，在一个栅栏附近作好准备：绕过栅栏，到达一户人家。我们在附近席地而睡。

14 日。今天是起义者日。5 点钟我们就出发。我们蹚水过河，

---

① 又名"从海地角到多斯里奥斯"。这部日记共 57 页，记叙从 1895 年 4 月 9 日至 5 月 17 日（马蒂逝世前两天）马蒂所经历的事件。原件缺第 28—31 页，正好是 5 月 6 日一天的日记。

② 即多洛雷·阿兰，是乌尔皮亚诺·德龙德博士的夫人。他们两人都是古巴人，同情并支持马蒂的革命活动。马蒂曾住他们家里。

③ 塞萨尔·萨拉斯·萨莫拉上尉（1867—1897）。

④ 弗朗西斯科·博雷罗将军（1864—1895）。

⑤ 马克西莫·戈麦斯 - 巴埃斯将军（1835—1905），古巴独立战争领导人之一。曾任起义军总司令。1895 年 4 月 11 日与马蒂一起在奥连特省登陆。

水齐腰深。再一次蹚水过河。岸边高高的浆果树。随后，我穿上新鞋，背着行装，往布满细叶的雅雅木、黄槿树和星罗棋布的菠萝田的高冈上爬。我们看见在一棵桂樱乌桕上蜷缩着一只硬毛鼠。马尔科斯脱了鞋，往树上爬去。一砍刀下去，把硬毛鼠砍死了："硬毛鼠受惊了"，"它已被砍死"。尝了尝何塞用棍子打下的酸橘子，说："真甜！"我们一个山冈接着一个山冈地爬。爬了三个山冈后，便到了绍德尔内赫西阿尔：这是一个风景幽美的地方，山上有一片开阔地，古棕榈、芒果树和橘树成林。何塞走过去，马尔科斯走过来，摘了满满一披肩的椰子。他们给了我一个苹果。格拉和帕基托放哨。我们在营地休息。塞萨尔帮我缝肩带。我们将棕榈树的棕皮剥下，铺在地上。戈麦斯手持砍刀，将棕榈叶砍下为他自己和为我搭茅屋用。格拉搭自己的茅屋：支起四根树杈，屋檐上放上树枝，再铺上棕榈皮。他们各干各的，有的在刮椰子，马尔科斯在将军帮助下，在剥硬毛鼠皮。他们用酸橘子抹在硬毛鼠肉上腌。猪把橘子和鼠皮叼走。鼠肉放在临时搭的铁笼上用木柴烤。突然，发现有人来了："啊，是弟兄们！"我跑到放哨处一看，是鲁埃内斯、费利克斯·鲁埃内斯、加拉诺①、卢比奥等十名游击队员。大家喜出望外，互相拥抱。他们每人都带有步枪、砍刀和手枪。他们来到最大的山冈。病号们复苏过来。我们背起背包。用棕榈皮将硬毛鼠包了起来。他们争着抢我的背包。我背着步枪和一百发子弹，朝山下走去。下面是蒂比西亚尔。有一个哨所。又一哨所。我们已到了塔维拉②住的茅屋，游击队就扎营在此。他们排着队等候我们。他们穿着不一，有的穿短装打扮，有的穿着衬衫和长裤，有的穿着肥大的上衣和粗布短裤。他们多数是黑人，有两个是西班牙人。加拉诺是白人。普埃内斯逐一作了介绍。将军慷慨陈词。我也讲了话。检阅队伍。娱乐。就餐。编组。傍晚，我们再次讲话。夜幕降临。点燃蜡烛，利马在炖硬毛鼠和烤香蕉，还就放哨一事争论几句。将军把

---

① 安德里亚诺·加拉诺少尉。

② 即米格尔·阿吉雷。

我的吊床挂在塔维拉茅屋的入口处。我们裹着雨衣睡觉。正要睡时，哎呀！何塞手持蜡烛，挑了两只筐，一只装着鲜肉，另一只装着蜂蜜。我们迫不及待地尝起蜂蜜来。刚从蜂房采下的蜜味道好极了。今天一天，阳光明媚，空气清新，心旷神怡，疲惫不堪的身躯得到放松。我从茅屋往外望去，在后山高处，可见到一只鸽子和一颗星星。这个地方称作维加德拉……

15 日。清晨醒来，下达命令。一组人被派到维吉塔斯西班牙人开的商店去采购。另一组人被派到路边的一个器械库。第三组人被派去找向导。他们买回来盐、麻鞋、一小袋甜食、三瓶烧酒、巧克力、甘蔗酒和蜂蜜。何塞买回来猪肉。晚餐有香蕉、木薯烧猪肉。早餐有香蕉饼、奶酪、热的桂皮和茴芹汤。来了一位向导中国人科伦比埃，牧民，眼有病，牵着一条黄狗。傍晚，人们排成行去小峡谷。将军同帕基托、格拉和鲁埃内斯在一起。"能让我们三人单独在一起待一会儿吗？"我有些担忧：会不会有危险？安赫尔·格拉前来叫我和卡尔多索上尉。戈麦斯站在山脚下一条两旁栽着香蕉树的小路上，路的下面是小峡谷。他温柔细语地对我说，解放军承认我为代表（delegado）①，承认他为总司令，这是在指挥官理事会上选举产生的。除此之外，还任命我为联军司令。我拥抱他。所有的人都拥抱我。晚餐有用椰子油烧的猪肉，味道不错。

17 日。上午在营地。昨天宰了一头牛。今天太阳一出来，大家就围着锅台围转。灵巧和善良的多米蒂拉，拿着埃及的披巾，到山上去，带回用披巾包的满满一包西红柿、芫荽和牛至。有一人给我一块木薯，另一人给我一杯热的甘蔗酒。他们在榨一捆甘蔗。茅屋后面是一个山坡，坡上有许多椰子树、香蕉树、野生的棉花和烟草。远处，在河边，有牧场；在圆形、碧绿的山周围开阔地，有橘林。蔚蓝色的天空，白云朵朵。有一只鸽子在云中翱翔。一幅蓝天自由景象。我有些焦虑不安。明天我们将出发。我把《西塞罗②生

---

① 马蒂在 1892 年 4 月 10 日联合各古巴侨民爱国组织在纽约成立古巴革命党并被选为党代表，即主席。

② 西塞罗（公元前 106—前 43），古罗马政治家、雄辩家和哲学家。

平》一书塞在口袋里，口袋里装有五十发子弹。我写了几封信。将军正在用椰子和蜂蜜做甜点心。大家在为明天的出发作准备。我们向一个神色慌张的大胡子农场主买蜂蜜。我们先用四个雷阿尔买一加仑蜂蜜，后来，经我们作宣传，他又送给我们二加仑蜂蜜。外号叫"油柑"的胡安·特莱斯福罗·罗德里格斯（他现在不愿意再用"罗德里格斯"的名字，因为他给西班牙人当向导时曾用过此名）来营地，他将同我们一起出发。他已结婚。但他一走，妻子也溜了。混血儿、桀骜不驯的"小鸟"在要砍刀。他的脚很大，目光炯炯有神。明天我们将从何塞·比内达家出发。比内达的妻子名叫戈雅。（霍霍来了）。

18日。9点半我们出发。列队为我们送行。戈麦斯宣读晋升名单。军士长普托·里科说："马蒂将军到哪儿，我就到哪儿，一直到战死。"我们向所有的人告辞，向鲁埃内斯、加拉诺、卡尔多索上尉、卢比奥、丹内里、何塞·马丁内斯、里卡尔多·罗德里格斯告辞。爬山时，我们六次涉过霍波河。我们爬过帕瓦诺山，登上波马利托山峰，在山顶上鸟瞰满山遍野的中国橘林景色。往山顶上爬时，两边的油棕榈散发出阵阵幽香。高处叶小如针、浓密的攀缘藤一棵接一棵像帘幔悬挂悬崖峭壁上。山坡上有野咖啡和丁子香树林。在周围，有一片苗圃；远处，是青山、白云。在前往安赫尔·卡斯特罗的卡尔德罗庄园的途中，我们决定在山坡过夜。我们用砍刀开辟了一块空地。在树干与树干之间搭起吊床。格拉和帕基托睡在地上。美好的夜晚令人难以入睡。蟋蟀和蜥蜴的叫声汇成一个混声大合唱。隐约还可见到，山上长满菠萝和一种叫帕华的矮的带刺的棕榈树。萤火虫在周围慢慢地飞来飞去。在刺耳的声音中，可听到森林中传来的温柔、和谐的交响乐声，犹如小提琴合奏曲。森林交响乐波浪起伏，交相呼应，张开翅膀，时而憩息，时而颤动，时而升华，但总是精巧、细腻的。流畅的乐声在凝视着。谁的翅膀碰到了树叶？是什么样的小提琴和小提琴合奏曲使树叶发出乐声、产生灵魂？树叶的灵魂在跳什么舞蹈？我们差点忘了吃晚饭。晚饭有大香肠、巧克力和一块烤木薯。衣服是放在篝火上烘干的。

21日。6点钟我们便同安东尼奥一起动身去圣安东尼奥。路上，我们停了一会儿。有人用砍刀砍倒一棵棕榈树，以取下树上的蜂窝，蜂窝是干的，蜂巢里满是小白蜂。戈麦斯取出蜂蜜，在蜜中榨出幼蜂，喝起来很可口。不一会儿，小路上来了一位年迈、英俊的黑人，名叫路易斯·冈萨雷斯，同来的还有他的兄弟、儿子马格达莱诺和侄子欧费米奥。老人事先曾通知佩里科·佩雷斯。我们同他一起在圣安东尼奥附近等着队伍。路易斯同我拥抱。多么不幸的消息！弗洛尔真的死了？多么洒脱的弗洛尔！马塞奥被叛逆的叫加里多的印第安人打伤。何塞·马塞奥用砍刀砍死了加里多。中午路易斯来时我们正在吃白薯和烤猪肉。地上铺着一块白桌布，桌布上放着路易斯家里做的木薯饼。我们再次骑着马，挥舞马刀，从高处，我们见到宽阔的萨巴纳拉马尔河，我们涉水过河，穿过河中的芦苇，在河的对岸安营扎寨。路易斯的拥抱，他笑容可掬的眼睛，洁白的牙齿，刮得干干净净的花白胡子，他宽阔和安宁的黑黝黝的脸庞令人难忘。他是周围地区的长者，穿着优质粗亚麻布衣服，他的家是靠山最近的住家。他心地温和，身体灵活、健壮、英武。晚餐我们吃他家的腌牛肉和香蕉，他去村里了。夜里，他摸黑从山里回来，带回新鲜食品、一个吊床、一篮子蜂蜜。今天，我见到一种叫亚瓜马的植物，其叶子可以止血，对伤员很有用。路易斯对我说："把叶子弄皱，把它们放在伤口上，血就可以止住。"他还教我如何使蜡烛在行军中不至于熄灭：将一块粗棉布浸湿后包在蜡烛周围，这样蜡烛耗烛少，点燃的时间比较长。背叛马塞奥的被抓起来的医生，是不是那可怜的弗兰克？啊，弗洛尔！

25日。打了一天仗。我们一直在山里行军，渐渐靠近在第一次独立战争一直是敌对的关塔那摩海湾，直到阿罗约翁多。我们迷失了方向。荆棘划破了我们的皮肤，树藤使我们窒息并敲打着我们。我们经过一片绿色加拉巴木树林，光秃的凤梨树干上稀疏地挂着凤梨。边赶路，边打开加拉巴水果，将果汁一饮而尽。11点，听到清晰的枪声。霰弹声在回荡。另一边是嘶哑、猛烈的枪声。战斗就在我们脚下打响。有三颗子弹打到树干上。一位漂亮的小伙子说：

"远处的枪战多有意思！"一位老人说："最有意思的是在近处。"我们沿着溪水继续行军。枪声越来越密集。马格达莱诺靠在一棵树上，在一只新鲜的加拉巴木果壳上雕花。午饭我们吃生鸡蛋，喝一点蜂蜜和古巴圣地亚哥市产的帝王牌巧克力。不一会儿，村里来了两个人来通风报信。他们见到有一个牺牲，二十五人受伤。马塞奥前来找我们，他在附近等我们。见到马塞奥，很高兴。我在给卡尔米塔的信中写道："在战斗的路上，打了胜仗的古巴人等着我们。他们骑着马，这些马是他们从国民警察手中夺来的。他们拥抱我们，向我们欢呼，让我们骑上马，帮我们套上马刺。"我在路上看到的血迹，怎么能不使我毛骨悚然？当我看到一个血淋淋的人头，被我们一位骑士装进书包埋在土里，怎么不令人胆战心惊？夕阳西下，我们开始凯旋。夜晚 12 点，他们就涉河，越过甘蔗田和灌木丛来救援我们。中午，在快靠近我们时，遇到了西班牙军队。他们没来得及吃午饭同敌人激战了二小时，获胜后，就吃几块饼干充饥。在愉快、明亮的傍晚，我们开始 8 个雷瓜①的归途，天越来越黑了。队伍排成单行，拉得很长。副官们边跑边喊。我们有的骑马，有的步行，在蜿蜒的山上盘旋。我们穿过甘蔗田，走出甘蔗田时，每个战士都摘了一根甘蔗。（天黑时，我们穿过铁路，听到蔗糖厂的汽笛声。在平原的尽头，我们见到了电灯。）队伍停了下来，因后面有伤病员。一位战士腿中了子弹，戈麦斯把他扶上马。另一位伤员不愿上马："不，朋友。我还没有死。"尽管他肩中子弹，依然继续行军。可怜的脚，走得如此累！队伍在路边坐下休息，步枪放在身边。战士们朝着我们自豪地微笑。可听到有人"哎哟"，但更多的是欢笑声和兴高采烈的交谈声。"闪开！"雄健的卡塔赫纳中校骑着马来了，中校的军衔是他在上次独立战争时获得的，他手持像长矛般的用仙人掌做的火把。另一些火把也点燃了起来。人们点燃了干枯的树木，烧得红红的，火星四射，烟火直升空中。一条河挡住我们去路。我们等了一会儿疲惫的士兵。四周是一片扁叶矮棕

---

① 西班牙里程单位，合 5572.7 米。

树。这是我们要过的最后一条河了，涉过这条河，我们就地过夜。架起了吊床，点燃了蜡烛，吃了点饭，大家便睡觉，我也将在一株大树底下睡觉，身边放着砍刀和手枪，用雨衣作枕头。我摸黑翻我的背包，把药找出来给伤员治伤。凌晨3点，星星十分可爱。5点，我睁开眼睛，科尔特骑着马，砍刀插在腰间，穿着布鞋，前来报告：骁勇的阿尔西尔·杜维尔吉埃死了，他是脑门中弹而死的。另一名狙击手，被一排子弹射死。另一名战士在冒险过桥时中弹死去。伤员们都在哪儿安营？我费了不少劲，把伤员集中在一名重伤员附近，这名重伤员已昏厥过去，是用吊床作担架抬来的。他的牙已被拔掉，拔牙时在他嘴里蘸了烟叶水。他不情愿地呷了一口苦樱桃酒。洗伤口用的水没有，后来，终于拎来了一桶浑浊的水。蒂阿里瓦的仆役埃瓦里斯托·萨亚斯带来了干净的水。助理医生跑到哪儿去了？为什么不来照顾伤员？其他三人披着风雨衣埋怨。助理医生终于来了，他裹着一条床单，以暖暖身子。我们在帕基托·博雷罗周到的帮助下，给重病号治他鼻子上的伤口。子弹从鼻子进去，从后面穿出来。伤口一头有顶针那么大，另一头有一粒榛子那么大。我们用碘酒、药棉洗他的伤口。另一位伤员子弹从他大腿上部进去，从后面穿出来。第三位伤员，趴在地上，子弹从他背部穿出，伤口又红又肿。最后一位伤员患有梅毒，鼻子和嘴巴都糜烂了，子弹穿过他的背部。梅尔昌妻子的表弟哥伦比亚人安东尼奥·苏亚雷斯也在背部受伤，他迷了路，后来找到了我们。

5月2日。队伍向哈拉韦卡挺进。到了甘蔗园。拉斐尔·波图翁多穿过一望无垠和被遗弃的甘蔗田回家，冒雨用绳子牵回来五头牛。我们抵达雷奥诺尔，用面包夹点奶酪充当晚饭，就上吊床睡觉，这时候，《先驱报》记者乔治·尤金·勃里逊骑着塞菲的马到宿营地。我同他一直工作到凌晨3点。

3日。早晨5点，我同昨晚抵达的佩里埃一起到他在哈拉韦卡的咖啡林。我们站在山冈上，眼前展现出一幅广阔的画卷：背景是一个客厅，一个闲置的可可和咖啡的磨坊。开阔的风景从高处向两边伸展，两条河流潺潺，水清澈见底，棕榈树点缀其间，远处是青山。我工作了整整一天，向《先驱报》、更多的是向勃里逊发表声明。午夜1点，在我寻找我的吊床时，看到不少人睡在地上，我想他们可能忘了把吊床挂起来。我躺在一条长凳上，用草帽作枕头。但气候渐凉，我只得到还点着火的伙房去取暖。他们给了我一个吊床，一位战士给我盖了一条旧的大披巾。凌晨4点，起床号吹响了。

4日。勃里逊走了。不一会儿，战争委员会审讯马萨博①。马萨博强奸妇女，偷盗钱财。拉斐尔主持审讯，马里亚诺进行控诉。一副凶相的马萨博神色沮丧，矢口抵赖。他的辩护律师乞求我们宽恕他。当宣布对他判处死刑时，人群中有一人在削甘蔗。戈麦斯说："这个人不是我们的人，他是一个可鄙的蛆虫。"马萨博还没有坐下，他朝戈麦斯恶狠狠地看了一眼。

士兵们静悄悄地听完后，鼓掌欢呼。出发令下达后，马萨博还站着，没有人注意他，他身上看不出害怕的样子，他身着宽大、很薄的长裤，裤腿被风吹得不停地飘起来。阳光下，骑兵、罪犯、整个队伍向附近一个低地进军。静悄悄集结的队伍遇到了危急情况。枪声四起。马萨博死得勇敢。"上校，我排哪儿？在前面，还是在后面？""在前面。"在战斗中，他是好样的。

5日。马塞奥同我们约好在博库西会师，但是，我们不能在原定12点钟到达博库西。他在昨晚就到达，在他的营地等我们。我们竭尽全力赶路。突然，见到几位骑士。马塞奥身穿灰色细亚麻皮服骑着一匹深橘黄色的马，马鞍是银的，闪闪发光，上面刻有星星。他亲自前来找我们，他身边的马斯庞到附近的梅霍拉纳的甘蔗园去准备一百人用的午餐去了。甘蔗园像过节一样欢迎我们的到来。仆人和劳工们兴高采烈，对我们十分钦佩。主人是一位年迈的黑人，长着络腮胡子，头戴草帽，个子不高，他拿出苦艾酒、雪茄烟、甘蔗酒和香葡萄酒。"杀三只、五只、十只、十四只母鸡。"一位妇女袒胸露臂、穿着拖鞋给我们端来草青酒。另一位妇女端来甘

① 皮拉尔·马萨博是在拉蒙德拉耶瓜斯一带活动的土匪头目。

蔗酒。人们来回走动，马塞奥的副官卡斯特罗·帕洛米诺来回搬东西，他腿脚利索，能言善辩。马塞奥和戈麦斯在我附近小声谈话。不一会儿，他们叫我到门厅去。马塞奥对政府的组成有另外的设想：建立一个由掌握指挥权的将军代表组成的委员会——总秘书处——行使政府所有职能，并作为军队秘书处，组建一支军队。我们到一间房间去谈话。我不能打断马塞奥的谈话。"你是同我一块留下，还是同戈麦斯一块走？"他对我说，并打断我的话，好像我就是莱古莱约政府的继承者和代表。我看他由于委派弗洛尔负责远征和经费的开支，内心受到伤害。他对我说："我仍敬爱你，但不如从前。"我坚持要向即将选举政府的代表们辞去我的职务。马塞奥不愿意他的部队的各个指挥官各行其是，他将统率东部四支队伍，"在十五天之内将同你们会师，这些队伍是马蒂先生不可能将他们拆散的。"在菜肴丰盛，有鸡、烤小猪的筵席上，他又重提此事，使我感到不安和烦恼。我明白，我应该卸去人们想让我担任的约束军事运动的维护者的职务。我坚持军队应是自由的，而国家应是有代表性的，应保持它完全的尊严。我对在餐桌上，在马塞奥马上要启程前，这样拐弯抹角的和强制性的谈话表示不满。夜幕将降临在古巴大地，马塞奥将有六小时行程。他的队伍就在附近，但他并没有带我们去见他们，其中有希瓜尼的拉皮、古巴的布斯托及我们带过来的何塞的队伍。我们骑上马，迅速地告别，"你们往那边。"我们带着闷闷不乐的随行人员出发，副官们同何塞一起留下了。天色已晚，我们没有确切的方向，朝路上一个棚屋走去，但没有在那儿歇脚，而是去找副官们。我们继续赶路，是到一个在营地外的满地是淤泥的牧场，那里很容易遭攻击。戈麦斯曾派副官们到何塞宿营地去找肉，他们把肉带回来了。就这样，我们闷闷不乐地躺下休息。

　　7 日。我们离开哈瓜，告别那里年迈和忠诚的起义战士，往米希阿尔走去。在米希阿尔，马吃一种外来的菠萝，用这种菠萝叶的纤维和雪松可以做军阶的肩章和领章。塞萨尔服了一帖用刺果番茄枝叶熬的汤剂，这是有效的镇咳药剂。在途中，我们遇到看护伤员的普鲁登西奥·布拉沃，他同我们告别。我们见到尼古拉斯·塞德尼奥的女儿，她喜形于色地同我们交谈。她同她五个孩子去奥尔金山上去。在通往巴拉哈瓜路上，我们谈论上次战争："这里发生了多次战斗"，"所有这一带都被我们占领了"。两边层峦叠嶂，在高高的山路岔路口，队伍常常受到骚扰。沿着这条路可以到达帕尔马和奥尔金。塞菲说，他曾把马丁内斯·坎波斯①带到这里，同马塞奥举行了第一次会谈："坎波斯出来时脸红脖子粗，怒气冲天，把帽子甩到地上，走到半雷瓜外等我。"我们在巴拉瓜附近行军，我们到了皮纳利托牧场，拉斯皮埃德拉斯河从牧场穿过，河的后边是拉里苏埃尼亚山，红壤多石，山呈弧形像鸡蛋。远处，隐约可见几个妩媚的山峰，呈各种奇形怪状，有的像一片小树林，有的像马鞍，有的像梯子。我们进入了比奥（绿目壳）牧场，四周是山，牧场内棕榈树随风摇曳，一块块礁石点缀其间，遍地带刺的灌木是很好的劈柴。小路两旁是绿草丛，草丛里开着紫色和白色的小花。右边，在山顶上，有一片苍翠的松林。下着倾盆大雨。先锋队走在前面，有的用棕皮放在头上挡雨，有的手持一根竹竿当拐杖，有的用棕皮当毯子，有的拿着猎枪。电报线架在地上。佩德罗用撑旗皮带撑着一面旗。塞菲的十字架佩带上挂有一只铅匙，后翼绣着一个花结。查孔光着脚，腰间步枪擦得锃亮。桑布拉诺背着一口锅。另一人在衣服外面还穿着一件长礼服。米洛走在后面，队尾走着驴和公牛以及带着马枪的后卫队员。天灰蒙蒙的，我看见有三人步履艰难，其中有一人穿着斗篷，头上顶着一块棕皮。我们经过在战争中出了名的阿托德尔梅迪奥牧场，洪水淹没了那里的牧草，来到了宿营地，营地就在那几头牛后面。戈麦斯对我说："当我率领二百名士兵和四千名获得自由的奴隶来这里时，这里正在发生霍乱。为了不让西班牙人抢走牲口，牲口都关了起来，屠宰了很多，由于臭气熏人，开始死人。在前往塔卡约的行军途中，我共埋葬了五百具尸

---

① 坎波斯在古巴第一次独立战争（1868—1878）期间曾任西班牙殖民军总司令。1878年3月15日曾同马塞奥在巴拉瓜会见，坎波斯企图劝说马塞奥接受桑洪和约，遭到马塞奥拒绝。这一历史事件被称为"巴拉瓜抗议"。

体。"戈麦斯还向我讲述在塔卡约塞斯佩德斯与多纳托·马尔莫尔之间达成的协议。在夺取巴亚莫后，塞斯佩德斯消失了。知识渊博的爱德华多·马尔莫尔竟建议多纳托·马尔莫尔实行独裁。费利克斯·菲格雷多要求戈麦斯支持多纳托，参与独裁统治。戈麦斯对他说，他也曾想过这样做，也将这样做，但不是由于费利克斯的建议，而是想参与进以便更好地进行劝阻。费利克斯说："是的，因为革命营垒中出现了一条毒蛇。"戈麦斯对我说："费利克斯也是一路货色。"塞斯佩德斯从塔卡约要求多纳托同他会面，当时戈麦斯已同多纳托在一起，戈麦斯想自己一人先去，然后捎信回来。戈麦斯到达塞斯佩德斯所在地后，把与他同来的卫士安置在四分之一雷瓜远的地方。戈麦斯看到营地混乱不堪、情绪不稳。这时，马尔卡诺出来见戈麦斯，并对他说："到这里来，拥抱我一下。"当马尔莫尔兄弟来到摆着五十副餐具的餐桌时，人们在那里议论着分歧，从最初的会谈来看，其他人也像戈麦斯一样主张服从塞斯佩德斯的权威。华金·帕尔马说："爱德华多愁眉苦脸"，"我永远不会忘记爱德华多·阿特亚加的演说，他说：'太阳的光辉有时会被日食所遮盖，但是日食过后，经过短暂的黑暗，太阳更加光辉灿烂。塞斯佩德斯就好比太阳一样。'""爱德华多？有一天他正在睡午觉，黑人们在墙院喧哗。他要他们安静，但他们仍继续说话。于是，他说：'你们听不听话？'他拿起手枪进行威胁。他是一个神枪手，百发百中。说完，他又接着睡。"我们在军号声中到达庄园。金廷·班德拉的队伍在雨中迎接我们。吉列尔莫的兄弟纳西索·蒙卡塔同我们拥抱。他肤色黝黑，络腮胡子，脚穿靴子，身披雨衣，头戴草帽。他说："只缺一个人！"金廷，六十开外，肩很宽，身体结实，目光朝下，言语不多，在庄园门口等我们。他正发着烧，躺在吊床上，眼睛小而黄，目光深邃，在他吊床的床头有一个长鼓。他的副官德奥达托·卡尔瓦哈尔，身体瘦小，思维敏捷，精明强干，办事有条不紊。他说起话来，温文尔雅，拐弯抹角；为了自己和别人的权利，他想方设法，指挥有方，一身是胆。他对我说，我写给蒙卡达的信，都是由他收下的。纳西索·蒙卡达说起话来喋喋不休，体格魁梧，心地善良，讲究排场。"我从不花钱买酒。"他的兄弟已与世长辞，"他的葬礼与他工程师的身份不符，只有少数人知道他葬在何处。假如我死去，另一人知道我葬身之处；假如这个人死去，另一人知道他葬身之处。"大家把我们的母亲看作国母，她又会怎样呢？多明加·蒙卡达曾三次被关在摩洛监狱，这是因那位已死去的将军曾把她叫来，对她说："你应该好好规劝自己的女儿。"她回答说："将军大人，假如我看见我的儿子们从一条路走来，而我看见你从另一条路走来，我就会喊：'快逃吧，我的孩子们，他是西班牙的将军。'"庄园外面全是烂泥，我们只好骑着马进入庄园。由于附近多了不少牲口，臭气熏人。庄园地势向下，到处挂满了吊床。在一个角落，有一个厨房，有几口锅。给我们送来了咖啡、姜和刺果香荔枝汤剂。蒙卡达来来回回走动，诉说着金廷如何不管吉列尔莫："金廷对我这样说：'后来，他同蒙卡达一起共过事，也同我一起共过事，他想派我到马索那儿去，要求将我除名。'"卡尔瓦哈尔谈及班德拉的失望。里卡多·萨尔托里乌斯躺在吊床上对我讲普尔尼奥是如何出卖他的兄弟曼努埃尔，米洛又是如何见死不救，后来，在人家威逼下，不得不派兵去营救。马索手下的卡鲁加来了，带来几封给马塞奥的信，说他不能很快同马塞奥会师，因为正在保护一支刚到达的南方的部队。在巴亚莫进行了许多战斗。卡马圭也爆发了起义。侯爵起义了，阿格拉蒙特的儿子也起义了。臭味难闻。

9 日。再见，巴德拉斯、蒙卡达；再见，文雅的卡尔瓦哈尔，他想同我们一块走；再见，牧场！人们出来，挥舞棕叶向我们告别："上帝保佑你们，弟兄们！"我们经过坟地，没有一个人注意它。没走多久，来到平原，远处有几棵芒果树，这里就是巴拉瓜。有两棵芒果树交叉生长，形成一个树冠。在这两棵芒果树下，就是马丁内斯·坎波斯同马塞奥会面的地方。有一位当时曾在场的马亚里人向导对我们说："马丁内斯·坎波斯去拥抱马塞奥，但马塞奥把手臂伸向前去挡住，于是，坎波斯把帽子甩在地上。"当有人对马塞奥说，加西亚已经来了，已经看见他时，马塞奥对他说：'你是不是要我把你介绍给加西亚？'加西亚就在这座山上，整个这座山都是古巴人的。在那边曾有过其他军队，他们是叛军。"我们离开"巴拉瓜抗议"的平原，到达一个高坡，那里有一个被遗弃的庄园，有一条干涸的河流，河床里长着草丛，吹倒的树干上爬满青藤，藤上开着紫色和黄色的花。拐弯后，是一个下坡。戈麦斯喊道："啊，久违了，考托河！"富庶的河两边斜坡上高高的茅屋星罗棋布，头几场雨的雨水将泥沙冲到狭窄的河床里。看到心爱的河流、秀丽的景色，心中不由得激起一种崇敬、爱慕的心情。我们在一棵木棉树附近过河，向一户起义者家庭问候，这户人家见到我们十分高兴；然后，我们进入一片树林，和煦的阳光照在多汁叶的树上。马匹在如茵的草地上吃草。蔚蓝的天空，新的棕榈树下长满了果子蔓、白花亮（蜜蜂最爱采白花亮小花的花蜜）、肥猪树和皮茜。到处都是鲜花和绿荫。在空地右边，树木比较稀疏、在左边、比较浓密。这里我看到纤细、树冠很高的破布木，树上长满寄生植物和果蔓；卡瓜依兰树（这是古巴最结实的树），粗壮的榄仁树，树皮像丝绸般的乳香黄连木，宽树叶的健立果，果实累累的加拉巴木，木质坚硬可做拐杖的假桃花心木，薄薄叶子的胡巴班树，其叶可用来包雪茄；树皮粗糙的桃花心木，树干有条纹的、在树根附近长出粗壮树枝的坚木，金叶树、楝树和油麻藤和可以止血的亚马瓜树。在路上，我们遇见科斯梅·佩雷拉和欧塞维奥·贝内罗的一个儿子。后者告诉我们已经到了阿尔塔格拉西亚。爱国者的顶梁柱曼努埃尔·贝内罗仍然在阿尔塔格拉西亚，他的美丽的女儿潘奇塔由于不肯屈服，死在阿斯图里亚斯人费德里科屠刀下。戈麦斯同贝内罗一家关系密切，他把大胆的曼努埃尔培养成为一个骁勇的游击队首领。戈麦斯和潘奇塔俩人情投意合，人们说他们相爱。有一天，费德里科把曼努埃尔一家人都抓走，在半路上，把潘奇塔留在后面，向她求爱，遭到拒绝。"你不愿意嫁给我，是不是因为戈麦斯爱上了你？"她坚决不从，被费德里科用砍刀杀死。今天，是阴雨天，贝内罗一家很高兴地接待我们，拿出上等的咖啡。米罗同他的奥尔金的同伴们也驻扎在这里，他在路上同我们相见，并派潘乔·迪亚斯给我们报信。潘乔是一个小伙子，因为杀死了一个人，被迫逃到蒙特克里斯蒂去避难。他熟悉这里的山山水水，擅长用绳索套住野猪，然后用砍刀把野猪杀死。米洛骑着马，彬彬有礼地驾到。他十分热情地向我致意，他说话的卡塔卢尼亚口音很重。他很机灵，络腮胡子，秃顶，有一双生气勃勃的眼睛。他把自己的队伍交给格拉，带着卫队上山找我们。"拉斐尔，来！"拉斐尔穿着黄色马尼拉麻布做的西服，白色的坎肩，头戴短翼草帽走了过来。拉斐尔·曼杜莱是奥尔金的检察官，他刚出来准备到乡下去。其他人都骑着马，出身名望家族：海梅·穆尼奥斯，梳着分头，他管理有方；何塞·冈萨雷斯；巴尔托洛·罗加瓦尔；机灵的向导巴勃罗·加西亚；干瘦、留着黑色小胡髭的军士长拉斐尔·拉米雷斯；胡安·奥罗；高个、英俊、平易近人的排字员和撰稿人奥古斯托·费里亚；特奥多里科·托雷斯；诺拉斯科·佩尼亚；拉斐尔·佩尼亚；路易斯·赫雷斯；弗朗西斯科·迪亚斯；伊诺森西奥·索萨；拉斐尔·罗德里格斯和普卢塔科·阿荞加斯。阿尔蒂加斯是农场主，金发、独眼、待人诚恳、殷勤好客，他离开了自己宽敞的农舍、舒适的生活，他离开了十个儿女中的九个，随身带着大儿子出征。他的吊床很大，枕头是用手缝制的；他的马很健壮，是该地区最好的一匹马。他将到远离本地的另一个地区去，这样可以无牵无挂，"在家我的儿子们总是将我围成一团，同我睡在一起。"米洛和曼杜莱对其地方政策仍很满意。没有人对曼杜莱谈起过有关战争的事。曼杜莱的自信和道义上的权威是出名的。要去见马索他有些不快："我对我儿女的饮食都有科学的讲究，现在我一走，谁知道他们将吃些什么。"米洛则在兴高采烈、滔滔不绝地谈论他七年来的奥尔金《学识》报和在曼萨尼约《自由报》上为卡尔瓦尔和博蒂埃所作的宣传，他经常在这两份报纸上的"长方形""阿斯图里亚人"和"传统主义网络"专栏撰稿。他离开了妻子和女儿，他率领他的精良的骑兵部队在这一带辗转，作战次数不多。他对我讲到加尔韦斯在谈论我时怀有刻骨的仇恨，他也讲到胡安·瓜尔韦托："他们都很怕你，""他们声嘶力竭地说，你不会来，现在你来了，这将使他们很难堪。"这里以及所有我所到之处对我都十分热情，这使我吃惊。心灵的一致是不容忽视的，若忽视它、回避它，必然会给革命造成损害，至少使革命势头在第一年带来延误的损害。我倡导的精神，已传播整个古巴岛，以这种精神并在这种精神指导下，我们很快将赢得更大胜利与和平。但我预料，至少在一定时间内，革命将被迫背离这种精神，失去魅力和兴致，丧失获胜的能力，脱离自然的组合，丢掉革命力量行动和激励它们的精神的一致。一个细节：自从我进入战场以来，尽管我反对，所有的力量都称我为"总统"，我每到一地，人们对我都很尊重，很亲密和热情，人们对我的到来和对我的朴实无华感到很高兴。今天，又有一人称我"总统"，我笑着对他说："不要称我为马蒂总统，马蒂是作为将军到这里来的，不要称我为总统。"米洛说："将军，谁能驱使人们这么称呼你呢？""这是所有人的肺腑之言。"我说："是的，但是，马蒂不是总统，而是代表。"我觉察到所有人都疑惑不解，闷闷不乐；有些人甚至感到挺委屈。米洛以上校身份回奥尔金，他不再反对格拉，他将服从格拉。我们谈到有必要对敌人进行主动的追击，以把敌人赶出城市，在农村截击敌人，切断他们的一切供应来源，追击敌人的运输队。曼杜莱也回来了，他在对他所熟悉的地区施加影响，充当格拉的好参谋，团结奥尔金的力量，防止冲击，维护格拉、米洛和费里亚之间所达成的协议并不太乐意。雨蒙蒙，我们挤在一起睡觉。狗闻到屠宰牲口的腥味，汪汪地叫。就这样，我们在阿尔塔格拉西亚过了一夜。在途中，唯一的村落是白溪村。村里的商店空空如也，有几个庄园。有一位庄园主是白人，大腹便便，很自私自利，塌鼻子，胡髭不长；其妻是黑人，瞎眼，靠着门一边探出头来，胳膊拄着根黄色的拐杖，衣着整洁，头上披着一条头巾："土匪们现在在杀人吗？""先生，古巴人从来没有给我干过任何好事，从来没有。"

10 日。我们从阿尔塔格拉西亚去拉特拉韦西亚。到达那里时，突然我又见到考托河，这次考托河宽阔的河床水位上涨，看到河两边的悬崖峭壁。面对这秀丽的河山，我忽然想起人们粗俗和强烈的激情。巴勃罗在快到那里时，赶着一头黑色的、刚长出犄角的牛犊，把牛犊赶到一棵大树旁，用绳子将牛犊拴住在树干。马趾高气扬地嘶噪着，眼中闪闪发光。戈麦斯从一名卫士腰间拔出一把砍刀，在牛犊腿上砍出了一个红红的口子。"把这头牛犊宰了!"有一位士兵一刀把牛犊的小腿砍断了，牛犊跪了下来，哞哞直叫。潘乔听到屠宰的命令，在牛犊胸部砍了一刀又一刀，没有砍准；后来，又一刀砍准了，一直砍到心脏，牛犊摇晃了一下，跌倒在地，从嘴里直冒鲜血。人们把它拖走。弗朗西斯科·佩雷斯来了，他相貌端正，强壮有力，圆圆的脸，他有为数不多的好马，他是一个健康和可靠的人。帕切科上尉来了，他个子矮小，说话顽固并拐弯抹角，寡廉鲜耻，才疏学浅。当他赶一群马出走时，他手下的古巴人抄了他的家，毁了饼档。"我不是来索取，而是来为祖国效劳的"，他讲个不够，讲得含糊不清，他谈到有人干事，有人不干事，有的干得少，但所得到的却比干得多的人还要多。但是，他说，他是来"为祖国效劳的"，"这是我的绑腿"。他的粗腿光着，裤子只到膝盖处，脚着高腰牛皮鞋，头戴黄色和棕色的帽子。希瓜尼的贝略上校来了，他由于生病，一直留在这里。他看起来忠诚，目光炯炯有神，敢说敢做。他喜欢说话，但说起话来不清楚，在他自己创造的词句中，包含着令人惊奇的思想："革命之所以被葬送是因为罢免了革命的领袖"，"这种卑鄙的做法使人们心里十分悲伤，从此，革命开始倒退"，"正是拉卡马拉那些人给我们树立了榜样"。正当戈麦斯在严厉地谴责加西亚及其参谋们：贝利萨里奥·佩拉尔塔、委内瑞拉人巴雷托、布拉沃—森蒂斯、丰塞卡、利巴诺·桑切斯和科亚多的叛乱时，贝略一边说，一边散步，仿佛在监视观望着敌人，或扑向敌人。"这正是人们所希望的：好的品性。""不，先生，不应该对我们这么讲，因为我等不及。""为了祖国我经受了最好的将军所经受的磨难。"他正视着正在大声训斥的戈麦斯，因为军官们把牲口走到希瓜尼，这些牲口是以拉皮名义准许放行的。"既然这是上司的命令，我们只得听从他"，"我知道这不好，不应该把牲口放走，但下属只得听从上级"。戈麦斯说："你应该明白有关总统的事。只要我还活着，马蒂决不会当总统。"他接着说："因为我不知道为什么除了胡亚雷斯及某种程度上华盛顿以外，所有的总统一上台就变样了。"贝略神气活现，站起来，迈二三步大步，砍刀在腰间晃动，他低声说："这将听从人民的意愿。"他胳膊肘放在我的桌上对我和帕恰科说："因为我们参加革命是为了成为一个男子汉大丈夫，而不是为了让任何人损害我们人的尊严。"雨不断地下着，我们边喝咖啡，边谈论着，奥尔金和希瓜尼，直到天黑。我们期待着马索的消息。他会不会同马塞奥一起会合？米洛用刺折磨一只鸽子。明天我们将换住处。

　　17 日。戈麦斯率领四十名骑兵去骚扰巴亚莫的运输队。我留下来起草《对军队首领和军官的总指令》，加里加和费里亚帮我誊清。同我一起的还有查孔中尉指挥下的十二名士兵和三名哨兵（每一位哨兵守在一个路口）以及我的随从格拉西亚诺·佩雷斯。罗萨里奥骑着他的马，越过齐膝的淤泥塘，给我送来一篮子可口的午餐："我愿为您献出我的生命。"查孔的两个兄弟也刚从圣地亚哥来这里，一个是马群的主人，另一个兄弟有金黄色的头发，是中学生，爱说爱笑。来这里的还有：希瓜尼的鞋匠何塞·卡夫雷拉，身体健壮，心直口快；年轻的黑人杜阿内，穿着衬衫、长裤，系着一根宽腰带；胆小怕事的阿瓦洛斯；拉斐尔·瓦斯盖斯；16 岁的德西德里奥·索雷尔，查孔视他如亲生儿子一般；另一位青年名叫埃塞基耶尔·莫拉莱斯，18 岁，其父亲死在战场上。他们同我讲到罗莎·莫洛诺这位农村寡妇，她把 16 岁的独生子梅莱西奥交给拉比，并说："你父亲战死在战场，我不能去战场，你去吧！"大家为刚来的人烤香蕉，在水池里切腌肉。孔将拉马埃斯特雷河的水位急剧上涨，河水十分混浊。巴伦廷给我送来一罐用无花果叶熬的水。

（徐世澄　译）

马蒂年表

1853

1月28日,生于哈瓦那保拉街41号(现为莱昂诺尔—佩雷斯街314号),系家庭长子。父亲马里亚诺·德·洛斯桑托斯·马蒂,西班牙下级军官,1815年10月生于巴伦西亚,1887年2月卒于哈瓦那;母亲莱昂诺尔·安东尼亚·德·佩雷斯,1828年11月生于加那利群岛,1907年6月死于哈瓦那。

1854

第一位妹妹降生。阿塞·马蒂共有7个妹妹:莱昂诺尔,昵称查塔(1854);玛丽亚娜·萨卢斯蒂娜,昵称安娜(1856);玛丽亚·德尔·卡门(1857);玛丽亚·德尔·皮拉尔(1859);里塔·阿梅莉亚(1862);安东尼亚·布鲁纳(1864);多诺雷斯·欧斯塔基亚,昵称洛莉塔(1865)。

1857

父亲辞职。年中全家赴西班牙巴伦西亚。

1859

6月全家回哈瓦那。

1860

入圣阿纳克莱托小学学习。马蒂在那儿结识了后来成为他终生好友的费尔明·巴尔德斯·多明格斯。

1862

4月,随父去马坦萨斯(现名),他在那个地区首次看到奴隶制的残酷现实。

年底回哈瓦那。

1863

随父赴英属洪都拉斯（现为伯利兹）访问。

1864

初小毕业。

1865

3月，入市立男子高小学校学习。

4月，他与一些同学戴黑纱一周，悼念废除美国奴隶制的伟人——林肯逝世。

1866

考入哈瓦那中学学习。开始对戏剧发生浓厚兴趣；为了看戏，常常替一位与演员有关系的理发师做事，还尝试翻译莎士比亚的《哈姆雷特》。

1867

9月，入哈瓦那绘画雕塑职业学校学习绘画，同时继续中学的学业。

1868

4月26日，发表第一首诗《献给米卡埃拉》。

10月10日，古巴独立运动史上著名的"十年战争"爆发。马蒂同情并参加独立运动。

1869

1月23日，在《自由祖国报》（仅出一期）上发表他的诗剧《阿夫达拉》。

2月6日，创作十四行诗《10月10日!》

10月21日，被指控犯了"不忠"罪而入狱。

1870

3月，被宣判6年徒刑。

4月4日，被押往哈瓦那地区监狱。

12月12日，总督同意马蒂父母的请求，将他流放西班牙。

1871

1 月 15 日，乘船起程赴西班牙。

3 月 24 日，《民族主权报》发表他的文章《城堡》。

5 月 31 日，作为旁听生入马德里中央大学法律系学习。

7 月 2 日，纽约《共和国报》转载他的文章《城堡》。

7 月或 8 月，发表《古巴的政治犯苦役》一文。

1872

在马德里学习。

11 月 27 日，印发由他起草的传单《1871 年 11 月 27 日》，纪念在古巴被枪决的 8 位医学院学生逝世一周年。

1873

2 月，发表他的诗《献给 11 月 27 日牺牲的兄弟》。

4 月，致函在纽约的古巴革命委员会会员内斯托尔·庞塞，表示愿为古巴的彻底独立作贡献。

5 月 17 日，与其好友费尔明·巴尔德斯一起去阿拉贡。

5 月 26 日，《古巴问题》发表他的文章《改革》。

入萨拉戈萨大学学习哲学、文学和法律。

1874

在萨拉戈萨大学学习。

12 月，动身去法国。

1875

1 月 14 日，乘船抵达纽约。

2 月 10 日，到达墨西哥城，与家人团聚（其父母和四个妹妹已于 1874 年 4 月在那里定居）。

3 月 2 日，在《世界杂志》（一份政治、文学和贸易性质的报纸）上发表他来墨西哥后写的第一篇通讯，从而开始了他与该报的合作。

3 月 12 日，《世界杂志》开始发表他的译作《我的孩子们》（雨果的作品）。

3 月 22 日，被吸收为"伊达尔戈协会"成员。

5月5日，参加上述协会组织的题为《唯灵论对一般科学研究的影响》的讨论会。年轻的马蒂表示："本人介于过分强调物质的唯物主义和过分强烈精神的唯灵论之间"。

5月7日，负责《世界杂志》新开辟的社论性专栏《简报》。

12月19日，他的剧作《爱情只能用爱情来报答》在大剧院首次上演。

12月某日，结识卡门·萨亚斯·巴桑小姐（后来成为他的妻子）。

1876

1月26日，出席"阿拉贡协会"（联系剧作家、演员和戏剧评论家的社团）成立大会，并当选为领导委员会会员。

2月20日，开始为"墨西哥工人大社团"的机关报《社会主义者报》撰稿。

5月5日，被推选为出席墨西哥第一届工人代表大会的代表。

5月23日，在《两大陆回声报》上发表他为其未婚妻子写的诗——《卡门》。

7月19日，他的《爱情只能用爱情来报答》再次上演。

10月24日，《墨西哥战略》杂志刊出他几天前下的一盘棋（马蒂棋艺很高，7岁时就小有名气，到达墨西哥经常与一些大师对弈）。

12月10日，在《联邦主义者报》上发表文章《时局》，揭露墨西哥新政府违反宪法，无理驱逐几名爱国者出国。两天后，该文在《社会主义者报》上转载。

12月16日，在《联邦主义者报》上发表《外国人》一文，申明墨西哥被一个军人独裁者统治，因此他不能继续留居该国。

12月底，离开墨西哥。

1877

1月6日，回到哈瓦那（化名胡利安·佩雷斯）。

2月18日，在朋友组织的一次文学聚会上宣读他的剧作《姘妇》。

2月24日，离开古巴。

2月28日，抵达尤卡坦半岛的普鲁格雷索港，与其父母、妹妹会面（他们将从那儿乘船回古巴）。

3月4日，送父母等上船。次日起程赴中美。

4月初，几经周折，终于到达危地马拉首都。暂住师范学校校长、古巴人何塞·伊萨吉雷家，并应聘担任该校文学教员。

4月10日，拜会危地马拉外交部长。

应该国政府的请求，在五天内完成剧本《祖国和自由》的创作。

4月22日，《进步报》发表他写的《新法典》和致外交部长的信。马蒂在文中批判了替西班牙征服美洲的残暴行径辩护的虚伪理由。

5月29日，应聘任危地马拉大学哲学文学系教授，教授哲学史和法、英、意、德等国的文学。

6月，参加由危地马拉文化界知名人士组成的"前景"文学学会；不久即当选为副会长。

11月29日，动身去墨西哥。

12月20日，在墨西哥与卡门·萨亚斯·巴桑小姐结婚。

1878

1月，携妻子回危地马拉，继续在师范学校任教。

2月25日，《前景》发表其文章《美洲的诗剧》，文中写一名剧作家从美洲的历史中寻找灵感，以创造本民族的戏剧。

3月，他撰写的书《危地马拉》出版。

4月，辞去在师范学校的工作，以此抗议军政府无理撤掉该校校长的决定。

7月6日，在妻子和父母的坚持下动身回古巴（他本想应邀赴秘鲁）。

8月31日，回到哈瓦那。

10月，响应总部设在纽约的"古巴革命委员会"的号召，与一些青年人一起秘密从事革命活动。

11 月 22 日，他唯一的儿子何塞·弗朗西斯科降生。

可能在这一年开始创作《自由的诗》。

1879

1 月 17 日，入尼科拉斯·阿斯卡拉特律师事务所当助手（因他无律师营业执照，不能独自开业）。

3 月 7 日，参加"瓜纳瓦科亚文艺协会"组织的关于戏剧文学中唯心主义和现实主义的讨论。

3 月 18 日，参加一次革命者秘密会议。会上决定成立古巴革命总部，马蒂当选为副主席。

9 月 17 日，第二次被捕入狱。总督下令把他流放西班牙。

9 月 25 日，乘"阿方索十二世号"轮船离古去西班牙。

10 月 11 日，到达西班牙桑坦德港。上岸后即被投入监狱。

10 月 13 日，被保释，并获准前往马德里。

12 月，偷越国境进入法国，并从法国乘船赴纽约。

1880

1 月 3 日，到达纽约。

1 月 9 日，当选为"古巴革命委员会"（设在纽约的古巴起义运动的组织和协调中心）会员。

1 月 16 日，首次参加该委员会会议。

1 月 24 日，在斯特克会堂发表题为《古巴目前形势，西班牙当前和未来可能采取的政策》的著名演说。

3 月 3 日，夫人和儿子到达纽约。

3 月 26 日，出任古巴革命委员会代主席（主席加西亚将军于当天去古巴组织武装起义；8 月 1 日，起义军向敌人投降）。

10 月 21 日，夫人携儿子离开纽约。

1881

1 月 6 日，动身去委内瑞拉。

1 月 21 日，抵加拉加斯。

2 月，开始在圣玛丽亚学校任文学和法语教员。

6 月 15 日和 28 日，在《国民舆论报》上发表连载文章《评阿拉贡》，从此开始了他与这份报刊的合作。

7月1日，他创办的《委内瑞拉杂志》创刊（32页的文章全部出自他一人手笔）。

7月21日，《委内瑞拉杂志》第2期发行，其中有他撰写的文章《委内瑞拉杂志的性质》。

7月27日，被勒令立即离开委内瑞拉。当晚给《国民舆论报》写了一封告别信，宣布《委内瑞拉杂志》停刊。

7月28日，乘船离委去美。

9月5日，《国民舆论报》发表他从美国寄来的第一篇通讯。

12月9日，在委内瑞拉创作的组诗《伊斯马埃利约》付印。

1882

3月或4月，诗集《伊斯马埃利约》出版。

5月3日，《国民舆论报》老板来信告，他的许多文章因内容"不适"而未能刊载，劝他不要抨击美国人的恶习。

7月15日，开始给阿根廷的大报《民族报》撰稿。

7月20日，致函马克西莫·戈麦斯将军和安东尼奥·马塞奥将军，向他们通报将组织一次新的武装起义，请他们合作并征求两人的意见。

8月11日，为生计开始在一家贸易公司工作。

10月8日，收到戈麦斯将军的回信。将军在信中表示武装起义的形势尚未成熟，但他将随时准备加入革命运动的行列。

11月8日，他的文章《奥斯卡·王尔德》在马德里的《美洲杂志》上发表。

11月19日，接马基奥将军回信，来信表示将军随时准备为古巴的独立而斗争，并请马蒂经常向他通报革命运动的进展情况。

某月，为委内瑞拉诗人 J. A. 佩雷斯·博纳尔德的《尼亚加拉河的诗》作序。

1883

2月26日，为阿普尔顿出版社翻译的著作《逻辑学概念》（作者是威廉·斯坦利·杰文斯）脱稿。

3月，开始为纽约的一份农工商杂志《美洲》撰稿。

7月24日，在西蒙·玻利瓦尔诞辰一百周年纪念大会上发表演说。与会者中有洪都拉斯总统及拉美各国的外交使节。

某月，阿普尔顿出版社出版他的译著《罗马古迹》（作者是A. S. 威尔金斯）。

1884

1月，任《美洲》杂志主编。

9月22日，代理乌拉圭驻纽约总领事职务，并发文通知美国国务院。

10月2日，会见头天抵达纽约的戈麦斯和马塞奥两位将军。

10月某日，出任古巴救援协会主席（该协会是一个在合法身份掩护下为古巴革命运动筹措资金的机构）。

10月18日，与戈麦斯和马塞奥会谈，在行动方针和方法上与两位将军发生分歧。

某月，阿普尔顿出版社出版他的译著《希腊古迹》（作者系J. P. 马哈菲）。

1885

1月—5月，派遣去古巴的几支武装小分队登陆后被消灭。

6月，开始为纽约西班牙文报《古巴通报者》撰稿。

6月13日，被免去古巴救援协会主席的职务。

7月6日，在《古巴通报者》上发表公开信，阐明采取错误方法的危险性，指出"战争只是革命的一种表现形式"，"必须进行这样的战斗：当我们放下武器时，一个人民就此站起来了"。

11月18日和25日，在《古巴通报者》上分两部分发表他的重要文章《格兰特将军》。

某月，在《拉丁美洲报》以连载方式发表他的小说《不祥的友情》（使用笔名"阿德莱达·拉尔"）。

1886

3月，终止与阿普尔顿出版社的合作。

5月15日，向墨西哥《自由党报》寄去第一篇通讯。

7月8日，开始给洪都拉斯《共和国日报》撰稿。

1887

2月，开始给纽约《美洲经济学家》杂志撰稿。

4月16日，乌拉圭总统任命他为该国驻纽约总领事。

10月10日，流亡美国的古巴人举行集合，庆祝第一次独立战争日。马蒂在会上发表演说。

11月9日，写信给在美国的一些古巴流亡者团体的代表，邀他们两天后参加会议，共商独立运动大计。

11月22日，母亲抵达纽约。母亲送给他一只刻着"古巴"字样的戒指，是用他在狱中戴的镣铐的一节打成的。此后马蒂一直把它戴在手上。

11月30日，侨居纽约的古巴革命者推举他为革命运动执行委员会主席。

12月3日，当选为"纽约西班牙美洲文学学会"领导委员会成员。

12月16日，写信（由执行委员会全体成员共同签署）给戈麦斯和马塞奥将军，请他们参加业已开始的武装起义准备工作。

1888

5月6日，他的译著《拉莫娜》（小说）出版。

10月12日，阿根廷报业协会聘任他为驻美国和加拿大记者。

10月27日，圣萨尔瓦多美术和科学研究院聘任他为通讯院士。

1889

4月，发表《古巴和美国》一文（印成小册子），对在美国报刊上出现的一些反古文章进行了有力的驳斥。

7月，他创办的《黄金时代》月刊第1期与读者见面。

8月31日，接受《出口与金融》杂志采访，阐明他对即将召开的第一次美洲国际会议的看法。

12月，参加纪念古巴诗人何塞·玛丽亚·埃雷迪亚的晚会并发表演说。

12月19日，在西班牙美洲文学学会为参加美洲国际会议代表组织的文艺晚会上发表著名的演说《美洲，我们的母亲》。

1890

7月24日，被任命为阿根廷驻纽约领事。

7月30日，被任命为巴拉圭驻纽约领事。

8月，上卡茨基尔山疗养。在那儿创作了《纯朴的诗》。

10月1日，担任高等中心夜校西班牙语教员。

12月6日，当选为"西班牙美洲文学学会"会长。

12月13日，在欢迎弗朗西斯科·查贡的一次聚会上宣读他的《纯朴的诗》。

12月23日，乌拉圭政府任命他代表该国参加即将去华盛顿举行的美洲国际货币委员会会议。

1891

1月1日，《我们的美洲》一文由《纽约画报》刊登。

1月30日，《我们的美洲》由墨西哥《自由党报》转载。

2月4日，代表乌拉圭政府出席第二次美洲国际货币会议。

5月，《纽约画报》第5期发表他的文章《美洲各共和国货币会议》。

6月30日，妻子携儿子到达纽约。

8月27日，妻子和儿子返回古巴。马蒂从此再没有见过他们。

10月10日，在古巴第一次独立战争纪念日大会上发表演说。他的演说引起西班牙政府向阿根廷、乌拉圭和巴拉圭三国政府提出抗议。

10月11日，决定辞去他所担任的上述三国驻纽约领事的职务，以避免他为古巴独立所进行的活动"可能影响"三国与西班牙王国的关系，并把决定电告三国驻美外交机构。

10月30日，决定辞去"西班牙美洲文学学会"会长的职务，并把决定通知学会秘书处。

10月，诗集《纯朴的诗》正式出版。

11月25日，抵达佛罗里达州坦帕市。次日，与当地古巴侨民团体代表开会，讨论并通过一份题为《决议》的文件。

12 月 5 日，再次当选为"西班牙美洲文学学会"会长。

12 月 22 日，再次赴佛罗里达，为组建古巴革命党进行活动。

1892

1 月 5 日，主持召开纽约、坦帕、卡约—乌埃索等地古巴爱国者社团代表会议，讨论并原则通过了由他起草的《古巴革命党纲领和章程》。

3 月 14 日，他创办并主编的《祖国报》开始刊行。

4 月，在纽约、坦帕和卡约—乌埃索等地建立古巴革命党基层组织。

7 月，赴佛罗里达州进行宣传组织工作。

9 月，赴海地和多米尼加，与当地的古巴爱国者团体接触并建立联系；在海地与戈麦斯将军会谈，请他担任古巴革命军总司令（马蒂本人任党代表）。

10 月 8 日，到达牙买加首都金斯敦。

10 月 19 日，回到纽约。

10 月 23 日，向纽约的古巴爱国者团体汇报加勒比三国之行的情况。

11 月，赴佛罗里达，向那里的基层组织汇报加勒比三国之行的情况，筹措活动经费。

1893

2 月 14 日，秘密赴佛罗里达，会见从古巴来的一个代表团。

3 月—4 月，赴菲拉德尔菲亚、亚特兰大和新奥尔良活动。

5 月 24 日，在哈德曼会堂发表演说，尼加拉瓜著名诗人鲁文·达里奥聆听了他的演说并与其见面。

5 月 27 日，《祖国报》发表他起草的《古巴革命党致古巴宣言》。

6 月—7 月上旬，赴多米尼加、海地、巴拿马和哥斯达黎加活动。在多米尼加与戈麦斯将军会谈，讨论古巴国内形势和向古巴派遣远征军的计划，认为远征军的行动必须与国内武装起义相配合；在哥斯达黎加与马塞奥将军会谈，并拜会哥总统及国防部长。

8 月 19 日，在《祖国报》上发表论文《危机与古巴革命党》。

9 月，去佛罗里达州活动。

10 月 21 日，购买价值 4300 比索的武器装备。

10 月 25 日，在"西班牙美洲文学学会"组织的西蒙·玻利瓦尔纪念大会上发表演说。

12 月，再次赴佛罗里达，筹措资金，发表演说。重申武装起义的形势尚未成熟，警告国内的组织不要轻举妄动，要听从总司令的号令。

1894

1 月 27 日，在《祖国报》发表《致古巴》一文，指出美国和西班牙的利益集团互相勾结，企图制造事端，破坏革命队伍内部的团结。

3 月，下令给古巴卡马圭地区的爱国者组织运送 200 支枪和 2.8 万发子弹。

4 月 8 日，在纽约与戈麦斯将军会晤，研究武装起义的准备工作，对前阶段的工作进行评估。

4 月 17 日，在《祖国报》上发表他的纲领性文章《古巴革命党的第三年，革命的灵魂和古巴在美洲的责任》。

5 月—6 月，在戈麦斯将军的儿子陪同下赴佛罗里达、新奥尔良，以及哥斯达黎加、巴拿马、牙买加活动，筹措资金，进行宣传组织工作。

7 月，赴墨西哥筹措资金。会见好友曼努埃尔·梅尔卡多（当时任墨西哥内政部副部长）。

9 月 19 日，派遣三个代表团分赴古巴，解释革命形势和分发武器。

9 月 22 日，通知马塞奥将军准备 10 月中旬举事。

9 月 28 日，向戈麦斯将军通报国内武装起义的准备情况。

9 月 30 日，赴佛罗里达亲自听取来自古巴的代表的情况汇报。

10 月—12 月，为武装起义做最后准备，多方筹措资金，运送武器，购买船只，制订具体行动计划。

1895

1 月 29 日，与各路领导人共同签署起义命令。

1 月 30 日，离纽约赴海地。

2 月 6 日，到达海地角。

2 月 7 日，抵多米尼加共和国蒙特克里斯蒂城。

2 月 26 日，接到古巴岛上武装起义开始的消息。

3 月 25 日，与戈麦斯商定立即去古巴，向母亲、妹妹等人写告别信。起草并签署具有历史意义的《蒙特克里斯蒂宣言》。

4 月 1 日，与戈麦斯等一行 7 人乘"兄弟号"帆船离开蒙特克里斯蒂。

4 月 11 日，几经周折，终于在卡霍博亚镇附近的海滩登陆。

5 月 19 日，在多斯里奥斯地区遭伏击，饮弹身亡。

（毛金里）